Ihr Ehemann nennt sie seit 80 Jahren »Muddel«, ihr Sohn lässt sich mit 67 immer noch die Wäsche von ihr machen, und ihre Enkel sind bloß scharf auf ihre Sammeltassen: Juliane Knop, 97, hat die Nase voll. Mitten in der Nacht haut sie von ihrem Bauernhof ab in die Großstadt. Wo sie schnell Anschluss findet, und das nicht nur ans Internet ...

Der neue irrwitzige Roman von Steffi von Wolff – nur echt mit Rechtsmediziner, Fernsehkoch, Goliathfrosch und germanischem Männerchor.

Steffi von Wolff, geboren 1966, arbeitet als Autorin, Redakteurin, Moderatorin, Sprecherin und Übersetzerin. Sie wuchs in Hessen auf und lebt heute mit Mann und Sohn in Hamburg. Ihre Romane sind eine Frechheit – und Bestseller.
www.steffivonwolff.de

Die Presse über die Bücher von Steffi von Wolff:
»Schnell, absurd, echt komisch.« *Cosmopolitan*
»Sehr witzig und ziemlich abgefahren.« *Max*
»Nicht ladylike, aber saukomisch!« *BamS*

Steffi von Wolff im Fischer Taschenbuch Verlag:
Fremd küssen (Band 15832),
Glitzerbarbie (Band 16077),
Aufgetakelt (Band 17538),
ReeperWahn (Band 16588),
Die Knebel von Mavelon (Band 16701),
Rostfrei (Band 16589)

Unsere Adresse im Internet: www.fischerverlage.de

Steffi von Wolff

Rostfrei

Roman

Fischer
Taschenbuch
Verlag

Veröffentlicht im Fischer Taschenbuch Verlag,
einem Unternehmen der S. Fischer Verlag GmbH,
Frankfurt am Main, Juli 2008

© Fischer Taschenbuch Verlag 2008
Satz: Pinkuin Satz und Datentechnik, Berlin
Druck und Bindung: Nørhaven Paperback A/S, Viborg
Printed in Denmark
ISBN 978-3-596-16589-6

Für einen Grinschen

Kapitel 1

> Unsere Lebenserwartung wird auch in Zukunft weiter steigen. Was auf den ersten Blick ein Segen ist, bringt aber auch viele Probleme und Fragen mit sich. Denn mit zunehmendem Alter lässt die körperliche Leistungsfähigkeit spürbar nach. Plötzlich werden die alltäglichen Wege mehr und mehr zu einem Problem. Oder sie führen gar zu schmerzhaften und folgenschweren Stürzen und Unfällen. Vor allem Treppen werden zu einem gefährlichen Unfallort in den eigenen vier Wänden. Mit einem Lifta-Treppenlift bleiben Sie in Ihrem gewohnten Umfeld mobil. Bequem, zuverlässig und vor allem sicher. Teure und aufwendige Umbauten oder gar ein Umzug in ein Pflegeheim lassen sich durch einen Lifta in vielen Fällen vermeiden.
> www.lifta.at

Es ist nicht so, dass ich mich alt fühle. Nein, das habe ich jetzt falsch ausgedrückt. Ich wollte sagen, ich fühle mich nicht immer alt. Jedenfalls fühle ich mich noch jung genug, um meiner Tochter einen original verpackten Treppenlift gegen den Kopf zu schleudern, was ich natürlich nicht mache. Aber ich ärgere mich maßlos.

Ich bin siebenundneunzig Jahre alt und gehöre noch lange nicht zum alten Eisen, auch wenn man das in meinem Alter annehmen könnte. Ich bin ein reinlicher Mensch, der sich ohne fremde Hilfe säubern kann. Ich bin agil. Und nein, ich brauche keinen Treppenlift. Ich habe mir auch nie einen Treppenlift gewünscht. Ich mag keine Treppenlifte. Ich hasse solche Sachen. So etwas kommt mir gar nicht erst ins Haus. Niemals. Obwohl ich eine sehr fortschrittliche Frau bin. Ich bestehe nicht darauf, mit einer Kutsche zum Einkaufen zu fahren, sondern nehme den Bus oder mein altes Fahrrad. Einen Führerschein habe ich leider nicht, was eventuell daran liegen könnte, dass mein Mann Heiner immer meinte, ich bräuchte keinen.

»Gefällt er dir, Muddern?«, fragt mich Eleonore, die mit ihren achtzig Jahren auch mal ein wenig auf ihre Figur achten könnte. Im Alter sollte man sich nicht gehen lassen. Ich starre meine Tochter an und wünsche mir zum ersten Mal in meinem Leben, langsam zu erblinden. Wenn jemand einen Treppenlift braucht, dann Eleonore. Sie kann sich mit ihren hundertfünfzig Kilo kaum länger als zwei Minuten am Stück auf den Beinen halten, was bestimmt auch an ihren schmerzenden Krampfadern, auf jeden Fall jedoch an ihrem Gewicht liegt. Eleonore war nie eine wirkliche Schönheit. Keines meiner Kinder hätte einen Modelwettbewerb gewonnen, was vielleicht daran liegt, dass es vor sechzig, siebzig Jahren noch keine Modelwettbewerbe gab. Nur die Wahl zur Miss Germany.

Ich schaue mir meine Kinder nacheinander an und schüttele unmerklich den Kopf. Es ist Montag, der 12. Mai. Mein siebenundneunzigster Geburtstag. Und hier hocken sie alle, tun so, als würden sie sich mit mir freuen – darüber, dass es mir gesundheitlich gutgeht, doch würde ich jetzt tot umfallen, wäre die Trauer um eine Kuh, die einen Milchstau hat, mit Sicherheit größer. Mein Gatte Heiner, nein, kein Göttergatte, würde sich – wie immer, wenn es um Geld geht – hinterm Ohr kratzen und überlegen, wie er das ganze Angesparte nun alleine durchbringt. Meine neun Kinder würden aufspringen, frohlocken und schon mal ihre Portemonnaies hervorholen. Die Reste der von mir gebackenen Kuchen würden sie einpacken und mitnehmen. Damit nichts umkommt.

»Am Kuchen fehlt Zucker.« Mein Sohn Edgar, mit 67 der Jüngste, schaut mich anklagend an.

Ich blicke aus dem Fenster, in die schöne Landschaft von

Schleswig-Holstein, über die Wiesen und Felder und Äcker, die mir Zeit meines Lebens von frühmorgens bis spätabends Arbeit und Ärger beschert haben. Wenn ich meinen Tagesablauf beschreiben müsste, könnte ich ganze Wälder abholzen und zu Papier verarbeiten, es würde immer noch nicht genügen. Das Wort »Ausschlafen« ist mir genauso fremd wie das Wort »Feierabend«. Ein Wochenende hatte ich zeitlebens nicht. Ich schufte wie ein Ackergaul, seit ich nur denken kann. Andere Frauen gehen mit dreiundsechzig Jahren in Rente, ich habe mit dreiundsechzig Jahren fast eigenhändig den Kuhstall renoviert und das Dach der Scheune ausgebessert. Unter anderem.

Wir wohnen in Groß Vollstedt. Das ist ein kleines Kaff im Kreis Rendsburg-Eckernförde. Die gut tausend Einwohner kenne ich durch die Bank mit Namen. Die Jüngeren ziehen weg, sobald sie können, die meisten jedenfalls, aber die Alten, die bleiben. Mit dem Treppenlift kommt man ja auch nicht weit. Auch wenn sie tot sind, bleiben sie, dann liegen sie eben hier auf unserem kleinen Friedhof, und wenn die Kränze und Blumengebinde verwelkt sind, der Sarg sich abgesetzt hat und das Holzkreuz durch einen Marmorstein ersetzt wurde, geraten sie langsam, aber sicher in Vergessenheit. Die Vorstellung, in einer kalten Holzkiste vor mich hinzumodern und als einzige Gesprächspartner Würmer und andere Tiere zu haben, macht mich nicht besonders glücklich. Aber noch ist Zeit.

»Am Kuchen fehlt kein Zucker«, weise ich mein 67-jähriges Nesthäkchen zurecht, das meine Worte ignoriert und beleidigt auf den Boden stiert. Edgar lebt immer noch bei uns, und immer noch wasche ich seine Wäsche, bügle seine Hemden, beziehe sein Bett und wische den Boden seines Zimmers, das immer noch so aussieht, als würde ein Zehnjähriger es bewohnen. Warum Edgar nicht heiraten und eine Familie gründen wollte, das weiß der Kuckuck. Vielleicht ist er klüger, als ich denke, und hat sich innerlich einen Vogel gezeigt, frei nach dem Motto: »Wenn ich mir meine Eltern ansehe, weiß ich, welchen Fehler ich nicht machen werde.«

Eigentlich hat er ja recht. Und ich bin ja noch fit. Ich kann noch sein Zimmer putzen.

Eleonore hat wieder das Wort: »Ja, freust du dich denn nicht?«, will sie wissen.

Ich mache ein freundliches Gesicht und hoffe, dass sie nicht merkt, dass es ein aufgesetzt freundliches Gesicht ist. »Sicher, vielen Dank.« Bevor ich mich in diesen Lifta-Treppenlift setze, reiße ich eher das obere Stockwerk ab. Mir wäre ein Bungalow sowieso immer lieber gewesen. Seitdem es Bungalows gibt, hätte ich gern in einem gewohnt.

Aber ich wurde nie gefragt.

Mein Name ist Juliane Knop. Nein, nicht Julchen. Juliane. Juliane Pauline Johanna, um ganz genau zu sein. Ich bin nicht groß, sondern klein, ich messe einen Meter achtundfünfzig, um genau zu sein, früher war ich mal etwas größer, aber mit den Jahren bin ich geschrumpft. Ich habe wache, dunkle Augen, wobei ich den Ausdruck »wach« gar nicht mag, aber von meinen Augen wird nun mal behauptet, sie seien »wach«. Meine Statur könnte man als drahtig bezeichnen. Ich konnte immer essen, was ich wollte, ich habe niemals zugenommen. Ich habe auch immer viel gearbeitet. Meine Haare sind schneeweiß, und ich trage Wasserwelle. Und eine Brille, denn ich bin kurzsichtig. Meistens habe ich Arbeitshosen und Pullover an, aber wenn ich mal weggehe, ziehe ich ein Kostüm an, natürlich auch Nylonstrumpfhosen. Und immer trage ich dann halbhohe Schuhe. Auf dem Hof trage ich meist Gummistiefel.

Und heute bin ich siebenundneunzig geworden.

Verheiratet bin ich mit Heiner. Seit achtzig Jahren. Seit achtzig Jahren vergisst Heiner unseren Hochzeitstag, und seit achtzig Jahren gratuliert mir Heiner nicht zum Geburtstag. Er würde den nämlich auch vergessen, wenn die Kinder nicht scharenweise mit unseren Enkeln und Urenkeln aufkreuzen würden – natürlich nur, um mal nachzuschauen, wie lange es noch dauert, bis ich keuchend vor ihnen liege und auf meine Letzte Ölung warte.

Ich mag meine Familie nicht wirklich. Mein Leben lang habe ich mich für sie abgerackert, und keiner von ihnen hat es jemals gemerkt oder zu würdigen gewusst. Immer war alles, was ich tat, selbstverständlich. Bekam ich ein Kind, war ich am nächsten Tag wieder auf den Beinen und habe gearbeitet. Ich habe gekocht, gebacken, gebraten und im Stall geschuftet und musste um jede Hilfe betteln. Sie sind alle undankbar. Sie haben sich über mich lustig gemacht und mich nie ernst genommen, was bestimmt auch an meinem Mann Heiner liegt, der ihnen immer vorgelebt hat, dass man mich wie ein Stück Dreck behandeln darf.

Ja, Heiner.

Heiner nennt mich seit dem Tag unserer Hochzeit »Muddel«. Damals war ich siebzehn. Mit siebzehn »Muddel« genannt zu werden, kann ganz schön belastend sein. Er ist etwas größer als ich und viel dicker, fast schon bullig, würde ich sagen, und er hat breite Schultern, aber fast keinen Hals; auf seinem Kopf befinden sich kaum noch Haare, seine Lippen sind schmal; aber am schrecklichsten sind seine listigen Augen. Ich konnte Heiners Augen noch nie leiden.

Von oben ertönt ein Bummern. Erst leise, dann lauter und noch lauter und dann so laut, dass die Lampe wackelt und ein klein wenig Putz aus der Öffnung rieselt, in der die Lampe verankert ist.

Elise. Meine Mutter. Meine Mutter ist mit einhundertfünfzehn Jahren die älteste Einwohnerin Schleswig-Holsteins und wahrscheinlich auch die älteste Einwohnerin von ganz Deutschland, wenn nicht der ganzen Welt. Elise mag nicht sterben. »Hier hab ich's doch guuud«, pflegt sie in gepflegtem Holsteiner Dialekt von sich zu geben, um sich dann wieder ihrer Lieblingsbeschäftigung zu widmen: dem Essen. Das Problem meiner Mutter ist, dass sie immer essen muss. Im Zweiten Weltkrieg war sie eine Zeitlang verschüttet, eben ohne etwas zu essen, und als sie nicht mehr verschüttet war, dachte sie wahrscheinlich, dass sie jetzt alles wieder gutmachen muss, sprich, sie isst den ganzen Tag lang. Schon zwei ihrer Hörgeräte hat sie angenagt, eines sogar heruntergeschluckt, und ich weiß nicht, wohin das alles noch führen soll. Die Krankenkasse macht das bestimmt nicht mehr lange mit. Schon dreimal musste ich mich mit Sachbearbeitern der Barmer herumschlagen, die mich, wie sich während der Gespräche herausstellte, für nicht mehr ganz zurechnungsfähig hielten.

Elise lässt diesbezüglich auch nicht mit sich diskutieren, was vielleicht auch daran liegt, dass sie ihr Hörgerät, wenn sie es mal nicht gerade gegessen oder angenagt hat, nie anschaltet. »Dat well ich nich«, pflegt sie zu sagen, und jeder Widerspruch ist zwecklos. Sie hört es ja doch nicht. Weil sie es nicht hören will.

Meine Mutter war schon immer eine eigenwillige Person. Kaiser Wilhelm fand sie überflüssig. »Kosset alles unser Gäld, Kaiserkram da. Brauch kein Mensch nich!«

Hitler hat sie mal persönlich kennengelernt, als er auf einer Rundreise durch Schleswig-Holstein in Rendsburg Station machte. Diese Geschichte erzählt sie immer wieder gern, und von Mal zu Mal wird die Geschichte schlimmer. Ursprünglich war es so, dass das Auto von Hitler mit dem rechten Hinterrad auf Elises Fuß geparkt hatte. Elise schrie natürlich auf, der Wagen fuhr ein Stück weiter, sodass er nicht mehr auf ihrem Fuß parkte, und ein Mitarbeiter von Hitler hat sich freundlich bei meiner Mutter entschuldigt und ihr noch angeboten, sie nach Hause zu fahren, sollte sie mit dem angeparkten Fuß die Strecke allein nicht bewältigen können. Das war alles.

Zu allen möglichen Gelegenheiten holt Mutter diese Geschichte wieder raus. Auch gern an ihren eigenen Geburtstagen oder an Weihnachten. Dann sitzen hier der Bürgermeister, der Ortspfarrer, freiwillige Helfer des Roten Kreuzes und der Landfrauenverein, alle mit einem Lächeln, das einer Gesichtslähmung gleicht, und müssen sich teilweise zum fünfzigsten Mal anhören, wie Mutter Hitler aufs Maul gehauen, ihm seine Abzeichen abgerissen und das Auto damit zerkratzt hat. Wenn sie besonders gut drauf ist, tauchen auch noch ein orientierungsloser Göring und/

oder Goebbels auf. Ach so, Eva Braun spielt auch manchmal mit. Die stützt Mutter in der Geschichte, funkelt die anderen mit blitzenden Augen und Wasserwelle an und führt Elise in ein Café, wo sie ihr heiße Trinkschokolade bestellt und sich über ihren Lebensgefährten Adolf auslässt, der seine Fußhornhaut grundsätzlich beim Mittagessen abschält.

Ich wünsche mir oft, dass Mutter sich ändert, aber darauf kann ich warten, bis ich schwarz werde. Andererseits gefällt mir ihre direkte Art auch irgendwie. Schade, dass ich so gar nicht nach ihr komme. Ich habe immer alles heruntergeschluckt. Es ist leider auch nicht so, dass ich mir grundsätzlich die Butter vom Brot nehmen lasse. Ich kratze sie freiwillig ab und verteile sie an die Familie.

Es ist siebzehn Uhr. Meine Söhne und Töchter schauen auf die Uhr. Zwei Stunden sind vergangen, und nun wollen sie gehen. Wie immer.

»Hassu noch Eingemachtes?« Mein Sohn Fred reibt sich seinen Schmerbauch. »Von Muddern schmeckt's doch immer noch am besten.«

Sicher hab ich Eingemachtes. Ich habe auch gepökeltes Fleisch und Wurst und jede Menge anderer Sachen, aber sollte man nicht meinen, ein junger Mensch von sechsundsiebzig Jahren könnte allein für seinen Lebensunterhalt sorgen? Kann er wahrscheinlich, aber ist einfach zu faul dazu. Obendrein mit einer solch agilen Ehefrau wie Lene an seiner Seite. Das Problem ist nur, dass Lene nicht kocht. Seitdem sie einen Gasherd zum Explodieren gebracht hat, war es das mit dem Kochen. Und nun bestellt sie seit einigen Jahren alles, wirklich alles, bei so einem Tiefkühlunternehmen, was ein Heidengeld kostet und was Fred nicht mehr sehen, riechen und schmecken kann. Deswegen versucht er bei jeder Gelegenheit, bei mir etwas abzustauben. Und ich gebe ihm natürlich immer was mit.

Elisabeth, eine meiner Enkeltöchter, steht auf und spaziert in der guten Stube herum. Vor meinem alten Biedermeiersekretär bleibt sie stehen und begutachtet ihn neugierig. So wie jedes Mal. Sie dreht sich zu mir um. So wie jedes Mal. »Wann willst du das olle Ding eigentlich mal wegschmeißen?«, fragt sie heuchlerisch. So wie jedes Mal.

»Ich will das olle Ding nicht wegschmeißen«, sage ich freundlich, so wie jedes Mal.

»Dass du das nötig hast, die alten Sachen aufzuheben«, meint Elisabeth und deutet auf den reichverzierten Empireschrank, auf die Jugendstilsitzgruppe, auf der niemals jemand sitzt, weil es eine Jugendstilsitzgruppe ist, und auf verschiedene andere Dinge, die sich seit Generationen in meiner Familie mütterlicherseits befinden und die ich ganz sicher nicht an eine debile Alte Mitte fünfzig hergeben werde, die nicht nur im Vorgarten politisch angehauchte Gartenzwerge stehen hat, sondern auch *in* ihrer hässlichen Doppelhaushälfte. Nicht auszudenken, würde mein schönes altes Klavier mit integrierten Messing-Kerzenleuchtern neben einem rauchenden, deformierten Helmut Schmidt in Zwergenform stehen. Außerdem kann niemand außer mir in dieser Familie Klavier spielen, außer »Kuckuck, Kuckuck, ruft's aus dem Wald«. Normalerweise ist das Gespräch zwischen Elisabeth und mir an dieser Stelle zu Ende, aber diesmal geht sie einen Schritt zu weit.

»Wie lang willst du eigentlich noch warten, bis du die Sachen endlich hergibst?«, kommt es. »Lange machst du es doch eh nicht mehr. Besser du verteilst den Kram gleich gerecht, bevor wir uns alle streiten, wenn du im Sarg liegst.«

Ich stehe auf, fege Elisabeths Sherryglas vom Tisch und baue mich vor meiner Enkeltochter auf. »Woll'n wir doch mal sehen, wer von uns beiden eher im Sarg liegt«, sage ich leise und, wie ich hoffe, bestimmt. »Und nun scher dich raus.«

Elisabeth starrt mich an, als würde ein Geist vor ihr stehen. »Du wagst es …«, sie dreht sich zu den anderen um. »Sagt ihr doch auch mal was.«

Niemand sagt etwas. Es hebt auch niemand das Sherryglas auf

oder fühlt sich bemüßigt, einen Feudel aus der Küche zu holen, um den Dielenboden zu wischen.

Nur Heiner sagt dann was. Nach einer Minute. »Wird nich mehr lang dauern, min Deern«, brummelt er vor sich hin. »Wart's nur ab, wird nich mehr lang dauern, dann hem wer Ruhe vor min Fru.« Gelangweilt sieht er mich an, so, als ob ich ihm den Gefallen tun sollte, jetzt auf der Stelle tot umzufallen.

Das war's. Ich drehe mich um und verlasse den Wohnraum und meine Familie, gehe in den Stall und setze mich auf einen ausgedienten Melkschemel. Moni, eine unserer besten Kühe, müsste bald kalben. Ich streichle ihr über den angespannten Leib und denke nach.

Nachdenken. Das hätte ich mal viel, viel früher tun sollen.

Kapitel 2

> Der Wortbestandteil Arsch findet sich in allen germanischen Sprachen und erlaubt die Rekonstruktion der gemeingermanischen Wurzel *ars-oz. Wahrscheinlich ist eine Verwandtschaft mit gr. ορρος οττος »Schwanz«, das ebenfalls als Kraftausdruck für das Gesäß gebraucht und daher in gehobener Sprache vermieden wurde. Zu einer möglichen gemeinsamen indogermanischen Wurzel *ors werden auch air. err »Schwanz« und hethitisch arrash »Gesäß« gerechnet. Der Begriff Loch ist althochdeutschen Ursprungs und bedeutet Öffnung. Die Kombination dürfte frühmittelalterlich sein, da sie inhaltsgleich sowohl im Englischen als auch im Deutschen vorkommt. Im Althochdeutschen ist für den Anus dagegen primär der Ausdruck Darm, Derm zu finden, der später auf das Intestinum übertragen wurde.
> www.wikipedia.org

Wenn man es mal ganz genau nimmt, war mein ganzes Leben eine Aneinanderreihung unglücklicher Zufälle.

1910, als ich geboren wurde, da war die Welt noch in Ordnung. Wenigstens vier Jahre lang. Dann kam der Erste Weltkrieg, und die Welt war vier Jahre lang nicht in Ordnung. Als am 1. August Deutschland den Krieg erklärte, habe ich das zwar nicht so richtig mitbekommen, aber die folgenden Zeiten waren schwierig. Wenn ich heute daran zurückdenke, habe ich immer einen Geruch von Rauch in der Nase. Vielleicht kann ich deswegen immer noch nicht ohne Angst unseren offenen Kamin bedienen. Wovor genau ich Angst habe, kann ich so genau gar nicht sagen, vermutlich befürchte ich, es könnte darin brennen oder sich Rauch bilden, alles Dinge, die ich bislang zum Glück nicht hingekriegt habe.

Mein Vater wollte 1914 nicht in den Krieg, er meinte, er sei Landwirt. Und Schusswaffen hat er verabscheut. Mit Mistgabeln dagegen konnte er gut umgehen. Doch das hat ihm nichts genützt. Er musste hin.

So blieb ich mit meiner Mutter, meiner Großmutter und Urgroßmutter, Tanten, Kusinen und natürlich Geschwistern auf unserem Hof, während die Männer eingezogen wurden. Es war keine besonders schöne Zeit, um das mal milde auszudrücken. Allein wenn ich an die Heuernten zurückdenke und die ganze tägliche Arbeit, die wir ohne Männer schaffen mussten. Nein, leicht war es nicht. Später mal habe ich ein Buch von einer Anna Wimschneider gelesen; es hieß *Herbstmilch*. Ich habe mich in ihr wiedererkannt, womit ich jetzt nicht das Aussehen meine, sondern eher den permanenten Schlafmangel, die Hornhaut an den Füßen und das wettergegerbte Gesicht. Kälber, Fohlen und Ferkel habe ich übrigens auch auf diese Welt geholt. Viele. Nur Hühner nicht, die schlüpften mir nichts dir nichts und ohne Hilfe aus ihren Eiern.

1918 dann, als der Krieg vorbei war, wurde es lange Zeit auch nicht wirklich besser. Da war ich acht Jahre alt, hätte gut und gern für achtunddreißig durchgehen können und hatte Schwielen an den Fingern, gegen die eine Gichterkrankung im fortgeschrittenen Stadium nichts ist. Halten Sie mal jahrelang achtzehn Stunden am Tag eine Heugabel, eine Schaufel oder die Leine eines desorientierten und umtriebigen Ochsen in den Händen, dann fragen Sie ganz sicher nicht mehr, warum. Und warum ich das jetzt alles erzähle, weiß ich auch nicht. Vielleicht, weil ich einfach nur wütend bin. Oder weil ich der Nachwelt irgendetwas außer einer Jugendstilsitzgruppe oder einem Sarg in zwei Meter Tiefe hinterlassen will, um den sich sowieso kein Mensch jemals mehr kümmern wird. Ist ja auch egal. Wuselwurscht.

Heiner, meinen Mann, kenne ich sozusagen, seitdem ich auf der Welt bin. Er wohnte mit seinen Eltern auf dem Nachbarhof, wir trafen uns fast täglich, um zur Schule zu gehen oder von der Schule nach Hause, oder wir trafen uns beim Dorfkrämer oder einfach so auf der Straße. Und natürlich auf dem Feld. Nachbarschaftshilfe wurde damals großgeschrieben in Groß Vollstedt. Heute auch noch. Aber das ist mir mittlerweile egal.

Als ich fünfzehn war, fing Heiner an, mir nachzustellen. Hat mich auf Dorfgeselligkeiten mitgenommen, und einmal ist er sogar mit mir nach Neumünster gefahren. Ein Ausflug in die große weite Welt. »Knops Heiner ist eine gute Partie«, pflegten meine Eltern zu sagen. »Da hast du ausgesorgt.« Und ich liebes Mädchen habe brav genickt und mich von Heiner um den Finger wickeln lassen. Er sprach ununterbrochen davon, dass er mit mir auf dem Hof seiner Eltern leben wollte; er wollte viele Kinder haben und er wollte aus dem Hof einen einzigartigen, ganz besonderen Hof machen. Was ich wollte, hat ihn nicht interessiert.

Geheiratet haben wir 1927. Ich trug das Hochzeitskleid meiner Urgroßmutter, das mir viel zu groß war, stand in unserer evangelischen Dorfkirche, und das Einzige, an das ich mich noch erinnere, ist die alte Frau Petersen, die ununterbrochen wehklagte, heulte und einzelne Worte ausstieß, die kein Mensch verstand und die die Predigt von Pfarrer Schümann empfindlich störten.

Als ich Ja sagte, hatte ich ein komisches Gefühl. Heute weiß ich, dass das komische Gefühl einen Namen hatte: Zweifel.

Schon am Nachmittag der Hochzeitsfeierlichkeiten, die auf dem Hof meiner Eltern ausgerichtet wurden (damals wurde noch viel Wert darauf gelegt, dass die Brauteltern die Kosten der Hochzeit übernahmen, was Heiner und seinen Eltern mehr als recht war), war es vorbei mit Heiners Freundlichkeit. Sie machte einer gepflegten Gleichgültigkeit Platz, die allerdings nach einer weiteren halben Stunde von einer weiteren Eigenschaft abgelöst wurde: dem Herumkommandieren.

Ab halb fünf war ich »Muddel«. Und Muddel blieb ich für die nächsten achtzig Jahre.

»Muddel, nu hol doch noch nen Bier.« »Muddel, nu lauf doch

und bring frisches Brot.« »Muddel, siehst du nicht, dass Kuddel und Bert und Johann und Wolle kein Fleisch mehr auf'n Teller ham?« Anstatt Heiner aufs Maul zu hauen, bin ich gelaufen und gerannt in meinem Brautkleid, was zur Folge hatte, dass ich – es war Mitte Juni – schon nach kürzester Zeit nassgeschwitzt war. Und Kuddel und Bert und Johann und Wolle haben sich noch nicht mal bedankt. Ich habe sie dafür gehasst. Aber Heiner habe ich am allermeisten gehasst. Schade eigentlich, dass es den Begriff »Emanzipation« damals noch nicht gab. Oder »Fairness«.

Andererseits wäre ich eine Versager-Emanze gewesen und geächtet worden. Was hätte wohl Hildegard Quandt, die erste Miss Germany überhaupt, zu mir gesagt? Sie war im März des Jahres gewählt worden. Ich glaube, sie hätte gar nichts gesagt, sondern mich mit mitleidigem Blick angeschaut und sich dann mit ihren kirschroten Lippen peinlich berührt abgewandt. Zu Recht.

Gegen zweiundzwanzig Uhr auf der Hochzeit, als alle tanzten und – zumindest die Männer – sich schon so gut wie totgesoffen hatten, fiel Heiner ein, dass es jetzt an der Zeit war, die Hochzeitsnacht einzuläuten. Mit den Worten: »Muddel, nu muss ich s-toßen.« Ein paar Sekunden später und ein Stockwerk höher schrie er: »Nu s-toß ich feste zu, nu kommt mir daaas!«

Um es kurz zu machen: Es war eine Katastrophe.

Mit meinen siebzehn Jahren lernte ich die Liebe kennen – dachte ich – und habe sie ganz schnell wieder vergessen.

Ich stehe auf, weil mir der Rücken vom langen Sitzen wehtut, und kicke den Melkschemel achtlos beiseite.

Was hab ich vom Leben gehabt, was?

Nichts hast du gehabt, Juliane, außer Arbeit und Ärger und bist nur rumkommandiert worden und hast als Gebärmaschine funktioniert. Mich würde mal interessieren, wie viele Tonnen Mist du während deines Lebens aufgegabelt hast. Wie viele Ballen Stroh getragen, wie vielen Kälbern und Ferkeln auf die Welt geholfen? Und wer, frag ich dich, wer hat in Dreiteufelsnamen etwas für dich getan?

Die Antwort ist glasklar, tut aber trotzdem ein bisschen weh.
Ist auch gar nicht schlimm, dass sie wehtut, die Antwort, so weiß ich wenigstens, dass ich noch ein Herz habe.
Die Antwort lautet: Niemand.
Ich gehe ins Haus zurück und überlege. Dann kommt mir ein Gedanke: Ich sollte mein Leben ändern. Komisches Gefühl. Noch nie vorher da gewesen. Seltsamer Gedanke. Aber ein guter.

Heiner sitzt allein am Küchentisch. Er ist neunundneunzig und behauptet von sich selbst, immer noch Bäume ausreißen zu können, wenn man es von ihm verlangen würde. Da es aber niemand von ihm verlangt, reißt er keine Bäume aus. Und wenn, dann wären es Bonsais.

Er überprüft mein Haushaltsbuch. »Du hast zu teuer eingekauft, Muddel«, höre ich, während ich Abwaschwasser ins Becken laufen lasse, um die Hinterlassenschaften meiner lieben Familie zu beseitigen. Ich antworte nicht.

»Hier«, er deutet auf einen Posten. »Das letzte Mal war der Kaffee billiger. Und wozu brauchst du noch neue Seife? Hast's doch sowieso bald hinter dir, das Leben.« Und dann lacht er sein widerliches, hämisches Lachen, das mir seit achtzig Jahren das Blut in den Adern gefrieren lässt. Ich würde gern einfach mal losweinen, aber vor langer Zeit habe ich mir das Weinen verboten, und daran halte ich mich. Außerdem würde es ja sowieso nichts nützen. Wenn ich vor Heiner weinen würde, hätte er einen Grund mehr, sich über mich lustig zu machen. Also kümmere ich mich lieber um den Abwasch.

»Das wird schön, wenn du erst mal wech bist«, feixt Heiner und klappt das Haushaltsbuch zu. »Könntest dich ruhig mal beeilen. Aber deine Pumpe funktioniert und funktioniert, so, als ob du mir eins auswischen wolltest. Andererseits, wer sollte dann die Arbeit machen?« Er kichert boshaft.

Während ich die Kuchenteller in das Spülwasser tunke, betrachte ich meine Hände, die von Altersflecken übersät sind und bei denen einige Venen deutlich heraustehen. Ich mag meine Hände, obwohl sie von Arbeit und vom Leben gezeichnet sind. Aber es sind doch meine Hände, oder nicht? Sie erzählen eine Geschichte. Meine nämlich. Eine traurige Geschichte. Bis jetzt. Bis heute.

»Ich geh gleich schlafen«, sage ich zu meinem Mann, lasse das Wasser ablaufen und trockne meine Hände ab.

»Was mit Essen?«, will Heiner wissen.

»Mach dir doch selbst was.« Ich erschrecke. Das ist das erste Mal seit unserer Hochzeit, dass ich so etwas sage. Beinahe werde ich rot.

Heiner steht auf. »Pass man bloß auf, dass ich mich nicht vergesse«, meint er böse. »Sonst schmeckst du den Ochsenziemer, den kennst du ja gut.«

O ja, den kenne ich gut. Immer dann, wenn Heiner etwas nicht passte, kam der Ochsenziemer zum Einsatz, und es setzte Schläge, die ich klaglos hinnehmen sollte, was mir aber nicht immer gelang. Am demütigendsten war die Tatsache, dass ich bei den angeblichen Verfehlungen, die ich mir geleistet hatte – der Korridor war nicht richtig gescheuert, das Vieh nicht rechtzeitig gefüttert worden oder die Suppe versalzen oder zu fade –, den Ochsenziemer, der hinter der Küchentür hing, selbst holen und ihm überreichen musste.

Ich schlucke meine Wut hinunter und mache Heiner belegte Brote zurecht. Heimlich spucke ich auf die Salami und verteile die Spucke mit einem Messer auf den Scheiben. Vielleicht habe ich mich ja bei einem der Rinder mit BSE angesteckt. Hoffentlich.

Dann verlasse ich die Küche und gehe wortlos nach oben. Meine Mutter krakeelt schon wieder in ihrem Zimmer herum. Es geht um Else Ury und im Einzelnen darum, dass Else Ury die Nesthäkchen-Bücher auch mal generationsübergreifender hätte schreiben können. Und überhaupt: Annemarie Braun, das Nesthäkchen, was sei das denn für ein Name? Ich beschließe, ihr keine gute Nacht zu wünschen, und gehe ins Schlafzimmer, um meine Schürze und mein Kleid aus- und mein Nachthemd anzuziehen.

Dann lege ich mich ins Bett und bete nicht.
Ich verspreche mir etwas.
Ab morgen, ab morgen wird alles, alles anders.
Ich weiß noch nicht, wie, aber es wird.
Ich weiß nur eins: Ich will leben!
Und das ist doch nicht zu viel verlangt.

Kapitel 3

> Der Scherenschleifer. Nur echt mit schwarzem Filzhut und Scherenschnitt-Logo!
> Mein Motto: Wieder herrichten statt wegwerfen!
> Ich schleife auch Messer, Gartengeräte, Handwerkszeuge und vieles mehr. Wellenschliff gehört zu meinen Spezialitäten. Natürlich schleife ich nicht auf einem alten Tretschleifstein, sondern auf modernen Maschinen, insbesondere auch auf präzisen, schwedischen Nassschleifmaschinen. Damit Sie lang Freude an Ihren geschliffenen Sachen haben, bekommen Sie von mir auch Anleitungen und Pflegetipps. Viel Spaß beim Stöbern!
> www.der-scherenschleifer.de

Als am nächsten Morgen um vier Uhr mein alter Wecker schrill klingelt, stehe ich wie gewohnt auf, ziehe meine ausgebeulte Latzhose an und einen Pullover darüber, um dann wie immer in die Küche zu gehen und Kaffeewasser aufzusetzen. Ich esse eine Scheibe selbstgebackenes Brot mit selbstgemachter Hausmacher Leberwurst und trinke zügig die erste Tasse übertreuten Kaffee. Heiner schläft noch. Er schläft gern mal aus und lässt den Volltrottel Juliane die ganze Arbeit machen.

Aus dem Stall höre ich lautes Muhen, das eher einem Kreischen gleicht, und im nächsten Moment stürze ich aus der Haustür und renne hinüber zu den Stallungen. Es ist Moni. Sie steht in einer separaten Pferdebox, weil ich schon immer der Meinung war, eine trächtige Kuh hat das Recht auf ein wenig Privatsphäre und kann auf glotzende und muhende Zuschauer verzichten, während sie Wehen hat.

»Na, Moni«, sage ich und klopfe ihr beruhigend den Hals,

doch Moni hat momentan nicht so große Lust auf einen kleinen Plausch mit mir. Unruhig läuft sie hin und her, legt sich hin, steht wieder auf. Es kann nicht mehr lange dauern, die Fruchtblase ist schon zu sehen.

Mir kommt eine Idee.

Kopf oder Zahl.

Wenn Moni einen Jungen zur Welt bringt, dann bleibe ich und lasse alles so, wie es ist. Ist es ein Mädel, werde ich noch heute anfangen, alles anders zu machen.

Ich nicke, trete hinter die Kuh und warte. Moni legt sich kurz darauf wieder hin, und die erste Presswehe setzt ein, dauert ungefähr anderthalb Minuten, dann hat Moni eine Pause von ungefähr der gleichen Länge. Ich sehe die Vorderbeine des Kalbs und bin beruhigt, als kurz darauf auch der Kopf zu erkennen ist. Natürlich habe ich schon Geburtshilfe geleistet – und auch gar nicht selten –, aber heute ist mir einfach nicht danach, zu viele Gedanken sausen in meinem Kopf herum. Und diese Gedanken drehen sich nicht darum, wie ich ein Kalb, das mit den Hinterbeinen zuerst aus der Mutter rauswill, am besten im Leib herumdrehe, zumal das auch ganz schön anstrengend ist. Vor ein paar Jahren hat eine Kuh sich währenddessen so verkrampft, dass ich dachte, mein Arm würde amputiert, und danach hatte der Arm wochenlang eine schillernde blaue Farbe.

Aber heute habe ich Glück. Nach zehn Minuten platzt die Fruchtblase, jetzt geht alles sehr schnell, und der Rest des Kalbes – ein schönes Kalb, schwarzweiß, kommt auf diese Welt gerutscht. Moni steht stolz auf, sieht mich mit ihren treuen braunen Augen an und beginnt, ihr Kind abzulecken. Ich setze mich zu den beiden ins Stroh und freue mich. Nach zwanzig Minuten steht das Kleine auf und stakst unbeholfen hin und her.

Und ich stehe auch auf und schaue mir das Neugeborene etwas genauer an.

Moni hat eine Tochter bekommen.

»Was machstu, Muddel, wo willsten hiiin?«, fragt mich Heiner, als ich gegen neun Uhr, nachdem ich das Vieh versorgt und Frühstück sowie Wäsche gemacht habe, die Küche betrete.

»Zum Friseur«, sage ich knapp, und schon wieder klopft mein Herz.

»Zum Friseur, zum Friseur«, äfft mich Heiner nach. »Was das wieder kostet! Und ich frach mich auch ehrlich gesacht, was du alte Schachtel beim Friseur willst. Bist doch eh schon friedhofsblond.«

Ich spare mir die Antwort und verlasse das Haus. Heiners Worte »Wenn's nich um Punkt zwölf Mittach gibt, gibt's Backpfeifen, dass du die Engel singen hörst, Muddel!« ignoriere ich.

Unser Hof liegt etwas außerhalb, und mit meinem alten Fahrrad, das ich seit achtzig Jahren besitze und für das mir diverse Trödelhändler und auch mal ein herumreisender Auktionator eine Menge Geld geboten haben, das ich aber nie im Leben hergeben würde, brauche ich eine Viertelstunde zum Dorffriseur. Ich radele beschwingt durch die sonnige Landschaft, vorbei an Weiden und Feldern und Wiesen, und überlege mir, was ich als Nächstes tun kann. Beziehungsweise tun soll.

»Mensch, Juliane, moin!« Inken, die *Inken ihr'n Frisiersalon* jetzt im fünfzigsten oder sechzigsten Jahr betreibt, freut sich sichtlich, mich zu sehen. Inken ist zehn Jahre jünger als ich, also siebenundachtzig, und denkt überhaupt nicht ans Aufhören. »Ich brauche den Geruch von die Färbemittel und von'n Haarsprays und von die Festiger«, sagt sie kategorisch, wenn jemand sich wundert, dass sie sich immer noch nicht zur Ruhe gesetzt hat. Sie ist eine kleine, agile Person mit hochtoupiertem lackschwarzen Haar, das sie sich regelmäßig selbst nachfärbt. Ihre dunklen Augen sind groß und kugelrund, und sie trägt immer ein Kostüm und dazu hohe Schuhe. Noch nie habe ich Inken anders gesehen. Geheiratet hat sie nie, worüber im Dorf viele die Nase rümpfen, aber Inken war so schlau, nicht vor einen Pfarrer zu treten, um ihre Rechte an einen dumpfbackigen Landwirt abzugeben. Vielleicht hätte sie es sogar getan, aber Inken ist eine Lesbe. Und noch dazu eine stolze Lesbe. »Brauch ich nich, so'n komisches Ding zwischen die Beine«, hat sie mir mal erklärt, und ich dachte damals erst, sie würde öfter mal über einen umgekippten Baumstamm stolpern. Dann hab ich es aber verstanden und hatte ein bisschen Angst vor ihr, die sich aber schnell legte. Inken ist ein herzensguter Mensch und würde für jeden alles tun. Eines tut sie allerdings nie: ihren Salon mal von Grund auf renovieren. Er sieht immer noch so aus wie aus den fünfziger Jahren; an den Wänden mit den mittlerweile etwas verblichenen Tapeten hängen alte Werbetafeln, auf denen perfekt frisierte Damen zu sehen sind, die Gard-Haarspray hochhalten. Es gibt auch eine von Afri-Cola: *Afri-Cola überwindet den toten Punkt.* Mir erschließt sich die Werbebotschaft daraus nicht. Wie kann ein Colagetränk einen toten Punkt haben? Ich meine, ein Colagetränk geht doch nicht abends auf eine Party und sagt dann gegen dreiundzwanzig Uhr: »Ich hatte gerade meinen toten Punkt, aber nun habe ich ihn überwunden.« Ich kenne jedenfalls kein Colagetränk, das so etwas sagt. Um genau zu sein, habe ich auch noch nie ein Colagetränk auf einer Party getroffen, weil ich nie auf Partys gegangen bin. Aber ist es letztendlich nicht auch völlig egal? Trotzdem ärgert es mich, dass mir dieser Spruch nie aus dem Kopf geht, wenn ich einen Termin bei Inken hatte.

»Was machen wir heut, Juliane?«, will sie wissen, während ich mich auf einen der grauen Drehstühle setze und sie mir einen Frisierumhang überlegt, auf dem sich lustige bunte Schmetterlinge in Pastellfarben tummeln. »Wie immer?«

Ich nicke und greife nach einer Zeitschrift, einer *Bunte* von 1955, die ich 1955 mal mitgebracht und dann nach dem Bezahlen vergessen habe. Interessiert vertiefe ich mich in einen Artikel über den damals kürzlich verstorbenen Albert Einstein, obwohl ich diesen Artikel schon ungefähr hundertmal gelesen habe.

Früher habe ich immer auf Inken herabgesehen, weil ich ja älter war, aber mittlerweile hat sich das auch gelegt. Bei meiner Hochzeit war sie sieben und hat so viel Torte gegessen, dass sie nachmittags meinen Vater vollkotzte, der das aber nicht so schlimm fand, da er sowieso schon seit Stunden am Tisch sitzend schlief und bereits vollgekotzt war. Später half sie ihren Eltern im Friseurgeschäft, sprich, sie fegte den Boden und staubte die Regale ab und dekorierte die Wände mit Werbung. Es hat sich also nichts geändert.

»Was macht Heiner?«, fragt Inken mich, während sie beginnt, meine weißen Haare zu bürsten. Wir sehen uns durch den Spiegel an, und ich antworte nicht, was für sie Antwort genug ist.

»Warum haust du dem nich einfach 'ne Mistgabel übern sein Schädel?« Inken schüttelt den Kopf. »Ich konnte den nie noch nich leiden, nie. Hab auch nie verstanden, wie du den nehmen konntest. Und der da oben könnt auch mal'n büschen barmherziger sein und dir noch'n paar Jährchen ohne den Alten gönnen, findste nich?«

Ja, finde ich. Aber der da oben stellt die Ohren auf Durchzug, wenn ich ihn um etwas bitte. Vielleicht mag er keine Frauen – weil er selbst nie eine gehabt hat.

»Ich glaub, der überlebt mich«, gestehe ich und zucke mit den Schultern.

»Blödsinn«, regt sich Inken auf und zieht mich auf dem Drehstuhl zum Waschbecken. »Du bist gesund und gut beisamm'. Hör mir bloß auf mit so'n Tüddelkram.«

Sie dreht den Wasserhahn auf, und ich beiße mir vorsorglich schon mal auf die Unterlippe, weil ich weiß, dass Inken es mit den Temperaturen nicht so hat und mit den Reglern der Warm- und Kaltwasserversorgung nicht wirklich gut umgehen kann. Erwartungsgemäß kocht meine Kopfhaut eine Sekunde später, und ich sehe aus wie ein Hummer, aber das bin ich ja nun schon Jahrzehnte gewohnt, da kommt es auf die paar Jahre nun auch nicht mehr an.

Ich hätte es so machen sollen wie Inken. Dann hätte ich ein schönes Leben gehabt.

»Hättste mal alles so gemacht wie ich«, sagt Inken dann auch. »Hättste 'n schönes Leben gehabt.«

Resigniert nicke ich.

»Wie habt ihr das eigentlich alles geregelt mit euren Sachen so?«, will sie dann wissen und rubbelt mit einem Handtuch meine siebenundneunzigjährigen Haare trocken.

Fragend schaue ich sie an. »Wie meinst du das?«

»Na, so wie ich es sage«, kommt es. »Angenommen, ihr würdet euch scheiden lassen, wer bekommt dann was?«

»Scheiden lassen? Darüber habe ich noch nie nachgedacht.« Inken schiebt mich auf dem Stuhl zum Frisierplatz zurück, und ein Teil des Umhangs verheddert sich in den Rollen, sodass ich beinahe stranguliert werde.

»Hättste mal, hättste mal.« Sie beginnt zu schnippeln.

»Am liebsten würde ich abhauen«, schießt es aus mir heraus, einfach so, und ich bin ganz schön verwundert über meine Offenheit. »Aber ich muss ja um jeden Euro betteln.« Das ist mir im Übrigen all die Jahre auch zunehmend auf die Nerven gegangen, diese ständigen Währungswechsel. Wer soll denn da noch kapieren, wie viel er nun wirklich für was ausgibt? Ich erinnere mich noch an die Zeiten, in denen man drei Millionen Mark für ein Brot bezahlen musste. Papiermark, Reichsmark, D-Mark, Euro. Furchtbar.

»Wenn ich überlege, was der immer beim Engelhardts Karl im Goldenen Ochsen verprasst hat und noch verprasst«, regt sich Inken auf und schneidet mir deswegen beinahe ein Ohr ab. »Und du hast immer auf'n Hof gehockt und hast die Blagen gehütet und das Viehzeug gefüttert, hast du oder hast du nicht? Kroppzeug ist der Heiner, der ist nur Kroppzeug. Hättste mal früher gesacht, was Sache ist, dann hättste's jetzt besser. Geh zurück!«

»Natürlich geh ich zurück, Inken. Wohin soll ich denn sonst gehen?« Manchmal kann sie einen ganz schön nerven.

»Ich mein mit dein' Kopf«, sagt Inken, und gehorsam lege ich ihn in den Nacken. »Ich muss an die Seite wo was noch abschneiden«, erklärt sie, und ich höre das stumpfe Schnippschnapp der Schere. Sie quietscht, und es zieht.

»Du solltest die Scheren mal schleifen lassen«, schlage ich vor, so wie seit etlichen Jahren, und Inken sagt daraufhin dasselbe wie seit etlichen Jahren: »Die hab ich jetzt an die sechzig Jahre, die Scher'n, da fang ich jetzt nich fang ich nich an, da mit'n Schleifmesser ranzugehen, nich?« Sie quält sich weiter mit der Schere ab. »Verlass ihn doch«, meint sie dann.

Ich öffne die Augen. »Verlassen? Wo soll ich denn hin?«

»Kannst bei mir bleiben, wenn du willst«, kommt es. »Ich hab Platz genug. Kannst, wenn du magst, das Schlafzimmer haben, wo meine Eltern drin geschlafen haben.«

»Das geht nicht«, wiegele ich ab.

»Warum?« Die Schere quält sich weiter. Es hört sich an, als hätte sie schreckliche Schmerzen. »Ich hab die Betten abgezogen. Könn' wir frisch beziehen, und gut is.«

Ich überlege.

Heiner verlassen?

Eigentlich gar keine schlechte Idee, wie ich finde.

Aber wie wird er es finden?

Gegenfrage: Ist es mir nicht völlig egal? Ich muss mich noch nicht mal fragen, was aus den Kindern wird, denn die sind sowieso schon in einem Alter, in dem sie sich darüber Gedanken machen könnten, ob sie einen Eichensarg mit Intarsienarbeiten haben wollen oder Mahagoni pur.

Und: Geht mich das was an?

Nö.

Halt.

Was wird aus dem Hof, dem Bargeld auf der Bank, dem Grundbesitz überhaupt? Wie regelt man das?

Ich vertiefe mich kurz in die Bunte. Ich muss nachdenken.

Zwei Minuten später denke ich immer noch nach.

Inken schnippelt an mir herum.

Zehn Minuten später denke ich nicht mehr übers Nachdenken nach.

Fazit: Ich weiß nicht, wie ich es anstellen soll, mich von Heiner zu trennen.

Ich bin dumm.
Ich bin nicht dumm.
Ich bin lediglich desorientiert.
Ich möchte nicht desorientiert sein.
Ich will diesen emotionalen Fliegenpilz loswerden.
Falsch.
Ich will ja gehen. Er kann bleiben.
Aber ich will nicht auf alles verzichten.

»Was is?«, fragt Inken. »Nu hab ich dich schon viermal gefragt, was mit die Wasserwelle is.«

»Sag mal«, das bin ich, und ich spreche langsam. »Hast du eigentlich auch Perücken?«

Kapitel 4

> Eine Amsel, so wird man sagen, das ist doch nicht tragisch. Aber wie viele Vögel fliegen über das Jahr gegen Scheiben? Ein Dutzend wäre eigentlich schon zu viel. Da kann man froh sein, wenn die Scheiben schmutzig sind, denn dann können die Vögel sie besser sehen. Wenn sie aber frisch auf Hochglanz poliert sind, dann wehe dem Vogel, der aus irgendeiner Richtung unter dem Dach des Häuschens hindurchfliegt.
> Und wie viele tote Vögel findet man an solcher Stelle? Längst nicht alle, die angeflogen sind. Manche kommen erst einmal davon. Mindestens die Hälfte von ihnen stirbt bald darauf an inneren Verletzungen. Andere fallen ein Stück weiter ins Gras. Aber auch die Katzen, die vorbeikommen, wissen recht bald Bescheid und kassieren frisch tote Vögel ab. Und nachts führt den Marder und den Fuchs sein Weg an solche Stellen. Die Dunkelziffer an toten Vögeln kann man als beträchtlich einschätzen.
> www.nabu.de

Ich werde einen Anwalt aufsuchen. In Groß Vollstedt gibt es keinen, also werde ich nach Neumünster fahren müssen. In Gedanken mache ich mir eine Liste mit Fragen. Was kann ich behalten, was muss ich dalassen? Was wird aus den Kühen, aus den Hühnern, aus den Schweinen, aus Elise? Was wird aus meinen persönlichen Sachen? Wo will ich überhaupt wohnen? Wie findet man eine Wohnung? Was muss man da beachten? Ich habe mein komplettes Leben auf Höfen verbracht, der Gedanke, in eine Wohnung zu ziehen, in deren Nähe sich keine Ställe oder Felder befinden, irritiert mich. Und: Wann soll ich es Heiner sagen? Sage ich es ihm überhaupt oder gehe ich einfach? Und wenn ich es ihm sage: Wie wird er reagieren? Er wird mich aus dem Haus jagen, ohne einen Pfennig Geld. Ich werde so, wie ich dann bin, weggehen müssen. Kein Geld. Nichts. Und nichts zu essen. Na ja, das ist nicht so schlimm. Ich esse sowieso nicht viel.

Also. Plan A: Anwalt. Plan B: Sehen wir dann.

Lennart Wahmhoff könnte mein Urenkel sein. Nicht vom Aussehen her, aber vom Alter. Ich schätze ihn auf Anfang dreißig. Er trägt einen dunklen Anzug und hat ein recht kleines Büro, in dem ein riesiger Schreibtisch fast die ganzen Quadratmeter einnimmt. Er hat aschblondes Haar, riecht nach Schweiß und ist sehr nervös. Ich sitze mit meiner Handtasche auf dem Schoß vor ihm und starre ihn erwartungsvoll an.

»Sie sind also Frau Knop«, sagt Lennart Wahmhoff, und ich nicke. Er fragt: »Was führt Sie zu mir?«

»Ich möchte mich scheiden lassen«, antworte ich schnell und bin sehr stolz auf mich.

»Hättste mal früher machen sollen«, hat Inken gemeint, als ich ihr von meinem Entschluss erzählt habe, und darauf bestanden, mitzukommen: »Ich war noch nie beim Anwalt nich. Montach hab ich die Stube zu, mach ein Termin für'n Montach aus, dann fahr'n wir zusammen zu den Anwalt.«

Herr Wahmhoff schaut uns irritiert an. »Scheiden lassen«, wiederholt er dann langsam, und ich nicke wieder. Er setzt sich auf und lockert seinen Schlips. »Warum?«

Inken regt sich auf: »Warum se sich scheiden lassen will? Weil der Heiner mehr Dreck ist als wo ein Misthaufen hat!« Drohend hebt sie den Zeigefinger.

»Ich möchte mein eigenes Leben leben«, sage ich zu Herrn Wahmhoff. »Ich habe es lange genug mit diesem Mann ausgehalten. Achtzig Jahre lang.«

»Aha«, kommt es wieder von ihm. »Darf ich fragen, wie alt Sie sind?«

»Siebenundneunzig«, ich bin stolz auf diese Zahl. Wer erreicht die schon?

»Hm.« Er kratzt sich am Kinn. »Also ich weiß nicht ...«, meint er dann. »Bis Sie geschieden sind, das kann dauern.«

»Es ist mir egal, wie lange es dauert.« Mein Entschluss steht fest. »Was muss ich tun? Wir haben einen großen Hof mit Nebengebäuden, eine Menge Vieh. Geld müsste auch da sein. Heiner hat erst letztens einen neuen Traktor gekauft. Den wird er ja nicht geschenkt bekommen haben.«

»Haben Sie einen Ehevertrag?«, will Herr Wahmhoff wissen, während er mit einem Bleistift auf seinem Schreibtisch herumklopft.

»Was ist das?« Ich verstehe nicht, und das ärgert mich, weil ich sonst wirklich relativ viel weiß.

»Das was, wo man unterschreibt, bevor man heiratet«, klärt Inken, die nie verheiratet war, mich auf, und die Tatsache, dass sie weiß, was ein Ehevertrag ist, ärgert mich noch mehr.

»Ein Ehevertrag war wohl zu Ihrer Zeit noch nicht im Gespräch«, redet Wahmhoff weiter und runzelt die Stirn. Dann sieht er auf die Uhr und dann zum Fenster. »Gleich ist es wieder so weit«, sagt er mit belegter Stimme. »Es ist fast halb elf.«

Wir schauen ebenfalls zum Fenster. Fliegt gleich ein Flugzeug vorbei? Ich sehe erst nur Himmel, schließlich vereinzelte schwarze Punkte, die größer und noch größer werden. Dann sind die Punkte so groß wie Vögel. Eine Sekunde später weiß ich, dass es Vögel sind. Vier von ihnen klatschen gegen die Scheibe. Sie wird rot, und Federn kleben am Glas.

»Es ist jeden Tag dasselbe.« Traurig schaut Herr Wahmhoff uns an, um dann aufzustehen und eine Flasche mit Glasreiniger aus einem Holzschrank zu holen. »Ich habe schon alles versucht, um die Amseln davon abzuhalten, gegen die Fensterscheibe zu fliegen. Aber jeden Tag um dieselbe Zeit passiert es. Immer und immer wieder. Ich verstehe nicht, dass die Amseln sich nicht warnen.«

»Wie sollen denn die Amseln, die gegen die Scheibe geflogen sind, die anderen warnen? Die sind ja tot.« Ich deute auf das blutverschmierte Glas.

Lennart Wahmhoff sieht mich an. »Das stimmt.«

»Hätten Se mal nen anderes Büro angepachtet«, sagt Inken. »Is ja furchbar. Jeden Tach tote Tiere. Da hätten Se mal früher dran denken müssen.«

Nun stehen Tränen in den Augen des Rechtsanwalts: »Als ich den Mietvertrag unterschrieben habe, war das Gebäude noch im Bau. Wie sollte ich es ahnen? Aber es geht ja noch weiter.«

»Was?«, fragen Inken und ich synchron. Ein erneutes Klatschen lässt uns wieder zum Fenster schauen.

Der Anwalt stützt den Kopf in beide Hände. »Das waren die Jungen. Sie haben ihre Eltern gesucht. Jeden Tag, jeden Tag. Erst sterben die Eltern, dann die Jungen.«

»Ich habe eine Idee«, ich setze mich auf. »Warum öffnen Sie das Fenster nicht täglich um kurz vor halb elf? Dann fliegen die Vögel nicht gegen die Scheibe.«

Herr Wahmhoff schaut uns resigniert an. »Das geht nicht«, meint er. »Dann ist hier ja gar nichts mehr los.«

Er setzt sich wieder, ohne die Scheibe mit dem Glasreiniger abzuwischen, und ich muss die ganze Zeit darüber nachdenken, dass es doch problematischer ist, die Scheibe zu säubern, wenn das Blut und die Federn schon getrocknet sind. Fast komme ich in Versuchung, ihm die Flasche abzunehmen und mit der Reinigung zu beginnen, lasse es dann aber doch. Lennart Wahmhoff tut mir irgendwie leid. Würde er als Ochse bei uns auf der Weide leben, wäre er kein Alphatier. Die gesamte Herde würde nach ihm ausschlagen und ihn isolieren, und er, der mit Sicherheit Willi oder Mäxchen hieße, würde am Koppelrand stehen und mit traurigen, sehnsuchtsvollen Augen den anderen zuschauen, die sich gut verstehen und viel Spaß miteinander haben. Er, der isolierte Ochse, hätte ganz bald jegliche Lebensfreude verloren und würde versuchen, sich durch Schubbern am Stacheldrahtzaun das Leben zu nehmen, was aber nicht geht, weil der Stacheldrahtzaun kleine elektrische Schläge austeilt, die so unangenehm sind, dass das Tier immer zwischendurch eine Pause machen muss, eine Tatsache, die verhindert, dass der Tod eintritt.

»Ja«, fängt der Anwalt wieder an. »Das mit der Scheidung wollten wir also besprechen. Dann fangen wir mal an. Ich muss mich in diese Thematik erst noch einarbeiten. Also ich meine, insgesamt muss ich mich in alles erst mal einarbeiten.« Ängstlich begutachtet er uns. »Sie ... Sie sind nämlich meine allererste Mandantin.«

»Spar'n könn hätten wer uns das, hätt ich dir gleich wohl sagen können, Juliane.« Wir sitzen in einem Café und trinken Tee. Inken ist verwundert. »Das Café gab's noch nich, wo ich das letzte Mal hier gewesen war«, meint sie.

»Das ist ja auch vierzig Jahre her.« Ich rühre in meiner Teetasse herum. »Damals war hier drin noch die Schlachterei Harmsen. Weißt du nicht mehr, der alte Harmsen, wie er immer rumkrakeelt hat, wenn hinten im Hof das Vieh geschlachtet wurde?«

Inken nickt. »Er hat nichts aufe Reihe gekricht, nichts hat er hingekricht. Immer danebengeschlagen wo hat er immer hat er. Man hätt meinen können, er sei blind wohl gewesen.«

»Er *war* blind«, sage ich und bestelle bei der freundlichen Bedienung ein Stück Käsekuchen.

»Von mir aus.« Das Thema ist für Inken vom Tisch. »Jedenfalls mit den Anwalt, das war ein Schuss wohl in Ofen, sach ich dir. Hättste mal zu einem sollen geh'n, wo schon länger dabei ist und wo keine Amseln nich gegen die Scheiben fliegen tun.« Sie schüttelt den Kopf. »Die armen Viecher. Vielleicht warn sie auch blind gewesen, wie wo der Harmsen gewesen war. Ich kannte noch nie 'nen Vogel, wo blind war.«

»Wenn man es genau nimmt, kenne ich überhaupt keinen Vogel«, ich denke darüber nach, wie ich weiter vorgehen soll. Dieser Anwalt war die absolute Niete.

»Wir müssen schauen, was man da machen kann«, hat er nur dauernd gesagt.

»Ja, was kann man denn da machen in meiner Situation?«, habe ich gefragt, aber er meinte darauf nur: »Die Fenster krieg ich nie mehr richtig sauber. Das hängt alles in den Fugen.« Und irgendwann sagte er: »Ich bin sowieso nicht der Richtige für Sie. Ich bin Fachanwalt für Bau- und Architektenrecht.«

Inken und ich sind dann gegangen, und ich habe mich noch gefragt, wie es möglich ist, dass Lennart Wahmhoff nicht gegen die Erbauer des Vogelhauses vorgeht, wenn er doch Fachanwalt für Bau- und Architektenrecht ist. Na ja, vielleicht ist so etwas noch nie vorgekommen, und er muss erst mal schauen, was man da machen kann.

»Ich bin immer noch emotional gebeutelt wegen der Vögel. Ich muss meine Mutter anrufen«, hat Herr Wahmhoff zum Abschied gesagt und uns kraftlos die Hand geschüttelt.

Als ich nachmittags nach Hause komme, sieht es in der Küche aus, als wäre in ihr ein Blindgänger von 1944 hochgegangen. Dreckverkrustete Töpfe und Pfannen stehen überall herum, auf dem Boden liegen breitgetretene Lebensmittel, und der Herd ist so schmutzig, dass man ihn kaum noch als Herd erkennen kann. Eine Milchkanne ist umgefallen, und die Milch hat sich auf den Bodenfliesen mit Kartoffelschalen, Bratensoße und rohen Eiern vermischt. Und auf dem Sofa in der Ecke sitzt Heiner und liest Zeitung.

»Was ist denn hier los?«, frage ich entsetzt und trete versehentlich auf ein Stück Braten.

Heiner steht auf, lässt die Zeitung aufs Sofa fallen und kommt auf mich zu. Seine Augen glitzern böse. Wortlos zieht er seinen Gürtel aus der Hose und fängt an, damit auf mich einzuschlagen. Immer und immer wieder.

»War kein Mittagessen vorgekocht«, sagt er dabei.

Kapitel 5

> Gentleman stammt aus Köln, nennt aber mittlerweile Jamaika, wohin er seit seinem 17. Lebensjahr regelmäßig reist, seine zweite Heimat. Er ist der Sohn eines evangelisch-lutherischen Pastors, der bereits einen Fernsehauftritt in der Kabel1-Serie »Quiz Taxi« hatte, und hat einen Bruder, der eine Kneipe in Köln besitzt. Gentleman ist Vater zweier Kinder, Samuel und Tamica, und mit der Jamaikanerin Tamika liiert, einer Backgroundsängerin der Far East Band, welche ihn seit seiner Deutschlandtour 2002 begleitet.
> www.wikipedia.org

Unendlich vorsichtig stehe ich auf. Auf gar keinen Fall darf Heiner mitbekommen, dass ich das Bett verlasse. Mit bloßen Füßen tapse ich über den kalten Dielenboden. Jetzt einen Koffer vom Dachboden zu holen wäre zu auffällig. Ich werde es auch so schaffen. Keinen Tag länger bleibe ich hier. Egal, was passiert. Keine Ahnung, warum ich ausgerechnet jetzt, mitten in der Nacht, diesen Entschluss fasse. Mir ist nur plötzlich klar geworden, dass ich nie wieder geschlagen werden möchte. Weder mit einem Ochsenziemer noch mit einem Gürtel. Ich habe auch ein wenig Angst davor, es mir anders zu überlegen, deswegen beeile ich mich. Dass Moni eine Tochter bekommen hat, werte ich als zusätzliches gutes Zeichen.

Ich will weg, ich will hier weg. Ich fühle mich so leer, so ausgebrannt, so gedemütigt. So absolut alleine auf dieser Welt. Wo ich hinsoll, überlege ich mir gleich. Eins nach dem anderen. Plan B tritt in Kraft.

Aus dem Schrank ziehe ich wahllos ein Kleid und streife es

über. Es ist zum Glück nicht kalt, und ich brauche keine Jacke. Aber dunkel ist es. Ich traue mich nicht, das Licht anzuschalten.

»Mmpff«, macht Heiner im Bett und dreht sich auf die andere Seite.

Die Holztreppe knarzt, so wie sie schon immer geknarzt hat; aber ich schaffe es, unbemerkt nach unten zu kommen. Es ist dreiundzwanzig Uhr. Jetzt fährt kein Bus mehr. Ich werde mit dem Fahrrad nach Neumünster fahren und dort auf einen Zug warten, der mich nach Hamburg oder Kiel bringt. Dort wird es sicher einen fähigen Rechtsanwalt geben. Kurz überlege ich, Mutter Auf Wiedersehen zu sagen, aber ich habe die Befürchtung, dass sie eine lautstarke Diskussion beginnt; lautstark deswegen, weil sie ihr Hörgerät auch nachts nicht in den Ohren hat.

In der Küche taste ich blind nach einem Stück Brot und stecke es in meine Handtasche. Dann schleiche ich aus dem Haus, steige auf mein Fahrrad, das an der Hauswand lehnt, und radle in der mondhellen Nacht auf und davon.

Der erste Zug von Neumünster nach Hamburg fährt um kurz vor vier Uhr morgens. Nicht dass es mir etwas ausmachen würde, um vier Uhr morgens aufzustehen, aber eine Nacht lang überhaupt nicht zu schlafen, macht mir schon was aus. Ich wandere auf dem Bahnsteig auf und ab, kaue auf dem Brotkanten herum und stelle mir selbst Fragen, um die Zeit totzuschlagen und um mein Gedächtnis zu trainieren.

Wann war die Uraufführung des Stummfilms *Nosferatu, eine Symphonie des Grauens*? Am 5. März 1922. Was hat Thomas Alva Edison noch erfunden außer der Glühbirne und wann? Und wann hat Thomas Geburtstag und wann ist er verstorben? Also: Erstens mal hat er nicht die Glühbirne erfunden, sondern die Drehfassung aus Messing, dieses Schraubgewinde. Oder hat er doch die Glühbirne miterfunden? Egal. Weiterhin hat er einen elektrischen Stimmenzähler für Versammlungen erfunden, und er hat über zweitausend Sachen überhaupt erfunden und sich knapp über tausend patentieren lassen. Er hat den Phonographen erfunden, und das erste Wort, das der Phonograph aufgenommen hat, war das von ihm gesprochene Wort »Hello«. 1847 geboren. 1931 gestorben. Mir fallen jetzt die über zweitausend Sachen nicht alle ein, die er erfunden hat. Das macht mich wahnsinnig. Da fällt mir etwas anderes ein: Ich habe noch nie gewusst, welche zweitausend Sachen er erfunden hat. Das beruhigt mich wieder. Gut. Wie lange lebt ein Frettchen? Sechs bis zehn Jahre. Manchmal auch nur vier Jahre. Die Haupttodesursache sind Tumore in der Nebenniere. Wann wurde der erste Keuschheitsgürtel geschichtlich erwähnt? So um 1400 in Padua. Das ist eine Stadt in Italien.

Ich frage mich gern ab. Weil ich schon immer gern im Lexikon gelesen habe. Was man da alles lernen kann! Und ich habe schon immer die Begabung gehabt, mir viele, viele Sachen merken zu können. Leider habe ich all die Jahre und Jahrzehnte nicht bemerkt, wie gemein mich mein eigener Mann behandelt. Dafür weiß ich aber, wie man Diethylenglykol schreibt und welche Funktion das Kleinhirn hat. Das ist nämlich unter anderem zuständig für die Motorik und die Feinabstimmung. So etwas weiß ich eben. Auch wenn es mir nie was genutzt hat. Würde ich wissen, was Feinabstimmung ist, wäre ich heute nicht mehr mit Heiner zusammen. Ich runzele die Stirn. Möglicherweise habe ich ja kein Kleinhirn.

Auf dem Bahnsteig ist nicht viel los. Ein paar Menschen stehen verstreut herum und frösteln. In meiner unmittelbaren Nähe wartet ein dunkelhaariger Mann mit ernstem Gesichtsausdruck. Nachdem der Zug eingefahren ist, steigt er vor mir ein, und ich folge ihm einfach, weil ich keine Lust habe, alleine zu sitzen. Außerdem möchte ich mich mit jemandem unterhalten und nicht andauernd Selbstgespräche führen. Und dieser junge Mann sieht so aus, als wäre er harmlos. Also gehe ich ihm einfach hinterher und folge ihm in eines der Abteile.

»Sie haben doch nichts dagegen?«, frage ich freundlich und setze mich ihm gegenüber, noch bevor er »Nein, natürlich nicht« sagt. Dann beiße ich auf meinem Brotkanten herum und überlege, wie ich ein Gespräch beginnen kann. Ich muss mich unterhalten, sonst werde ich einschlafen. Der junge Mann selbst setzt sich noch nicht gleich, sondern fegt umständlich mit einem Papiertaschentuch Brötchenkrümel von seinem Sitz. Erst nachdem der Zug schon losgefahren ist, nimmt er endlich Platz.

»Ich fahre nach Hamburg«, sage ich irgendwann und schaue den Mann an.

»Ich auch«, antwortet er und sagt dann nichts mehr. Ich auch nicht, weil ich nicht weiß, was. Weil mir langweilig ist, beobachte ich ihn. Er müsste Anfang dreißig sein und macht auf mich den Eindruck, als würde er viel Sport treiben. Seine Figur ist durchtrainiert. Er trägt Jeans und ein kurzärmeliges Hemd. Seine dunkelgrüne Wildlederjacke liegt neben ihm auf dem Sitz. Seine Haare sind fast schwarz, akkurat geschnitten, und er hat freundliche graue Augen. Und er sieht müde aus.

Er macht einen netten Eindruck. Ich schaue den jungen Mann an. Bestimmt ist er nett. Wenn er sich mit mir unterhalten würde, fände ich ihn noch netter.

»Ich werde mich von meinem Mann trennen«, sage ich dann einfach. »Er hat mich gestern schon wieder verprügelt, weil es kein Mittagessen gab.«

Der junge Mann schaut hoch. »Wie bitte?«, fragt er fassungslos.

Ich nicke. »Diesmal nur mit dem Gürtel. Früher hat er den Ochsenziemer benutzt. Mindestens viermal pro Woche. Manchmal auch jeden Tag. Wissen Sie, was ein Ochsenziemer ist?«

»Ein Ochsenziemer ...«, der Mann beugt sich nach vorn. »Nicht wirklich.«

»Mit einem Ochsenziemer treibt man die faulen Ochsen vorwärts.« Ich nicke. »Dann laufen sie schneller. Ich wohne in Groß Vollstedt«, sage ich dann, als wäre das die Erklärung dafür, warum man Ochsen und auch mich mit einem Ochsenziemer vorwärtstreibt. Warum erzähle ich ihm das?

»Warum tut Ihr Mann das?«, fragt der junge Mann und wirkt dabei, als würde er sich Sorgen um mich machen. Das ist eine neue Erfahrung für mich. Noch nie hat sich jemand Sorgen um mich gemacht.

»Weil er eben so ist.« Ich zucke mit den Schultern. »Ich bin seit achtzig Jahren verheiratet. Jetzt mag ich nicht mehr.«

Der Mann schluckt. »Er hat Sie achtzig Jahre lang verprügelt? Manchmal jeden Tag?«

Ich nicke. »Manchmal auch mehrmals am Tag. Es kam immer auf seine Stimmung an.«

»Sie sollten ihn anzeigen.«

Abwehrend hebe ich beide Hände. »Eins nach dem anderen. Zuerst mal muss ich einen Anwalt finden, der mir helfen kann. Ich kenne mich mit diesen ganzen Sachen ja gar nicht aus. Mir steht ja bestimmt einiges zu. Und wenn die Scheidung durch ist und alles geregelt, dann kann ich endlich anfangen zu leben. Ich bin nämlich schon siebenundneunzig«, sage ich stolz.

Der junge Mann beugt sich noch ein Stück weiter nach vorn. Er sieht mehr als entsetzt aus. Was hat er denn?

»Kann ich Ihnen irgendwie helfen?«, fragt er und schluckt. Außerdem habe ich den Eindruck, dass er Mitleid hat mit mir. Aber eigentlich sieht *er* mitleiderregend aus. So blass. Am liebsten würde ich ihm übers Haar streicheln. Doch das mache ich natürlich nicht. Was soll er denn dann von mir denken? Lieber denke ich über sein Angebot nach.

»Helfen?« Ich kaue an meinem Brotkanten herum. »Ja, wenn Sie einen guten Anwalt kennen, das würde mir schon helfen. Ich war schon bei einem Anwalt, aber der konnte mir nicht wirklich helfen. Sozusagen war er also keine Hilfe.«

Weil er nichts sagt, fange ich an, von meinem siebenundneunzigjährigen Leben zu erzählen. Ich berichte von den beiden Weltkriegen, von der vielen Arbeit, vom Schlafmangel, aber am allermeisten erzähle ich von Heiner. Wie Heiner mich immer kleingehalten hat und vor allen Dingen, wie er mich immer geprügelt hat. Der Mann schaut mich ununterbrochen an und nickt nur manchmal entsetzt. Sehr entsetzt sieht er aus, als ich ihm erzähle, dass Heiner mich einmal so geschlagen hat, dass ich nicht mehr aufstehen konnte, aber auch keinen Arzt anrufen durfte.

Zwischendurch kommt ein Fahrkartenkontrolleur, und mir wird ganz heiß, weil ich keine Fahrkarte habe und auch kein Geld, und schnell schließe ich die Augen. Herrje, hätte ich nicht wenigstens mein Portemonnaie noch einstecken können? Überstürzter, als ich es getan habe, kann man sein Leben aber wirklich nicht ändern.

»Lassen Sie meine Großmutter schlafen«, höre ich den jungen Mann sagen. »Sie hat gerade einen schweren Verlust hinnehmen müssen. Ihr … Großvater … ist gestorben.« Seine Stimme wird brüchig. »Er war eine Seele von Mensch. Nun ist er weg und nichts wird jemals wieder so sein, wie es war.«

»Ihre arme Großmutter«, sagt der Fahrkartenkontrolleur. »Ich hoffe, sie wird diesen tragischen Unglücksfall verkraften. Hat sie eine Fahrkarte?«

Ich höre mein Gegenüber schnauben. »Glauben Sie tatsächlich, dass meine ehrwürdige Oma mit ihren siebenundneunzig Jahren in der Lage ist, mit diesen komplizierten Fahrkartenautomaten umzugehen?«

Der Kontrolleur scheint kurz zu überlegen. »Nein«, sagt er dann. »Noch nicht mal ich komme damit zurecht.«

»Sehen Sie.«

Damit scheint sich der Kontrolleur zufriedenzugeben; er verlässt ohne weitere Fragen das Abteil.

Nachdem ich mir sicher bin, dass er wirklich verschwunden ist, öffne ich die Augen. »Danke schön«, sage ich zu dem jungen Mann, und der lächelt mich freundlich an. Wir schauen aus dem Fenster. Es ist schon hell. Ich muss wirklich sagen, dass ich selten einen solch sympathischen Menschen getroffen habe. Von der Jugend hört und liest man ja so viel, und wenn ich an meine eigenen Kinder denke, also wirklich, die könnten sich mehrere Scheiben von diesem jungen Mann abschneiden. Ich fühle mich wohl in seiner Gegenwart.

Draußen gehen zwei junge Frauen den Gang entlang, bleiben links von unserem Abteil stehen, zünden sich Zigaretten an und beginnen lautstark darüber zu klagen, wie schrecklich es doch ist, jeden Morgen von Neumünster nach Hamburg zur Arbeit fahren zu müssen. Nachdem genug herumgeklagt wurde, geht es um eine gemeinsame Freundin, die Katharina heißt und demnächst nach Kanada fahren wird. »Sie hat mich ja gefragt, ob ich mitkommen will«, erzählt die Kleinere der beiden. »Aber ganz im Ernst, das ist mir viel zu gefährlich. Stell dir mal vor, da läuft man gerade durch den Wald, und plötzlich steht ein Bär vor einem. Ich wüsste überhaupt nicht, was ich da machen sollte.«

»Schrecklich.« Die Freundin nickt. »Aber ich habe mal irgendwo gelesen, dass man sich einfach tot stellen soll, wenn man in Kanada einem Bären begegnet. Dann verliert der Bär nämlich das Interesse am Menschen.«

Doch darauf will sich die Freundin nicht verlassen. »Ich fahre trotzdem nicht mit«, meint sie. »Obwohl das mit dem Totstellen gar keine schlechte Idee ist. Das sollte ich mal machen, wenn mein blöder Chef kommt und mich fragt, ob ich auch genug zu tun habe. Wenn ich mich dann tot stelle, verliert er vielleicht auch das Interesse an mir.«

Die andere nickt traurig. »Daniel hat mich übrigens schon wieder betrogen«, sie zieht an ihrer Zigarette. »Obwohl er mir versprochen hat, dass es aus ist mit Jeannette.«

»Das darf ja wohl nicht wahr sein!«

»Doch.«

»O Bine, das tut mir echt leid. Dieser Mistkerl.«

Bine schluchzt auf. »Ach, Sandra, es ist zum Heulen. Weißt du, was ich mir echt mal überlegt habe, ganz im Ernst? Ich habe mir überlegt, wie es wäre, meinen eigenen Tod zu planen. Ich könnte Todesanzeigen verschicken und natürlich auch eine Traueranzeige in der Zeitung aufgeben.«

»Und dann?« Sandra macht große Augen.

»Dann ... ganz einfach. Wenn Daniel denkt, dass ich tot bin, wird er natürlich meinen ganzen Kram behalten, und auf mein Konto hat er ja auch Vollmacht und so. Dann denkt er, dass er sich mit Jeannette ein schönes Leben machen kann. Und dann komme ich.« Sie kneift die Augen zusammen und inhaliert tief. »Dann komme ich mit meiner Rache. Ich würde ihn dann so fertigmachen, dass er nicht weiß, wer ihn fertigmacht.«

Sandra nickt. »Ich wäre dabei. So ganz hintenrum. Er wiegt sich in Sicherheit und dann irgendwann ... dusch!, der große Knall. Das wäre herrlich!«

Die beiden Frauen drücken ihre Zigaretten aus und gehen langsam zu ihrem Abteil zurück. Ihre Stimmen werden leiser.

Ich sehe den Mann mir gegenüber an und schüttele den Kopf. Ach, diese jungen Leute heutzutage haben aber auch Probleme. Dann erzähle ich weiter. Nachdem ich fertig bin, schüttelt er unmerklich den Kopf und sieht noch bekümmerter aus als vorher. »Was haben Sie bloß alles mitgemacht – und durchgemacht«, meint er leise. »Die Kriege, kein Essen, die viele Arbeit, und dann Ihre ganzen undankbaren Kinder und Schwiegertöchter und -söhne und Enkel, also wirklich.« Er richtet sich auf. »Sie sollten sofort etwas tun«, sagt er dann. »Wenn Sie erst zum Anwalt gehen, herrje, das kann Wochen und Monate dauern, bis sich etwas tut. Und vor allen Dingen ist Ihr lieber Mann dann ja auch gewarnt, wenn er von einem Anwalt ein Schreiben erhält, und könnte etwas gegen Sie unternehmen. Also wenn Sie mich fragen, besteht sofortiger Handlungsbedarf.« Mit festem Blick sieht er mich an. Er scheint wirklich sehr entschlossen zu sein, der junge Mann. Ich lächle. Wäre doch einer meiner Söhne nur ansatzweise so wie er!

»Ich hatte schon immer einen sehr ausgeprägten Gerechtigkeitssinn«, sagt er ernst. »Ehrlich, das war schon im Kindergarten so und später in der Schule dann auch. Wissen Sie, ich konnte es noch nie leiden, wenn Lehrer Lieblingsschüler hatten und denen dann automatisch die besseren Noten gegeben haben. Verstehen Sie, was ich meine?«

»Sicher verstehe ich, was Sie meinen. Warum sollte ich das denn nicht verstehen? Mir geht es ja genauso«, antworte ich und bin gespannt, was er noch zu erzählen hat.

Der sympathische Mann nickt und tötet mit einem Papiertaschentuch ein kleines Insekt, das an der Zugscheibe sitzt und mit seinen Facettenaugen die vorbeirauschende Landschaft genießt. »Und wegen der Gerechtigkeit bin ich auch das geworden, was ich heute bin. Beruflich, meine ich.« Nun beugt er sich erregt zu mir und fuchtelt mit beiden Händen vor meinem Gesicht herum. »Wirklich, ich meine es ernst. Sie müssen sofort handeln. Sie finden sich doch in Hamburg überhaupt nicht alleine zurecht. Wo wollen Sie denn hin? Wo werden Sie übernachten? Auf einer Parkbank?« Nun regt er sich auf. »Das würde noch fehlen, dass Sie auf einer schmutzigen Parkbank liegen, ohne Decke, und von Obdachlosen ausgeraubt werden.«

Da hat er recht. Daran hatte ich noch gar nicht gedacht.

Er schaut aus dem Fenster. Einige Minuten sagen wir gar nichts. Ich, weil ich tatsächlich nicht weiß, wo ich hinsoll, und er möglicherweise, weil er es auch nicht weiß. Die beiden jungen Frauen, die in Sorge um ihre nach Kanada reisende Freundin sind, laufen wieder an unserem Abteil vorbei.

Plötzlich setzt sich mein Gegenüber mit einem Ruck auf. »Ich glaube, ich habe eine Idee«, sagt der freundliche junge Mann. Seine Augen glänzen. Er sieht sehr glücklich aus.

Fast rufe ich vor Freude »Juhu!«, und dann frage ich: »Welche denn?«

Er grinst. »Ich heiße übrigens Jason.«

Er reicht mir die Hand, und ich ergreife und schüttele sie. »Juliane. Juliane Knop. Ich bin Hausfrau«, sage ich dann, obwohl er gar nicht danach gefragt hat. »Und was machen Sie beruflich, mein Junge?«

Jason setzt sich bequem hin und schlägt die Beine übereinander.

»Ich bin Rechtsmediziner«, sagt er.

Kapitel 6

> Dieses Spiel kennen wohl die meisten aus ihren Kindertagen. Man braucht in der klassischen Form mindestens drei Spieler. Zwei Spieler tun sich zusammen und entscheiden sich für einen Begriff, der erraten werden soll. Abwechselnd geben sie Hinweise zu je einer der beiden Deutungsmöglichkeiten, die auf den gesuchten Begriff schließen lassen sollen. 1. Spieler: »Mein Teekesselchen ist ...« 2. Spieler: »Mein Teekesselchen ist ...« Spielt man dieses Spiel mit einer Seniorengruppe, an der auch Demenzkranke teilnehmen, kann diese Variante zu schwierig sein. Es empfiehlt sich dann, dass der Spielleiter so lange Hinweise zu beiden Deutungen gibt, bis der Begriff erraten ist oder die Teilnehmer die Lust verlieren. Dieses Spiel eignet sich für eine Dauer von 10–15 Minuten, dann ist in der Regel die Konzentration erschöpft und die Mitspieler brauchen eine Pause.
> www.singenundspielen.de

»Ja, so ist es richtig, tief inhalieren.« Ich ziehe am Zigarillo und muss schrecklich husten.

»Ich habe mir schon gedacht, dass Sie noch nie geraucht haben«, Jason lacht auf. »Nochmal ... ja, so ist es richtig. Und? Wie ist es?«

Ich bekomme schwer Luft, und ein unbekanntes Gefühl durchströmt mich. »Nicht schlecht«, jetzt muss ich auch lachen. »Das wollte ich schon immer mal ausprobieren. Haben Sie auch Drogen? Darüber habe ich im Lexikon gelesen. Ich lese gern im Lexikon. Darin steht, wenn man Drogen nimmt, dann ist alles ganz einfach und leicht.« Dieser Jason gefällt mir. Ich mag ihn.

»Drogen? Nein. Ich habe mal einen Joint geraucht, aber nur ein einziges Mal. Das ist alles nichts für mich.« Er macht eine kurze Pause. Ich frage ihn nicht, was ein Joint ist. Weil ich es nämlich weiß. »Deswegen haben Sie sich auf dem Bahnsteig so komische Fragen gestellt. Das waren Fragen aus dem Lexikon.« Nun zieht er an dem Zigarillo, macht ihn aber kurze Zeit später wieder aus. »Eigentlich rauche ich gar nicht«, meint er dann. »Nur wenn mir langweilig ist oder zu besonderen Anlässen, dann mache ich mir mal einen an.«

Ich nicke. »Wohnen Sie in Hamburg?«, frage ich.

»Ja, in Eimsbüttel. Ich musste nur kurzfristig nach Neumünster wegen einer externen Obduktion. Ein Rechtsanwalt hat sich aus dem sechsten Stock gestürzt. Armer Kerl. Dabei hatte er beruflich gerade erst angefangen.«

Ich horche auf. »Lennart Wahmhoff«, sage ich dann.

»Woher wissen Sie das denn?« Jason sieht mich mit großen Augen an.

»Na, ich war seine erste Mandantin.« Ich muss an den unsicheren Anwalt denken, und wie ihm das mit den Vögeln so nahegegangen ist. Aber muss man sich deswegen das Leben nehmen? Da hätte ich allerdings schon viel öfter Grund gehabt, mir selbst das Lebenslicht auszupusten. Hab ich es gemacht? Nein.

»Hat er es wegen der Vögel getan?«

Jason nickt. »Er hat einen Abschiedsbrief hinterlassen. Er habe die Situation emotional nicht verkraftet.«

»Das ist ja schlimm.« Kurz überlege ich, zu Lennart Wahmhoffs Beerdigung zu gehen, verwerfe den Gedanken aber gleich wieder. »Also, welche Idee hatten Sie?«

Jason beugt sich nach vorn und ergreift meinen Arm, zieht den Ärmel meines Kleides ein Stück nach oben und wird rot vor Zorn, als er die Striemen sieht. »Zunächst einmal habe ich vor, Ihnen etwas zu schenken«, meint er. »Wenn Sie so in Hamburg rumlaufen, wird man Sie möglicherweise in die geschlossene Psychiatrie einweisen wollen.«

»Aber warum denn?« Meine Sachen sind zwar nicht topaktuell, aber tragen kann ich sie ja wohl. Dann sehe ich an mir herunter und schäme mich entsetzlich. In der Dunkelheit des Schlafzimmers habe ich wohl nicht genau darauf geachtet, wo ich hingreife. Ich trage mein Brautkleid, das schon meine Mutter, meine Großmutter und meine Urgroßmutter getragen haben. Und es ist mir immer noch zu groß.

Zwei Stunden später – wir sind in Hamburg-Hauptbahnhof ausgestiegen, und weil ich solche Menschenmassen einfach nicht gewohnt bin, habe ich mich andauernd an Jason festgehalten, um ihn nicht zu verlieren – bin ich stolze Besitzerin einer Jeans, der ersten Jeans meines Lebens, und trage etwas, von dem Jason behauptet, es sei eine Jacke im Chanelstil. Ich werde nachschauen müssen, um was es sich dabei handelt. Aber nicht jetzt. Wie gut, dass einige Geschäfte im Bahnhof rund um die Uhr geöffnet sind. Ich finde es sehr nett von Jason, dass er mir Garderobe geschenkt hat und das ganz offensichtlich auch gern getan hat. Heiner hat nie etwas gern für mich getan. Dann zieht Jason mich in ein Café und bestellt uns Frühstück.

»Eigentlich müsste ich um acht Uhr in der Klinik sein«, erzählt er. »Aber das hier geht vor. Da müssen eben die Kollegen mal einspringen.«

Ich bin sehr gespannt auf diese Idee, die Jason hat, und kann es kaum abwarten, sie zu hören.

»Also wirklich, ich kann es nicht glauben, dass Sie es tatsächlich so lange mit diesem Kerl ausgehalten haben.« Dauernd schüttelt er den Kopf. »Das ist Misshandlung. Eheliche Gewalt. Sie hätten schon viel früher was unternehmen sollen. Warum haben Sie es nicht getan?«

Ich rühre etwas zu schnell in meinem Kaffee herum, und etwas schwappt über die Kante und läuft an der Tasse hinab, um dann auf der Untertasse einen See zu bilden. »Zu wem hätte ich denn gehen sollen? Im unserem Dorf war das schon immer so, dass der

Mann das Sagen hatte – bei allen Familien. Die Frauen konnten schön den Mund halten. Ja, ich hätte zu Pfarrer Hinrichs gehen können, aber der hat seine Frau ja auch immer grün und blau geschlagen. Wegen nichts und wieder nichts. Was ist? Warum schauen Sie dauernd auf meine Kaffeetasse?«

Jason nimmt seine Papierserviette. »Heben Sie die Tasse doch bitte mal an, das kann ich ja nicht mit ansehen, dass da Kaffee verschüttet wurde. Wenn Sie trinken, wird es tropfen.«

»Aber das ist doch nicht schlimm«, entgegne ich. »Lassen wir es doch tropfen.«

Er holt Luft. »Bitte ...«, kommt es dann. »Ich kann das nicht ertragen.«

Also hebe ich die Tasse, und Jason tupft mit der Serviette den überschüssigen Kaffee erst vom Unterteller, dann von der Tasse selbst.

»Sie sind wohl ein sehr ordentlicher Mensch«, lächle ich.

»Meistens schon«, er lächelt zurück. »Wir haben wohl alle unsere Ticks. Also, wo waren wir? Beim Pfarrer«, Jason regt sich schrecklich auf. »Auch noch der Pfarrer! Das darf ja wohl nicht wahr sein! Was sind denn das für Zustände!« Dann beruhigt er sich wieder, beißt in sein Brötchen und achtet sorgfältig darauf, dass auch bloß kein Krümel hinunterfällt. »Ich bin jetzt einunddreißig«, erklärt er mir. »Aber so etwas habe ich noch nie gehört.«

Ich verstehe nicht, was er mir damit sagen will, verzichte aber auf die Frage, weil ich doch sehr neugierig auf diese Idee bin. Wann rückt er nur endlich damit heraus?

»Was meine Idee angeht«, er kommt ein Stückchen näher, und ich rücke auch nach vorn, »ich sagte Ihnen ja bereits, dass ich Rechtsmediziner bin, oder?«

»Ja, das haben Sie.« Ich nicke eifrig. »Aber ich frage mich die ganze Zeit, wie es möglich sein kann, einen medizinischen Beruf nur mit der rechten Hand auszuüben. Stimmt mit Ihrer linken Hand etwas nicht?«

Jason grinst. Dann hebt er seinen linken Arm, bewegt die Finger und winkt mir damit zu. »Mit meinen Händen ist alles in Ordnung. Ein Rechtsmediziner wird auch Gerichtsmediziner genannt. Wir obduzieren Leichen. Also Menschen, die schon tot sind.«

Ich lächle verschmitzt. »Reingelegt«, sage ich. »Ich weiß doch, was ein Rechtsmediziner ist. Auch wenn ich vom Dorf komme, so dumm bin ich nun auch nicht. Es gibt die Tageszeitung. Es gibt Lexika. Und ich habe nicht nur einmal den *Tatort* geschaut.«

Jason lacht auf. »Aha«, sagt er. »Aber die echten Rechtsmediziner arbeiten ein wenig anders als im *Tatort*.«

»Macht es Ihnen Spaß?«, will ich wissen.

»Was denn?«

»Wenn Sie die Leichen zerschneiden. Kommt man sich da nicht manchmal vor wie ein Mörder?«

Die Leute am Nebentisch schauen interessiert auf. Die Bedienung auch. Sie verschanzt sich hinter der Kuchentheke.

»Pscht«, macht Jason und beugt sich noch näher zu mir. »Wenn es mir keinen Spaß machen würde, dann hätte ich diesen Beruf ja nicht gewählt, oder?«

»Das heißt, Ihr Beruf füllt Sie aus? Es füllt Sie aus, dass Sie Menschen zerschnippeln?« Ich war schon immer an Berufsgruppen interessiert, und diese hier gefällt mir ganz besonders. Einige der Gäste rufen verhalten: »Bitte zahlen.«

Jason schüttelt den Kopf. »Könnten Sie vielleicht etwas leiser sein«, bittet er mich und winkt der Bedienung, aber die reagiert nicht. Vermutlich denkt sie, er würde mit einem Skalpell auf sie losgehen, um mal nachzuschauen, was sie in ihrem Inneren alles zu bieten hat. Und was hat das eigentlich mit der Idee zu tun? So langsam werde ich wirklich neugierig. Ich zupfe an meinem Chanelstiljäckchen herum und warte. Ich sage auch nichts mehr. Wer weiß, was dann passiert.

»Also, wo waren wir?«, überlegt Jason. »Richtig. Also: Wenn Sie zum Anwalt gehen, wird eine Maschinerie in Gang gebracht, die

Monate dauern kann«, redet er im Flüsterton weiter, und ich bin sehr froh, dass ich nicht so schwerhörig bin wie meine Mutter. Überhaupt Elise ... Elise wird der Schlag treffen, wenn der Schlag sie nicht schon getroffen hat. Es ist mehr als ungewöhnlich, dass ich morgens nicht in der Küche stehe, wenn sie herunterkommt. Gut, ich könnte im Stall sein, aber jetzt auch nicht mehr. Ich werde sie später anrufen müssen.

»Also, ich habe mir Folgendes überlegt«, sagt Jason und winkt der Bedienung jetzt so heftig, dass man annehmen könnte, er hätte unkontrollierbare Zuckungen. Langsam kommt sie näher. Ihre Hände sind unter der weißen Schürze versteckt. Mit Sicherheit hält sie ein Messer in der Hand, um Jason im entscheidenden Moment gefechtsuntauglich zu machen.

»Wir hätten gern noch Katenrauchmettwurst und ein wenig Kasseler«, meint er freundlich.

»Und etwas Erdbeermarmelade«, werfe ich dazwischen.

Sie nickt und zischt davon.

»Ja, was haben Sie sich denn überlegt?« Jetzt möchte ich es wirklich wissen.

»Ich möchte, dass Sie sterben«, sagt Jason.

Aus den Augenwinkeln nehme ich wahr, dass die Gäste des Cafés sich erheben.

Na, das ist ja für mich nichts Neues. Seit etlichen Jahren will jeder in meinem näheren familiären Umfeld, dass ich sterbe, aber dass nun dieser junge Rechtsmediziner auch noch meinen Tod fordert, das finde ich doch sehr dreist. Wir kennen uns doch kaum.

»Ich finde, Sie sind ein schlechter Mensch.« Ich ergreife meine Handtasche und erhebe mich.

Jason sieht so aus, als sei er verwirrt. »Warum?«, kommt es dann.

Nun bin ich sehr wütend. »Soll ich etwa Purzelbäume schlagen, weil ich mich so darüber freue, dass Sie mir den Tod wünschen?«

»Natürlich nicht.«

»Jetzt will ich Ihnen mal was sagen ...«, mir fällt nur nichts ein.

»Sie haben mich völlig missverstanden«, sagt Jason.

Das Café ist nun leer bis auf die Bedienung.

»Was gibt es denn daran misszuverstehen? Erklären Sie mir das bitte.«

»Setzen Sie sich erst wieder hin.« Er deutet auf den Stuhl, und ich setze mich. Ich habe mein Brötchen ja auch noch gar nicht aufgegessen. »Passen Sie auf: Sie werden sterben, halt, halt, nicht gleich losschreien. Sie werden natürlich nicht *wirklich* sterben, Sie tun nur so. Dann werden Sie für tot erklärt, und ich werde dafür sorgen, dass Sie zu mir in die Rechtsmedizin überführt werden«, erklärt er weiter. »Möglicherweise muss ich Sie für einige Zeit in ein Kühlfach schieben, aber so kalt ist es da auch nicht. Wir werden eine batteriebetriebene Heizdecke organisieren und benutzen. Und ich werde Ihnen ein Mittel geben, das Ihren Herzschlag verlangsamt. Verstehen Sie?«

Ich begreife noch weniger als je zuvor. »Wie soll das denn gehen? Und warum?«

»Ganz einfach«, Jason strahlt übers ganze Gesicht. »Wenn Sie tot sind und Ihre Beerdigung vorbei ist, dann geht der Spaß erst richtig los. Die beiden Frauen vorhin im Zug, haben Sie das Gespräch mitverfolgt?«

Ich nicke. »Die eine hat erzählt, wie sie ihren eigenen Tod planen und sich dann an ihrem Mann oder Freund rächen will, meinen Sie das?«

Jason nickt zurück. »Exakt das meine ich. Wir machen das so – ich werde Ihnen dabei helfen. Und dann werden wir Ihrem beschissenen Ehegatten mal zeigen, wo die Harke hängt.«

Die hängt in der Scheune, wenn man reinkommt, rechts.

»Ja, aber wie denn?« Das ist ja wirklich interessant.

Jason geht gar nicht auf meine Worte ein. Er ist schon wieder sehr wütend. »Das, was Ihr Mann mit Ihnen gemacht hat, das nennt man schwerste Misshandlung.« Jason klopft mit dem Messer auf dem Holztisch herum. »Normalerweise würde er dafür bestraft werden.«

Ich schaue Jason verständnislos an. »Von wem denn?«

Er verdreht die Augen. »Beispielsweise von einem Gericht.«

Nun begreife ich gar nichts mehr. »Heiner könnte von einem Gericht bestraft werden?« Jason nickt, und ich muss mir vorstellen, dass ein Teller, auf dem sich Rinderbraten, Kartoffeln, Erbsen und Wurzeln befinden, sich vor Heiner aufbaut und ihm in den Hintern tritt. Oder ihm eine Backpfeife gibt. Zur Bestrafung. »Das habe ich noch nie gehört«, sage ich schließlich. Langsam kommen mir Zweifel an Jason. Ist er vielleicht doch nicht so nett, wie er vorgibt zu sein? Ist er ein Betrüger? Ich werde zunehmend verwirrter. Stirnrunzelnd schaue ich aus dem Fenster des Cafés, während Jason sich eine Brötchenhälfte gewissenhaft und ganz korrekt mit Katenrauchmettwurst belegt und diese Brötchenhälfte dann mit zwei Bissen verschlingt, damit die Krümel auch bloß keine Chance haben, hinabzufallen. Ich bin nicht dumm. Nein, das bin ich nicht. Und ich weiß, was ein Betrüger ist. Ich hatte mal mit einem Betrüger zu tun. In Groß Vollstedt. Das war vor zwanzig Jahren oder so. Da stand plötzlich ein Mann vor der Haustür und hat behauptet, im Krieg beide Beine verloren zu haben, und dann wollte er Geld, um sich ohne Beine ein neues Leben aufzubauen. Aber er hatte ja noch beide Beine. Er hat ja vor mir gestanden. Auf seinen Beinen! Für wie dumm hielt dieser Mann mich damals eigentlich? Davon mal ganz abgesehen war der Krieg vor zwanzig Jahren schon vierzig Jahre vorbei. Warum kam der Mann erst jetzt auf die Idee, sich ohne Beine, die er ja wie gesagt noch hatte, ein neues Leben aufbauen zu wollen? Ich war auch schlecht gelaunt an diesem Tag und habe ihm die Tür vor der Nase zugeknallt. »Jason«, beginne ich. »Sie wollen mir doch nicht im Ernst weismachen, dass Essen einen Menschen bestrafen kann.«

»Wer redet denn von Essen?«

Ich bestreiche mein Brötchen erst mit Butter, dann mit Erdbeermarmelade. Selbstgemacht ist die nicht. »Na, weil Sie sagten, ein Gericht könne Heiner bestrafen. Essen. Das dachte ich. Essen und das Gericht.«

»Was hat denn Essen mit dem Gericht zu tun?«

»Sie denken, ich bin blöde«, nun wird es mir zu bunt.

»Nein, nein«, Jason schüttelt vehement den Kopf. »Keinesfalls. Ich verstehe nur nicht, was Sie meinen.«

»Ich verstehe nicht, was *Sie* meinen.«

Ich glaube, diese Unterhaltung oder das, was eine Unterhaltung sein soll, nennt man Generationskonflikt. Darüber habe ich im Lexikon mal gelesen.

Nachdem Jason mir erklärt hat, dass er mit Gericht keine Speise meint, sondern ein Gebäude, in dem Menschen, die Unrechtes getan haben, verurteilt werden, und ich ihm erklärt habe, dass ich irrtümlich angenommen habe, er meinte mit Gericht etwas zu essen, und er wiederum von der Stadt Essen in Nordrhein-Westfalen erzählt, und uns beiden klar wird, dass wir alles miteinander verwechselt haben, was eine weitere Viertelstunde dauert, beruhige ich mich wieder und beschließe, Jason weiterhin zu vertrauen. In der Aufregung kann man ja schon mal Teekesselchen bilden.

Ich konzentriere mich. »Ich soll also sterben«, fasse ich zusammen, und Jason nickt.

»Ich habe eine geniale Idee.« Schon wieder eine neue Idee. Was kommt denn jetzt? Er winkt der überforderten Kellnerin und will zahlen, doch ich bestehe darauf, mein Frühstück selbst zu begleichen. Ich möchte mich nicht von einem wildfremden Menschen einladen lassen. Da mache ich mich doch erpressbar. Aber eine Minute später wird mir klar, dass mir gar nichts anderes übrigbleibt, als Jason zahlen zu lassen. Ich bin ja völlig mittellos, und Jason musste mir schon Garderobe kaufen. Ich bin aber auch ein Schussel. In meinem Portemonnaie waren noch mindestens hundert Euro; mein Haushaltsgeld für einen Monat.

Ich hätte meinen Abgang doch vielleicht einfach mal für einige Minuten überdenken sollen. Hätte ich Jason nicht im Zug getroffen, hätte ich noch nicht mal etwas zu frühstücken bekommen. Das nächste Mal werde ich alles anders machen.

Es ist mittlerweile halb zehn. Ob Heiner schon bemerkt hat, dass ich nicht mehr da bin? Und wenn ja, was denkt er sich? Was er wohl gerade tut? Er ist doch nicht mal dazu in der Lage, sich selbst ein Butterbrot zu schmieren. Aber das soll nicht mein Problem sein. Ich muss Jason unbedingt fragen, was genau er sich vorstellt.

»Ich muss jetzt erst mal ins Krankenhaus«, erklärt er mir. »Und Sie kommen mit. Auf dem Weg dahin erläutere ich Ihnen alles.« Er steht auf und wischt nicht vorhandenen Staub von seiner Jeans. »Der Pollenflug fängt schon wieder an«, meint Jason. »Der verschmutzt immer meine ganzen Sachen.«

Während wir zur Bushaltestelle laufen, erklärt mir Jason, dass die Idee, die er hat, noch gründlich durchdacht werden muss, aber so was von gründlich. Dann aber kann die Idee umgesetzt werden. In die Tat nämlich. Er wirkt sehr euphorisch, und ich bin einfach nur gespannt.

»Wenn ich das jemandem erzähle, hält er mich für verrückt«, sagt er dauernd, aber leider sagt er nicht, warum ihn jemand für verrückt halten könnte. Dafür sagt er: »Andererseits – warum sollte man mich für verrückt halten, wenn ich mich dazu entschlossen habe, jemandem zu helfen? Sie benötigen mehr als dringend Hilfe. Sie könnten meine Mutter sein. Nein, meine Großmutter.«

Er läuft sehr schnell, und ich habe Mühe, ihm zu folgen. Ganz außer Atem halte ich mich an seiner Wildlederjacke fest, aber er scheint es gar nicht zu bemerken. Ob ich mich einfach fallen lasse und mich weiter an ihn kralle? Dann kann er mich hinter sich herziehen, und ich müsste nicht mehr so schnell laufen.

Glücklicherweise bleibt Jason eine Sekunde später stehen. »Es müsste ungefähr zwei Jahre her sein«, fängt er wieder an. »Damals habe ich eine ungefähr sechzig Jahre alte Frau obduziert, ja, so alt war sie wohl, oh, das war schrecklich. Es hing mir tagelang nach, obwohl ich normalerweise immer nach Dienstschluss abschalten kann. Aber diesmal nicht.« Nun ballt er eine Hand zur Faust und fuchtelt damit herum. »Diese Frau ist nämlich jahrelang von ihrem Mann geschlagen und letztendlich auch umgebracht worden.«

»Das ist ja schrecklich«, flüstere ich und mache große Augen.

»Ich hatte sie auf dem Tisch und genauestens untersucht. Die entsprechenden Berichte habe ich auch an den ermittelnden Staatsanwalt weitergegeben. Doch plötzlich ging alles ganz schnell, und die Frau wurde zur Bestattung freigegeben, ohne dass irgendetwas weiter passierte.« Jason erinnert sich weiter. »Ich habe damals natürlich nachgehakt. Mich interessieren ja meine Fälle. Na, und dann habe ich herausgefunden, dass ganz offensichtlich einige Leute, darunter auch der gewisse Staatsanwalt, von dem Ehemann finanziell bestochen wurden. Die Geschichte ging damals eine Woche lang durch die Presse, doch nachweisen konnte man niemandem etwas. Das hat mich wirklich fix und fertig gemacht.« Er schluckt. »Am liebsten hätte ich alle persönlich zur Rechenschaft gezogen, doch die Klinikleitung war der Meinung, dass man die Sache auf sich beruhen lassen sollte. Und ich ...«, er schließt kurz die Augen, »... habe die Sache dann auf sich beruhen lassen.«

»Was hätten Sie denn tun können?«

»Ich hätte darauf bestehen können, dass ein zweiter Staatsanwalt hinzugezogen wird, noch ein anderer Rechtsmediziner, was auch immer. Ich hätte etwas tun können. Aber ich habe nicht. Weil nämlich meine Beförderung ansonsten gefährdet gewesen wäre. Das hat mir mein lieber Chef damals so gesagt. Natürlich nicht direkt, aber er hat es angedeutet.«

»Aber die Frau war doch sowieso schon tot«, versuche ich ihn zu beruhigen.

Doch Jason fühlt sich schuldig. »Darum geht es doch gar nicht«, meint er zähneknirschend. »Mein Beruf ist ja auch dazu da, um genau solche Fälle ans Tageslicht zu bringen. Dieser Mörder läuft heute noch frei herum«, sagt er empört. »Lebenslänglich hätte er verdient. Und ich hätte sehr wohl den Fall verfolgen und mich dann eben an eine höhere Instanz wenden sollen. Aber nein, aber nein, die Karriere war mir wichtiger. Vielleicht kann ich jetzt wenigstens ein bisschen wieder gutmachen. Nur ein kleines bisschen. Damit Sie es besser haben.«

Fürsorglich bietet er mir seinen Arm an und führt mich über eine dichtbefahrene Kreuzung. »Ich werde später weiter über die Idee nachdenken und sie ausreifen lassen. O ja, das werde ich. Sie wird wasserdicht sein, die Idee, und Ihr Mann wird nichts mehr zu lachen haben.« Dann tätschelt er meine Hand.

»Das ist aber sehr reizend von Ihnen«, lasse ich Jason wissen und fühle mich wohl, sicher und geborgen. Ein Rechtsmediziner kümmert sich um mich. Was soll mir da schon passieren?

Kapitel 7

In drei Teilgebieten sind medizinische Präparatoren tätig: Anatomie, Pathologie und Rechtsmedizin. »Sie stellen Präparate für Forschung, Lehre und Dokumentation her und arbeiten im Obduktionsbereich«, zählt Schulz-Hanke auf. »Voraussetzung hierfür ist nicht nur technisches Geschick und Einfühlungsvermögen, sondern auch medizinisches Fachwissen und genaue Kenntnisse der Anatomie.« Was bei menschlichen Präparaten unbedingt berücksichtigt werden muss, sind Ethik und Rechtsprechung. Die Fähigkeit, zu den Toten einen inneren Abstand zu wahren und sie nicht mehr als Individuum zu betrachten, entscheidet darüber, ob jemand in diesem Segment arbeiten kann. Gleichzeitig gehören Sensibilität und Respekt dazu, denn man kann mit ungewöhnlich gestalteten Präparaten schnell die Gefühle der Öffentlichkeit verletzen.
http://berufsstart.monster.de

»Und da soll ich dann rein?« Fassungslos starre ich in ein dunkles, kaltes Loch, in das man Tragen aus Metall schieben kann.

Jason nickt. »Hier werden die Toten gekühlt, damit sie nicht anfangen zu riechen und länger haltbar sind.« Er redet von den Toten, als handele es sich um Eiskonfekt.

Vorher hat mich Jason an der Hand genommen und in eine Art Vorraum gezogen. »Ziehen Sie sich diese Plastiküberzieher über die Schuhe. Und Einweghandschuhe an«, meinte er und reichte mir dann einen grünen Stoffkittel, der am Rücken zugebunden wird. Ich tat, was er sagte, fragte mich allerdings, was das sollte. Wir gingen dann in einen kühlen Raum. »So. Hier arbeite ich.«

Ich sehe mich um. Hier arbeitet Jason also. Wir stehen in einem von oben bis unten gekachelten Raum, in dem sich zwei Tische befinden, die nicht etwa gedeckt sind, sondern auf denen Leichen liegen. Ich trete näher an eine heran. Die Tische sind aus Stahl oder einem ähnlichen Material, und ich vermute, dass sie deswegen aus Metall sind, damit man sie nach getaner Arbeit wieder saubermachen kann. Würde eine Tischdecke auf den Tischen liegen, müsste man die Tischdecken ja waschen, und wer weiß, ob die Flecken alle rausgingen.

»Hier haben wir einen Mann. Fünfzig Jahre alt. Er ist kopfüber von einem Lastwagen gestürzt, den er gerade am Ausladen war.« Nun ist Jason in seinem Element. Der Tote sagt gar nichts. »Wir werden ihm nun die Haare abschneiden, um die Wunden besser sehen zu können. Schatzi!«

Ein Hüne kommt herbeigeeilt und fängt an, der Leiche die Haare abzurasieren, bis man die Kopfhaut gut sehen kann. »Schnaps, das war sein letztes Wort, dann trugen ihn die Englein fort«, trällert dieser »Schatzi«. »Der hat doch gesoffen, das riech ich doch«, meint er.

Schatzi ist der Präparator, erklärt mir Jason. Ein Riese mit Schultern für zwei Personen. Seine Haare wären blond, wenn er noch welche hätte, denn seine Augenbrauen sind auch blond, aber er hat sicher zum Rasierer gegriffen, als er merkte, dass sich bei ihm eine Glatze ankündigte, und sein Resthaar entfernt. Deswegen funktioniert das wahrscheinlich bei dem Toten jetzt auch so gut. Schatzi hat gutmütige, blaue Augen und sieht ein bisschen aus wie eine überdimensionale männliche Puppe. Genauer gesagt wie ein testosterongeschwängerter Ken, der seiner Barbie mit Besitzerstolz den Arm um die Schulter legen würde, wenn er denn eine Barbie hätte, um dann gemeinsam mit ihr und tumben Blicken auf seinen Pool und sein Einfamilienhaus zu starren, oder auf Barbies blonde, hochtoupierte Haare. An beiden Armen ist er tätowiert.

»Das ist ein Bullenhai«, erklärt er mir ungefragt und präsentiert seinen rechten Unterarm, »und das da ist eine Pflanze, die in der Tundra wächst. Den Namen habe ich leider vergessen.«

Die Pflanze wächst auf dem linken Unterarm. Schatzi scheint es wichtig zu sein, dass wir die Tätowierungen gut sehen können – wobei ich davon ausgehe, dass Jason sie schon kennt –, jedenfalls rollt er den Ärmel seines Kittels nach oben und ist sehr stolz.

»Mach das mal ein bisschen vorsichtiger, bitte«, sagt Jason zu dem Hünen.

Der blitzt Jason an. »Besserwisser«, nuschelt er dann, macht aber daraufhin langsamer weiter.

Den Toten hat es schlimm erwischt. Er hat zwei Löcher im Kopf, die ziemlich groß sind. Schatzi beginnt, die Kopfhaut aufzuschneiden, ein paar Minuten später hat er sie gelöst und legt sie wie einen Lappen auf das Gesicht des fünfzigjährigen Mannes, der eigentlich nur einen Lastwagen ausladen wollte. Das hat der Mann bestimmt nicht gedacht, dass er ein paar Stunden später hier so liegen würde mit seiner Kopfhaut auf seinem Gesicht.

»Ich zeige Ihnen das alles nur, damit Sie wissen, wie es hier aussieht, und damit Sie keinen Schreck bekommen, wenn Sie dann hier liegen, weil Sie sind ja dann nicht tot wie die ganzen anderen hier«, erklärt mir Jason leise, während Schatzi die Schädeldecke des Mannes mit einer Kreissäge aufschneidet, was einen Höllenlärm macht.

»Nicht so schnell. Das Absauggerät kommt ja gar nicht nach.« Jason maßregelt seinen Kollegen erneut, der daraufhin extra langsam sägt, so kommt es mir jedenfalls vor.

Jasons Plan, den er mir erzählt hat, während wir mit Bus und Bahn ins Universitätsklinikum gefahren sind, ist gar nicht so dumm, und das soll er wahrscheinlich auch gar nicht sein. Der Plan ist der folgende: Ich werde Medikamente von ihm bekommen, die meinen Herzschlag verlangsamen, in Eppendorf auf offener Straße umfallen, ein Rettungswagen wird dann gerufen, und ich komme erst mal ins Krankenhaus. Natürlich ins Universitätsklinikum Eppendorf. Deswegen muss ich ganz in der Nähe des UKE umkippen, damit wir sichergehen können, dass ich nicht nach Altona oder sonst wohin gebracht werde. Dieses Mittel, das Jason mir gibt, sorgt dafür, dass ich dann irgendwann für tot erklärt werde. Dann will Jason selbstlos dafür sorgen, dass ich zu ihm in die Rechtsmedizin geschoben werde. Ich hatte angemerkt, dass ich leicht friere, und ihn gebeten, alles dafür zu tun, dass ich meine Sachen anbehalten kann, aber er konnte es mir nicht versprechen, woraufhin ein kleiner Disput losbrach, weil ich zu Jason meinte, auf gar keinen Fall wollte ich nackt vor ihm liegen. Jason, der mir zwar dauernd versicherte, dass er schon viele nackte Tote gesehen hat, und außerdem wolle er sich ja um eine batteriebetriebene Heizdecke kümmern, regte sich irgendwann sehr über mich auf – da saßen wir gerade im Bus – und meinte, ich solle ihn schon machen lassen. Ich lasse ihn ja machen. Aber noch bin ich nicht tot.

»Und dann? Wie geht es dann weiter?«, will ich jetzt wissen.

Jason deutet auf die Metallliege. »Dann sind Sie hier«, erklärt er. »Und alle werden denken, dass Sie tot sind. Vorher müssen wir natürlich noch einige Dinge regeln.«

»Ich finde den Vorschlag nicht gut.«

»Warum nicht?« Er regt sich schon wieder auf und wirft ein Skalpell in eine blutbesudelte Schüssel, und ich habe schon Angst, dass es spritzen könnte und Jason sich darüber aufregt, weil er sich ja auch über Krümel aufregt. »Wieso ist das kein guter Vorschlag?«

»Bei uns zu Hause wird man aufgebahrt. Damit alle sich verabschieden können.«

Schatzi mischt sich ein. »Meine Oma wurde auch aufgebahrt. Sie hat ihren zweiten Oberschenkelhalsbruch nicht überlebt.« Er überlegt kurz. »Eigentlich schade«, sagt er dann.

Jason dreht sich zu mir um. »Sind Sie katholisch?«

»Nein«, sage ich. »Das nicht. Aber so ist das eben bei uns.«

»Dann machen wir es eben anders.«

»Oder war das doch kein Oberschenkelhalsbruch«, das ist

wieder Schatzi. »Ich bringe das immer durcheinander. Hatte sie vielleicht doch nur Herzversagen, oder war das meine Tante?«

»Warum soll ich eigentlich so tun, als wäre ich tot?« Diese Frage darf ich doch wohl stellen. Ich bin etwas durcheinander. Der Tag ist doch recht aufregend. Außerdem muss ich ständig aufpassen, dass ich das Gleichgewicht nicht verliere, denn diese Plastiküberzieher an meinen Füßen sind sehr rutschig, und dauernd tropft Flüssigkeit (ich möchte die Worte »Blut« und »andere Körperausscheidungen« vermeiden) von dieser Bahre.

Und außerdem muss ich Elise anrufen, ohne dass Heiner mitbekommt, dass ich Elise anrufe. Das will ich nicht. Aber wie bekomme ich Elise dazu, nicht laut loszuschreien, wenn sie mich am Telefon hat? Das alles sind Probleme, die es noch zu lösen gilt. Aber es überfordert mich nicht. Ich fühle mich gut gerade. Ich meine, gestern noch habe ich in Groß Vollstedt gewohnt und musste Kühe füttern und Hühner ausnehmen, und jetzt, eben jetzt, stehe ich neben einem Jason in der Rechtsmedizin des Universitätsklinikums, schaue auf einen zertrümmerten Schädel, rieche menschliche Innereien und rutsche beinahe auf Körperflüssigkeiten aus. Hehe! Wenn ich mich so umschaue, geht es gerade nicht besonders vielen Leuten so wie mir. Schade eigentlich, dass Heiner keinen Lastwagen entladen hat. Jedenfalls: So kann es weitergehen. Endlich passiert mal was. Seit einem Feuer im Kuhstall, bei dessen Löschung ich 1951 mitgeholfen habe und bei dem dank meines selbstlosen Einsatzes kein Stück Vieh zu Schaden kam, ist eigentlich überhaupt nichts mehr passiert. Wird ja auch mal wieder Zeit.

»… kann so nicht weitergehen.« Jason schaut mich an und streichelt meinen Arm. Ich habe ihm überhaupt nicht zugehört. »Und wenn Sie erst mal tot sind, dann nehmen wir Ihren Mann aus!«

Halt! Das hatten wir so nicht besprochen. Verzweifelt schaue ich auf den Leichnam vor mir. Will Jason dann dasselbe mit Heiner machen wie mit dem da?

»Wie ich mich darauf freue«, schwadroniert Jason fröhlich weiter und zerschneidet einige Rippen mit einer Art Gartenschere. Ich zucke automatisch zusammen. »Das wird eine Genugtuung, und Sie können endlich anfangen zu leben.«

Der Präparator, der die ganze Zeit untätig herumgestanden hat, kommt und hilft ihm. »Ich glaube, es war weder ein Oberschenkelhalsbruch noch Herzversagen«, sagt er dann. »Meine Großmutter lebt ja noch. Also die väterlicherseits, die, von der ich dachte, sie sei aufgebahrt worden.«

Ich zupfe an Jasons Kittel herum. »Sie müssen mir das alles nochmal ganz genau erklären.« Bittend starre ich ihn an, und Jason nickt. Dann beginnt er, die Haut des Mannes vom Handgelenk aus abzulösen.

»Das, was Sie mir erzählt haben, das kann ich nicht auf mir sitzen lassen.« Wir laufen durch Eppendorfs Straßen und suchen das kleine Restaurant, in dem man laut Jason so vorzüglich Mittag essen kann, dass man nirgendwo anders mehr Mittag essen will. Verstohlen stelle ich fest, dass alle Frauen, die durch Eppendorf laufen, ungefähr so angezogen sind wie ich, was mich sehr stolz macht. Mein Brautkleid trage ich in einer Plastiktüte.

»Warum wollen Sie das alles für mich tun, Jason?«, frage ich, während wir so herumlaufen und ich mein Gesicht in die Sonne halte.

Er bleibt stehen und legt seine Hand auf meinen Arm, der im Ärmel der Jacke im Chanelstil steckt. »Die Gründe habe ich Ihnen schon erläutert«, sagt er. »Mein Entschluss steht fest: Weil es Gerechtigkeit geben muss. Männer dürfen keine Frauen schlagen. Das möchte ich nicht.« Er kneift schon wieder die Augen zusammen, und ich öffne schon den Mund, um ihm zu sagen, dass er sich nicht immer so leicht aufregen soll, doch er hat sich im Griff. »Ihr Mann wird das alles noch sehr bereuen.« Jason zieht mich weiter. »Ich möchte, dass Sie etwas vom Leben haben. O ja, ich werde dafür sorgen, dass Sie Spaß haben und lachen. Wir beide, wir werden so richtig einen draufmachen.«

Aha. Wie wir das letztendlich anstellen möchten, will er mir später erklären. »Ich habe eine so geniale Idee«, sagt er nur dauernd, und ich bin wirklich sehr gespannt darauf, wie es weitergeht. Und auf die Idee bin ich noch gespannter.

»Eppendorf ist klein und überschaubar«, meint Jason. »Die vielen netten Geschäfte. Geht es Ihnen gut, Juliane? Sind Sie hungrig?«

»Sehr«, nicke ich und schaue mich um.

»Das ist eine ganz neue Situation für mich«, lacht Jason. »Also mit einer älteren Dame, die meine Mutter oder meine Großmutter sein könnte, hier durch Hamburg zu spazieren.«

»Haben Sie denn keine Mutter mehr?«

Er schüttelt den Kopf. »Nein. Schon ziemlich lange nicht mehr.«

»Hat Ihre Mutter auch die Familie verlassen?«

»Natürlich nicht«, er verdreht die Augen. »Das hätte sie nie getan. Sie ist tot.« Ach so. Während wir weiter in Richtung des kleinen Restaurants wandern, erzählt mir Jason von seiner Mutter. Dass die immer Angst vor seinem Vater gehabt habe und dass sie immer demütig gewesen sei. »Mein Vater hat sie auch manchmal geschlagen«, gesteht er. »Möglicherweise ist das mit ein Grund, warum ich so handele, wie ich nun handele. Kurz nachdem ich von zu Hause ausgezogen bin, ist meine Mutter gestorben. Ich glaube, ich war ihr Lebensmittelpunkt, und als der dann weg war, hat sie in nichts mehr einen Sinn gesehen.«

»Und Ihr Vater?«

»Er ist kurz nach ihr gestorben. Ich hoffe, er hatte wenigstens ein schlechtes Gewissen, ich glaube es aber nicht«, antwortet Jason knapp. »Ich habe ihm kurz nach Mamas Tod noch einen Brief geschrieben und ihn auf all seine Fehler aufmerksam gemacht, aber er hat nicht mehr darauf geantwortet. Ist ja auch egal.«

»Aber ... aber dann haben Sie niemanden mehr? Keine Verwandtschaft?«

»Doch«, er nickt. »Ich habe eine Schwester. Aber zu ihr habe ich auch nur sporadisch Kontakt. Sie wohnt in Coesfeld und betreibt da im Internet ein Selbsthilfeforum für Menschen, die versehentlich Fremdkörper verschluckt haben.«

Kein Wunder, dass er nur sporadisch zu seiner Schwester Kontakt hat. Ich hätte gar keinen Kontakt mehr zu ihr. Aber er tut mir leid. Ach, der arme Junge! Hat keine Mutter mehr. Ich werde bei Gelegenheit einen Kuchen für ihn backen.

»Essen Sie gern Kuchen?«, will ich wissen, und Jason nickt glücklich.

»Welchen mögen Sie am liebsten?«

»Käsesahnetorte mit frischen Erdbeeren.« Nun strahlt er, der Junge. Fast wie ein Lausbub sieht er aus. Und nachdem er gesagt hat: »Meine Mutter hat die immer für mich gebacken«, möchte ich mir am liebsten auf der Stelle eine Schürze umbinden und Erdbeeren unter fließendem Wasser abspülen.

»Dort ist es. Gleich da vorn. Das hier ist übrigens die Hoheluftchaussee«, Jason deutet auf ein Gebäude, vor dem Menschen zwischen sieben und ungefähr vierundzwanzig Jahren stehen, die mit irrem Blick Sachen aus Papiertüten reißen. Nachdem sie die Sachen aus Papiertüten gerissen haben, reißen sie die Umhüllung der Sachen ab und stopfen den Inhalt mit hektischen Bewegungen in ihre Münder. Ihre Augen funkeln.

»Auf was haben Sie Appetit?« Jason reibt sich die Hände. »Die haben gerade Chinawochen hier.«

Ja, gibt es denn so etwas? Wir stehen vor einem McDonald's-Restaurant, und plötzlich bin ich schrecklich aufgeregt. Schon immer wollte ich mal in einem McDonald's essen, aber ich durfte nie. Heiner hatte es mir verboten. Dabei habe ich in der Fernsehwerbung immer die leckeren Gerichte gesehen. Das wird schön!

Eine Minute später stehe ich vor einer Frau, die aus China kommt und eine rote Kappe trägt. *Ich liebe es*, steht auf der Kappe. Weitere fünf Minuten später sitze ich mit Jason an einem Plastiktisch, verschlinge den ersten BigMäc meines Lebens, tunke Pommes in Mayonnaise, trinke dazu ein Vanille-Milkshake und fühle mich richtig gut. Ich, Juliane Knop geborene Mahlow, sitze mit siebenundneunzig zum ersten Mal bei McDonald's. Ist das nicht toll? Die neue Ära hat begonnen. Ich liebe es!

Kapitel 8

Das bayerische Polizeireglement beschrieb eingehend, wie mit einem Scheintoten zu verfahren sei:
1. Die Fenster öffnen und das Zimmer erwärmen.
2. Die künstliche Athmung anwenden.
3. Warme Kataplasmen von Senf auf die Brust und die Extremitäten legen.
4. Mit einer weichen Bürste, einem Stück mit Essig oder Kamphergeist durchtränkten Stoffes oder einem erwärmten Tuch Reibungen vornehmen.
5. Mit einer Vogelfeder die Kehle kitzeln.
6. Ammoniakgeist unter die Nase halten.
7. Von Zeit zu Zeit einige Tropfen eines Balsamextraktes oder derartiger Essenz in den Mund träufeln lassen.
www.schaepp.de

Endlich, endlich sind Jason und ich einer Meinung. Ich meine, das geht wirklich nicht, dass ich nicht aufgebahrt werde, meine Mutter würde das nicht *überleben*. Nach dem Essen haben wir angefangen zu diskutieren und sind tatsächlich zu einer Lösung gekommen. Eine gute Lösung, wie ich finde. Ich konnte Jason davon überzeugen, dass eine Aufbahrung in unserer Ortskapelle unumgänglich ist, und nach langem Hin und Her und einer Menge Rederei hat er sich schließlich davon überzeugen lassen. Jason kann manchmal anstrengend sein. Erstens mal hat er wirklich einen Tick: Er kann Unordnung offenbar überhaupt nicht ausstehen. Alles muss ganz genau so sein, wie er es will. Beispielsweise hat er seinen Hamburger nicht gleich gegessen, sondern erst alles ganz akkurat auf dem Tablett vor sich aufgebaut; die Pommes hat er sogar aus der Packung geschüttet und sehr ordentlich nebeneinander hingelegt, nach Größe sortiert. Darüber hinaus wird Jason schnell ungehalten und regt sich rasch auf. Dann kneift er immer so komisch die Augen zusammen und atmet laut aus. Ich werde ihm das noch abgewöhnen müssen. Die Jugend von heute soll mal nicht so schnell überreagieren. Wir haben auch nicht überreagiert, als wir fast alles abgeben mussten und selbst kaum noch etwas hatten. Wir haben auch nicht überreagiert, als Hitler meinte, jetzt mal alles ändern zu müssen, und wir haben auch nicht überreagiert, wenn uns im Winter die Fußzehen abgefroren sind, weil es kein Brennholz mehr gab. Und wenn die Bomben rumgeflogen und eingeschlagen sind, da haben wir mal schon gar nicht überreagiert. Hätte ja sowieso nichts genützt.

Abends nimmt mich Jason mit zu sich nach Hause. Er hat eine schöne Wohnung im Hamburger Stadtteil Eimsbüttel und meint, ich solle bei ihm übernachten. Den restlichen Nachmittag hat er mir von seinem Studium erzählt und auch die Geschichte, warum er keine Unordnung und keine Krümel mag. Es war nämlich so, dass Jasons Mutter wohl ein herzensguter Mensch gewesen ist, es aber mit der Ordnung nicht so hatte. Dauernd musste der Sohn hinter ihr herräumen. Und die Mutter hat auch nie die Tischdecke ausgeschüttelt. »Wenn ich nachmittags dasaß und Schularbeiten machen musste, hat es immer geknirscht, wenn ich die Ellbogen auf die Krümel aufgestützt habe«, erzählte er mir ernst.

Ich muss ehrlich zugeben, dass der Tag mich geschafft hat und ich sehr müde bin. Aber ich habe ein komisches Gefühl. Seit achtzig Jahren habe ich in ein und demselben Bett geschlafen; ich kenne meine Matratze besser als meinen Ehemann, und ich weiß nicht, ob ich auf Jasons Schlafstatt ein Auge zutun werde. Jason wischt meine Bedenken mit einer Handbewegung zur Seite, während er das Bettzeug mit frischgewaschener und faltenfrei gebügelter Wäsche bezieht. »Dann gebe ich Ihnen eben eine Schlaftablette«, meint er lapidar.

Ich schaue mich ein wenig in seiner Wohnung um. Er hat Unmengen an Büchern. Viele medizinische Werke, aber auch Romane. Ich komme mir dumm und ungebildet vor. »Haben Sie die alle gelesen?«, will ich wissen, und er nickt.

»Klar. Ich lese für mein Leben gern. Sie nicht? Sie wissen doch auch viel.«

»Na ja«, meine ich. »Nur im Lexikon. Ansonsten habe ich zwei Bücher gelesen. Die viele Arbeit, wissen Sie. Da kommt man zu nichts.« Meine Kochbücher zählen als Lektüre ja wohl kaum. Aber ich habe viele Kochbücher. Ich liebe Kochen. »Eins der Bücher jedenfalls heißt *Herbstmilch*, und das andere heißt *Ausspannen in Deutschland*.«

»Oh. Ein Urlaubsratgeber?« Jason ist interessiert.

»Nein«, erwidere ich. »In dem Buch geht es darum, wie man Ochsen richtig ausspannt«, und Jason sagt gar nichts mehr und schaltet den Fernseher ein.

Ich bin überrascht. Nicht weil Jason den Fernseher eingeschaltet hat, sondern weil er dauernd auf der Fernbedienung herumdrückt und ständig etwas Neues zu sehen ist. Endlich, endlich sehe ich mal was anderes als daheim!

»Kabelfernsehen. Sie haben Kabelfernsehen ...« Ich setze mich neben ihn aufs Sofa.

Im Fernseher schreit eine blonde Frau: »Ich brauche Städte mit A! Rufen Sie mich an und sagen Sie mir Städte mit A!«

Ich deute auf den Apparat. »Was ist das da gerade?«

Er dreht den Ton leiser. »Das da ist 9Live. Insgesamt habe ich einunddreißig Programme im Kabelfernsehen.« Nun beugt er sich ein Stück nach vorn. »Ich werde den Bildschirm mal wieder mit Glasreiniger bearbeiten müssen. Man sieht ja kaum noch was.«

Also, ich erkenne alles. »Wie wunderbar«, sage ich fasziniert.

In Groß Vollstedt hatten wir nur drei Programme, weil Heiner meinte, mehr bräuchte man nicht. Wir hatten das erste, das zweite und das dritte Programm. Und diese drei Programme haben wir mit einer handelsüblichen Antenne empfangen. Im Dritten kommen immer Naturdokumentationen über Eisbären oder

Plankton, manchmal auch Sendungen, in denen erklärt wird, wie Meerrettich hergestellt wird oder Brotdosen aus Kunststoff, oder Schlagersänger tanzen vor Lebkuchenhäuserkulissen, aus denen sehr gutgelaunte Frauen winken, die Hüte mit roten Kugeln auf- und Dirndl anhaben und ununterbrochen lächeln, während der Schlagersänger fast weinend und mit hektischen Handbewegungen »Bleib bei mir, komm zu mir, geh nicht fort« singt.

»Toll«, sage ich ehrfürchtig und starre auf den Fernsehapparat.

Jason gähnt. »Also, liebe Juliane, morgen ist der große Tag. Morgen werden Sie sterben. Wollen wir eben nochmal alles gemeinsam durchsprechen?« Er verschränkt die Beine und isst vorsichtig ein paar Salzstangen, die er in einem Schälchen auf den Couchtisch gestellt hat. »Vertrauen Sie mir, Juliane. Ich verspreche Ihnen hoch und heilig, dass alles gut wird. Ehrlich.«

Von mir aus. Ich bin bereit. Ich weiß zwar nicht, wohin das alles führen soll, aber welche Alternativen bleiben mir, wenn man es mal ganz genau nimmt? Eben. Keine. Und deswegen glaube ich Jason, und ja, ich vertraue ihm. Er ist jung und agil. Er ist Rechtsmediziner. Er ist mit diesen Dingen vertraut. Mit welchen Dingen? Mit Dingen des Todes? Ach, ich mache mir viel zu viele Gedanken!

»Ich mach uns mal einen Rotwein auf. Mit Rotwein bespricht es sich besser.«

Das finde ich auch. Ich trinke gern Rotwein. Im Hühnerstall hatte ich immer einige Flaschen hinter der Futterkiste versteckt und hab mir einen angedudelt, wenn Heiner mir zu sehr auf die Nerven ging. Ich habe mir ziemlich oft einen angedudelt.

»Allmächtiger, können Sie saufen!«, meint Jason eine Stunde später ehrfürchtig und kann es gar nicht glauben, dass ich das Glas verschmäht habe und lieber direkt aus der Flasche trinke. Im Stall habe ich das auch so gemacht. Hätte ich ein Glas gehabt, wäre Heiner ja irgendwann das schmutzige Glas aufgefallen. Deswegen. Ich bin ein cleveres Persönchen. Und ein wagemutiges noch dazu. Sonst würde ich hier nicht sitzen, oder?

Jason wirft ständig die schon festgelegten Pläne wieder um, weil ihm etwas noch Besseres und Genialeres einfällt, um die ganze Sache »bombensicher« zu machen, wie er sich ausdrückt. Das mag ich nicht, wenn jemand den Ausdruck Bombe in unpassenden Zusammenhängen benutzt. Ich mag es auch nicht, wenn gesagt wird: »Heute haben wir ein Bombenwetter.« Ich habe Kriege hinter mir und finde nicht, dass man mit dem Wort Bombe spaßen sollte. Gut, möglicherweise heißt es Bombenwetter, weil das Wetter dann so gut ist, dass man die Bomben gezielter abwerfen kann, aber ich finde es dennoch unpassend. Ich schütte Rotwein in mich hinein, als wäre es Wasser, und genieße die wohlige Wärme, die sich in meinem Körper ausbreitet. Da fällt mir siedendheiß ein, dass ich meine Mutter ja noch gar nicht angerufen habe!

»Ich muss meine Mutter anrufen, sie regt sich bestimmt auf«, rufe ich in Jasons Richtung, der gerade in der Küche ist und einen Lappen holt, weil sein Rotweinglas Ringe auf dem Tisch gebildet hat. Ich hoffe, dass meine Stimme klar ist und ich nicht lalle.

»Das geht auf GAR KEINEN FALL!« Jason kommt zurück, wienert auf dem Tisch herum und schüttelt den Kopf. »Das bringt meine ganzen Pläne durcheinander. Es soll ja so aussehen, als ob Sie zufällig in Hamburg gelandet sind. Wenn Sie jetzt Ihre Mutter anrufen, machen Sie sich verdächtig.« Er überlegt weiter. »Morgen passt einfach gut. Ich habe nur einen verschimmelten Opa, der drei Monate in einem Heizungskeller gelegen hat, und eine ukrainische Arbeiterin aus einer Wäscherei auf dem Programm, die komplett in der Heißmangel geendet ist, versehentlich, hoffe ich.« Er nimmt einen Schluck Wein. »Hoffentlich passt die Arbeiterin auf den Obduktionstisch. Die Kollegen meinten, sie wäre ziemlich in die Länge gezogen worden, eben dadurch, dass sie in die Heißmangel geraten ist. Nun, wir werden sehen. Jedenfalls können wir Sie da gut zwischenschieben.«

Ich werde also in der Rechtsmedizin zwischengeschoben. Ein verlockender Gedanke, wirklich. Da kann man nur hoffen, dass

Jason morgen auch fit ist und nicht versehentlich einen Kreislaufkollaps bekommt und sich deswegen ein anderer Rechtsmediziner mit mir beschäftigen wird. Oder gleich Schatzi mit seiner Kreissäge. Das kann lustig werden. Weil ich darf ja nichts sagen, weil ich ja tot bin.

»Also, morgen werden Sie offiziell für tot erklärt, dann geht es erst mal heim nach ... Groß Vollstedt oder wie das heißt, in der Zwischenzeit wird sich Ihr Mann wohl um einen Sarg gekümmert haben. Ich werde Ihnen Mittel zur Beruhigung geben, damit Sie sich nicht bewegen, wenn Sie da in dem offenen Sarg liegen. Dieses Mittel wird Ihren Herzschlag reduzieren, sodass er kaum noch wahrzunehmen ist. Das ist dasselbe Mittel, das ich Ihnen morgen Vormittag schon gebe. Und keine Panik«, er macht eine Kunstpause. »Der Sarg wird irgendwann geschlossen und zugenagelt. Ach so, Sie werden natürlich schon in dem Sarg in die Kapelle geliefert.«

Ich nicke und versuche zu folgen. Geliefert. Ich werde geliefert. Und wenn auch nur ein kleiner Fehler passiert, bin ich geliefert. Ach, aber irgendwie ist es auch mal schön, die Verantwortung jemand anderem zu überlassen.

»Also, Punkt eins: Umfallen auf offener Straße. Punkt zwei: Einlieferung ins UKE. Punkt drei: Erklärung, dass Sie tot sind. Punkt vier: Einlieferung in die Rechtsmedizin, also zu mir. Punkt fünf: Überführung Ihres Leichnams in die Kapelle von Groß Vollstedt. Punkt sechs: Trauerfeier in der Kapelle. Aufgebahrt. Sarg offen. Das bereitet mir Kopfzerbrechen, dass der Sarg offen ist. Ich werde darüber noch einmal nachdenken müssen. Tatsache ist, dass das ja alles länger dauert als in der Notaufnahme, und Sie brauchen eine Sauerstoffversorgung. Nun gut, ich werde überlegen. Wo waren wir? Punkt sieben, und jetzt wird es heikel. Möchten Sie noch Wein?« Ich nicke. »Der zugenagelte Sarg. Wir müssen Sie ja irgendwie wieder aus dem Sarg bekommen. Gibt es irgendjemanden in Ihrem Heimatort, dem Sie hundertprozentig vertrauen können?«

Da muss ich gar nicht lange überlegen. »Inken.« Gleich ist die vierte Flasche Rotwein leer. »Inken vertraue ich.«

»Sie müssen Inken vorher einweihen. Am besten jetzt gleich. Später kommen Sie nicht mehr dazu. Diese Inken muss den Sarg wieder aufmachen, damit Sie rausklettern können. Wenn wir Glück haben, lässt der Bestatter Sie noch über Nacht in der Kapelle stehen, dann ist Inken dran. Ich werde ihr Werkzeug geben. Schraubenzieher. Beziehungsweise werde ich Schraubenzieher dabeihaben. Da muss ich nochmal drüber nachdenken. Dann legen wir Steine in den Sarg, die ungefähr Ihr Gewicht haben. Wie viel wiegen Sie?«

»Eine Dame fragt man nicht nach ihrem Gewicht«, ziere ich mich und versuche, einen Schluckauf zu unterdrücken.

»Eine Dame möchte aber bestimmt nicht lebendig begraben werden«, maßregelt mich Jason und nagt an seiner Unterlippe herum.

»Ich wiege einhundertundzwei Pfund.« Und ich werde immer gelöster.

»Also einundfünfzig Kilo. Hm. Wo kriegen wir auf die Schnelle so viele Steine her? Wir werden sowieso improvisieren müssen, weil wir ja vor Ort keine Waage haben, um die Steine zu wiegen. Gut, das sehen wir dann. Punkt acht. Wenn wir uns gut genug tarnen, dann werden Sie vielleicht Ihre eigene Beerdigung beobachten können.«

»Oh.« Das finde ich nun sehr aufregend. »Und dann sehe ich, wenn alles gut geht, wie der Sarg mit den Steinen in die Erde runtergelassen wird?«

»Genau so. Punkt neun. Dann fahren wir erst mal nach Hause. Und nun kommt mein Lieblingspunkt, nämlich Punkt zehn. Ihrem Heiner wird es ab diesem Tag schlecht gehen. Verdammt schlecht. Ich habe ja diese geniale Idee. Aber dazu kommen wir später. Verlassen Sie sich darauf.«

Klar verlasse ich mich darauf. Was bleibt mir auch anderes übrig.

»Aber«, werfe ich dann doch noch ein, »wo soll ich denn nach meiner Beerdigung hin? Wo soll ich wohnen?«

»Na, hier natürlich. Vorerst«, meint Jason. »Und jetzt möchte ich mit Ihnen Brüderschaft trinken. Schließlich haben wir einiges gemeinsam vor uns. Ich heiße Jason.« Er hebt sein Glas.

»Das weiß ich doch.« Ich hebe die Flasche.

»Ja, das sagt man aber so.«

»Gut. Ich heiße Juliane, Jason.«

»Also dann, Juliane, auf dein neues Leben. Zum Wohl.«

Ich bin richtig euphorisch. »Zum Wohl, Jason, auf mein neues Leben.«

Kapitel 9

> Willkommen im MISCHWALD! Ein MischWald ist laut Definition gegeben, wenn eine zweite Art mindestens 10 Prozent der Bestandsgrundfläche einnimmt – im vorliegenden Fall definiert MischWald einzigartige Musikstücke, die zu einem harmonischen Ganzen zusammengefügt werden. Eine Mission, der sich MischWald ganzheitlich verschreibt! MischWald bedeutet Nährboden für gute Musik von einzigartigen Künstlern, deren unkonventionelle Musik einem breiten Publikum Gefühle von Natur und somit von Authentizität vermittelt. Ein wertvolles Akustikerlebnis, das in einer schnelllebigen Zeit Genuss und Vertrautheit schenkt – eben Natur pur.
> www.mischwald.net

In dieser Nacht tue ich kein Auge zu, was allerdings nicht an Jasons Gästebett liegt. Es ist ein breites Bett mit einer guten Matratze. Normalerweise würde ich hervorragend darin schlafen. Die Matratze passt sich der Körperform an, gibt an den richtigen Stellen nach und bleibt an den richtigen Stellen hart. Aber mir gehen tausend Sachen durch meinen alten Kopf.

Ich habe Inken angerufen.

»Hättste dich auch mal früher melden können. Hier is alles durcheinander«, waren ihre ersten Worte. »Is dein Heiner zu mir gekommen, das war so gegen Mittach. Hat er wissen wollen, wo du steckst. Aber wenn du mich frachst, Juliane, war der irgendwo irgendwie ganz schön froh, dass du nich da warst. Hättste mal früher gehen sollen, hättste mal. Ich hab übrigens eine Perücke für dich, falls du noch eine solltest brauchen. So schwarze, lange Haare hat die Perücke, sieht schick aus. Machste dann einfach die anderen Haare drunter unter die Perücke. Wo bist du eigentlich?«

Ich habe ihr alles erzählt, auch, dass ich ab morgen tot sein werde. Das fand sie gut. »Hättste mal früher sterben sollen, dann würd's dir schon viel länger gutgehen.«

»Was macht Elise?«, wollte ich wissen.

»Der Heiner hat zu mir gesacht, dass sie sich aufgerecht hat. Er hat sich auch aufgerecht.« Inken schrie nun fast. »Er hat gesacht, das sei ja wohl das Allerletzte, dass du einfach so wech bist, ohne das Vieh zu füttern. Hat er nun machen müssen. Der Fritz ist nämlich auf und davon.«

»Was?« Fritz ist einer unserer Zuchtbullen. »Wie konnte das passieren?«

»Hat der Heiner mir erzählt, dass er mit den Fritz nich zurechtgekommen ist. Hat er versucht, ihn am Nasenring auffe Weide zu ziehen, aber der Fritz hat sich losgemacht und ist fort.«

Nun gut. Dann findet er wenigstens was zu fressen und ist nicht von Heiner abhängig.

»Du, Juliane …«, Inken senkte ihre Stimme.

»Was ist?«, flüsterte ich zurück.

»Der Heiner is dann ins Wirtshaus is er gegangen, und weißt du, was er zum Engelhardts Karl gesacht hat?«

»Nein. Was hat er denn gesagt?« Mein Herz klopfte.

»Hat der Heiner zum Karl gesacht, ›Karl‹, hat er gesacht, ›vielleicht finden se min Fru ja tot auffe Straße liegen. Dann bin ich die olle Krücke endlich los.‹ Das hat der Heiner zum Engelhardts Karl gesacht. Und nachmittachs war'n ein paar von deinen Kindern da, ich kriech die Namen nich zusammen, is ja alles so ein Durcheinander. Und eine von deinen Enkeltöchtern, wo immer Möbel haben will, war auch da.«

Aha. Elisabeth hofft wohl, ihre Jugendstilsitzgruppe bald zu bekommen.

»Hab ich die Enkeltochter von dir hier auffe Straße getroffen, da sacht sie, es Oma is wohl tooot.«

Falsch gedacht, du miese Schlange!

»Dann hab ich zu ihr gesacht hab ich, ›Wie kommst denn darauf?‹, hab ich gesacht, und da hat se mich nur angeschaut so komisch und so ganz merkwürdig hat se gelächelt. Ich sach dir, Juliane, da geh'n hier Fisimatenten geh'n hier ab. Hat mein Onkel immer hat er gesacht, der Bruder wo von meiner Mutter war. Die warten doch alle nur darauf, bis se endlich bis se deine Sachen kriegen wohl tun. Ach, ach. Aber Juliane, nu sach mal, wie geht denn das jetzt weiter?«

Zehn Minuten später war Inken auf dem allerneuesten Stand und versprach, niemandem auch nur ein Sterbenswörtchen zu erzählen. Sie klang sehr engagiert. Fast konnte man meinen, sie würde am liebsten herkommen und mir was über den Kopf hauen, damit das alles schneller geht. Ich gab ihr Jasons Nummer und versprach, sie baldmöglichst anzurufen, falls das in irgendeiner Form möglich wäre.

»Vielleicht sehen wir uns aber auch erst auf der Trauerfeier«, meinte ich dann noch. »Tu mir bloß einen Gefallen und sprich mich nicht an, wenn ich da vor dir im Sarg liege.«

»'türlich nich«, sagte Inken sauer und tat so, als ob sie nie sprechen würde. »Hoffentlich macht Pfarrer Hinrichs nich so lang«, sorgte sie sich noch. »Weißt du noch, damals, wo die Kremers Hilde tot war und er hat geredet und geredet und kam zu kein Ende nich? Das hat doch mindestens mal drei Stunden damals hat das gedauert, wenn das nich noch länger wo gedauert hat. Mir sind schon beinahe fast die Füße sind mir eingeschlafen, so lang hat das gedauert. Was meinst du, was es danach zu essen gibt?«

An den Leichenschmaus hatte ich nun wirklich nicht gedacht. Das soll auch nicht meine Sorge sein. Da soll Heiner sich drum kümmern oder auch nicht. Ich bin ja wirklich mal gespannt, wie er die Trauerfeier ausrichtet und welchen Sarg er für mich aussucht.

Ich wälze mich unruhig von einer Seite auf die andere. Das Licht der Straßenlaterne fällt ins Zimmer. Auch das ist ungewohnt für mich. In Groß Vollstedt ist es nachts immer dunkel. Gegen Mitternacht halte ich es nicht mehr aus und wandere erst in Jasons Schlafzimmer auf und ab, dann gehe ich zur Toilette, dann gehe ich zurück und wandere weiter auf und ab, und nachdem ich ungefähr vierzig Kilometer abgewandert habe, beschließe ich, mir eine heiße Milch mit Honig zu machen, und begebe mich in Jasons kleine Küche, die man gar nicht mit meiner großen Küche vergleichen kann, eben weil sie klein ist. Jason hat mir vorhin, als ich um einen Tee bat, sein Mikrowellengerät gezeigt. Ich durfte nie ein solches Gerät besitzen; Heiner meinte, das bräuchte man nicht, aber ich war von seinen Worten nicht überzeugt. Es hat mir wahrlich Spaß gemacht, dem Wasser in der Tasse zuzuschauen. Die Tasse hat sich nämlich gedreht, und weil auf der Tasse ein kleiner Kobold zu sehen war und die Tasse sich ja drehte, sah man ihn alle paar Sekunden erneut. Das war lustig. Leise fülle ich Milch in einen herumstehenden Metallbecher und öffne das Gerät, in dem jetzt so eine komische Plastikschüssel liegt. Ob man die auf den Becher draufsetzen muss? Bestimmt, sonst würde sie ja nicht hier liegen. Ich ärgere mich. Wäre ich im Umgang mit einem Mikrowellenherd vertraut, müsste ich jetzt nicht jeden Handgriff hinterfragen. Ich versuche, logisch zu denken. Bestimmt verhindert die Plastikschüssel, dass die Milch überkocht. Das ist die einzig mögliche Erklärung. Dann schließe ich die Tür und stelle das Gerät auf die Zahl, die Jason vorhin auch benutzt hat, wie ich hoffe, denn ich kann die Zahlen nicht so gut erkennen, weil ich meine Brille auf Jasons Nachttisch vergessen habe. Und dann warte ich. Während ich warte, laufe ich leise zum Küchenfenster und blicke auf die menschenleere Straße. Für eine Großstadt ist es hier nachts aber auch relativ ruhig. Gut, direkt unter mir streiten sich gerade zwei Männer auf der Straße. Irgendwie geht es wohl um Geld. »Zahl isch kein Schutzgeld!«, schreit der eine in gebrochenem Deutsch, und der andere schreit zurück: »Gibt keine Diskussion, zahlst du sehr wohl Schutzgeld, und zwar sofort du zahlst Schutzgeld!«, und der andere schreit wieder zurück: »Niemals isch zahl Schutzgeld!«, und dann schreit er: »Nein, nein, nicht schießen du!«, aber der andere schießt doch, denn es gibt einen ziemlich lauten Knall. Es tut noch mehrere Schläge, und mir fällt auf, dass sie gar nicht von der Straße, sondern von direkt hinter mir kommen. Ich tappe blind durch die Küche und mit dem Fußzeh gegen einen Stuhl – ich sage immer *Fuß*zeh, ich sage auch immer *Haar*frisur, ich vergaß bislang nur, das zu erwähnen –, und einige Sekunden später steht Jason in der Tür und brüllt: »Um Himmels willen, Juliane, was hast du bloß getan?«

Meine Nerven liegen bloß. Das ist alles zu viel für mich. Herrje, ich bin siebenundneunzig und gewohnt, meinen alten Gasherd zu bedienen. Aber ich weiß nicht, nein, ich will auch gar nicht mehr wissen, wie man einen Mikrowellenherd bedient und dass man keine Sachen aus Metall da reinstellen soll, weil dieser verflixte Herd dann explodieren kann. Überall riecht es nach verbrannter Milch, aber am allerschlimmsten ist, dass sich auch überall verbrannte, kochendheiße Milch befindet. Ich hätte weder das Metallgefäß in diesen Herd stellen noch das Gefäß abdecken dürfen, und schon gar nicht hätte ich die Grillfunktion einstellen dürfen und nochmal schon mal gar nicht auf zwanzig Minuten. Aber woher sollte ich denn das wissen? Niemand hat mir vorher gesagt, wie man einen Mikrowellenherd bedient. Aber ich hätte doch so gern einen gehabt. Wenn ich einen gehabt hätte, wüsste ich auch mit Jasons umzugehen.

Jason ist böse. »Du hättest mich wecken sollen«, fährt er mich unwirsch an, und dann zieht er mich hoch und setzt mich auf einen Stuhl, weil er es »nicht aushalten kann, dich da auf dem Boden rumkriechen zu sehen«. Dabei wollte ich nur helfen und die Milch aufwischen. Der Mikrowellenherd ist im Übrigen irreparabel, wie Jason mir ununterbrochen versichert. Gott sei gedankt, dass ich morgen tot bin. Diese Schmach!

Jason macht mir dann Milch auf seinem Elektroherd warm, und der explodiert nicht. Mir ist fußkalt, und deswegen holt er mir dicke Socken, und dann sitze ich in der Küche in Jasons Bademantel – ein Geschenk seiner verstorbenen Mutter, wie er mir sagt, und er »hasst den Bademantel, weil ein Mischwald draufgedruckt ist«, obwohl »ich meine Mutter sehr geliebt habe. Du erinnerst mich an sie, Juliane«, – und trinke zitternd meine heiße Milch mit Honig, die Jason mir schließlich zubereitet hat. Ich mag den Mischwaldbademantel, weil er grün ist und Grün beruhigend wirkt, außerdem mag ich Eichelhäher, und auf dem Bademantel sitzt einer in den Ästen, der glücklich wirkt, und Jason schenkt mir daraufhin das gute Stück, was mich sehr ehrt, denn er hat den Bademantel ja von seiner Mutter bekommen.

An Schlaf meinerseits ist nicht zu denken. Ich bin viel zu aufgelöst. Jason, der die Mikrowelle abbaut, meint, dass er auch nicht schlafen könne. »Wir können ja noch ein bisschen fernsehen.« Er gähnt und läuft in Richtung Wohnzimmer, und ich laufe hinterher.

Wenn man mir vor vierundzwanzig Stunden gesagt hätte, dass ich exakt vierundzwanzig Stunden später mit einem 31-jährigen Rechtsmediziner in dessen Mischwaldbademantel auf dessen Sofa sitze, meinen eigenen Tod geplant und einen Mikrowellenherd zum Explodieren gebracht habe, ich hätte nur ungläubig den Kopf geschüttelt.

Noch mehr allerdings hätte ich den Kopf geschüttelt, wenn man mir vor vierundzwanzig Stunden gesagt hätte, ich würde mit einem 31-jährigen Rechtsmediziner, mit dem ich meinen Tod geplant habe, in dessen Mischwaldbademantel auf dessen Sofa sitzen und würde mir mit ihm gemeinsam einen Erotikfilm anschauen.

»Der Kram kommt immer frühmorgens.« Jason scheint gar nicht überrascht zu sein.

Ich dafür umso mehr. Mittlerweile habe ich meine Brille aus dem Schlafzimmer geholt, sitze da mit meiner Restmilch und starre auf den Fernsehapparat, um Zeugin der Tatsache zu werden, wie eine Rebecca und eine Larissa leichtbekleidet durch eine Art Wüste wandern und irgendwann unter einem überdimensionalen Kaktus Halt machen, der ihnen Schatten spendet. Über Kakteen habe ich mal etwas im Lexikon gelesen. Auch wenn sie sehr pflegeleicht sind, können tierische Schädlinge ihnen den Garaus machen. Trauermückenlarven beispielsweise können die Sämlinge schädigen. Aber darum geht es in diesem Film nicht. Es geht darum, dass Rebecca und Larissa sich den Rest ihrer sowieso schon spärlichen Garderobe vom Leib reißen und anfangen, sich gegenseitig zu befummeln. Ob Inken solche Filme auch sieht? Ein paar Minuten später – der Dialog der beiden besteht im Großen und Ganzen aus den Worten »Oh«, »Ah« und »Ja«, sieht man am hinteren Bildschirmrand einen Punkt, der zusehends größer und irgendwann zu einem Pferd wird, das angaloppiert kommt. Auf dem Pferd sitzt ein möglicherweise aus Mexiko stammender Reiter mit einem breiten Hut und einem Schnurrbart, der sich den beiden als Pedro vorstellt und es gar nicht ungewöhnlich zu finden scheint, dass zwei nackte Frauen in einer Wüste unter einem Kaktus stehen und sich betatschen. Pedro steigt vom Pferd und sagt zu den Frauen: »¡Hola!« Er trägt eine Art Lederhose über einer Jeans und gleich darauf nichts mehr.

»Letzte Woche haben die Frauen völlig bescheuert ausgesehen«, kommt es von Jason. »Die heute sind besser. Die haben dickere Titten.«

Ich antworte nicht und starre weiter auf das Geschehen, das nun noch mit mexikanischer Musik untermalt wird. Wenn jetzt Rex Gildo noch auftaucht und »Hossa! Hossa!« ruft, werde ich mich über gar nichts mehr wundern. Es geht weiter. Pedro stellt sich hinter Larissa – oder ist es Rebecca? – und übt dann eheliche Pflichten aus.

»Ist er mit ihr verheiratet?« Erzürnt deute ich mit dem Zeigefinger auf den Fernseher.

Jason lacht. »Natürlich nicht«, sagt er und wird plötzlich rot. »Ich mache den Fernseher mal aus. Es tut mir leid, ich habe gar nicht daran gedacht, was das hier für eine Situation ist.«

Schnell schnappe ich mir die Fernbedienung und lege sie hinter mich. »Was denkst du denn von mir? Dass ich so was nicht vertrage? Du denkst, weil ich siebenundneunzig bin, muss man Rücksicht auf mich nehmen. Das musst du aber nicht. Ich weiß nämlich, wie das geht mit dem … Beischlaf.« Ich setze mich auf. »Ich habe neun Kinder«, sage ich. Und dann schaue ich Jason erwartungsvoll an. »Also, sind die jetzt verheiratet in dem Film oder nicht?«

Jason windet sich, aber nachdem ich sage: »Los jetzt, sonst stelle ich den Ton ganz laut«, kommt endlich eine Antwort.

»In einem Porno sind die nie verheiratet. Und wenn sie verheiratet wären, dann würden sie es mit anderen treiben. Alle durcheinander.« Er setzt sich auf. »Ich kann den Kram bald nicht mehr sehen. Als ich noch studiert habe, hatte ich in den Semesterferien einen Job bei so einem Pornoproduzenten. Da musste ich mir den ganzen Tag Pornos anschauen und mir Namen für die Filme ausdenken. Am Anfang war das ja noch ganz lustig, aber irgendwann war es einfach nur öde.«

»Welche Namen denn?« Nun bin ich doch wirklich sehr wissbegierig.

»Na, so was wie *Alarm im Transendarm* oder *Hier kommt Olli, Sperma die Tür auf*. Oder *Rattige Rentner rammeln rund um Ravensburg*.«

So genau wollte ich es nun doch nicht wissen. Ich hole verzweifelt Luft. »Ja, aber …«, ich muss mich sammeln. »Das ist doch nicht richtig.«

»Warum nicht?« Er streckt sich so lang, dass seine Gelenke knacken. »Gevögelt wird doch überall. Auch in Ravensburg.«

Dann schaut er wieder auf den Fernseher, und ich auch. Die beiden Frauen werden abwechselnd von Pedro begattet.

»Manchmal ist es auch nur eine Frau, die es mit zwei Männern treibt«, erklärt mir Jason. »Also gleichzeitig. Das nennt man double penetration.«

Ich stehe auf. »Gute Nacht, Jason«, sage ich und verschwinde in meinem neuen Geschenk in seinem Schlafzimmer. Neun Kinder habe ich auf die Welt gebracht, auch ohne diesen Kram. Zumindest war ich wenigstens verheiratet. Im Gehen drehe ich mich noch einmal um und nehme wahr, dass zu Pedro und den beiden Frauen nun noch ein Landsmann gestoßen ist, der behauptet, in einen Kaktus gefallen zu sein und erst einmal Abwechslung von den Strapazen zu brauchen. Während alle »¡Hola!!« rufen und dann übereinander herfallen, schließe ich leise die Tür.

Ich brauche jetzt unbedingt Ruhe und lege mich in Jasons Bett. Nun ärgere ich mich. Ich hätte gern gewusst, wie der ¡Hola!-Film ausgeht. Finden die Darsteller zum Schluss doch noch zusammen, und die Hochzeitsglocken läuten? Wenn ich ganz ehrlich sein soll, interessiert mich das am allerwenigsten. Mich hätte viel mehr interessiert, wie die es in dem Film weiter *getan* hätten. Also auf gut Deutsch, wie sie gevögelt hätten. Die eine Frau hat gekniet und die andere sogar gestanden, während der Geschlechtsakt vollzogen wurde. Unglaublich! Wenn ich an die Ausübung der ehelichen Pflichten mit Heiner denke, sehe ich immer nur einen schwitzenden Kerl in langen Unterhosen, die noch nicht mal ausgezogen wurden. Nein, nur halb runtergezogen wurden die. Und dann hieß es »Mach mal de Beine breid, Muddel, aber schnell, und zwar bis ich bis drei gezählt hab.« Mich würde mal interessieren, was Heiner gesagt hätte, wenn ich mich nackt vor ihn gestellt und dann gebückt hätte. Und dabei noch »¡Hola!« gerufen.

Kapitel 10

> Ende Mai erloschen die Lichter der beliebten Eppendorfer Karstadt-Filiale zum letzten Mal. Seither verdeckt ein mit Plane überzogener Bauzaun, was sich dahinter verbirgt: eine große Grube. Das Alster-Magazin präsentiert Ihnen schon heute, wie das »Eppendorfer Centrum« ab nächsten Sommer aussehen wird.
> www.alsternet.de

Es ist acht Uhr dreißig. Die Sonne scheint, es wird ein schöner Tag. Ich bin aufgeregter als am Tag meiner ersten eigenhändigen Schlachtung (das Huhn hieß Lotta und schmeckte gut). Nun warte ich darauf, dass es Viertel vor neun wird und ich vor Karstadt umkippe. Vor fünfzehn Minuten habe ich die Tabletten genommen, die Jason mir gegeben hat (Jason meinte, ich solle die Medizin jetzt schon nehmen, dann sei alles einfacher – warum dann alles einfacher ist, hat er *nicht* gesagt), und ich merke schon, dass ich ganz ruhig werde und alles verschwimmt. Metoprolol oder so ähnlich heißen die Tabletten, und ich sollte davon so viele nehmen, dass sie mir beinahe im Rachen stecken geblieben wären. Jason sagt, dass davon mein Puls so weit runtergeht, dass man ihn beinahe nicht mehr fühlen kann. Hoffentlich, hoffentlich geht alles gut. Mein Herz rast trotz des Beruhigungsmittels, und ich habe entsetzliche Angst, dass jemand in der Klinik einen Fehler macht und ich tatsächlich das Zeitliche segne. Das darf nicht passieren. Nicht so. Nicht heute. Jetzt habe ich so lange darauf gewartet, dass Heiner eins ausgewischt bekommt, dann darf das jetzt nicht an so etwas scheitern. Ich weiß zwar immer noch nicht, wie Heiner eins ausgewischt bekommt, aber kommt Zeit, kommt Auswischen.

»Wir kriegen das schon hin, Juliane«, meinte Jason, der seelenruhig nach vier Toasts auch noch eine Riesenschüssel Müsli frühstückte und dazu literweise Kaffee trank. Ich habe gar nichts gegessen und getrunken, weil ich nicht aufs Klo kann die nächsten Stunden. Er würde sich erst den verschimmelten Opa vornehmen, hat Jason mir erklärt, und dann warten, bis ich zu ihm gebracht werde. O Himmel!

Acht Uhr fünfunddreißig. Ich muss ein wenig herumlaufen, damit ich nicht auffalle. Also laufe ich herum.

Acht Uhr vierzig. Ich bleibe wieder stehen, weil mir nun doch sehr schwindlig ist.

Acht Uhr einundvierzig. Ob Heiner die Tiere schon gefüttert hat? Ob Fritz wieder da ist? Hoffentlich geht es Elise gut. Hoffentlich dreht Heiner nachts die Belüftungsanlage im Stall weiter auf. Das ist wichtig, wenn es wärmer wird.

Acht Uhr zweiundvierzig. Warum interessiert mich das? Das hat mich doch gar nicht mehr zu interessieren.

Acht Uhr dreiundvierzig. Ich muss zur Toilette. Aber das geht doch jetzt nicht. Wie dumm, wie dumm. Karstadt hat auch noch nicht geöffnet, die öffnen erst um neun Uhr dreißig. Wenn Karstadt überhaupt öffnet. Eine Menschenmasse mit Plakaten bewegt sich auf mich zu. Auf den Plakaten steht: *Karstadt muss bleiben! Wir wollen unsere Arbeitsplätze behalten!* Das ist ja nicht schön, dass Karstadt zumachen will. Obwohl – ich war ja noch nie bei Karstadt in Eppendorf.

Acht Uhr vierundvierzig. Noch eine Minute.

Acht Uhr fünfundvierzig. Ich muss jetzt umfallen. Ach je. Wie soll ich denn umfallen, ohne mir wehzutun? Darüber haben Jason und ich gar nicht gesprochen. Und mir wird immer schwindliger. Die Menschenmenge läuft an mir vorbei und ruft synchron: »Karstadt muss bleiben, Karstadt muss bleiben!« Das passt mir alles gerade gar nicht in den Kram.

Acht Uhr fünfundvierzig und dreißig Sekunden. Ich lasse mich langsam auf den Boden gleiten und hoffe, dass es so aussieht, als sei ich gerade ohnmächtig geworden. Der Asphalt stinkt. Auch das habe ich vorher nicht gewusst. Der Gestank ist aber gar nicht so schlimm. Er wird immer weniger. Irgendwie wird alles immer weniger. Ich spüre meinen Körper gar nicht mehr. War das so geplant? Jetzt bekomme ich doch ein wenig Panik. Und mir wird ganz leicht. Eigentlich gar kein so übles Gefühl. Ich hebe nämlich langsam vom Boden ab und schwebe etwa drei Meter über einem leblos auf stinkendem Asphalt liegenden Körper. Eine Frau liegt da auf dem Boden. Das bin ja ich! Das ist mein Körper! Oje! Und um mich herum stehen diese demonstrierenden Karstadtmitarbeiter. Ich hoffe, sie streiken nicht auch, wenn es darum geht, einer alten, hilflos auf dem Asphalt liegenden Frau das Leben zu retten. Gott sei Dank nicht, da kommt schon ein Rettungswagen um die Ecke. Einer dieser Kassierer muss sein Handy bemüht haben. All das von oben anzuschauen ist schon ein eigenartiges Gefühl. Ich beobachte interessiert, wie mein lebloser Körper in einen Rettungswagen verfrachtet und mit viel Getöse abtransportiert wird. Weil ich neugierig bin, schwebe ich, nein, vielmehr schieße ich in drei Meter Höhe hinterher. Ich kenne so etwas nur aus schlechten Filmen. Aber lustig ist es doch. Es scheint auch niemand zu bemerken. Unter mir gehen die Leute umher, niemand schaut ungläubig auf und schreit panisch: »Schaut, schaut, eine Frau fliegt über uns!« Ich sause durch Ampeln und Verkehrsschilder hindurch, was mich aber nicht wirklich aufhält oder mir wehtut.

Die Fahrt dauert nicht lange. Am UKE angekommen, geht alles ganz schnell. Mein Körper wird auf einer Trage unter lautem Scheppern und noch lauteren Rufen in die Notaufnahme gefahren. Ich sause durch eine Glastür hinterher, die natürlich geschlossen ist, was mir aber nichts ausmacht und auch kein Hindernis darstellt. Eine sehr jung aussehende Ärztin untersucht mich beziehungsweise meinen Körper. Dann kommt mit wehendem Kittel ein wichtigtuerischer Arzt dazu, der ständig herumbrüllt. Weil das einen Moment dauert, habe ich Gelegenheit dazu, mich mal näher zu betrachten. Gute Güte, bin ich alt geworden! Ich meine, ja, natürlich schaue ich immer regelmäßig in einen Spiegel, aber das hier ist doch etwas anderes. Ich fliege ein Stück weiter hinunter und begutachte meine Falten. Es sind viele. Wenigstens sitzt meine Wasserwelle noch einigermaßen.

Nach kurzer Zeit hänge ich oder mein Körper oder das, was von mir übrig ist, an sämtlichen Apparaten, die diese Notaufnahme zu bieten hat. Leider gibt keines der Geräte mehr ein richtiges Signal von sich. Jason scheint seine Sache gut gemacht zu haben. Interessiert verfolge ich den Dialog zwischen der jungen Ärztin und dem Wichtigtuer. Er kommt mir irgendwie bekannt vor. Es scheint sich bei ihm um eine Koryphäe zu handeln, denn die Anwesenden weichen mit ängstlichem Blick vor ihm zurück und flüstern: »Er ist da. Pipkus ist da.« Der Mann brüllt: »Ich bin Professor Ansgar Pipkus!«, als sei die Tatsache, dass es sich bei ihm um Ansgar Pipkus handelt, Grund genug für mein Ich auf der Bahre, die Augen aufzuschlagen, weil er, Professor Pipkus, sonst persönlich beleidigt sein könnte. Ich überlege fieberhaft, wo ich diesen Arzt schon mal gesehen habe. Dann fällt es mir ein: Es gab mal einen Bericht im ZDF über das Universitätsklinikum Eppendorf. Das ist zwar schon eine Weile her, aber ich vergesse nie ein Gesicht. Pipkus sieht aus wie damals: hager, mit Halbglatze, Brille und einem mürrischen Gesichtsausdruck. In diesem Fernsehbericht hat er so getan, als gäbe es nur einen einzigen fähigen Mediziner auf der Welt, nämlich ihn. Damals wurden auch Mitarbeiter in der Rechtsmedizin gefilmt, aber Jason war nicht dabei, und einer wurde von einem Reporter gefragt: »Wenn Sie sich eine Obduktion wünschen könnten – wen würden Sie gern obduzieren?«, und der Rechtsmediziner antwortete damals: »Prinzessin Diana – die hätte ich *wahnsinnig gern* aufgeschnitten.« Ich muss ehrlich zugeben, dass ich das ziemlich pietätlos fand.

»Puls?«, will Pipkus wissen. »Habt ihr ein EKG gemacht?«

Alle werfen mit lateinischen Fachausdrücken um sich, und es hört sich so an, als würde es um mich gar nicht gut stehen. Während die Diskussion lauter wird, überlege ich kurz, ein wenig herumzufliegen, um mal nachzuschauen, was sich in den Krankenzimmern des UKE so tut, aber dann bin ich doch zu neugierig. Schließlich geht es ja um mich! Die junge Ärztin mischt sich mit dünner Stimme ein, möglicherweise will sie gerade heute Karriere machen: »Wir könnten eine Massage am offenen Herzen probieren ...«, und ich beschließe, zum Boden zu fliegen. Das mache ich auch und schreie: »Nicht mit mir!«, doch niemand nimmt von mir Notiz.

Pipkus scheint ziemlich im Stress zu sein. Er hat ein rotes Gesicht und fragt: »Wie alt ist sie?«

Fremde kramen in meiner Handtasche herum, finden offenbar meinen Ausweis und rechnen nach. »Siebenundneunzig.«

»Dann überlebt sie das sowieso nicht. Außerdem lohnt es sich nicht mehr.«

»Moment mal«, kommt es wieder von der jungen Ärztin. »Wohin dann mit ihr?«

»Na, zum Bestattungsunternehmer!«, brüllt Pipkus. »Wohin denn sonst?«

»Nicht in die Rechtsmedizin? Sie ist auf offener Straße umgefallen.«

»Das tun Siebenundneunzigjährige gern mal.«

»Aber sie wirkt sehr gesund.« Die junge Frau ist hartnäckig. »Außerdem interessiert Sie doch auch immer die Todesursache.«

»Verehrte Frau Kollegin!«, kreischt Pipkus ungehalten. »Glauben Sie, ich habe nichts anderes zu tun, als hier jede einzelne Leiche aufschnippeln zu lassen? Aber von mir aus, dann bringt sie eben da runter und macht sie auf!«

Am liebsten würde ich die Ärztin umarmen. Wie gut, dass sie Karriere machen will. Sie ist mein rettender Engel.

»Rede weiter. Rede weiter!«, schreie ich und hüpfe neben mir, die ich auf einer Trage liege, herum wie der leibhaftige Teufel.

»Bringt mich in die Rechtsmedizin! Ich will zu Jason! Auf der Stelle. Sofort!« Ich boxe auch, aber meine Fäuste sausen durch die Anwesenden hindurch. Mein Gott! Bin ich jetzt tot? Nein. Tot kann ich nämlich gar nicht sein, ich schwebe ja immer noch über allem. Oder doch? Das junge Ding erklärt mich jedenfalls gerade für tot und zieht ein weißes Papierlaken über mein Gesicht. Fast muss ich weinen, doch die Sorgen überwiegen dann doch. Aber mit denen bin ich offensichtlich sehr alleine, weil im nächsten Moment schon der nächste Notfall hereingeschoben wird. Oje, was hat denn dieser arme Mann gemacht? Er wird halb sitzend transportiert, und aus seinem Bauch ragt die Stange eines Sonnenschirmständers. Der Rest des Ständers ist unter ihm. O nein, ich will gar nicht wissen, wo die Stange eingedrungen ist.

Da jetzt jeder Platz gebraucht wird, bringt man meinen Körper umgehend in die Prosektur. Das steht jedenfalls außen dran. Es muss die Leichenhalle sein, da hier noch weitere Körper regungslos wie meiner herumliegen. Ich fliege selbstverständlich mit und freue mich darauf, eventuell andere Schwebende zu treffen, mit denen ich mich unterhalten kann, aber keiner ist da. Man lässt mich einfach so stehen, mitten im Raum. Und nun? Ich sehe mich um. Gemütlich ist das hier nicht.

Da kommen neue Menschen. Auch sie tragen Kittel. Sie sehen so aus, als hätten sie sich gerade gestritten. Es sind ein Mann und eine Frau, und sie fummeln an meinem Fußzeh herum.

»Ist das die aus Schleswig-Holstein?«, fragt die Frau.

»Ja. Siebenundneunzig. Gerade gestorben. Laut Anweisung von oben Obduktion. Knop. Juliane Knop.«

»Nummer?«

»Warte mal ... 1746587.«

Eine Kordel wird an meinem großen Fußzeh festgezurrt. Ich bin also jetzt nicht mehr Juliane Knop, sondern 1746587. Auch gut. Aber wo bleibt Jason?

»Wer macht das?«, fragt jemand.

Na Jason. Wer denn sonst?

Es raschelt. Der Mann kramt in Zetteln herum. »Eigentlich steht sie bei Jason Berger auf der Liste. Aber der ist mit einem akuten Fall beschäftigt. Kühlkammer.«

Kühlkammer? Also wirklich in die Kühlkammer. Wo ist die batteriebetriebene Heizdecke? Jason und ich haben gar nicht mehr darüber gesprochen. Er kann keine besorgt haben, er hatte auch heute Morgen, als wir aus dem Haus gegangen sind, keine dabei. Das kann ja lustig werden. Böse versuche ich, mit ganz viel Geschwindigkeit durch die beiden durchzufliegen, damit sie einen Schreck bekommen, aber sie machen einfach nur mit ihrer Arbeit weiter, was im Klartext heißt, dass sie anfangen, mich auszuziehen, nachdem sie mir das weiße Tuch vom Körper gerissen haben. Entsetzt fällt mir Folgendes ein: Was ist mit der Leichenstarre? Und was ist mit den Leichenflecken? In meinen Lexika habe ich mal was darüber gelesen. Müsste ich nicht schon längst steif wie eine Schaufensterpuppe sein? Außerdem gefällt mir die Tatsache nicht, dass ich entkleidet werde. Hier ist es nicht gerade warm. O Gott! Was ist, wenn ich eine Gänsehaut bekomme? Das darf unter gar keinen Umständen passieren!

Glücklicherweise sind die beiden Menschen, die mich ausziehen, mit anderen Problemen beschäftigt. Sie scheinen Beziehungskonflikte zu haben.

»Warum bist du gestern Abend nicht mehr zu mir gekommen?«, fragt die Frau mit weinerlicher Stimme.

»Weil ich keine Lust hatte«, entgegnet der Mann gelangweilt.

»Warum hattest du keine Lust?«

»Eben weil.«

»Das ist doch keine Antwort«, klagt sie.

»Natürlich ist das eine Antwort. Eben weil, das ist die Antwort.«

»Eben weil, eben weil«, äfft sie ihn nach. »Sag doch, dass du keine Lust hattest, mich zu sehen.«

Nun wird es dem Mann zu bunt. Unwirsch knöpft er meine

Jeans auf und zerrt daran herum. Ich ärgere mich über ihn. Was kann ich für seine schlechte Laune? Warum lässt er sie an mir aus?

»Ich sagte doch, dass ich keine Lust hatte.«
»Nein, du hast gesagt: Eben weil.«
»Davor habe ich das gesagt.«
»Was?«
»Dass ich keine Lust hatte. Das ›eben weil‹ bezog sich auf die Aussage davor.«
»Du bist so gemein. Du kommst immer nur am Wochenende, wenn du Sex willst.«
»Ich muss auch gar nicht mehr kommen.«
»Dann sag das doch.«
Und so weiter.

Nachdem ich nackt bin und mir das entsetzlich peinlich ist, sonst aber niemandem, rollt man mich über einen Kachelboden, was einen fürchterlichen Lärm verursacht. Ich höre, wie eine Tür schmatzend geöffnet wird, es hört sich an wie bei meinem alten Bosch-Kühlschrank, dann rastet rechts und links neben mir etwas ein, und das unglücklich liierte Pärchen verlässt mich.

Ruhe, endlich Ruhe. Dieser ganze Stress ist nichts für eine alte Frau. Ein tiefer Seufzer erschreckt mich zu Tode, falls ich nicht schon wirklich tot bin. Er kommt aus meinem Körper. Ich atme tief durch, und auf einmal funktioniert das Schweben nicht mehr so gut. Ich sinke immer tiefer und habe das Gefühl, wieder Formen anzunehmen. Schade, ich war gerade dabei, mich an diesen Zustand zu gewöhnen. Und was ist das? Warum gleite ich langsam zu mir zurück? Ich komme mir sozusagen immer näher. Durch die Stahltür. Hilfe! Wie, was, wo? Hallo? Und dann befinde ich mich wieder in mir, und mir wird langsam ziemlich kalt, was wohl daran liegt, dass ich in einer Kühlkammer liege.

Und jetzt? Wie geht es jetzt weiter? Wo in Dreiteufelsnamen ist Jason? So war das alles doch gar nicht geplant! Oder doch? Ich kann meine Gedanken nicht ordnen. Oje, es wird immer kühler. Und dunkel ist es auch.

Ich komme mir vor wie ein Joghurt – mit der einzigen Ausnahme, dass ich nicht nach Banane oder Zitrone schmecke und auf mir kein Stempel aufgedruckt ist, auf dem steht: *Mindestens haltbar bis …*

Ich weiß leider nicht, wie viel Zeit vergeht, da sich hier keine Uhr befindet, und selbst wenn sich eine hier befände, es wäre zu dunkel, um irgendetwas zu erkennen. Und so bleibt mir nichts anderes übrig, als zu warten, zu warten und nochmals zu warten. Ich werde unruhig. Hat man mich vergessen? Ob ich mal »Hallo« rufen soll, so wie damals Edison? Oder ob ich mal versuchen soll, mit den Füßen gegen die Tür zu bummern? Was hier geschieht, finde ich nicht richtig. Ganz und gar nicht. Gut, ich habe Jason zwar nicht gefragt, wie lange genau ich in der Kühlkammer bleiben muss, aber mir kommt es so vor, als wären es Ewigkeiten. Ich versuche, auf der Liege nach vorn zu rutschen, um mit den Fußzehen die Klappe zu erreichen, aber das geht nicht, weil ich schon so kalt bin, dass ich mich überhaupt nicht mehr bewegen kann. Die Kälte tut weh, und ich bin wütend. Und zur Toilette muss ich immer noch. Das macht mich auch wütend.

Nach einer weiteren Ewigkeit stelle ich fest, dass meine Füße taub werden und meine Arme auch. Ich versuche, den Mund zu öffnen, weil mir mittlerweile alles egal ist und ich nach Jason schreien möchte, aber es ist unmöglich. Meine Lippen liegen fest aufeinander und lassen sich nicht öffnen. Möglicherweise sind sie wegen der Kälte zusammengewachsen. Ich bin hilf- und ratlos zugleich. So möchte ich dieses Leben nicht verlassen. Wenn ich ehrlich sein soll: Am liebsten würde ich wieder herumschweben und alles von oben beobachten. Das geht doch nicht, dass ich in einer Kühlkammer des Universitätsklinikums sterbe. Ach, was heißt hier sterben: Ich werde *verenden* wie eine Hirschkuh, die angeschossen durch meterhohen Neuschnee humpelt, irgendwann zusammenbricht und langsam das Zeitliche segnet. Während meine gebrochenen, leeren Augen anklagend ins Nichts starren, bekomme ich von Jason vielleicht noch einen Tannenzweig zwischen meine gefrorenen Lippen geschoben. Als letzte Äsung.

Es müssen Tage, wenn nicht Wochen vergangen sein. Mir ist gar nicht mehr kalt. Genauer gesagt ist mir warm. Sehr warm. Und ich erinnere mich plötzlich an ganz viele schöne Sachen. Wie ich an Weihnachten eine Käthe-Kruse-Puppe geschenkt bekommen habe. An die Narzissen, die im Frühling von selbst anfingen zu blühen auf den Wiesen. An Elise, wie sie Wäsche aufgehängt hat und ich mich immer hinter den weißen Laken versteckt habe, die im Wind wehten und so gut rochen. Wie ich mein erstes Kalb auf die Welt geholt habe. Wie ich meinen ersten Ochsen ausgespannt habe, nachdem ich *Ausspannen in Deutschland* gelesen hatte. Ich denke an den Schokoladenpudding, der mir mal angebrannt ist, und ich denke an diesen netten jungen Mann, den ich mal im Zug kennengelernt habe und der mich dann in einer Kühlkammer meinem Schicksal überließ.

Kapitel 11

☞ Artikelbeschreibung: Leichenkühlzellen
Ausführung:
– Wand- und Deckenelemente sind aus verzinktem, pvc-w-beschichtetem Stahlblech gefertigt.
– 80 mm PUR-Isolierung
– steckerfertiges Kälteaggregat
– Innenbeleuchtung
– digitale Temperaturanzeige
– Kühlbereich von +10 °C bis -5 °C
Bitte fordern Sie unseren Technikkatalog an.

Und hier noch ein Hinweis in eigener Sache: Am 23. 06. große Sommernachtsparty (open end) mit Livemusik!

Neu im Sortiment: Bio-Urnen aus Flüssigholz! 100% biologisch abbaubar.
www.pludra.de

»Juliane, wach auf, bitte wach auf!« Es klatscht in meinem Gesicht, und auf meinem Körper wird es schwer. Jemand breitet wohl gerade Decken über mich, denn es wird wärmer. Noch wärmer, denn es war mir ja gar nicht mehr kalt. Dann schiebt mich jemand auf einer Rollbahre über einen gekachelten Boden. Jedenfalls hört es sich so an. Kurze Zeit später sind wir in irgendeinem Raum.

Langsam komme ich zu mir und öffne die Augen. Jasons Gesicht ist direkt über mir, und ich kriege einen Riesenschreck, weil er aussieht wie eine überdimensionale Stubenfliege mit seinen weit aufgerissenen Augen.

»Wassenlos?«, frage ich desorientiert.

»Du lebst«, nun flüstert Jason, und er hat jetzt auch Tränen in den Augen. »Ich dachte schon, ich hätte dich er-mor-det!«

Meine Füße fangen an zu schmerzen, und ich beginne am ganzen Leib zu zittern. »Hastunich«, sage ich leise und freue mich darüber, dass ich sprechen kann.

Er springt um mich herum. »Nie im Leben werde ich mir verzeihen, dass ich die Heizdecke nicht besorgt habe«, wirft er sich vor und fuchtelt mit den Armen herum. »Geht es dir gut?«

Ich nicke, obwohl meine Füße nun so wehtun, als würde sie mir gerade jemand mit einer stumpfen Nagelschere abschneiden.

»Wo warst du denn?«, will ich matt wissen.

»O Gott, bin ich froh.« Jason kann vor Erleichterung gebeutelt nicht gleich auf meine Frage antworten. Der Bub ist fertig mit den Nerven. »Der alte Mann hat länger gedauert. Da drüben liegt er. Ich bin immer noch nicht fertig mit ihm. Fremdverschulden, deswegen hat das meinen ganzen Zeitplan durcheinandergebracht.« Er springt zwischen mir und dem Mann hin und her, und ich richte mich kurz auf, um einen Blick auf die Leiche zu werfen. Der Herr sieht in der Tat verheerend aus. Jason steht vor ihm und zunzelt an ihm herum. »Warum hat man dich denn gleich in die Kühlung geschoben?«, kommt es dann von ihm, aber er wartet meine Antwort gar nicht erst ab, sondern sagt zu sich selbst: »Man hätte dich nicht gleich in die Kühlung schieben sollen. Das war so doch gar nicht geplant. Jedenfalls nicht gleich. Hör zu, Juliane. Es darf niemand Verdacht schöpfen. Ich habe Schatzi eingeweiht. Du weißt doch, wer Schatzi ist?«

Wie könnte ich Schatzi jemals vergessen? Schatzi wird für immer in mein Hirn eingebrannt sein. Immer wenn ich auch nur ansatzweise so etwas Ähnliches wie das Geräusch einer Kreissäge hören werde, wird Schatzi mit seinem Glatzkopf vor meinem inneren Auge auftauchen und breit grinsen. Mal wird er blutbesudelt sein, mal nicht. Mal wird er sagen »Ich mach mich mal an die Schädeldecke«, mal wird er sagen: »Ich hau die Hautlappen mal wieder aufs Gesicht und näh alles zu.« Mal wird er auch einfach gar nichts sagen, sondern versuchen, ein Auge aufzufangen und wieder in die dazugehörige Höhle zu stopfen.

Jason ist immer noch außer sich. Ununterbrochen macht er sich die schlimmsten Vorwürfe. Ich versuche ihn zu beruhigen, denn es ist ja nicht wirklich etwas passiert. Wobei ... so kann man das auch nicht sagen. Wenn man es ganz genau nimmt, hätte der Junge eine Backpfeife verdient; zumindest gehört ihm der Hosenboden strammgezogen.

Da kommt Schatzi auch schon. Er nickt mir zu, als wäre es an der Tagesordnung, Leichen zuzunicken, dann stellt er sich neben Jason. »Du musst den Bericht für den Staatsanwalt noch fertig machen«, meint er.

»Das weiß ich selbst!«, fährt Jason den Präparator an.

Der wird sofort böse. »Ich meine es nur gut, Jason, ich meine es nur gut! Bitte, bitte. Zukünftig werde ich gar nichts mehr sagen. Dann kannst du deinen Kram hier alleine machen. Finde nochmal einen so qualifizierten Mitarbeiter wie mich. Gott, stinkt der Opa.«

Auch ich nehme den Verwesungsgeruch wahr. »Man könnte Raumspray benutzen«, schlage ich vor, aber niemand antwortet. »Warum riecht der Mann denn so streng?«, will ich wissen.

»Er hat ein paar Wochen im Heizungskeller gelegen«, informiert mich Schatzi. »Am schlimmsten sind die ganzen Tiere, die sich in ihm eingenistet haben. Aber auch interessant. Da ...«, er nimmt eine Pinzette und stellt sich in Kopfhöhe der Leiche. »... da kommt ein Wurm aus dem Ohr. Der sieht ja witzig aus.«

»Also, Juliane, pass gut auf«, unterbricht Jason seinen Kollegen ungeduldig. »Hör mir zu. Schatzi wird dich ein bisschen präparieren, sodass es aussieht, als hätten wir dich aufgeschnitten. Dann kommt der Bestatter und nimmt dich mit. Hast du mich verstanden?« Jason sagt das so theatralisch, als ginge es um Leben und Tod. Na ja. Irgendwie geht es ja auch um Leben und Tod.

Mechanisch nicke ich – was soll ich auch sonst tun? Soll Schatzi mich eben präparieren. Der sieht das Ganze sowieso sehr gelassen. »Warum machst du denn so eine Panik?«, will er gleichmütig von Jason wissen.

»Sie war fast eine Stunde in der Kühlkammer«, erklärt Jason böse. »Es bestand dringender Handlungsbedarf. Was ist *das denn*?« Er deutet mit der Hand über mich hinweg und sieht ratlos aus.

»Wir konnten nur Teile von dieser Frau auf den Seziertisch legen«, sagt Schatzi. »Ich glaube, das, was da jetzt gerade liegt, sind der Kopf und der Hals. Mehr ging nicht drauf. Ich hab den Rest wie einen Teppich zusammengerollt. So was hab ich noch nie gesehen. Ich weiß gar nicht, wie wir da noch was finden sollen. Aber die Mangel scheint sehr sauber gearbeitet zu haben. Der Durchmesser der Überreste beträgt überall exakt eineinhalb Zentimeter. Gleichmäßige Erhitzung, würde ich sagen. Glaube nicht, dass man das so gut mit einem Bügeleisen hinkriegt. So eine Industriemangel ist schon nicht zu verachten. Ich hab's fotografiert.« Schatzi wird leiser. »Du sagst nichts, hörst du? Die von Grottig.de zahlen mir eine Menge Geld für die ganzen Fotos. Hier verdient man ja nichts. Ich bin auf zusätzliche Einnahmen angewiesen.«

»Ist ja schon gut. Aber ich verstehe nach wie vor nicht, warum du ausgerechnet bei Grottig.de einen Nebenjob haben musst.«

Schatzi wird laut. »Spiel dich nicht so auf. Grottig.de ist das Beste, das jemals erfunden wurde, seit es Internet gibt. Weißt du, welchen Grundsatz die haben? Der steht auf der Startseite. Die haben nämlich den Grundsatz: *Wenn die Hölle voll ist, werden die Toten die Erde erobern.* Oder so ähnlich. Ich liefere die schärfsten Fotos«, meint er und sieht mich an, als müsste ich ihn verteidigen. »Und ich werde pro Internetklick auf die Bilder bezahlt. Für den Schimmelmann krieg ich sogar einen Bonus, weil die so was in der Form noch nicht hatten. Ich hab die Fotos eben gerade gemailt, und Bizarre Wotan Z., der Administrator, hat mich sofort angerufen und gebrüllt, dass das ja großartig sei.«

Ich höre Schatzi näher kommen. Er bleibt vor mir stehen und zieht die Decke von meinem Gesicht. »Wenn ich Sie präpariert habe, kann ich Sie dann fotografieren für Grottig.de?«, will er wissen, aber Jason ruft: »Nun ist es aber genug! Wie pietätlos kann man denn sein?«, und ich antworte nicht, finde aber Jasons Reaktion nicht ganz richtig, denn er müsste mich ja eigentlich meine eigene Meinung haben lassen, oder? Von irgendetwas muss ich ja schließlich bald leben, und wenn Schatzi mich an den Internetklicks beteiligt, kann ich mir möglicherweise irgendwann eine eigene Wohnung leisten.

»Was genau ist Grottig.de?« Ich schaue Schatzi an und bemerke, dass seine Augen anfangen zu glitzern.

»Grottig.de ist eine extrem glasklar strukturierte Seite«, beginnt er und setzt sich mit seinen schätzungsweise zweihundert Kilogramm Lebendgewicht zu mir auf die Bahre, und ich rücke ein Stück zur Seite und plumpse deswegen fast auf den Kachelboden. Jason verhindert den Sturz.

»Fast nur Fotos von Toten. Unglaublich«, schwafelt Schatzi weiter. »O.J. Simpsons Frau, Nicole Brown hieß die, und ihr Lover, Ronald Goldman, nur ein Beispiel. Nahaufnahmen! Der Mistkerl wurde ja freigesprochen, aber ich verwette meine Blasensteine darauf, dass er es doch war.«

In dem Moment, als Schatzi das Wort »Blasensteine« ausspricht, habe ich das Gefühl, vor Aufs-Klo-müssen-und-nichtdürfen zu platzen. Ich verspüre mit einem Mal solch einen Harndrang, dass ich beinahe verrückt werde. »Ich muss mal«, sage ich matt. »Schlimm, schlimm nötig«, füge ich noch hinzu.

Schatzi sagt nur: »Lassen Sie laufen, der Boden ist schräg, das fließt von selbst in den Abfluss«, aber Jason wird es zu bunt, er rennt weg und holt eine Nierenschale, und ich will nicht daran denken, dass in dieser Schale schon blutige Herzen oder Muskelfasern gelegen haben und bin Jason einfach nur dankbar, dass er so nett ist und die Schale unter mich schiebt, ohne die Decken zu entfernen. Nachdem ich sieben Liter abgenommen habe, geht es mir besser.

»Charles Manson«, schwärmt Schatzi weiter. »Der hat Sharon Tate umgebracht. Mit seiner Bande. Sharon war von Roman Polanski schwanger, also so was, jetzt hab ich ganz vergessen, wann der Charles die Sharon umgebracht hat. So eine schöne Frau. Sie hat in *Tanz der Vampire* mitgespielt.«

Verzweifelt starre ich Schatzi an. Ich weiß überhaupt nicht, wovon er spricht. Nun, ich habe wohl viel verpasst in meinem Leben. Sogar den Tanz der Vampire. Der einzige Vampir, an den ich mich erinnere, hieß Graf Dracula und sprang immer, wenn es hell wurde, in einen Sarg oder er verschwand in einer Gruft, und manchmal hat er Frauen im Schlaf überrascht und ihnen seine scharfkantigen Schneidezähne, die dringend kieferorthopädisch behandelt werden mussten, so dachte ich jedenfalls damals, in den Hals gerammt, was die Damen, die immer in genau diesem Moment aufgewacht sind, mit einem erschreckten »O nein!« kommentierten, aber da war es auch schon zu spät. Knoblauch spielte auch eine Rolle und ein Tötungsrelikt aus Silber. Das lief übrigens im Dritten.

»Schatzi, es reicht«, wirft Jason genervt ein. »Kannst du jetzt bitte mit dem Präparieren beginnen? Ich sage den Kollegen Bescheid wegen dem Bestattungsunternehmen.«

Schatzi ist beleidigt. »Nie interessierst du dich für meine Hobbys«, meint er säuerlich. »Na ja, der Herr Doktor eben. Immer eine Nummer besser als die Gewöhnlichen.«

Jason kommt einige Schritte näher. »Hör endlich auf damit«, zischt er Schatzi an. »Ich kann nichts dafür, dass du nach dem vierten Semester aufgehört hast.«

Schatzi lacht schrill auf. »Natürlich nicht, sicher nicht. Das habe ich auch niemals behauptet. Aber hast du *ein* Mal versucht, mir zu helfen, hast du mich ein einziges Mal gefragt, ob wir zusammen lernen wollen? Nein, hast du nicht. Immer hast du alles im Alleingang gemacht.« Er schaut mich an und deutet mit dem Finger verächtlich auf Jason. »Der große Herr Berger wurde von allen gelobt. Und zwar über den grünen Klee gelobt. *Mich* hat man ignoriert.«

»Weil du nie da warst. Du hast unter Verfolgungswahn gelitten.

Immer hatten die anderen Schuld. Niemand hat dich gemocht, keiner hat dir zugehört, und sobald man dich in einem Seminar mal kritisiert hat, bist du gleich an die Decke gegangen und hast völlig überreagiert.«

Jetzt stehen die beiden sich direkt gegenüber. Ich halte es für besser zu schweigen.

»Man *hat* mich auch nicht gemocht«, gibt Schatzi zurück. »Die wollten mich doch bloßstellen, weil sie mich eigentlich gar nicht dabeihaben wollten. Und du warst natürlich immer das schillernde Beispiel des perfekten Medizinstudenten. Immer pünktlich, immer fleißig, immer anwesend.«

»Entschuldige bitte, aber das ist für mich eben normal. *Ich* habe das Studium ernstgenommen, ganz im Gegensatz zu *dir*. Du hast es doch immer wichtiger gefunden, abends bis in die Puppen wegzugehen. Dass du dann morgens nicht rauskamst, ist ja wohl kein Wunder.«

Schatzi verzieht hämisch die Lippen. »Ja, ja, klar. Immer musst du das letzte Wort haben.«

»Das sagst du immer, wenn du nicht weiterweißt«, kontert Jason. »Aber eigentlich weißt du ganz genau, dass ich recht habe.« Er stellt sich vor mich. »Wir haben nämlich zusammen studiert«, erklärt er, und ich nicke teilnahmsvoll. »Burkhard wollte eigentlich auch Arzt werden.«

Der Präparator schubst ihn von hinten. »Du weißt, dass du diesen Namen nicht aussprechen sollst. Ich hasse ihn.«

»Ich finde den Namen schön«, beeile ich mich zu versichern. »Wollt ihr beide euch jetzt nicht wieder vertragen? Das Leben ist viel zu kurz, um sich dauernd zu streiten.«

»Nö«, meint Schatzi und kramt in einer Kiste herum, und Jason verdreht die Augen und geht in ein angrenzendes Büro, wahrscheinlich, um den Bestattungsunternehmer anzurufen.

»Was wollen Sie denn jetzt machen, Schatzi?« Die Frage darf ich ja wohl stellen.

»Überlege ich auch gerade«, überlegt Schatzi und begutachtet mich mit zusammengekniffenen Augen. »Wie hätten Sie's denn gern?«

Das fragt er mich so wie der Engelhardts Karl in Groß Vollstedt immer die Touristen fragt. Wenn die bei Karl Hackbraten oder ein Schnitzel bestellen, fragt er grundsätzlich: »Wie hätten Sie's denn gern?« Ich zucke mit den Schultern.

»Brandopfer ist zu aufwendig. Da bin ich ja ewig am Pinseln mit schwarzer Farbe. Wir machen es einfach. In Ihrem Alter hat man gern mal einen plötzlichen Herztod. Ich mach dann mal.«

Er holt etwas aus einer Kiste und beginnt, auf mir herumzumalen. Ich nehme an, ich soll so aussehen, als sei ich aufgeschnitten und wieder zugenäht worden.

»Wenn der Bestatter kommt, müssen Sie aber bitte ganz leise sein«, fügt er dann noch hinzu – als ob ich das nicht selbst wüsste. Was denkt Schatzi denn von mir? Dass ich dem Bestatter die Hand schüttele, ihn frage, wie es ihm geht und dann sage »Ich kann schon allein in den Sarg klettern. Machen Sie sich bitte meinetwegen keine Umstände.«

»Jason hat mir erzählt, dass Ihr Mann sie verprügelt hat, und ich sehe ja auch gerade die blauen Flecken. Dem gehört aber mal richtig die Fresse poliert«, redet Schatzi weiter und hantiert mit Spachtel und Farbe herum. »Ich finde das richtig von Jason, dass er sich um Sie kümmert. Er ist zwar manchmal etwas kompliziert, und mit ihm kommt nicht jeder aus, aber das ist nun mal so. Ich weiß ja auch nicht, welche bösen Mächte dafür gesorgt haben, dass wir beide hier wieder aufeinandergetroffen sind. So was nennt man wohl grausames Schicksal. Fertig.« Stolz begutachtet er sein Werk. »Kann ich jetzt ein paar Fotos für Grottig.de machen?«

Ich nicke. Was spielt das denn noch für eine Rolle? Eifrig stürzt Schatzi in einen Nebenraum, um mit einer Digitalkamera wiederzukommen. »Öffnen Sie die Augen ganz weit und den Mund auch«, befiehlt er, und ich tue, was er sagt, weil mir sowieso langweilig ist. Er beginnt zu knipsen. »Megastark, super, ja, so, so ist es gut, prima. Das sieht *supertot* aus, *genial*!«, und ich komme mir vor wie ein Model. »Achtung!«, ruft Schatzi plötzlich und lässt die Kamera sinken. »Der Bestatter ist da. Augen zu! Ruhig bleiben!«

»Wo ist Jason?« Das geht mir alles zu schnell. Wir haben auch noch nicht alles endgültig besprochen. Wie geht es denn nun weiter? Die Idee, die Idee! Bei welchem der Punkte, die Jason aufgezählt hat, sind wir gerade? Und was beinhaltet der nächste Punkt? Außerdem klopft mein Herz jetzt ja wieder ganz normal. Jason muss mir doch noch ein Beruhigungsmittel geben. Und Hunger bekomme ich auch langsam. Ich konnte ja nichts frühstücken. Und jetzt kommt der Bestatter. Ich höre ihn schon rumhantieren. Wahrscheinlich schleppt er gerade den Sarg herein. Schnell schließe ich die Augen. Also dass Jason nicht da ist!

»Dort bitte, dort«, höre ich Jason schließlich sagen, und dann spüre ich an seinem Atem, dass er sich über mich beugt. »Ich komme später nach«, raunt er mir zu. »Du wirst jetzt in den Sarg gelegt, und er wird zugemacht und sofort nach Groß Vollstedt gebracht. Dein Mann wurde von der Polizei bereits informiert. Er weiß jetzt, dass du tot bist.«

»Wie hat er reagiert?«, flüstere ich interessiert.

»Später, später«, meint Jason. »Ach so, du wirst noch in den endgültigen Sarg umgebettet. Dein Mann muss ihn aussuchen.«

»Das wird ein toller Sarg sein«, klage ich und bemühe mich, leise zu bleiben. »Er wird mit Sicherheit den billigsten nehmen, den er kriegen kann.«

»Das kann dir doch egal sein, du liegst doch sowieso nicht lange drin«, wispert Jason zurück. »Bis nachher. Ich kümmere mich um alles. Ich muss in der Kapelle noch Vorsorgemaßnahmen treffen. Ach so, hier, nimm jetzt wieder diese Tabletten.« Er stopft mir die Medikamente in den Mund und entfernt sich.

Was meint er denn jetzt schon wieder mit Vorsorgemaßnahmen?

»Moin«, kommt es vom Bestatter.

»Tach«, sagt Schatzi. »Auch mal wieder da?«

Der Bestatter brummelt: »Tote gibt's eben immer«, und fragt: »Wohin kommt die da?«

»Friedhofskapelle Groß Vollstedt«, antwortet Jason knapp. »Die Angehörigen warten dort.«

»Umbettung?«

»Auch dort. Man kümmert sich gerade um einen Sarg.«

»Warum haben die keinen Sarg bei mir gekauft?« Der Bestatter ist enttäuscht.

»Keine Ahnung. In Groß Vollstedt übernimmt ein anderer Bestatter. Die Formalitäten werden direkt vor Ort erledigt.«

»Schöne Scheiße«, jammert der Bestatter. »Den Auftrag hätt ich mir sparen können. Ist ja nur eine Zulieferung. Ihr hättet auch mal mitdenken können. Da komm ich von Langenhorn hierhergefahren, und dann ist es doch nur eine Zulieferung.« Er grummelt noch eine Weile vor sich hin, dann fummelt er an mir herum. »Ich zieh ihr mal ein Totenhemd an«, meint er böse, wird aber von Schatzi an seinem Tun gehindert.

»Ich mache das«, sagt Schatzi. Der Gute denkt mit. Schließlich könnte der Bestatter ja merken, dass mein Körper ganz warm ist. Nachdem Schatzi fertig ist, hebt er mich hoch und legt mich in einen Behälter, ich vermute, es ist der Sarg. Er scheint aus Metall zu sein, denn mir ist schon wieder kalt. Wenigstens bin ich nicht ganz nackt. Aber um mal ganz ehrlich zu sein: Mein Bedarf, auf Metallflächen zu liegen und zu frieren, ist für den Rest meines Lebens gedeckt. Und so dunkel mag ich es auch nicht mehr, denke ich, während der enttäuschte Bestatter den Deckel auf den Sarg aufsetzt und verschließt.

Meine Güte. Gut, dass ich keine Platzangst habe. Ich hoffe nur, Jason hält Wort und kommt wirklich nach Groß Vollstedt nach. Richtig gut organisiert ist das nicht hier. Aber was soll ich tun? Ich kann ja nichts tun außer hier liegen bleiben. Und hungrig bin ich immer noch.

Kapitel 12

»Gehst du eigentlich auf Julianes Beerdigung?«
»Nö, sie kommt ja auch nicht zu meiner.«
Witz

Ungefähr eine Stunde später – der Bestatter lässt seine Wut an seinem Fahrstil aus und rast wie ein Gestörter über die Straßen, sodass ich hin- und hergeschleudert werde – verlangsamt sich der Leichenwagen, und wir halten schließlich an. Die Heckklappe wird geöffnet, und ich höre gedämpftes Stimmengemurmel.

»Endlich«, vernehme ich die Stimme meiner Enkelin Elisabeth, »mein Gott, haben wir lange darauf gewartet. Nun ist es so weit. Was ist denn jetzt eigentlich mit der Sitzgruppe?«

Sie kann es nicht lassen. Sie kann es einfach nicht lassen.

»Kannst du nicht mal mit dieser Sitzgruppe aufhören?«

Das ist Edgar, und seine Stimme klingt so, als wäre er ehrlich betroffen, was man von Elisabeth nicht gerade behaupten kann. Dann mischt sich meine Tochter Eleonore ein. »Was das kosten wird. Vati, hast du mal ausgerechnet, wie teuer das alles ist?«

»Hab ich noch nicht.« Jetzt ist Heiner am Zug. »Aber ich hab mir gedacht, ihr gebt alle was dazu.«

Eleonore kreischt auf. »Warum das denn? Wieso sollten wir? Das ist ja wohl deine Sache!«, und Elisabeth schließt sich ihrer Meinung an: »Ich hab mit der doch eigentlich gar nichts zu tun.«

Aber die Jugendstilsitzgruppe, die will sie haben. Zorn wallt in mir auf. Und Enttäuschung macht sich in mir breit, obwohl ich mir die Reaktionen eigentlich hätte denken können. Als Heiner sagt: »Wenn die Leute nicht wären hier im Ort, könnten Sie die Alte meinetwegen irgendwo verscharren, dann würde es gar nichts kosten«, bin ich sogar ein wenig traurig. Aber so ist das nun mal.

Und wirklich neu ist sein Verhalten ja auch nicht für mich. Trotzdem ist es nicht gerade erbauend zu hören, dass der Mensch, mit dem man achtzig Jahre verheiratet war, einen am liebsten ohne große Kosten verscharren möchte.

»Ähem«, kommt eine weitere Stimme. »Wir sollten die Tote nun umbetten. Am besten direkt in der Kapelle.« Es ist August Schröderhoff; ihm gehört ein Bestattungsunternehmen in Nortorf.

»Hmmm«, brummelt der Bestatter, der mich hergebracht hat. »Von mir aus«, sagt er dann mürrisch.

Die Tabletten, die Jason mir gegeben hat, wirken bereits seit einiger Zeit. Ich bin schläfrig und spüre kaum noch meinen Herzschlag. So soll das wohl auch sein. Man trägt mich in dem Metallsarg in die Kapelle. Der Deckel wird geöffnet, dann legt man mich in den Sarg des anderen Bestatters. Ich hätte zu gern gewusst, wie der Sarg aussieht und ob er möglicherweise aus Sperrholz ist, aber das geht ja leider nicht. Jedenfalls ist er mit Stoff ausgeschlagen, aber das sind Särge ja immer, glaube ich.

»Wünschen Sie eine Leichenwaschung und eine bestimmte Bekleidung, und wenn ja, welche?« Herr Schröderhoff möchte nun Details wissen.

»Nö, von mir aus nicht«, meint Heiner gelangweilt. »Ist doch sowieso egal. Und kostet bestimmt extra.«

»Nun ja, sicher kostet es extra«, entgegnet Herr Schröderhoff. »Alles kostet heutzutage Geld, und ich selbst muss ja auch leben. Sonst kann ich mich ja gleich dazulegen.«

»Die Holzkiste da ist schon teuer genug«, blökt Heiner. »Achthundert Euro. Das ist doch das Ding niemals wert.«

Herrn Schröderhoffs Stimme wird nun lauter. »Herr Knop«, meint er. »Sie haben sich für die günstigste Variante entschieden. Unbehandeltes Kiefernholz. Nur dürfen Sie eines nicht vergessen: So ein Sarg muss ja auch gebaut werden, und das dauert etliche Arbeitsstunden. Und ein Sargbauer, der muss ja auch auf seine Kosten kommen.«

»Und Sie wollen schließlich auch noch was verdienen, ja, ja«, unterbricht Heiner ihn. »Jedenfalls, das mit dem Waschen und so ist überflüssig. Die kann so bleiben.«

Der andere Bestatter sagt: »Ich würde dann jetzt gern zurück nach Hamburg fahren.«

»Dann fahren Sie doch«, entgegnet Heiner.

»Ich hatte auch Auslagen. Wenn Sie bitte hier unterschreiben möchten. So, und hier ist die Rechnung. Der Endbetrag sollte bitte innerhalb von zwei Wochen überwiesen werden. Ich nehme natürlich auch gern sofort Bargeld oder einen Scheck.«

Niemand antwortet, und irgendwann scheint der Bestatter, der jetzt mein Ex-Bestatter ist, gegangen zu sein, denn man hört gar nichts mehr von ihm. Ich liege immer noch in dem offenen Sarg von Herrn Schröderhoff und frage mich, wie es jetzt weitergeht.

»Möchten Sie eventuell eine Weile allein mit Ihrer Frau sein, um gebührend Abschied zu nehmen?«, will Schröderhoff wissen. »Ich kümmere mich dann weiter um die Formalitäten. Einen Totenschein habe ich bereits, ich bräuchte allerdings noch einige andere Dinge. Hier, bitte, hier haben Sie eine Liste.«

»Ich brauch nicht mit der allein sein. Was soll ich denn zu ihr sagen? Sie ist doch tot. Machen Sie die Kiste doch endlich zu, ich hab das Gesicht lange genug gesehen.«

»Ich auch«, sagt Elisabeth.

Edgar sagt leise und irgendwie traurig: »Ihr seid böse«, und nun muss ich tatsächlich schlucken, ganz vorsichtig natürlich. Mein Sohn tut mir leid. Wenn alles vorbei ist, werde ich ihn einweihen. Er ist zwar nicht mit extremer Intelligenz gesegnet, aber wenn ich's mal genau nehme, doch der Netteste meiner Kinderschar. Jedenfalls ist Edgar nicht vom Stamme Nimm. Ich frage mich, ob noch mehr meiner Kinder da sind oder ob sie noch kommen. Und dann merke ich entsetzt, dass sich ein Schluckauf ankündigt. Gott sei Dank kann ich ihn unterdrücken. Das wäre es noch gewesen!

Ich bleibe mit dem Bestatter allein zurück. Meine liebe Familie macht sich auf den Weg nach Hause, nicht ohne dem guten

Herrn Schröderhoff noch mehrfach zu versichern, wie teuer das doch alles sei und dass Bestattungsunternehmer Verbrecher seien. Ich habe Angst, dass es gleich wieder losgeht mit dem Schluckauf. So liege ich da in meinem dünnen Hemd und höre, wie Herr Schröderhoff in der Kapelle herumläuft und weiß Gott was tut. Dann kommt noch eine Frau, ich vermute, es ist Frau Schröderhoff, jedenfalls ist es ihre Stimme, und fragt: »Wohin sollen denn die Blumen?«, und dann kommt auch Pfarrer Hinrichs, ja genau, der Pfarrer, der auch immer seine Frau verprügelt, und sagt in bedächtigem Tonfall: »Ach, ach, wieder ein Schäflein weniger in der Gemeinde. Nun ja, der Herr hat's gegeben, der Herr hat's genommen.«

Man unterhält sich über mich, und der Pfarrer erzählt, ich sei ein strebsamer Mensch gewesen, gottesfürchtig und von froher Natur. »Das werde ich in meiner Trauerrede morgen auch einfließen lassen«, meint er. Aha. Morgen also schon. Umso besser. Wenn es nach mir ginge, könnte die Trauerfeier auch heute schon stattfinden. Alles in allem geht das aber wirklich relativ schnell. Hätte Heiner nicht noch Karten verschicken müssen, auf denen mein Ableben angezeigt wird? Aber das wären ja wieder Extrakosten gewesen, und es wären noch mehr Leute zur Trauerfeier angereist gekommen. So muss er nur zusehen, dass er die Dorfbewohner beim Leichenschmaus satt bekommt, der alte Pfennigfuchser. Und ich wette, es gibt noch nicht mal Streuselkuchen und auch keine belegten Brötchen, sondern nur ein Flensburger Pilsener pro Person – und da wird er dem Engelhardts Karl noch Vergünstigungen aus den Rippen leiern.

Nachdem die Kapelle fertig geschmückt ist, legt man den Sargdeckel über mich, und nach ein paar Minuten bin ich alleine mit mir. Grundgütiger, habe ich einen Hunger. Das ist ja kaum zum Aushalten. Langsam setze ich mich auf, schiebe den Deckel zur Seite – glücklicherweise hat man ihn nicht richtig verschlossen – und klettere in meinem dünnen Hemd aus dem Sarg, um kurze

Zeit später mit bloßen Füßen auf dem kalten Steinboden herumzutappen. Es dämmert schon, wie ich durch die bunten Scheiben sehen kann. Ob es hier irgendwo etwas zu essen gibt? Ich schaue an mir herunter und stelle fest, dass ich tatsächlich ein richtiges Totenhemd trage. Gruselig ist das. Und dann fällt mir ein, dass es hier doch bestimmt Oblaten gibt. Eine Kirche ohne einen anständigen Oblatenvorrat ist keine Kirche.

Ich bemühe mich, keinen Lärm zu machen, schleiche zum Altar und entdecke in einem kleinen Fach auf der Rückseite des Altars eine Packung mit Oblaten, reiße sie hektisch auf und stopfe mir einige in den Mund. Das Problem ist nur, dass man die Mistdinger nicht richtig kauen kann. Sie kleben am Gaumen wie Zement. Aber da steht auch noch eine angebrochene Flasche Wein. Mit der Flasche und den Oblaten setze ich mich auf die Steinstufen vor den Altar. Himmlisch ist das.

Die Tür der Kapelle geht auf. Es ist zu spät, um mich zu verstecken, und ich bekomme einen Riesenschreck, der aber schnell vorbeigeht, als ich merke, dass es Inken ist. Rasch kommt sie näher.

Inken macht ein böses Gesicht. »Also wirklich, Juliane, das is alles nich gut is das nich. Hättste nich eine andere Idee haben können als wo dich tot stellen?«, fängt sie mit zischender Stimme an. »Die ganze Aufregung hier in'n Dorf. Bei mir in'n Salon kamen alle paar Sekunden welche rein und ham gesacht, Knops Juliane is tooot. Und ich konnt ja schlecht nich sagen konnt ich nich, nee, die tut nur so für ne Zeit wegen den Heiner. Ich hab dir was zu essen hab ich dir mitgebracht, hier«, sie hält mir Brote mit rohem Schinken und Gouda hin.

»Oh, danke.« Gierig beiße ich ein Stück vom Käsebrot ab.

»Gemütlich hast du's hier«, meint Inken und setzt sich zu mir. »Aber wie siehste denn aus? Was hamse denn mit dir gemacht? Man könnt ja meinen könnt man, du seist unter die Räder gekommen. Wassen mit dein Kopp passiert? Hamse dir den aufgeschnitten?«

Ich schlucke. »Das ist nur so, damit es so aussieht, als sei ich obduziert worden«, erkläre ich Inken, die mir aber gar nicht zuhört, sondern schon weiterredet.

»Als wo der Heiner den Anruf gekricht hat, dass du tot in Hamburch gefunden worden bist, ist er sofort zum Engelhardts Karl gegangen und hat allen dort einen auf deinen Tod wo ausgegeben, und gelacht hat er und gefeixt hat er auch. Hat die Frau vom Karl mir erzählt, wo in'n Salon gekommen ist.«

»Aha.« So etwas in der Art hatte ich mir ja schon gedacht. »Sind die Kinder eigentlich alle da? Vorhin waren nur Edgar und Eleonore hier. Und Elisabeth.«

Inken nickt. »Sind sie alle da. Alle«, erzählt sie eifrig. »Sogar Paul und Pauline sind aus Lübeck gekommen.«

Die Zwillinge sind also auch da. Paul und Pauline sind in einer Neujahrsnacht geboren, Pauline kurz vor zwölf und Paul kurz nach. Pauline ärgert Paul immer damit, dass sie die Ältere sei, und so lange ich denken kann, haben die beiden sich furchtbar gestritten und versucht, sich gegenseitig umzubringen. An Silvester war es immer besonders schlimm; da stritten sie sich so, dass man Kopfweh bekam. Sie sind siebzig Jahre alt und seit ihrer Geburt verbittert. Es stimmt wirklich, sie kamen verbittert auf die Welt. Mit Gesichtern wie saure Gurken und einem Gekreisch, das einem durch Mark und Bein ging. Sie haben gekratzt, sie haben gebissen, sie wollten keine Muttermilch und keine Zusatzkost. Sie wollten sich nur streiten. Paul hat Pauline mal in den Futtertrog der Schweine geworfen, aber die Schweine konnten sie wohl nicht kleinkauen, und Paul war deswegen böse, und einmal hat Pauline Pauls Haare nachts abgeschnitten und am nächsten Tag behauptet, sie hätte das tun müssen, eine innere Stimme hätte es ihr befohlen. Ich habe drei Kreuze gemacht, als sie das Haus endlich verließen, und inständig gehofft, dass sie es sich nicht doch noch anders überlegen. Sie wohnen zusammen in Lübeck. Dass sie nicht geheiratet haben, wundert mich nicht. Das wären keine Ehen gewesen, sondern unzumutbare Zustände.

»Die Pauline hat dem Paul eine gescheuert, weil der Paul hat gesagt, er will in sein alten Zimmer übernachten, und dann hat sie gesagt, er hätt jahrelang in sein Zimmer geschlafen und das sei das schönere Zimmer gewesen, nun sei sie an der Reihe, hat sie gesagt.«

Es hat sich also nichts geändert.

»Um elf morgen ist die Trauerfeier ist sie.« Inken macht eine kurze Pause und scheint zu überlegen. »Ich weiß noch gar nicht, was ich anziehen soll.«

»Und ich weiß nicht, was aus mir werden soll.« Der Wein tut gut. »Ich meine, wie soll es weitergehen ab morgen? Jason meinte, er würde Heiner eins auswischen, aber wie er das tun will, das hat er bislang noch nicht gesagt.«

»Wird er schon, wird er schon. Aber hättste nich den Heiner lieber umgebracht, dann wär alles viel einfacher gewesen, ja, das wär's. Hätten wir's uns richtig nett gemacht. Aber so jetzt wie es so ist gerade, da kannst du ja nicht hierbleiben, nich?«

Nein, das kann ich wohl nicht.

Schon wieder geht die Tür der Kapelle auf.

»Verdammt!« Ich krabble hinter Inken und schaue ihr über die Schulter. Aber es sind nur Jason und Schatzi. Sie schwitzen.

»Hallo«, sagt Jason. »Es ist etwas später geworden. Wir haben noch Steine besorgt.«

Inken und ich stehen auf und begeben uns zur Kapellentür. Schatzi schleppt einen überdimensionalen Felsbrocken und erinnert mich an eine Comicfigur, die seit den siebziger Jahren populär ist und blauweiß gestreifte Latzhosen trägt und auch solche Steine. Wenn ich mich richtig erinnere, isst die Comicfigur auch gern Wildschweine. Ächzend lässt Schatzi den Stein auf den Boden fallen.

»Habt ihr euch wieder vertragen?«, frage ich erleichtert, aber Schatzi winkt nur ab. Er schwitzt sehr.

»Was heißt vertragen«, meint er atemlos. »Ich bin halt mitgefahren. Jason kann ja schlecht alleine die ganzen Steine schleppen.«

Der tippt sich nur an die Stirn, aber so, dass Schatzi das nicht mitbekommt. »Er wollte unbedingt mitkommen«, flüstert er mir zu, dann sagt er laut: »Das müssten ungefähr fünfzig Kilo sein.«

»Wozu braucht denn ihr Steine?«, will Inken neugierig wissen und findet die Idee gut, dass sie die Steine in den Sarg legen soll, wenn ich aus dem Sarg wieder draußen bin. Es muss ja alles recht schnell gehen. Jede Minute wird zählen. Wir müssen so rasch wie möglich aus Groß Vollstedt verschwinden. Sie verspricht uns auf Ehre und Gewissen, diesen Auftrag zu erledigen. »Ich bleib nach der Trauerfeier noch inne Kapelle, damit die nich abschließen können, lass ich mir wohl was einfallen, der Hinrichs will bestimmt gleich weg zu die Leichenschmaus, da lass ich mir den Schlüssel wo lass ich mir geben, ich helf dann mit, ich mach dann alles wo mach ich wo Hilfe gebraucht wird.«

Dann dürfte ja nichts mehr schiefgehen.

»Hoffentlich klappt das alles«, sage ich leise zu Jason und will ihn eigentlich fragen, wie denn nun seine genialen Pläne aussehen, aber da sagt jemand: »Was is hier denn los?«

Vor uns steht meine Mutter Elise wie ein Geist. Keiner hat sie kommen hören. Sie trägt ihr Ausgehkostüm, das aus einem langen Rock, einer hochgeschlossenen Bluse, einer passenden Jacke und einem Hut besteht, und stützt sich auf ihren Gehstock, mit dem sie dann auf mich deutet. »Bist du also doch nich tooot!«, ruft sie laut, und wir machen alle im Chor »Pssst!« und legen die Zeigefinger vor die Münder. Aber Elise lässt sich nicht irritieren. »Das is falsch rum«, sagt sie. »Meine Tochter soll nich vor mir sterben, nein, ich muss vor ihr sterben. So rum ist es richtich.«

»Bitte«, werfe ich ein und schaue mich um. »Es geht nicht, dass wir hier rumstehen und laut sprechen. Ich sollte eigentlich in diesem Sarg da liegen und in dieser Kapelle hier alleine sein.«

»Biste aber nich alleine«, stellt meine Mutter ganz richtig fest. Hungrig schaut sie auf meine Brote, sagt aber nur: »Kind, du machst Sachen. Warum machste denn solche Sachen?«

»Ich erkläre es dir irgendwann, aber nicht jetzt.« Hoffentlich hört uns keiner. »Hör zu, Mutti, du gehst jetzt einfach wieder nach Hause und sagst keinem, dass ich lebe, und morgen geht ihr alle zur Trauerfeier, und danach rufe ich dich irgendwann an.«

Aber so leicht lässt sich Elise nicht abwimmeln. »Zu Haus, zu Haus, weißt denn du, was da los ist? Sind deine ganzen Kinder da und machen Lärm und die Enkel und Urenkel auch, das ist nichts für meine Nerven. Damals, als ich Hitler in Rendsburg getroffen habe, war auch so ein Lärm. Ach, die Geschichte kennen Sie noch gar nicht, oder?« Bittend schaut sie zu Jason und Schatzi.

Nein, auf gar keinen Fall wird meine Mutter ausgerechnet jetzt ihre Hitlergeschichte zum Besten geben. »Ich habe ihnen die Geschichte schon erzählt.« Mit großen Augen starre ich Jason und Schatzi an, die glücklicherweise verstehen, was ich ihnen mitteilen will, und nicht auf Elises Worte eingehen. Meine Mutter sieht enttäuscht aus, besteht aber nicht weiter auf der Hitlergeschichte. »Wir sollten jetzt alle ins Bett gehen«, stelle ich abschließend fest, weil ich in meinen alten Knochen nun doch merke, dass ich ziemlich müde bin. Mir ist es auch egal, dass mein Bett ein Sarg ist. Aber Mutter scheint es hier gut zu gefallen. Sie denkt gar nicht daran, jetzt zurück auf den Hof zu gehen.

»Ich bleib hier bei dir«, meint sie und setzt sich auf die Treppe.

»Sei doch vernünftig«, werfe ich ein. »Hier ist es kalt. Du wirst dir den Tod holen.«

»Hol ich mir lieber hier den Tod, als mir zu Haus das Gekreisch und Gemecker anzuhören. Mein Hörgerät hab ich gar nicht reingetan in die Ohren, trotzdem war es laut.« Sie sieht sich in der Kapelle um. »Hier ist es doch schön ruhig. Hier gefällt es mir. Kann ich mich da auf die Bänke legen.«

»Nein«, sage ich mit fester, unnachgiebiger Stimme. »Ich möchte, dass du gehst. Sonst klappt das alles nicht, was wir vorhaben.«

Nun geht sie erst recht nicht. »Was habt ihr denn vor?«

Ich erzähle es ihr dann, dauernd nickt sie, aber ich glaube nicht, dass sie mir ganz folgen kann. Glücklicherweise erhebt sie sich nach einiger Zeit und meint: »Ist doch ganz schön kalt hier. Ich geh mal heim auf den Hof. Bis morgen dann, Juliane. Wir sehen uns auf deiner Trauerfeier.«

Dann meldet sich Inken nochmal zu Wort. »Hab ich dir die schwarze Perücke mitgebracht, Juliane. Schau hier, Echthaar, sieht aus wie echtes Haar, was? Dacht ich mir, dass du die Perücke vielleicht später brauchen könntest, hab ich mir gedacht.«

Ich nicke und nehme die Perücke.

Endlich, endlich sind Inken und Elise gegangen, und ich bin mit Jason alleine, während Schatzi die Steine draußen hinter Hecken deponiert. Ich drücke ihm die Perücke in die Hand. »Wir können sie ja schlecht hierlassen«, meine ich. »Leg sie ins Auto, und später nehmen wir sie mit nach Hamburg«, und er nickt.

»Nach der Trauerfeier wird man dich noch eine Weile hier liegen lassen«, fängt er an. »Uns darf hier keiner sehen, damit niemand Verdacht schöpft. Und dann tauscht Inken dich gegen die Steine aus, während die anderen deinen Tod begießen. Dann schleichst du dich aus der Kapelle und kommst zu meinem Wagen. Oder wir holen dich in der Kapelle ab.«

»Weißt du das oder vermutest du, dass ich hier noch eine Weile liegen gelassen werde?« Normalerweise ist es bei Trauerfeiern doch so, dass man danach beerdigt wird, oder nicht? Gut, ich kann mich irren, aber die Trauerfeiern, auf denen ich war, da lief das so ab.

»Natürlich weiß ich das!« Er überlegt weiter. »Und dann fahren wir zurück nach Hamburg.«

Das hört sich alles sehr einfach an. Zu einfach, wie ich finde. Aber wenn er meint.

»Morgen früh komme ich wieder zu dir. Dann werde ich dich vorbereiten, damit du die Trauerfeier glaubwürdig überstehst«, sagt er noch.

Panik steigt in mir auf. »Was ist, wenn ich verschlafe und du auch?«

»Ich werde hier sein«, verspricht er mir. »Schau, ich habe dir eine Decke mitgebracht. Ein Kissen ist ja im Sarg integriert.«

»Danke. Sehr lieb.« Weil ich kalte Füße habe, krieche ich in mein Holzbettchen zurück.

Jason deckt mich zu. »Gute Nacht, Juliane«, meint er leise. »Bis morgen. Du kannst dich hundertprozentig auf mich verlassen.«

Aber ich will nicht, dass er schon geht. »Jason«, flüstere ich. »Was ist mit deiner Idee?«

»Die ist gut, die ist wirklich gut«, antwortet Jason, um nach diesen Worten die Kapelle zu verlassen. Ich höre nur noch, dass die Tür ins Schloss fällt, dann liege ich einfach da und überlege mir, was meine liebe Familie wohl gerade tut. Ich verschränke die Arme hinter dem Kopf und muss mir grinsend vorstellen, wie meine Töchter und Schwiegertöchter und Enkeltöchter herumschreien, dass sie die Sammeltassen haben wollen, und sich zornig anfunkeln. Kein Stein wird mehr auf dem anderen sein, weil mein ganzes Hab und Gut aus den Regalen gezogen wurde und man sich die Köpfe darüber einschlägt, wer nun was bekommt. Aber sie werden sich zu früh freuen, Heiner wird ihnen nichts geben. Der beteiligt sich auch gar nicht an der Diskussion, sondern wird Unterlagen sortieren, damit er die richtigen auch findet und bald von der Lebensversicherung Geld bekommt. Ob Edgar, mein Jüngster, mich wenigstens ein bisschen vermissen wird? Oder wird er einfach nur unglücklich feststellen, dass er womöglich jetzt anfangen muss, für sich selbst zu sorgen? Meine dämliche Schwiegertochter Gerda jedenfalls, die Frau von Albert, wird wie immer nach 4711 stinken und hässlichen Keramikschmuck tragen ... Mit einem Lächeln auf den Lippen schlafe ich irgendwann ein.

Um Punkt sieben Uhr werde ich geweckt. Jason steht vor mir. »Wir sind extra früh losgefahren«, sagt er leise. »Und wir müssen auch gleich schon wieder gehen, weil bestimmt gleich der Pfarrer kommt oder jemand anderes. Ich hab dir eine Laugenbrezel mitgebracht. Heute Abend, wenn wir wieder in Hamburg sind, gehen wir beide Sushi essen. Mit Schwertfisch und Lachs und mit ganz viel Wasabi. Dazu trinken wir Reiswein. Ich lade dich ein.«

Muss er auch, denn ich bin ja tot und mittellos. Und Sushi kenne ich nicht; es hört sich aber gut an. Reiswein noch besser. Ich nicke. »Wo ist Schatzi?«

»Der schläft noch. Wir warten, bis die Trauerfeier vorbei ist.«

»O Jason«, sage ich. »Ich bin schrecklich nervös.«

»Was soll denn groß passieren?«, meint Jason gelassen. »Jetzt sind wir bis hierher gekommen, da schaffen wir den Rest auch noch. Das wäre ja gelacht. Iss jetzt, ich muss mit dir noch was erledigen. Ich habe was mitgebracht.«

Obwohl ich neugierig bin, gehorche ich und esse erst mal die Brezel. Gern hätte ich dazu ein Stück Butter verspeist, aber man kann nicht immer alles haben. »Ob ich mich nochmal verliebe?«, sinniere ich vor mich hin. »Ob ich jemals wieder heirate und wirklich glücklich bin?«

»Kommt Zeit, kommt Liebe. Aber mal ganz ehrlich: Warst du jemals in deinen Mann verliebt? Und hast du ihn auch mal geliebt? Nach all dem, was du von ihm erzählt hast, glaube ich es nicht wirklich.«

Das stimmt ja auch. »Gut, dann will ich mich eben zum ersten Mal verlieben«, korrigiere ich mich. »Nur, wo finde ich einen Mann in meinem Alter?«

»Das sollte das geringste Problem sein. Wir können eine Kontaktanzeige für dich aufgeben.«

Die Idee finde ich prima. »Hervorragend. Ich werde mir den Text später irgendwann überlegen. Hilfst du mir dabei?«

Jason nickt.

Oh, das wird herrlich. Ich werde einen netten älteren Herrn kennenlernen und mit ihm wandern gehen, die Natur genießen und möglicherweise sogar mit ihm in den Urlaub fahren. Er wird mir die Tür aufhalten, im Restaurant meinen Mantel abnehmen und mir Blumen schenken. Nicht nur zu Anlässen, nein, einfach so. Hm. Wie sollte er aussehen? Größer als ich auf jeden Fall, aber das sollte bei mir Winzling ja kein Problem sein. Er müsste graue Anzüge tragen und ein Monokel besitzen. Das finde ich unglaublich erotisch. Ich werde mit ihm klassische Musik hören und ihn abends daran erinnern, dass er seine Blutdrucktabletten noch nehmen muss. Diese werde ich selbstverständlich in einer Pillenschachtel aufbewahren. Ich werde ihn ... Friedhelm nennen. Friedhelm hört sich nett an. Doch dann fällt mir ein, dass ein Mann in meinem Alter, den ich über eine Kontaktanzeige kennenlerne, bestimmt schon einen Namen hat.

Jason schaut auf die Uhr: »So«, sagt er geheimnisvoll und hebt einen Rucksack hoch, den er offenbar mit in die Kapelle gebracht hat, was ich aber gar nicht mitbekommen habe. Die Aufregung, die Aufregung. »Hör mir jetzt sehr gut zu, Juliane«, meint er und blickt mich ernst an.

Was um alles in der Welt hat der Bub vor? »Ich höre«, antworte ich mit fester Stimme und lausche gespannt.

»Ich habe hier in diesen Thermoskannen Eiswürfel«, fängt er an, und ich bin mir nicht sicher, ob er noch alle Sinne beisammen hat. Möchte er uns zur Feier des Tages Cocktails mixen? Doch weil Jason so unglaublich ernst wirkt, traue ich mich nicht nachzufragen. »Ich werde diese Eiswürfel nun in Plastikbeutel füllen und unter Rücken, Beinen und Kopf verteilen«, erklärt der Junge und fängt schon mal an, Plastikbeutel mit dem Eis zu füllen. »Deine Körpertemperatur muss sinken, das hat den Vorteil, dass du kühl bist, sollte dich nachher jemand berühren. Außerdem sorgt die sinkende Körpertemperatur dafür, dass der Stoffwechsel von Gehirn und Herzmuskel verlangsamt wird.« Er fummelt im Rucksack herum und zieht Kanülen und Glasfläschchen heraus. »So. Das hier wäre das Nächste. Aber erst mal das Eis. Wenn du dich bitte kurz zur Seite rollen würdest.« Ich tue, was er sagt, und er stopft die Beutel mit dem Eis unter mich. »Ich hätte natürlich Stoffbeutel nehmen können, die knistern nicht«, redet Jason weiter. »Aber wenn das Eis zu schnell schmilzt, gibt es ja Wasserflecken, und das könnte auffallen – und das wollen wir ja nicht.«

Natürlich nicht. Ich sehe es schon kommen, dass Jason mitten während der Trauerfeierlichkeiten an meinen Sarg gestürzt kommt, um das Schmelzwasser zu beseitigen, damit das Holz keine Ränder kriegt.

»Gleich werde ich dir 10 Milligramm Metoprolol spritzen – du erinnerst dich, das hatte ich dir schon in Tablettenform verabreicht. Dein Pulsschlag wird wegen dieser Dosis nur noch schwach spürbar sein. Ich denke, es werden höchstens fünfzehn Schläge pro Minute sein. Zusätzlich wirst du noch zehn Milligramm Midazolam von mir gespritzt bekommen. Davon wirst du einschlafen, das kennst du ja auch schon, und deine Atmung wird flacher. Und jetzt kommt der springende Punkt: Gehirn und Herzmuskel werden dann nur noch minimal mit Sauerstoff versorgt ... Juliane, was ist denn? Warum bist du denn so blass?«

»Das ist ein bisschen viel auf einmal. Was heißt das, nur noch fünfzehn Pulsschläge pro Minute? Und zwei Medikamente gleichzeitig? Was machen wir, wenn mein Herz das nicht verträgt?«

»Man muss im Leben auch mal Risiken eingehen«, kommt es von Jason. »Ich habe das alles ganz genau berechnet. Vertrau mir. Es ist ganz harmlos.«

Harmlos? Das hat man von der Atomkraft auch behauptet.

»Gut. Fangen wir an.« Ich halte ihm meinen Arm hin.

»Nein, so weit sind wir noch nicht.«

Was denn jetzt noch?

Umständlich nestelt Jason im Rucksack herum und zieht ein Gerät daraus hervor. »Das ist eine Sauerstoffflasche«, erklärt er mir fröhlich. »Sie sorgt dafür, dass du mit Sauerstoff versorgt wirst.«

Darauf wäre ich auch selbst gekommen.

»Und hier hätten wir eine Insulinpumpe, die ist mit Orciprenalin gefüllt. Das ist ein Mittel, das die Herzfrequenz wieder steigert. Ich werde dir gleich eine subkutane Klebenadel auf dem Bauch anbringen, die sich timen lässt. Aber jetzt kommt der Clou!« Jason macht eine kleine Pause, vielleicht hofft er, dass ich applaudiere, aber ich möchte einfach nur, dass er weiterspricht. »Wenn der Sargdeckel geschlossen ist, werden kleine Dosen des Mittels abgesondert, die dann wiederum Puls und Atmung beschleunigen, und alles wird gut. Ist das nicht großartig?«

Ja. So etwas Tolles habe ich noch nie vorher gehört. Nur – was soll ich tun? Viel Zeit haben wir nicht mehr. Also lasse ich Jason machen, halte ihm meine Arme hin und lasse ihn die subkutane Nadel befestigen. Das Einzige, was mich stört, ist die Tatsache, dass diese Eiswürfel unter mir liegen. Mir ist noch kälter als im Kühlfach des UKE. Zumindest tun die Einstiche nicht weh. Wenigstens das kann der Junge.

»Fertig«, sagt Jason irgendwann. »Ich gehe dann jetzt zurück. Schatzi wartet im Wagen. Es kann gar nichts passieren. Nichts wird schiefgehen. Bis nachher.«

Dann ist Jason verschwunden, was auch gut ist, denn zehn Minuten später steht Pfarrer Hinrichs schon wieder in der Kapelle, und August Schröderhoff samt Frau ist auch da. Glücklicherweise bin ich schon wieder so matt, dass ich keine Angst habe, mich versehentlich zu bewegen. Langsam drifte ich wieder ab, und kurze Zeit später schwebe ich erneut über mir. Ich fliege an der Decke herum. In den Balken hängt viel Staub. Hier ist sehr lange nicht mehr saubergemacht worden. Aber das ist auch verständlich: Wer hat schon Lust, mehrere Meter hochzuklettern?

»Hat man den Organisten verständigt?«, will Schröderhoff dienstbeflissen wissen, und ich sage schnell: »Ich möchte keine Musik, ich hasse Orgelgeklimper«, aber dann fällt mir ein, dass man mich ja gar nicht hören kann. Ich schaue auf mich in den Sarg. Friedlich, wirklich friedlich sehe ich aus. Gut, dass Jason mir die Brezel mitgebracht hat, sonst würde spätestens jetzt mein Magen knurren, und alles wäre umsonst gewesen. Das wäre ja nicht so gut. Hoffentlich ist das alles bald vorbei. Ich freue mich nämlich sehr auf mein neues, aufregendes Leben und auf die geniale Idee, die Jason hat. Ach, dieses andauernde im Sarg oder in einer Kühlkammer Liegen kann einem auch wirklich auf die Nerven gehen. Aber nun ist das Finale ja abzusehen. Während ich durch die Anwesenden hindurchsause wie der Geist aus *Aladin und die Wunderlampe*, mache ich mir herrliche Kopfbilder, die mein weiteres Leben ohne Heiner betreffen. Ich werde rauchen, trinken, zum Friseur gehen, wann ich will, ich werde nie wieder kochen, wenn ich nicht muss, wobei ich ja gern koche, aber zukünftig werde ich nur noch das kochen, was ich will, oder ich werde für dankbare Menschen kochen, die mein Kochen zu schätzen wissen und sich bedanken, und ich werde lange schlafen und baden. Ich werde mir einen exotischen Badeschaum zulegen, auf der Flasche wird stehen »Magic moments« oder »Jungle forever«. All das durfte ich in meiner Ehe nicht. Der einzige Badezusatz, den ich hatte, war Fichtennadel. Ich habe ihn gehasst. Ich freue mich so, dass ich in der Luft einen Salto schlage.

»Wo müssen wir uns denn hinsetzen?«

Aha. Meine liebe Familie ist da. Schritte kommen näher, und dann stehen sie vor dem offenen Sarg.

»Eigentlich sieht sie gar nicht tot aus«, höre ich meine zweitjüngste Tochter Margarethe flüstern. »Sind Tote nich eher so weiß im Gesicht?«

»Mir doch egal«, kommt es von Paul, und Pauline keift: »Wer hat dich denn gefragt, du Volltrottel?« Pauline kommt näher und berührt mein Gesicht. »Sie ist kalt. Natürlich ist sie tot.«

Dann sagt Heiner: »Wir haben jetzt lang genug hier gestanden, außerdem hab ich Hunger. Los, wir setzen uns hin. Wenn wir sitzen, fängt er vielleicht früher an mit seiner Rede«, und man entfernt sich von mir. Heiner schlurft. Wenigstens heute hätte er doch mal nicht schlurfen können. An meinem Ehrentag.

Ich scheine entweder beliebt gewesen zu sein oder man sieht es als eine Pflicht an, denn fast das ganze Dorf ist in der Kapelle erschienen, um Abschied von mir zu nehmen. Und es wundert mich, wie es manch einen mitnimmt. Else Scheunemann, die Besitzerin des kleinen Edeka-Lädchens in der Ortsmitte, schluchzt so laut, dass ich fast Ohrenschmerzen bekomme; sie muss sogar gestützt werden. Dauernd ruft sie: »Und die Frau Knop hat immer montags und donnerstags bei mir eingekauft. Jetzt habe ich eine gute Kundin weniger. Ach, ach, ach!« Oswalt Wennings, der Polizeiobermeister, streichelt mir sogar die Wange. Möglicherweise möchte er sich mit dieser Geste dafür bedanken, dass ich während seiner gesamten Amtszeit nie straffällig geworden bin. Vielleicht würde er mir aber auch eigentlich lieber eine knallen, weil ihm jetzt keiner mehr selbstgebrannten Schnaps zusteckt. Dann kommt Inken und flüstert: »Juliane, du machst deine Sache gut«, obwohl sie mir versprochen hat, mich nicht anzusprechen. Ich wirbele in der Luft herum und schaue auf die Trauergäste hinunter. Wo ist eigentlich meine Mutter? Müsste sie denn nicht auch an der Trauerfeier ihrer Tochter teilnehmen? Nun ja, vielleicht regt sie sich gerade wieder über Else Ury und deren Nesthäkchenbücher auf. Aber Elise kommt dann doch. »Macht Platz da, macht Platz, ich will auch in der ersten Reihe sitzen«, scheucht sie die anderen herum.

Irgendwann fängt der Organist an zu orgeln, ich vermute, etwas von Bach oder Beethoven, was auch sonst, in jedem Fall ist es furchtbar; und dann will Pfarrer Hinrichs endlich mit der Predigt anfangen. Ich bin wirklich sehr gespannt. Doch Mutter mischt sich mal wieder ein: »Sie ist gar nicht tot. Juliane ist doch gar nicht tot.« Ich könnte sie erwürgen und fliege vor ihr herum, während ich sie böse anstarre. Zum Glück glaubt ihr niemand, alle machen nur »Pscht, pscht, Frau Mahlow, pscht«, doch Mutter sagt noch ungefähr dreimal, dass ich gar nicht tot sei, ist aber dann endlich still.

»Liebe Gemeinde«, beginnt Hinrichs, nachdem Mutter fertig ist. »Es ist, wie es ist.« (Ach was.) »Das Leben geht irgendwann zu Ende, und nun ist dies für Juliane Knop der Fall. Ich kannte Juliane seit vielen, vielen Jahren persönlich und habe sie immer als einen strebsamen, gottesfürchtigen Menschen erlebt. Ja, strebsam und gottesfürchtig, das war sie ...« (Das stimmt nicht. Er lügt. Ich war nie *gottesfürchtig*. Ich hasse dieses Wort. Ich fand es gestern schon doof, das Wort, als Hinrichs davon geschwafelt hat, dass er das in die Trauerrede einfließen lassen wolle. Aber ich konnte ja nicht protestieren. Ich weiß nicht ... gottesfürchtig, das hört sich immer so an, als hätte man keine eigene Meinung, sondern nur die vom lieben Gott würde zählen. So bin ich nicht, und so werde ich nie sein. In die Kirche bin ich sowieso nie gern gegangen, das ist doch alles Quatsch.) »... immer war Juliane Knop für ihre Familie da. Vielen Kindern hat sie das Leben geschenkt ...« (Das hört sich ja so an, als hätte ich darauf verzichtet, sie umzubringen, was übrigens nicht die schlechteste Idee gewesen wäre.) »... alle sind sie hier versammelt, von Trauer gezeichnet, genau wie ihr treusorgender Ehemann Heiner, der nun hier sitzt, fassungslos, mit gebrochenem Herzen ...« (Warum nicht auch mit gebrochenen Armen und Beinen?) »... nichts wird wieder so sein, wie es jemals war.« (Das will ich doch hoffen. Wo Jason wohl geparkt hat? Hoffentlich so, dass sie nicht gesehen werden. In Groß Vollstedt fallen Fremde gleich auf. Es war mit Sicherheit schon ein Fehler, dass er die Laugenbrezel gekauft hat. Schimmelpfennigs, die Besitzer der örtlichen Bäckerei, werden sich bestimmt wundern, dass frühmorgens junge Männer da waren, und auffällige dazu – ich denke an Schatzi –, die sie noch nie vorher gesehen haben. Da sitzen Schimmelpfennigs. Sie sehen aber ganz normal aus und nicht so, als würden sie sich wundern. Alle, wirklich alle sind hier. Vielleicht wird jetzt gerade überall in Groß Vollstedt eingebrochen. Ich habe mal gelesen, dass Einbrecher in den Trauerzeigen lesen, wann die Trauerfeiern sind. Dann ist ja mal mindestens bei dem Verstorbenen niemand zu Hause, und die Einbrecher können ganz in Ruhe in den Wohnungen und Häusern stöbern. Ganz schön raffiniert, oder?) »... lasset uns beten.«

Die Trauergemeinde erhebt sich von den Holzbänken und beginnt, das Vaterunser herunterzuleiern; ich kann es nicht mehr hören, weil ich es schon zu oft gehört habe. Ich kann das Gebet auch nicht nachvollziehen, zum Beispiel die Textstelle »dein Reich komme«. Ja, wohin soll es denn kommen, das Reich, und vor allen Dingen: welches Reich? Hinrichs jedenfalls leiert jetzt seinen

Trauertext hinunter, und ich nutze die Zeit, um herumzufliegen. Heiner hat gespart, wo er nur konnte. In einer Vase auf dem Altar stehen drei gelbe Nelken in einer rosa Vase. Das ist alles an Blumenschmuck. Vor meinem Sarg liegen Kränze der Gemeinde. Hier – vom Landfrauenverein. Dort – von der freiwilligen Feuerwehr. Der Kranz von Heiner und den Kindern ist am kleinsten. Ich schwebe nach unten, weil ich die Inschrift lesen möchte. *Ruhe sanft auf beiden Seiten und wenn noch Platz ist, auf Wiedersehen* steht auf den beiden Schleifenenden. Ich nehme an, dass eigentlich auf den Enden *Ruhe sanft* und *Auf Wiedersehen* stehen sollte; möglicherweise hat Ilse Bönning, die Floristin, etwas verwechselt. Vielleicht hatte sie auch einfach zu viel zu tun, weil sie ganz kurzfristig so viele Kränze binden musste.

Endlich ist Hinrichs fertig, und endlich kommen seine Gehilfen und verschließen den Sarg. Jetzt wird es nicht mehr lange dauern, und das Insulin wird wirken. Ah, es fängt schon an! Das merke ich daran, dass ich wieder ganz langsam in mich selbst zurückgleite. Ich möchte dieses Schwebegefühl eigentlich gern öfter mal haben und beschließe, Jason darum zu bitten, mir hin und wieder Metoprolol und Midazolam zu verabreichen. Diese Schwerelosigkeit ist ja zu herrlich! Dann bin ich komplett zurück in meinem Körper und öffne kurz die Augen, aber nur ganz kurz. Denn ich werde plötzlich wieder müde. Ich kann ja noch ein kleines Schläfchen machen, bis Jason, Schatzi und Inken kommen. Nur ein klitzekleines.

Die Stimmen des Pfarrers und der Gemeinde werden leiser und leiser, und irgendwann höre ich sie gar nicht mehr.

Kapitel 13

> Außer den Lübecker Bestattern nutzen auch Bestatter aus der Umgebung das Lübecker Krematorium. Eine im Jahre 2005 unter den Lübecker Friedhofsbesucherinnen und Friedhofsbesuchern durchgeführte Umfrage ergab, dass 83% aller Angehörigen Wert darauf legen, dass ihre verstorbenen Angehörigen in Lübeck eingeäschert werden und deshalb keine langen Wege mit ihnen zu weiter im Lande entfernten Krematorien bzw. sogar zu Krematorien in den benachbarten Bundesländern zurückgelegt werden müssen. Ein sogenannter »Leichentourismus« scheidet damit aus. Erkundigen Sie sich deshalb bei Ihrem Bestatter, in welchem Krematorium er einäschern lässt und – sollten Sie selbst sich für das Lübecker Krematorium entschieden haben – lassen Sie sich nicht mit scheinbaren Gegenargumenten von diesem Wunsch abbringen. Das Krematorium Lübeck arbeitet zuverlässig, zügig und zu einem fairen Preis. Der Verstorbene muss nicht in Lübeck gelebt haben, um im Lübecker Krematorium eingeäschert zu werden!
> www.stadtentwicklung.luebeck.de

Irgendetwas stimmt hier nicht.

Falsch.

Hier stimmt gar nichts.

Absolut nichts.

Warum liege ich immer noch in diesem Sarg, und warum um alles in der Welt fahre ich in dem Sarg in einem Auto herum? Ich bin nach meinem kleinen Schläfchen gerade aufgewacht und muss mich orientieren. Es kann doch nicht Jasons Plan gewesen sein, dass ich im Sarg herumtransportiert werde. Vielleicht steht der Sarg in Jasons Auto? Aber Jason hat ja keinen Lieferwagen, und in einen gewöhnlichen Kofferraum passt ein Sarg wohl nicht. Ich werde zugegebenermaßen etwas panisch. Sollte ich nicht aus dem Sarg klettern, und Inken wollte dann Steine reinlegen? Davon mal ganz abgesehen, hätte ich wegen der Insulinpumpe doch wach bleiben müssen. Hat da etwas nicht richtig funktioniert? Hat das Insulin versagt?

Noch unruhiger werde ich, nachdem der Wagen hält und die Türklappen geöffnet werden. Ich werde deswegen so unruhig, weil ich die Stimmen der Menschen nicht kenne. Aber nachdem ich dann höre, wie eine der fremden Stimmen sagt: »Hier bringen wir eine Feuerbestattung für 16 Uhr«, bin ich extrem unruhig, auch weil mir einfällt, dass ich allen Grund habe, extrem unruhig zu sein.

Das Schlimme ist, ich kann nichts sagen. Ich kann weder flüstern noch brüllen oder kreischen, meine Stimmbänder sind gelähmt. Das muss der Schock sein. Bestimmt ist das der Schock. Oder es sind die Nachwirkungen der Medikamente. Ich öffne meinen Mund und möchte laut rufen, doch es geht einfach nicht. Und so liege ich in meinem Sarg und kann nichts, absolut nichts tun, obwohl ich wirklich gern möchte. Nicht nur meine Stimmbänder reagieren nicht auf meine Bemühungen, auch sonst kann ich mich nicht bewegen. Ich bin wie tot, und wie in Trance höre ich außerhalb des Sarges die Gespräche von Menschen, die sich über die viele Arbeit im Krematorium unterhalten. Sie sagen aber auch, dass das ein sicherer Job sei, jeder würde schließlich irgendwann mal sterben, und der Trend gehe ja sowieso zu Feuerbestattungen. Die Leute lachen, ich höre Türen schlagen, der Sarg, in dem ich liege, ruckelt und wird geschoben und dann wieder hingestellt. »Lass sie ruhig vor dem Ofen stehen«, sagt ein Mann.

Das war's also. Meine ganzen Pläne, meine neu gewonnene Freiheit und mein sich gerade in den Startlöchern befindliches neues Leben, das alles wird um sechzehn Uhr vorbei sein. Ich werde in einem Krematorium verbrennen. Wie lange es wohl dauert, bis das Holz Feuer fängt? Werde ich vorher an einer Rauchvergiftung sterben? Werde ich möglicherweise ganz schnell ohnmächtig? Das wäre wenigstens etwas. Nun, ich habe die Sauerstoffflasche und könnte mich damit noch einige Zeit über Wasser halten. Aber wie lange? Und ist das überhaupt sinnvoll? Ich habe in einem Fernsehbericht mal gesehen, dass Segler, die alleine unterwegs sind, nie Rettungswesten tragen, um im entscheidenden Moment – nämlich dann, wenn sie gekentert sind und das Schiff untergegangen ist – möglichst schnell zu ertrinken und nicht noch tagelang in ihrer Rettungsweste im Meer herumzutreiben. Ich habe auch einmal einen Fernsehbericht über einen russischen Geigenbauer geschaut, der Ivan Ratzelhoff hieß und Pockennarben und eine mürrische Frau hatte, die sich geweigert hat, russischen Zupfkuchen von Doktor Oetker zu backen, und er nannte zwei Töchter sein Eigen, die er nicht mochte, weil ihnen Finger aus den Ohren wuchsen, aber das hilft mir jetzt auch nicht weiter. Ich wundere mich über mich selbst, also darüber, dass ich so unglaublich ruhig bin und gar nicht panisch werde. Es ist gar nicht gut, dass ich nicht panisch werde, denn dann würde ich toben und brüllen und um Hilfe rufen, aber so liege ich einfach nur hier und warte. Dann keimt ein leiser Hoffnungsschimmer in mir auf: Die Eiswürfel sind doch mittlerweile geschmolzen. Möglicherweise wird das Wasser die Feuersbrunst löschen. Doch in meinem tiefsten Innern weiß ich, dass das nicht so ist. Was sollen ein oder zwei Liter Wasser gegen eine Million Flammen ausrichten? Eben. Nichts. Das ist leider eine mathematische Gewissheit.

Ach, es hätte alles so schön werden können. Jason und ich wollten doch einen draufmachen und heute Abend Sushi essen gehen, das hat er zumindest gesagt, und er wollte Heiner eins auswischen. Das bekomme ich nun gar nicht mehr mit. Schade eigentlich. Ich hätte Heiner gern eins ausgewischt. Aber so ist das nun mal im Leben. Was man will, das kriegt man nicht, und was man hat, das will man nicht. Und welche Idee Jason hatte, werde ich auch nie erfahren.

Wie spät es wohl ist? Leider weiß ich nicht, wie lange ich geschlafen habe. Die Trauerfeier war um 11 Uhr. Um 16 Uhr werde ich verbrannt. Habe ich noch eine Stunde, noch zwei oder nur noch ein paar Minuten? Trinken die Angestellten vielleicht vorher noch Kaffee, und alles verzögert sich? Kommt noch ein Notfall dazwischen? Ganz sicher nicht. Und ist es nicht ziemlich egal, ob es sich verzögert? Es ist doch unwichtig, ob ich um Punkt 16 Uhr oder eine Viertelstunde später sterbe.

Ich muss mich einfach mit der Situation abfinden. Das ist ja nicht das erste Mal, dass eine unvorhergesehene Situation da ist. Und eine ungewollte noch dazu. Ich habe neun Kinder. Gut, ich hätte einige von ihnen zur Adoption freigeben können, aber die Entscheidung wäre schwierig gewesen. Also nicht die, welche ich hätte abgeben wollen, sondern welche ich hätte behalten müssen. Wäre eine kinderlose Familie gekommen und hätte sie alle genommen, wäre ich vor Freude wahrscheinlich explodiert. Ich möchte eins klarstellen: Ich bin keine Frau, die ihre Kinder im Normalfall nicht lieben würde. Ich habe alles für meine Brut getan. Alles. Ich habe sie durch die Kinderkrankheiten gepäppelt, sie haben immer frisches Obst und Gemüse zu essen bekommen, sie hatten alle ein Bett und können das Einmaleins. Ich habe ihre Hochzeiten ausgerichtet und mich um die Enkelkinder gekümmert. Aber ich kann mich nicht an ein simples Dankeschön oder an ein liebes Wort erinnern. Alles wurde wie selbstverständlich hingenommen. Auch dass ich ihnen durch die Bank weg immer Geld zugesteckt habe. Gut, Edgar ist vielleicht eine Ausnahme, aber – mit Verlaub gesagt – er ist nicht gerade die hellste Kerze auf der Torte und hat noch nie viel geredet. Meistens hat er nur genuschelt. Edgar war eigentlich immer neutral. Er hat nie etwas gefordert, aber all die Annehmlichkeiten als normal betrachtet. Sein Leben lang.

Meine Gedanken schweifen weiter ab, und ich beginne mich zu

ärgern, dass ich nicht mehr Sachen vom Hof mitgenommen habe. Mein Silber zum Beispiel oder die alte Wanduhr, deren Ticken mich immer so beruhigt hat. Wer weiß, wer die jetzt bekommt. Ich hätte sie Jason mehr als allen anderen gegönnt.

Nein, das stimmt auch nicht. Im *Normalfall* hätte ich sie Jason gegönnt. Man schenkt niemandem eine Wanduhr, der zulässt, dass man getötet wird. Nun gut, ich habe mich auf diese Sache eingelassen, nun muss ich da durch.

Es bleibt mir auch gar nichts anderes übrig.

Ich versuche, die Arme hinter dem Kopf zu verschränken, aber das geht leider nicht, weil der Sarg so breit nun auch wieder nicht ist und diese Sauerstoffflasche hier ja auch noch unter mir liegt. Wie gut, dass niemand die ganzen Präparationen bemerkt hat. Ach. Dann bleibe ich eben so liegen. Ich höre Schritte, die näher kommen. Es ist wohl so weit. Eine tiefe Traurigkeit macht sich in mir breit. Womöglich bekomme ich gerade Depressionen. Da haben sich die Depressionen aber keinen guten Zeitpunkt ausgesucht, um sich in mir breitzumachen. Sie werden nur kurz ihren Spaß mit mir haben.

Ich habe mich in Jason getäuscht. Das finde ich sehr, sehr schade. Ich meine, tut man so etwas? Überlässt man eine alte Frau ihrem Krematoriumsschicksal einfach so, ohne zu handeln? Er muss das absichtlich und minutiös geplant haben. Vielleicht steckt er ja sogar mit Heiner unter einer Decke, und es war ausgemacht, dass er mich in dem Zug von Neumünster nach Hamburg ansprechen sollte. Aber das passt ja nicht zusammen – ich habe *ihn* ja angesprochen. Doch auch das könnte ein Bestandteil des Plans gewesen sein. Ich kann es drehen und wenden, wie ich will, ich komme auf keinen Nenner. Und die Zeit vergeht und vergeht, und ich kann immer noch nicht sprechen. Der Schock scheint sehr tief zu sitzen. Ach, was soll's. Eigentlich kann ich doch dankbar sein. Ich hatte ein langes Leben, auch wenn es nicht immer schön war. Aber im Großen und Ganzen war ich immer gesund, ich war viel an der frischen Luft, das zählt ja auch. Nur ... so zu enden, das hätte ich mir nicht gewünscht. Das habe ich auch nicht verdient. Glaube ich. Ist das vielleicht die Strafe dafür, dass ich schlecht über meine Kinder und Kindeskinder denke? Die gerechte Strafe? Aber es stimmt doch alles. Es gibt nichts Gutes über sie zu berichten. Nichts haben sie mir gegönnt. Den Tod haben sie mir gewünscht, damit sie all die Sachen abstauben können. Wer wohl meinen Schmuck bekommt? Und meine Kochbücher? Will die überhaupt jemand? Ich habe immer gern gekocht. Meine Kochbücher fehlen mir sehr. Ich hätte sie jetzt gern als Grabbeigabe. Anstatt eines goldenen Schwertes.

Wie überflüssig, dass ich noch zum Friseur gegangen bin. Man hat mich in dem Sarg soeben hochgehoben, und ich kann immer noch nicht sprechen. Dann wird der Sarg wieder abgesetzt, vermutlich auf eine Rollbahre, mit der ich dann in meine letzte Ruhestätte fahren werde, und ich höre eine Stahltür aufgehen und das Geräusch von lodernden Flammen. Dieses Geräusch kenne ich von dem Kuhstallbrand damals 1951. Ach, ach. Meine Haare werden zuerst Feuer fangen. Was wohl auf meinem Grabstein stehen wird, sollte Heiner diese Ausgabe überhaupt getätigt haben? Hoffentlich nicht so was wie: *Mutter, ach Mutter, nun bist du fort, an einem andren Ort.* Oder: *Der Arbeit bin ich müde nun, lasst mich doch hier in Frieden ruh'n.* Dann drehe ich durch. Wäre ich Trauerspruchtexter, wären das knackige Verse. Hätte ich den Auftrag, für eine 97-jährige Landwirtin aus Groß Vollstedt einen Spruch für den Grabstein zu entwerfen, würde da stehen: *Die Hundert hätte sie fast geschafft, das Feuer hat sie hingerafft, Jason und Schatzi wollten das und haben's ihr gegönnt.*

Hm. Das reimt sich gar nicht. Was reimt sich auf »wollten das«? *Jason und Schatzi wollten das und wurden dabei nass?* Aber es regnet ja gar nicht. Das würde ich im Rücken spüren. Ich bin eben doch nur eine gemeine Landwirtin.

»Das ist die Letzte«, höre ich da jemanden sagen.

Und eine andere Stimme antwortet: »Dann mal rein mit ihr.«

Kapitel 14

☞ Ich soll mir vergegenwärtigen, was ich aus der Fastenzeit in mein Leben übernehmen will. Welche Menschen ich bewundere. Wer mir am nächsten steht. Ehrlich gesagt: Da hat sich in den vergangenen fünf Tagen nicht viel verändert. Ich schätze zwar mittlerweile die körperlichen Segnungen des Yoga und habe es geschafft, mittels Atmung meinen Brustkorb zu öffnen, aber mein Geist hat sich nicht so richtig aufgetan. Den Dosenöffner für meine Seele, der mir hilft, mein Leben zu ändern, habe ich nicht gefunden. Letztendlich habe ich doch nur eine kleine vernagelte mitteleuropäische Seele.
www.stern.de/blog/40_der_kilo-killer

»Der ist neu. Der auch. Der war schon. Der, *der* ist auch neu! Ganz schön groß.«

Wir sitzen unter einer Tanne, und meine blauen Flecken werden von Schatzi unter die Lupe genommen. Ich freue mich, dass es frische Luft gibt und dass ich in diesem Leben noch einmal die Vögel zwitschern hören kann.

»Ich bitte um eine Erklärung«, sage ich. Ich weiß nicht, wie mir geschehen ist, ich muss wohl ohnmächtig geworden sein. Wach geworden bin ich von einem dumpfen Schlag, als ich unsanft in meiner Holzkiste auf den Boden prallte.

»Später, Juliane, später. Lass uns weiterfahren«, sagt Jason ungeduldig und zieht mich vom Waldboden hoch.

Ich habe keine Kraft zu insistieren und deute auf den offenen Sarg neben mir. »Und was machen wir damit?«

»Holz verrottet irgendwann«, meint Schatzi und klopft sich die

Walderde vom Gesäß. »Außerdem – kann Ihnen das nicht völlig egal sein?«

Da hat er recht. Ich friere auch schon wieder. Dieses Totenhemd ist wirklich sehr dünn. Nass ist es auch. Und mein Kopf tut weh. Ich habe ihn mir böse gestoßen.

Schatzi zieht die Holzkiste hinter die Tanne, und Jason sagt: »Lasst uns jetzt bitte losfahren. Ich bin am Ende mit meinen Nerven.«

Mich hat noch keiner gefragt, ob ich vielleicht am Ende mit meinen Nerven bin, und es macht auch niemand. Wir steigen in den Wagen und fahren los.

Jason scheint jedenfalls noch genügend Nerven zu haben, um unterwegs an einer Tankstelle zu halten und Schatzi zu zwingen, sein Auto auszusaugen.

»Krümel machen mich wirklich irre«, meint er, während wir beide dastehen – ich in meinem Totenhemd – und Schatzi zuschauen, der widerwillig Jasons Befehlen folgt. »Denk bitte daran, auch die Ritzen zu saugen, da setzen sich Krümel gern mal fest«, befiehlt Jason, und Schatzi grummelt vor sich hin, tut aber, was er ihm sagt. Andere Probleme haben wir ja anscheinend nicht!

»Warum saugst du dein Auto eigentlich nicht selbst aus?«, möchte ich wissen, weil ich es, wenn ich darüber nachdenke, doch ungerecht finde, dass der Präparator die ganze Arbeit alleine machen muss, aber Jason sagt nur dauernd: »Ich erkläre dir das nachher.«

Nachdem wir endlich in Jasons Wohnung angekommen sind, verlange ich erst mal ein heißes Bad, das ich auch bekomme. Ich bin sehr glücklich darüber, dass Jason keinen Fichtennadelbadezusatz besitzt, sondern wundervolle Markenbadezusätze; und so entscheide ich mich für ein Schaumbad mit Avocadoextrakt. Es riecht herrlich. Dass ich das noch erleben darf! Wo ich doch schon mit allem abgeschlossen hatte. Jetzt gibt es für mich wirklich keine Zurückhaltung mehr! Bei diesem Gedanken bemerke ich ein ungeheures Hungergefühl. Zum Glück ist Schatzi losgegangen, um uns etwas zu essen zu besorgen. Eigentlich wollten Jason und ich ja Sushi essen gehen, aber uns steht nicht der Sinn danach, jetzt in einem Restaurant zu sitzen und so zu tun, als sei überhaupt und gar nichts passiert.

Nach dem Baden trage ich wieder den Mischwaldbademantel und setze mich zu Jason aufs Sofa. Ich freue mich aufs Essen und könnte Schatzi küssen, als er wiederkommt, nur dann stellt sich leider heraus, dass er Konservendosen eingekauft hat. Genervt erhebt sich Jason, um einen Dosenöffner zu holen, aber er findet keinen. »Er liegt immer im hinteren Fach der linken Schublade«, wiederholt er dauernd und verzweifelt fast daran, dass der Dosenöffner verschwunden ist. Dafür findet er den Korkenzieher, und nachdem wir festgestellt haben, dass man mit einem Korkenzieher zwar Löcher in Konservendosen bohren, sie aber damit nicht öffnen kann, entfacht ein Streit zwischen Jason und Schatzi, aber ein richtig handfester Streit, aus dem ich mich heraushalte, weil ich nicht involviert sein möchte. Die beiden gehen aufeinander los wie zwei pubertierende Schuljungen, die um die Gunst einer Mitschülerin buhlen. Jason schreit Schatzi zusammen und bezeichnet ihn als Versager und Nullnummer und den schlechtesten Präparator überhaupt, und das lässt Schatzi nicht auf sich sitzen und wirft den Korkenzieher nach Jason. Ich nehme an, dass sich in den beiden Männern nach all der Anspannung nun Ventile geöffnet haben, aus denen die Anspannung entweicht.

Jason wird krebsrot im Gesicht, nachdem er festgestellt hat, dass der Korkenzieher vorne voller Tomatensoße ist und sein weißes Hemd nun rote Punkte hat. Es ist gut möglich, dass Jason sich nur darüber aufregt, dass die Punkte ungleichmäßig auf dem Hemd verteilt sind, aber das kann ich auf die Schnelle nicht herausfinden. Dann steht er auf und brüllt, dass Schatzi auf der Stelle seine Wohnung verlassen soll, doch der bleibt einfach stur auf dem Sofa sitzen und meint, dann müsse Jason ihn raustragen, von alleine würde er nicht gehen, er habe auch das Recht, sich mal auszuruhen. Und keiner, keiner hätte ihm gesagt, dass er keine Konservendosen kaufen sollte. Jason beschuldigt Schatzi jetzt des Diebstahls. Er behauptet, Schatzi habe den Dosenöffner absichtlich versteckt, damit er, Jason, durch die Handhabung mit dem Korkenzieher seine Kleidung beschmutzt. Nun wird es mir zu bunt – die Einzige, die hier Grund zur Aufregung hat, bin ja wohl ich! –, und ich versuche, die beiden zu beruhigen, indem ich sage: »Nun streitet euch doch nicht«, aber das interessiert keinen von ihnen. Es endet damit, dass Schatzi aufspringt, nachdem Jason zu ihm gesagt hat: »Ich werde dafür sorgen, dass du fristlos entlassen wirst«, zur Balkontür geht, sie theatralisch öffnet und ruft: »Ich springe, such dir einen anderen, der dir die Leichen zersägt!«, was Jason mit einer gleichgültigen Handbewegung kommentiert und was zur Folge hat, dass Schatzi die Tür schließt und sich wieder aufs Sofa setzt. Beide sehen sich anklagend an und schweigen, und ich finde die Situation unerträglich.

»Was ist hier eigentlich los?«, will ich wissen und stelle mich vor die beiden Kampfhähne. »Ich möchte unverzüglich, dass ihr mit diesem Geschrei aufhört. Und ich möchte auf der Stelle, dass ihr mir erklärt, warum ich fast gestorben wäre! Auf der Stelle! Jason, setz dich hin!«

Der Junge gehorcht zwar widerwillig, aber er gehorcht.

»Es war alles Jasons Schuld«, fängt Schatzi sofort an, und Jason will schon wieder aufstehen und ihm an die Gurgel gehen, doch ich verhindere mit einer dominanten Handbewegung einen Eklat. Jason setzt sich wieder hin.

»Also, jetzt nochmal ganz in Ruhe und von Anfang an«, auch ich nehme Platz. »Und leise.«

»Wir haben vor der Kapelle gewartet«, fängt Jason an. »Schatzi hat ununterbrochen alles Mögliche gegessen und mein Auto vollgekrümelt. Ich hasse Krümel im Auto. Ich hasse Krümel grundsätzlich.«

»Du stellst dich eben immer an«, kontert Schatzi.

»Weiter.« Das bin ich.

»Irgendwann sind Leute aus der Kapelle rausgegangen«, redet Jason wieder, wird aber von Schatzi unterbrochen.

»Warum schleicht eine Trauergemeinde eigentlich immer mit gebeugten Köpfen und im Gleichschritt?«, fragt er und schüttelt den Kopf. »Das ist *immer* so. Und warum haken sie sich alle unter? Das ist *nur* nach Trauerfeiern so. Sonst nicht. Das soll mir mal einer erklären.«

»Es gibt jetzt wirklich Wichtigeres«, sagt Jason genervt. »Jedenfalls haben wir dann noch ein paar Minuten gewartet, bis die alle weg waren, dann wollten wir dich aus dem Sarg holen und machen, dass wir fortkommen, und deine Freundin sollte ja eigentlich Steine in den Sarg legen und ihn wieder zumachen. Sie wollte ja in der Kapelle bleiben und uns dann helfen.«

»Wo war sie denn?« Hat Inken mich absichtlich im Stich gelassen?

»Das wissen wir nicht.« Jason zuckt die Schultern.

»Das eigentliche Problem war, dass wir keinen Schraubenzieher dabeihatten«, sagt Schatzi theatralisch. »Jason wurde ganz weiß im Gesicht, als wir das bemerkten.«

»Glücklich hast du auch nicht gerade ausgesehen«, wirft Jason ein.

Schatzi geht nicht auf seine Worte ein. »Wir wollten also rasch in einen Baumarkt fahren – nachdem ich durch ein Fenster in die Kapelle geschaut hatte und feststellen musste, dass der Sarg, ja, der Sarg, in dem Sie drinlagen, gerade zugeschraubt wurde. Das war für mich gar nicht schön.«

»Für mich auch nicht«, sage ich und verschränke die Arme. »Wie ging es weiter?«

»Wir sind Richtung Neumünster gefahren, weil es da ja ein Industriegebiet gibt und bestimmt auch einen Baumarkt. Die sind ja oft in Industriegebieten. Wobei die auch manchmal nicht direkt in Industriegebieten liegen«, redet Schatzi aufgeregt weiter. »Aber dann kam es zur Katastrophe.« Er hält sich eine Hand ans Herz und wirkt geradezu panisch.

»Hättest du nicht dauernd gesagt, ich soll nicht so schnell fahren, wäre alles gutgegangen«, sagt Jason aufgebracht. Er steht auf und läuft hin und her. Die Erinnerung scheint ihn mitzunehmen.

»Wie es dem Herrn Doktor passt, wie es ihm passt«, meint Schatzi wütend. »Hättest du auf mich gehört und wärst langsamer gefahren, wäre es nicht zu dieser entsetzlichen Situation gekommen.«

»Völliger Blödsinn.« Jason schüttelt den Kopf und zupft an seinen Vorhängen herum. Möglicherweise befinden sich Krümel darin oder ein Staubkorn.

Schatzi sieht ihn anklagend an. »Wir sind in eine Polizeikontrolle geraten!«, ruft er theatralisch. »Das waren sehr komische Polizisten. Es waren Zwillinge, und sie waren beide rothaarig, und die waren riesenriesengroß, also kann man sich das vorstellen?«

Ich bin verwirrt. Was hat denn die Haarfarbe der Polizisten jetzt mit der Geschichte zu tun?

»Und dann musste ich die ganze Zeit überlegen, an wen mich die Polizisten erinnern, und es ist mir auch eingefallen. Kennt hier jemand den Film *Chucky, die Mörderpuppe*?«

Wir schütteln den Kopf.

»So sahen die aus. Wie Chucky, die Mörderpuppe. Ein furchtbarer Film. Da geht es um Chucky, der eine Mörderpuppe ist.« Schatzi wird laut. »Ich habe diesen Film mal an jemanden verliehen und bis heute nicht zurückbekommen. An wen nur? An wen?«

Irgendwann beruhigt er sich und berichtet weiter, dass die rothaarigen Polizisten die Papiere sehen wollten, und nachdem sich herausstellte, dass die Papiere nicht aufzufinden waren, wollten sie die beiden mit auf die Wache nehmen.

»Ich habe denen gesagt, wir würden später vorbeikommen, es handele sich gerade um einen Notfall, aber sie haben sich auf nichts eingelassen«, erklärt mir Jason.

»Jason ist 110 gefahren, obwohl nur 70 Kilometer pro Stunde erlaubt waren auf dieser Landstraße. Hätte er bloß auf mich gehört!«

»Lass doch mal diese ewigen Schuldzuweisungen.« Jetzt ist Jason wirklich genervt.

»Du hast gut reden. Er ist dann einfach weggefahren! Noch schneller als vorher«, ruft Schatzi erzürnt. »Jedenfalls haben wir durch diese ganze Aktion total viel Zeit verloren. Zeit ...«, er macht eine Kunstpause, »... die Ihnen, Juliane, beinahe das Leben gekostet hätte.«

Ich bin jetzt vollends durcheinander und will etwas fragen, doch da fängt das Telefon an zu klingeln. Da keiner von beiden Anstalten macht, aufzustehen und dranzugehen, erhebe ich mich schließlich in meinem Mischwaldbademantel und drücke auf dem Telefon herum, bis ich jemanden »Hallo, hallo!« rufen höre. Ich rufe auch »Hallo!«, und der Jemand antwortet mit: »Schön, schön.« Als er nach mehreren Wiederholungen sagt: »Hier spricht Schön«, bemerke ich, dass mein Gesprächspartner es nicht etwa schön findet, mit mir zu telefonieren, sondern ganz offensichtlich Schön heißt.

»Es geht um Fahrerflucht«, sagt Herr Schön, und seine Stimme klingt nicht gerade freundlich. Ich bekomme entsetzliche Angst vor Herrn Schön, weil ich annehme, dass es um den Sarg geht, der vom Auto gefallen ist. Womöglich hat er beobachtet, dass wir weggefahren sind und den Sarg zurückgelassen haben. Ist das Fahrerflucht?

»Ich möchte den Halter des Fahrzeugs mit dem amtlichen Kennzeichen HH-JB 254 sprechen«, redet Herr Schön weiter. »Es handelt sich um einen Saab.«

»Fahrerflucht. Saab. Amtliches Kennzeichen«, wiederhole ich und schaue verwirrt in Jasons Richtung. Schatzi springt auf, und beide fuchteln abwehrend mit den Händen herum und rennen dann zusammen aus dem Wohnzimmer. Auf einmal haben sie sich wieder lieb.

»Wie kann ich Ihnen helfen?«, frage ich unbeholfen.

Herr Schön wird unwirsch. »Das sagte ich Ihnen bereits. Ich möchte den Halter sprechen. Das wird teuer, das kann ich Ihnen jetzt schon sagen. Eine Frechheit, einfach davonzufahren. Erst hatte er seine Papiere nicht dabei, dann sollte er mit aufs Revier, und dann wendet er auf offener Landstraße und braust den Kollegen davon. Nicht mit mir, sag ich Ihnen, nicht mit mir. Wo ist er?«

»In der Küche«, beginne ich hilflos. »Er ... ihm geht es gerade gar nicht gut. Er wurde ... er wurde ... er hat Bisswunden.« Was rede ich da?

»Wie, Bisswunden?«, kommt es prompt von Herrn Schön. »Das verstehe ich nicht.«

Nun habe ich mich einigermaßen im Griff. »Was gibt es denn da nicht zu verstehen?«, frage ich Herrn Schön. »Das Wort Bisswunden dürfte Ihnen ja wohl geläufig sein. Herr Berger wurde von einem Dosenöffner angefallen.« Warum sage ich das?

»Und wer sind Sie?«

»Ich ... bin seine Mutter. Ich wurde auch von einem Dosenöffner angefallen. Plötzlich war er da, wie aus dem Nichts, und hat gefaucht und dann gebissen.« Seit wann kann ein Dosenöffner aus dem Nichts auftauchen und fauchen?

»Sie wollen mich wohl auf den Arm nehmen?« Nun faucht Herr Schön.

»Selbst wenn ich das wollte, könnte ich es nicht. Die Wunde ist nämlich sehr tief. Am Arm.«

»Soso«, meint Herr Schön zynisch, um dann kehlig aufzulachen. »Von einem fauchenden Dosenöffner angefallen. Und wo ist der Dosenöffner jetzt?«

Fieberhaft suche ich nach einer passenden Antwort. »Im Krematorium«, bringe ich dann hervor. »Er wurde feuerbestattet. Auf Wunsch der Angehörigen. Weil das kostengünstiger ist.« Schnell schließe ich die Augen; ich mache alles nur noch schlimmer.

»Das können Sie Ihrer Großmutter erzählen«, fährt Herr Schön mich an. »Ich bin jetzt seit zwei Monaten bei der Polizei, aber so was ist mir in meiner ganzen Laufbahn noch nicht passiert.«

Ich überlege verzweifelt, wie ich das Telefonat beenden kann, ohne Herrn Schön gegenüber unhöflich zu wirken, und dann fällt mir etwas ein: »O Gott!«, schreie ich. »Der Dosenöffner! Er kommt zurück! Hilfe, Hilfe!«

»Ich denke, er wurde feuerbestattet«, Herr Schön zählt eins und eins zusammen.

»Das dachte ich ja auch! Aber nun ist er doch hier! Er rennt gerade direkt auf mich zu. Auf Wiederhören!« Schnell lege ich auf und klatsche stolz in die Hände. Das muss mir erst mal einer nachmachen. Dass das Telefon daraufhin noch ein paar Mal klingelt, ignoriere ich, und Jason und Schatzi, die wieder ins Wohnzimmer geschlichen sind, ignorieren es auch. Wenn man es ganz genau nimmt, ignorieren sie auch mich. Vielleicht haben sie ja Angst vor mir. Aber das ist mir egal. Ich habe gut reagiert, wie ich finde, und sie sollten mir ruhig mal dankbar sein. Wie gut, dass ich auf den Dosenöffner gekommen bin.

Aber die Geschichte von Jason und Schatzi ist ja noch lange nicht zu Ende, und ich will jetzt hören, wie es weiterging.

»Wir sind natürlich sofort nach Groß Vollstedt zurückgefahren, um nicht noch mehr Zeit zu verlieren.« Jason rauft sich die Haare. »O Gott, war das schrecklich, als wir da ankamen und von diesem Pfarrer erfahren mussten, dass du beziehungsweise der Sarg mit dir drin schon abtransportiert worden ist. Ich dachte, ich müsste auf der Stelle tot umfallen. Und nachdem man uns dann noch mitteilte, dass du feuerbestattet werden sollst, bin ich fast durchgedreht ...«

»Er wollte mich schlagen«, sagt Schatzi traurig. »Mich, seinen Kollegen, mit dem er schon so lange in gekachelten Räumen durch dick und dünn gegangen ist.«

»Dieser Pfarrer war auch nicht gerade kompromissbereit. Dauernd hat er uns so gütig angestarrt, aber auch keine wirklichen Auskünfte gegeben. Mit so einem blöden ›Ich-bin-Geistlicherbitte-belästigen-Sie-mich-nicht‹-Gesichtsausdruck.« Jason stützt den Kopf in beide Hände und blickt auf den Boden. »Ich muss dringend staubsaugen«, sagt er dann, aber ich lasse mich davon nicht ablenken und bestehe darauf, dass diese schreckliche Geschichte bis zum bitteren Ende weitererzählt wird.

Und das wird sie auch. Schatzi und Jason fallen sich zwar dauernd ins Wort, doch ich kann den folgenden Hergang rekonstruieren:

Als klar wurde, dass aus dem Pfarrer nichts herauszubekommen war, rannten Schatzi und Jason aus der Kapelle und überlegten, was sie tun sollen.

»Wenn wir die Verwandtschaft fragen, fliegt alles auf«, meinte Jason. »Warum hat Juliane auch kein Handy?«

Schatzi pflichtete ihm bei. »Das ist in der Tat schade. Wo könnte sie sein? Welches Krematorium ist das wahrscheinlichste?«

»Lübeck«, kam es nach kurzem Nachdenken von Jason. »Wir müssen nach Lübeck fahren. Und während wir nach Lübeck fahren, rufst du dort an und fragst, ob sie da ist. Ich fahre und kann nicht telefonieren.«

Der Präparator wurde daraufhin rot. »Was ... was soll ich denn da sagen? Was soll ich denn antworten, wenn die mir komische Fragen stellen? Ich ... ich kann so schlecht lügen. Das war schon früher in der Schule so. Wenn ich meine Hausaufgaben nicht gemacht habe, da ...«

»... waren die Lehrer schuld. Verschon mich, Schatzi, verschon mich!«, rief Jason, schloss den Wagen auf und warf Schatzi sein Handy zu. »Tu einfach *ein* Mal, was ich dir sage, ohne irgendwas zu hinterfragen. Oder willst du dein restliches Leben nur noch minutenweise schlafen können, weil du dich immer fragst, wie du alles hättest verhindern können? Willst du dich von einer Seite auf die andere wälzen, im unruhigen Schlaf ›Juliane‹ flüstern, bis du endlich, von entsetzlichen Visionen geplagt, schweißgebadet aufwachst?«

»Hör auf, hör auf!« Schatzi hielt sich entsetzt die Ohren zu. »Du weißt, dass ich manchmal sehr sensibel sein kann. Gerade eben bin ich es.«

»Und das ist auch gut so. Also, ruf die Auskunft an und lass dir die Nummer des Krematoriums in Lübeck geben. Damit fangen wir an. Lass dir aber bitte auch gleich die Nummern von allen umliegenden Krematorien geben. Im Handschuhfach müsste ein Block sein und auch ein Stift.«

Schatzi nickte und tippte mit zitterndem Zeigefinger die Nummer der Telefonauskunft, um dann zu beginnen, sich Nummern aufzuschreiben. »Das sind ganz viele«, wandte er sich hilfesuchend zu Jason. »Es gibt staatliche und privat geführte. Wo ist Juliane denn wohl? Mich macht das fertig. Soll ich mir alle Nummern aufschreiben zur Sicherheit? Wir wissen ja nicht, ob sie wirklich in Lübeck ist.«

»Privat geführte Krematorien?« Jason schaute auf. »Was heißt das denn? Ich möchte mal wissen, was für Menschen auf die Idee kommen, privat ein Krematorium aufzumachen. Sitzen die dann abends beim Essen und sagen: ›Heute war aber ein harter Tag.‹?«

»Ich weiß nicht!«, gab Schatzi verzweifelt zurück.

»Lass dir halt alle Nummern geben. Besser wir haben eine Nummer zu viel als eine zu wenig.«

Schwitzend notierte der Präparator weiter und rief einige Minuten später erleichtert: »Ich hab die Nummern von ganz Deutschland! Wir können also jetzt überall anrufen. Zuerst in Lübeck.« Dann zögerte er. »Aber ich kann denen doch nicht sagen, wie ich heiße. Das können die doch nachvollziehen. Was soll ich denn sagen, wer ich bin? Ich konnte noch nie gut lügen. Man merkt das, wenn ich die Unwahrheit sage.«

»Ruf da jetzt an«, sagte Jason nur. »Los! Hoffentlich haben sich diese Polizisten das Autokennzeichen nicht gemerkt. Das würde noch fehlen, dass jetzt eine Großfahndung nach uns läuft und die arme Juliane in der Zwischenzeit in eine Urne eingefüllt wird, was im Übrigen ganz allein deine Schuld wäre.«

Während Schatzi laut aufheulte, wählte er die Nummer des Lübecker Krematoriums. »Hallo! Hallo, ja! Hier … hier spricht … äh, hier spricht, this … this is O. J. Simpson talking, you know?«

»Bist du irre?«, Jason zischte ihn von der Seite an, aber Schatzi ließ sich nicht verrückt machen.

»Can you tell me, if there is a old woman in your … your … firehouse?« Frohlockend schaute er zu Jason, wurde dann allerdings ernst. «I am really O. J.«, meinte er erzürnt. »Why I should tell you that I am O. J. Simpson when I am not O. J. Simpson?«

Aber man glaubte ihm nicht, auch nicht, nachdem er »Please believe me!«, geschrien hatte, und endlich konnte ihm Jason das Handy aus der Hand reißen.

»Hier spricht Jason Simpson«, rief er geschäftsmäßig. »Ich meine natürlich Jason Berger. Nicht Simpson. Mit Herrn Simpson haben Sie gerade eben gesprochen. Ich bin sein Vorgesetzter.«

Das war Schatzi natürlich gar nicht recht. »Seit wann bist du mein Vorgesetzter? Das stimmt nicht. Das steht so in meinem Arbeitsvertrag nicht drin. Jetzt willst du also auch noch mein Chef sein. Nach allem, was du mir sowieso schon angetan hast.«

»Das ist doch jetzt völlig egal«, meinte Jason.

»Hören Sie«, war dann die Stimme einer unfreundlichen Dame am Telefon zu hören. »Ich habe in der Tat Besseres zu tun, als mich mit Schizophrenen auseinanderzusetzen. Glauben Sie, ich bin bescheuert und merke nicht, dass das nicht O. J. Simpson war? Wir sind hier in einem Krematorium.« Das sagte sie so, als sei es völlig ausgeschlossen, dass O. J. in einem Krematorium anrufen könnte. »Ich habe zu tun«, ging es weiter. »Hier ist die Hölle los. Wir haben eine Feuerbestattung nach der anderen. Heute ist es besonders schlimm. Wir kommen gar nicht mehr nach. Eben kam noch was aus Groß Vollstedt rein.«

»WAS?«, brüllte Jason.

»Ich muss jetzt auflegen«, meinte die Frau. »Irgendwann muss ich auch mal was essen. Einen schönen Tag noch … Mr. Simpson.«

Jason versuchte hektisch, die Wahlwiederholung zu aktivieren, wobei er das Handy versehentlich ausschaltete; und dann fiel ihm wegen der ganzen Aufregung der PIN-Code nicht mehr ein. Nach drei Versuchen ging kein weiterer mehr.

Es blieb den beiden also nichts anderes übrig, als schnurstracks nach Lübeck in dieses Krematorium zu fahren, um dort zu retten, was zu retten war. Sie hatten fürchterliche Angst davor, dass die Frau ihre Stimmen erkennen würde, und beteten die Fahrt über.

Im Krematorium angekommen, sagte Jason betont forsch »Rechtsmedizin Hamburg«, und hielt der Dame seinen UKE-Ausweis unter die Nase.

»Ja und?«, die Dame schien keinen guten Tag zu haben. »Muss ich jetzt Angst bekommen?«, fragte sie zynisch. Doch zumindest schien sie keinen Zusammenhang zu dem Anruf vorher herzustellen.

»Es geht um eine ... Tote, die vor kurzem zu Ihnen gebracht wurde. Es ... es gibt Schwierigkeiten. Wir ... müssen sie wieder mitnehmen. Sie ... wurde womöglich ermordet. Ich kann das hier an Ort und Stelle leider nicht klären, deswegen muss ich sie leider wieder mitnehmen.«

»Wir«, mischte sich Schatzi ein. »Wir müssen sie wieder mitnehmen.«

»So einfach geht das nicht. Das muss von der Staatsanwaltschaft offiziell beantragt werden.« Die Dame war nicht gerade das, was man entgegenkommend nennen würde.

»Ich habe das Schriftstück in Hamburg vergessen«, rechtfertigte sich Jason. »Wir müssen die Tote auf jeden Fall sofort rücküberführen.«

»Hm«, sagte die Frau und ging zu einem Wandtelefon, um eine Nummer einzutippen. »Hier ist einer, der will eine Tote wieder mitnehmen. Ohne Beschluss ... ja, eben, das dachte ich auch. Ja, ja, die Tote war schon freigegeben. Er sagt, er kommt von der Rechtsmedizin. Ja ... hm ... ja.« Sie wandte sich wieder Jason zu und sagte, dass dem Krematorium ja nun ein Verdienst entginge. »Immerhin verdienen wir an einer Einäscherung …«

Jason wollte ihr einen Scheck geben, und Schatzi lockte mit Bargeld. Mit Hundeaugen schauten sie die Frau an.

»Ich weiß nicht, was heute hier los ist«, meinte die. »Erst die ganzen Zusatzeinäscherungen, dann zwei Irre am Telefon und jetzt auch noch Sie beide.«

In dem Moment, als Schatzi den Mund öffnete und sagen wollte: »Aber das waren doch wir vorhin am Telefon«, trat Jason ihn ans Schienbein.

Auf jeden Fall brachten sie es fertig, die Frau davon zu überzeugen, dass ich wieder mitgenommen werden musste.

Die beiden schnallten also den Sarg auf Jasons Dachgepäckträger und fuhren mit mir in ein nahe gelegenes Waldstück, um dort den Sarg loszuwerden. Der Weg wurde dann so holprig, dass ich mit dem Sarg vom Autodach fiel. Deswegen die blauen Flecke.

So. Und nun sind wir hier. Ich bin ganz blass geworden. Wie furchtbar das für die Buben gewesen sein muss! Ich muss mich setzen. »Ach du meine Güte«, sage ich leise, und am liebsten möchte ich die Jungens in den Arm nehmen und ihnen zur Beruhigung ein Märchen vorlesen. Das Geschehene nimmt sie sichtbar mit. Schatzi hat bereits feuchte Augen, und Jason muss andauernd schlucken.

Er macht sich noch weitere Vorwürfe: »Ich habe die Anfangsdosis nicht richtig eingestellt«, klagt er sich nach Überprüfung der Nadel an. »Kein Wunder, dass du kurze Zeit, nachdem der Sargdeckel runterging, wieder eingeschlafen bist. Die Pumpe hat anfangs viel zu wenig abgesondert.«

»Besser wäre es gewesen, sie hätte gar nichts abgesondert, dann hätte ich diesen ganzen Zirkus nicht mitbekommen«, beschwere ich mich, aber dann höre ich auf zu klagen, denn es ist ja nochmal alles gutgegangen. Außerdem habe ich ja Mitleid mit den beiden. »Meine armen Kinder.« Ach, sie tun mir wirklich leid. Das hat ja kein Mensch verdient. Diese Aufregung! Diese schreckliche Situation! Und alles nur wegen mir! Ich bekomme ein schlechtes Gewissen und sage ihnen das auch. Doch sie reagieren wie wahre Männer.

»Wir würden es immer wieder tun«, sagen sie synchron, und ich verstehe zwar nicht, was sie genau meinen, fühle mich aber trotzdem geschmeichelt.

Kapitel 15

> Nadel Nr. 3,5 habe ich 36 Maschen mit Dacapo und Opal angeschlagen. Zur Runde schließen und glatt rechts 35 Reihen den Schaft stricken. Die Ferse: über 18 Maschen, 18 Reihen hoch, dann das Käppchen. 12 Maschen wieder aufnehmen. Abnahme für die Ferse: 01010101011, dann 38 Reihen stricken, dann die Spitze.
> (0 bedeutet nicht abgenommen, 1 bedeutet abgenommen, so erleichtere ich mir das). Bei der Spitze sind folgendermaßen die Abnahmen: 100101111 und die restlichen 12 Maschen abketten und vernähen. Leider brauchte ich für 6 Reihen noch von dem neuen Knäuel Dacapo etwas.
> www.hobbiefrau.de

»Also, ich fasse mal zusammen ...«, Jason schiebt einige Unterlagen auf dem Tisch herum. Wir haben beschlossen, den Abend zur Klärung meiner finanziellen Umstände zu nutzen, auch wenn wir uns eigentlich alle noch nicht wieder recht beruhigt haben. »Es gibt eine Lebensversicherung, in der du und dein Mann als Begünstigte eingetragen sind. Sollte also einer von euch sterben, bekommt der andere automatisch Geld ausgezahlt.« Fragend sieht er mich an.

»Das ist richtig«, nicke ich.

»Weißt du das ganz sicher, Juliane?«

»Natürlich weiß ich das. Ich habe ja damals mit unterschrieben.«

»Gut. Und es gibt Bargeld. Wo liegt das?«

Ich antworte: »Mal hier, mal dort.«

»Was heißt das?« Genervt schiebt Jason die Eispackung zur

Seite. »Ich kann das süße Zeug nicht mehr sehen. Satt macht das auch nicht. Passt bitte auf, dass die Eiscreme nicht auf den Tisch tropft. Das gibt Ränder.«

Schatzi, der nochmal losgelaufen ist und Krokanteiscreme besorgt hat, wird schon wieder böse. »Du hast gesagt, ich soll was holen, das man nicht mit einem Korkenzieher aufmachen muss.«

»Erstens habe ich gesagt, mit einem Dosenöffner, und zweitens meinte ich keinen Nachtisch«, sagt Jason resigniert. Er ist wohl zu verzweifelt, um zurückzuschreien.

»Das heißt, dass es mal in der Küche versteckt ist und mal auf dem Heuboden«, versuche ich zu erklären. »Heiner hat immer Angst gehabt, er könnte beraubt werden.«

»Hat er das Geld denn nicht auf ein Bankkonto eingezahlt?«

Ich schüttele den Kopf. »Nein.«

»Womöglich hat er die ganze Kohle noch in einen Sparstrumpf gesteckt«, wirft Schatzi ein. »So wie in diesen 50er-Jahre-Filmen mit Heinz Rühmann.«

»Ja«, sage ich. »Ich habe den Strumpf gestrickt. Das war ... lasst mich kurz überlegen. Ich glaube, das war vor ungefähr siebzig Jahren. Also lange bevor diese Filme kamen, von denen Sie sprachen.« Ich kenne diese Filme, im Norddeutschen Fernsehen liefen die immer. Heinz Rühmann mochte ich auch, der hat immer so nett gelächelt und ist mit Kindern auf Jahrmärkte gegangen oder wollte nicht, dass sie ins Heim kommen.

»Wir werden morgen früh bei der Lebensversicherung anrufen«, beschließt Jason. »Das als Allererstes. Das ist wichtig. Nicht dass dein Heiner schon dort war und sie über deinen Tod informiert hat. Hast du deinen Personalausweis dabei?«

»In meiner Handtasche«, nicke ich.

»Und wo ist die?«

Fragend sehen wir uns an.

»Ist die etwa noch in der Klinik?« Jason ist entsetzt. »Wenn die noch in der Klinik ist, dann ist sie jetzt nicht mehr in der Klinik, denn nach dem Tod werden die persönlichen Gegenstände den Angehörigen von der Klinik übergeben.«

»Also, Angehörige der Klinik haben jetzt meine persönlichen Gegenstände«, fasse ich zusammen.

»Natürlich nicht«, meint Jason wütend. »Deine Familie hat die.«

»Aber es war doch niemand von meiner Familie dort«, werfe ich ein.

»Das ist egal. Du bist ja nach Groß Vollstedt überführt worden. Mit Sicherheit hat der Bestatter deinem Mann oder wem auch immer deine Sachen gegeben.«

Schweigen.

»Mist«, sagt Jason und rauft sich die Haare.

Schatzi steht auf und hebt beide Hände; ich habe Angst, dass er sagt: »Ja, ja, der Herr Doktor hat versagt« und diese Worte einen neuen Streit entfachen werden, doch ich scheine Glück zu haben.

»Mein Tag ist gekommen«, Schatzi redet nun in einem Tonfall wie ein Indianer. »Ich meine, morgen ist mein Tag gekommen. Der Tag wird der Meine sein.« Jetzt redet er wie ein Gestörter. »Der Tag wird das Seine bringen und viel von mir fordern, aber ich bin mir sicher, dass der morgige Tag ein guter Tag werden wird.«

Ich rücke ein Stück näher an Jason heran, der genauso verwirrt ist wie ich. »Wenn du uns bitte ansatzweise erklären könntest, was du meinst«, sagt er schließlich langsam, und Schatzis Augen beginnen zu glitzern.

»Wie du weißt, kickboxe ich in meiner Freizeit«, sagt er und springt vor uns herum, wobei er mit seinen Fäusten Boxbewegungen macht. »Und ich habe noch ein Scream-Kostüm von Halloween. Morgen fahre ich nach Groß Vollstedt zu Ihrem Mann, Juliane, und wollen wir wetten, dass es mein Tag wird und er mir den Sparstrumpf und die Handtasche gibt?«

»Was ist ein Scream-Kostüm?«

Schatzi will keine langen Erklärungen abgeben. Er meint, wir sollten einfach abwarten.

Jason findet die Idee nicht so gut. »Das ist viel zu auffällig«, meint er und schüttelt den Kopf.

Aber Schatzi findet seine Idee einfach großartig und versichert uns wiederholt, dass da nichts schiefgehen wird. Weil im Moment offensichtlich nicht mit ihm zu reden ist, tun wir irgendwann so, als ob wir die Idee auch großartig fänden.

Er freut sich. »Ich werde dir beweisen, dass in mir mehr steckt als ein gemeiner Präparator«, sagt er zu Jason. »Du wirst sehen, ich kann mehr!« Dann sieht er mich an. »Ich möchte mal was Gutes tun«, kommt es. »Das habe ich mir schon seit Jahren vorgenommen. Klar, ich präpariere Leichen und nähe sie zu und so, aber einem lebenden Menschen habe ich noch nie geholfen. Das wird sich jetzt ändern. Ach, hätte ich doch mein Medizinstudium vollendet. Dann wäre ich jetzt Dermatologe und könnte Menschen heilen. Vom Ausschlag. Von was auch immer. Aber egal. Es ist Schicksal, dass wir uns getroffen haben, Juliane. Schicksal ist das. Endlich kann ich meiner Umwelt klarmachen, dass ich, Schatzi Lauterbach, zu mehr tauge, als die Toten wiederherzustellen. Endlich kann ich mal beweisen, dass auch in mir ein Held steckt. Das habe ich mir so sehr gewünscht.« Frohlockend sieht Schatzi Jason an, so als wollte er sagen: »Siehst du!«

Jason versucht abzulenken und schlägt vor, noch auszugehen. »Wir müssen doch dein neues Leben feiern, Juliane«, ruft er. »Und jetzt beginnt es. Wir können sowieso nichts mehr tun heut Abend. Lasst uns irgendwo hingehen.«

Schatzi ist begeistert von dem Vorschlag und hört darüber sogar auf, von seinem großartigen Plan zu reden. Also ist es abgemacht; wir gehen aus.

Wir wollen in eine Karaoke-Bar, weil ich noch nie in einer Karaoke-Bar war, und ich finde das alles sehr aufregend. Jason meint, dort würden Leute zu Videos singen und der Text wäre unten eingeblendet. Ein Glück, dass ich meine Brille gestern vor meinem Scheintod vergessen habe, die liegt immer noch hier. Da ich nichts anzuziehen habe außer dem Totenhemd, weil ja meine ganzen persönlichen Sachen den Angehörigen übergeben wurden, bleibt mir nichts anderes übrig, als in meinem Brautkleid loszuziehen. Jason meint, das würde überhaupt nicht gehen, und gibt mir einen Pullover und eine Jeans, die mir viel zu groß sind; aber ich möchte keinen Pullover tragen, auf dem »DORT MUND« steht und wo drunter ein Pfeil gezeichnet ist, der in Richtung meines Unterleibes zeigt. Bitte schön, wer bin ich denn? Also widersetze ich mich Jasons Bedenken und ziehe doch mein Brautkleid an. Ich bin guter Dinge, als wir losgehen, und freue mich auf einen schönen Abend. Den ersten wirklich schönen Abend seit langer, langer Zeit.

Und es wird ein schöner Abend! Ich singe gemeinsam mit Jason und Schatzi zu Liedern, die ich noch nie vorher gehört habe und von denen ich auch bislang nicht wusste, dass es sie überhaupt gibt. Ich tanze in der Karaoke-Bar mit jemandem, der sich Syphilis nennt und auch so aussieht, und der behauptet, dass Kondome sowieso Quatsch wären. Ich trinke etwas, das Caipirinha heißt und mir außerordentlich gut mundet. Ich tanze, als gäbe es kein Morgen mehr, und freue mich, dass jemand zu mir sagt: »Ej Alte, mach mal Platz«, weil mich endlich mal jemand wahrnimmt. Ich freue mich unglaublich, dass ich die einzige Person in der ganzen Kneipe bin, die *Schöne Isabella aus Kastilien* auswendig mitsingen kann, weil die Texteinblendung auf der Videoleinwand hier nicht funktioniert, und finde es gar nicht komisch, dass sich alle darüber wundern, weil ich ein Stück der Comedian Harmonists aus dem Effeff beherrsche. Ich könnte noch Ewigkeiten bleiben, aber Jason meint, wir müssten jetzt vernünftig sein, es sei ja schon spät, schon nach ein Uhr morgens, und morgen hätten wir eine Menge vor, aber bald schon, wenn alles geregelt sei, dann würden wir unser Leben so richtig genießen, das hier sei keine einmalige Sache gewesen. Das finde ich gut, dass er das sagt. Weil, eine einmalige Sache hätte ich doof gefunden.

Kapitel 16

> Wir sind eine Großfamilie, und ich hab mich ständig über ewig dreckige Fliesen, Duschabtrennungen und Fenster geärgert – aber das ist jetzt vorbei. Ich benutze für Fliesen, Duschabtrennungen und bei meinen Fenstern auf der Wetterseite nach dem Putzen einfach ein ganz normales Autowachs zum Versiegeln. Was fürs Auto gut ist, taugt auch für andere Dinge! An Fliesen und Duschabtrennungen gibt es seitdem keine Wasser-, Kalk- oder Seifenränder mehr, und an meinen Fenstern perlt das Wasser samt dem Dreck einfach ab. Okay, Fensterputzen UND Versiegeln kostet zwar etwas mehr Zeit als nur das Putzen allein, aber ich spar mir so ca. 3–4 × zusätzliches Putzen im Jahr.
> www.frag-mutti.de

»Ich bin nicht dafür«, sagt Jason zum wiederholten Mal.

»Ich weiß nicht, ob ich dafür sein soll«, sage ich zum wiederholten Mal.

Die Situation ist knifflig, und ich bin mir nicht sicher, wie wir damit umgehen sollen. Tatsache ist, dass Burkhard Lauterbach alias Schatzi vor uns steht und gar nicht mehr wie Schatzi aussieht, sondern wie eine Vogelscheuche. Also wie eine richtige Vogelscheuche. Es ist halb sieben am nächsten Morgen, und eigentlich hätte ich lieber noch ein wenig geschlummert – die Tage des frühen Aufstehens sind für immer vorbei, außerdem habe ich einen Kater vom Caipirinha –, doch Schatzi stand schon ziemlich früh auf der Matte und wollte uns seine hundertprozentig ausgetüftelte Idee vorführen.

»Ich habe das Scream-Kostüm doch nicht mehr gefunden, ich

vermute, ich habe es einem Freund ausgeliehen, ist ja auch egal, aber dieses Kostüm hier habe ich gefunden, ist das nicht total toll?«, sagt er.

Niemand nickt. Wir wissen nicht mal, wie wir ihm die Scream-Sache hätten ausreden sollen, geschweige denn diese neue Entwicklung.

»Ich habe einen wasserdichten Plan«, geht es fröhlich weiter. »Ich werde in diesem Kostüm nach Groß Vollstedt fahren und mir dann gekürzte Besenstiele unter die Ärmel stecken.«

Schweigen.

»Dann stelle ich mich aufs Feld und beobachte Ihren Hof, Juliane. Wenn ich mir sicher bin, dass niemand im Haus ist, gehe ich ins Haus und suche das Bargeld und Ihre Handtasche.«

»Es ist aber eigentlich immer jemand da«, wage ich einzuwerfen.

»Ich sagte doch, ich bin Kickboxer.« Schatzi ist völlig gelassen. Er, der mit seinen schätzungsweise zwei Meter zehn größer ist als jeder andere Mensch, den ich jemals vorher gesehen habe, sieht deswegen trotzdem keineswegs zum Fürchten aus, sondern zum Lachen. Sogar sein Gesicht hat er zur Vogelscheuche umgestaltet. Es ist mit dunkelbrauner Farbe angemalt. Auf seinem Schlapphut steht *Bratwurst-Paul, Wilmersdorf*. Da hat wohl der Vogelscheuchenkostümverkäufer nicht richtig nachgedacht.

»Aber Sie wissen doch gar nicht, wo Sie suchen müssen.« Dieser Einwand ist richtig. Ich weiß es ja selbst nicht.

Doch Schatzi ist von seinem Plan nicht abzubringen. »Die Gerechtigkeit muss ihren Stellenwert haben«, verkündet er, und ich frage mich noch Stunden später, was er damit meint. Nachdem er dann noch ungefähr siebzehn Mal sagt, dass er »auf jeden Fall nach Groß Vollstedt fahren wird, ganz egal, ob wir zustimmen oder nicht, und er hätte sich ja extra jetzt nochmal Urlaub genommen«, resignieren wir, woraufhin Schatzi sofort zur Wohnungstür eilt.

»Denk auf jeden Fall an die Handtasche, das ist wichtig«, ruft Jason ihm nach.

Nachdem Schatzi weggefahren ist, möchte Jason seine Punkteliste weiter abarbeiten. »Wir rufen jetzt wegen der Lebensversicherung an. Bei welcher Versicherung ist das?«

Ich überlege krampfhaft, wie die Versicherung heißt. Aber ich kann mich noch so sehr verkrampfen, es will mir nicht einfallen, woraufhin Jason die Gelben Seiten holt und eine Versicherung nach der anderen abklappert und so tut, als sei er Heiners und mein Sohn und ich die Hinterbliebene.

Beim neunten Anruf haben wir Glück. Eine freundliche Sachbearbeiterin findet meinen und Heiners Namen im Computer und spricht Jason sein Beileid zum Tode seines Vaters aus, wofür sich dieser mit weinerlicher Stimme bedankt. Er jammert ein bisschen herum und sagt der Frau, dass er das alles ganz schlimm findet, und ich werde schon böse, weil das so lange dauert, aber endlich kommt er auf den Punkt und fragt, wie hoch die Auszahlungssumme denn sei. Ich spitze die Ohren und beuge mich über den Zettel, auf den Jason bereits gekritzelt hat, welche Unterlagen die Versicherung braucht. Und dann schreibt er eine 5 und fünfmal die 0.

»Was bedeutet das?« Ich deute auf den Zettel, nachdem Jason das Telefonat beendet hat.

»Das bedeutet, dass dein Heiner eine halbe Million Euro ausgezahlt bekommt, wenn wir uns nicht beeilen. Wenn der nämlich jetzt da ankommt und auf trauriger Witwer macht, haben wir schlechte Karten.«

Ich kann es nicht glauben. »Eine halbe Million ...«, sage ich und bin ein bisschen schockiert. Ich bin doch wertvoll!

»Genau«, sagt Jason grimmig und geht in die Küche, um sich neuen Kaffee zu holen. »Und diese halbe Million, die werden wir uns jetzt sichern. Pass gut auf, Juliane. Ich werde jetzt in die Klinik fahren und einen Totenschein ausstellen. Möglicherweise dauert es ein bisschen, weil ich mir gern für den Rest der Woche freinehmen möchte, das muss ich noch mit den Kollegen organisieren. Danach komme ich aber sofort zurück, und wir fahren zu dieser

Versicherungsgesellschaft. Beim Standesamt müssen wir den Tod auch noch melden, aber das kann ich später auch faxen.«

»Und dann?«

»Ganz einfach. Wir zeigen den Totenschein vor und bestehen darauf, dass das Geld sofort ausgezahlt wird. Per Blitzüberweisung. Oder in bar.«

»Wir?« Was meint er nur? »Ich kann doch nicht bei der Versicherung meinen eigenen Totenschein vorzeigen. Was sollen die Leute dort denken? Ich stehe doch lebend vor ihnen.«

Jason runzelt die Stirn und rollt die Augen. »Nicht du bist tot, Juliane. Dein Mann. Ich werde den Totenschein für deinen Mann ausstellen.«

»Aber der lebt doch noch.«

»Du ja auch.« Er steht auf. »Aber einer von euch muss sterben, damit die Versicherungssumme ausgezahlt wird. Verstehst du?«

»Natürlich«, ich nicke schnell. Natürlich verstehe ich überhaupt nichts. Das wird alles noch in einem Scharmützel enden.

»Ich muss mich beeilen.« Jason nimmt seine Jacke. »Jede Minute zählt. Ich hoffe nur, Schatzi baut keinen Mist mit seiner Vogelscheuchenidee und kommt bald zurück. Mit Geld. Bis gleich.« Er schaut mich an. »Wir werden auch wieder neue Kleidung für dich kaufen müssen. Du kannst ja nicht wochenlang in diesem Brautkleid oder der Jeans herumlaufen.«

Dann bin ich alleine, und weil mir langweilig ist, beginne ich durch Jasons Wohnung zu wandern. Es ist eine wirklich schöne Wohnung. Altbau, Stuckdecken, Dielenboden und Schiebetüren mit buntem Glas. Zwar ist die Wohnung nicht besonders groß, es sind drei Zimmer, aber hell und luftig und freundlich. Und sehr sauber, wie ich feststellen muss, nachdem ich mit dem Zeigefinger über ein Bücherregal gefahren bin. Überhaupt kein Staub. Jason ist wirklich ein sehr reinlicher Mensch. Was könnte ich für ihn tun? Über was würde er sich freuen? Ich gehe in die Küche und inspiziere die Schränke. Hier sieht es ja ganz anders aus als in meinen. Also – ich würde da nicht durchblicken. Hier muss dringend Grund reingebracht werden. Aber unverzüglich. Ich als gute Hausfrau weiß, wie man was wo hinstellt. Ich fange vergnügt damit an, Geschirr und Gläser und Töpfe und Pfannen und auch alle völlig unübersichtlich sortierten Lebensmittel aus den Regalen zu räumen. Dann finde ich einige Flaschen mit Reinigungsmitteln und beginne, die Schränke damit auszuwischen. Selbstverständlich lasse ich die Mittel einweichen, um ein optimales Reinigungsergebnis zu erzielen.

Jasons Badezimmer ist ebenfalls sehr sauber. Allerdings türmt sich Schmutzwäsche in einem Korb. Bestimmt ist Jason mir unheimlich dankbar, wenn ich die Wäsche für ihn wasche. Ich stelle mir sein strahlendes Gesicht schon vor – er wird hereinkommen und rufen: »O Juliane, danke schön, das ist aber lieb von dir!« Ich mag den Jungen ja gern. Und er ist so nett zu mir.

»Was. Ist. Hier. Los?« Jason betont jede Silbe nachhaltig. Ich bin immer noch außer Atem. Die Vorfreude hat mich ganz nervös gemacht. Also wirklich: Jasons Wohnung ist nicht wiederzuerkennen. Nachdem ich in der Küche fertig war, habe ich mir seine Bücher vorgenommen. Sie wurden von mir nach Größe geordnet. Auch mit den Küchenschränken gab es einige Probleme. Die Reinigungsmittel wollten und wollten nicht einweichen, sondern haben einen feinen Film auf den Regalböden gebildet. Diesen Film habe ich dann eben gleichmäßig verteilt und einiges an Geschirr wieder eingeräumt. Aber nur das, was zusammenpasste und mir auch gefiel. Nicht gefallen zum Beispiel hat mir das komische Geschirr mit dem Goldrand. Von Goldrandgeschirr habe ich die Nase voll. Zuhause hatte ich auch Goldrandgeschirr, aber das durfte nur zu besonderen Anlässen aus den Schränken geholt werden. Jedenfalls habe ich Jasons Goldrandgeschirr weggeworfen. Es liegt ordentlich zertrümmert in Plastiktüten und wartet auf seine letzte Reise in den Müll.

Ein wenig unsicher bin ich, was das Wäschewaschen angeht. Ich hatte nur helle Sachen in die Maschine gelegt, und dann habe ich ordnungsgemäß das Waschmittel in die Einfüllkammer gegeben. Jetzt ist die weiße Wäsche allerdings schwarz, und das auch nur sehr unregelmäßig. Sie sieht ein wenig so aus wie unsere Milchkühe. Mit der Maschine muss etwas nicht in Ordnung sein, Jason wird sich mit dem Hersteller des guten Stücks auseinandersetzen müssen. So geht das ja nicht.

»Hat alles geklappt?«, frage ich. »Soll ich dir einen Tee machen?«

Jason läuft wie ein Schlafwandler im Wohnzimmer herum. Dann deutet er auf das umsortierte Bücherregal. »Was hast du getan?«

Ich erkläre ihm, dass ich es unmöglich finde, Bücher wahllos in Regale zu stellen. »Da findet man ja nichts wieder«, sage ich.

Wie in Trance geht er langsam in die Küche, öffnet die Schränke, einen nach dem anderen, und dann inspiziert er sie und bekommt klebrige Finger. Die Reinigungsflasche steht noch an der Spüle. »Warum versiegelst du meine Küchenschränke mit Autowachs, Juliane? Und wo befindet sich mein Geschirr?«

Mit Autowachs. Ach so. Autowachs. »Ja, das weiß ich jetzt auch nicht.« Muss ich mich jetzt schuldig fühlen? Nein, muss ich nicht. Man stellt ja Autowachs schließlich nicht zu Putzmitteln. Wenn, dann muss das Autowachs gesondert stehen. Jedenfalls finde ich das.

Den endgültigen Zusammenbruch bekommt Jason nicht etwa, als er die schwarzweiße Wäsche auf der Leine hängen sieht, sondern nachdem er in die Plastiktüten geschaut hat. Es stellt sich heraus, dass ich das Geschirr zertrümmert habe, das von seiner Urgroßmutter stammt. Ach so, und Briefe, die seine Exfreundin Miriam ihm geschrieben hat, mit deren Weggang er heute noch nicht klarkommt, habe ich versehentlich zerrissen, weil ich annahm, es handele sich um Altpapier. Er ist am Boden zerstört und wird kurzzeitig laut.

Ich werde trotzig, weil ich finde, dass man jemanden, der es doch nur gut gemeint hat, nicht auf eine solche Art und Weise behandeln sollte. Kurz erwäge ich, so zu tun, als sei ich das alles gar nicht gewesen. Ich könnte sagen: »Ich weiß überhaupt nicht, wovon du sprichst.« Und ich würde das mit fester Stimme sagen, die keinen Widerspruch duldet. So, wie ich immer zu Heiner sprechen wollte, aber mich nie getraut habe. Aber ich sage es dann doch nicht.

Eine Stunde später beginne ich mir wirklich Sorgen um Jason zu machen. Er sitzt wie gelähmt auf dem Sofa und starrt ins Nichts. Wenn ich ihn anspreche, reagiert er nicht, sondern stößt nur einzelne Worte wie »Autowachs«, »Miriam«, und »Wäsche« aus. Ich weiß immer noch nicht, ob das mit Heiners Totenschein geklappt hat, und will Jason gerade fragen, als es Sturm klingelt. Kurze Zeit später steht Schatzi in seinem Vogelscheuchenkostüm vor mir.

»Das war vielleicht eine Aktion.« Er setzt den Bratwurst-Hut ab und pfeffert ihn in eine Ecke. Dann fallen polternd Stücke eines Besenstiels auf den Dielenboden. Schnell hebe ich sie auf. Das Holz soll ja keine Kratzer bekommen.

»Nun reden Sie schon!«, rufe ich hektisch.

»Immer mit der Ruhe. Wo ist Jason? Ich will nicht alles zweimal erzählen.« Er begibt sich ins Wohnzimmer und setzt sich Jason gegenüber in einen Sessel. Jason starrt immer noch vor sich hin und murmelt »schwarz, schwarz«.

»Was hat er denn?« Verwirrt hebt Schatzi einen Zeigefinger und deutet damit auf Jason. »Geht es ihm nicht gut?«

»Natürlich geht es ihm gut«, beeile ich mich zu versichern. »Er kann nur nicht damit umgehen, dass ich seine Wohnung auf Vordermann gebracht habe.« O ja, meine Stimme klingt fest. Sehr fest.

»Aha.« Schatzi nimmt den Hut ab. »Ich bin ganz schön müde.« Er gähnt und reißt dabei den Mund so weit auf, dass man ohne Weiteres einen Fußball darin verschwinden lassen könnte.

»Wachs, Wachs«, wispert Jason wie in Trance und fährt sich dauernd mit der rechten Hand durchs Haar. Ich hoffe nur, dass er nicht gleich noch blutunterlaufene Augen bekommt.

Dann nämlich werde ich gehen.

Schatzi versucht, seinen völlig veränderten Kollegen einfach zu ignorieren. »Beinahe zwei Stunden musste ich am Feldrand warten«, beginnt er. »Das war gar nicht so einfach, die Arme dauernd waagerecht zu halten, aber dann, als ich nicht mehr konnte, habe ich einen Trick angewandt.« Er macht eine Pause, um uns die Möglichkeit zu geben, »Welchen Trick denn?« zu fragen, aber wir fragen es nicht, und er ist darüber ziemlich erzürnt. »Wollt ihr das mit dem Trick denn nicht wissen?«, fragt er, und als wiederum niemand antwortet, knallt er uns einen Plastikbeutel und meine Handtasche auf den Tisch und sagt: »So hab ich es gern. Der Mohr hat seine Schuldigkeit getan, und jetzt braucht man ihn nicht mehr. Es interessiert euch wohl gar nicht, dass ich von bösen Gänsen verfolgt und mein Lebenslicht beinahe ausgepustet wurde, weil ich fast von einem Traktor überrollt worden wäre!«

Er soll sich mal nicht so anstellen. Würde er auf dem Land wohnen, wären solche Vorkommnisse an der Tagesordnung.

»Mich interessiert viel mehr, wie Sie es letztendlich geschafft haben, die Sachen zu bekommen.« Ob er sich mit Heiner geprügelt hat? Mit spitzen Fingern greife ich erst nach der Handtasche und freue mich, dass mein Ausweis tatsächlich drin ist, und dann nach der Tüte, was von Schatzi mit Schnauben kommentiert wird. Dann ziehe ich den von mir gestrickten Sparstrumpf hervor. Er ist prall gefüllt.

»Wo war er denn?«, will ich interessiert wissen.

»Das sage ich nicht.« Schatzi verschränkt die Arme.

»Unter der Matratze im Schlafzimmer?«

»Vielleicht.«

»Hinter dem Honigfass in der Speisekammer?«

»Möglich.«

»Im Polster einer der Jugendstilstühle?«

»Ich sage gar nichts mehr. Es ist ja eigentlich auch ganz egal. Hauptsache, wir haben, was wir wollten.« Dann sitzt Schatzi genauso da wie Jason, mit dem einzigen Unterschied, dass er nicht dauernd wirre Einzelworte ausstößt. Er schweigt beleidigt. Wirklich normal sieht er aber auch nicht aus, was an seiner Verkleidung liegt.

Um eine Beschäftigung zu haben, während die beiden sich anschweigen, öffne ich den Sparstrumpf und überlege kurz, dass es wohl damals ziemlich dämlich von mir war, auch noch das Wort Sparstrumpf in den Sparstrumpf zu stricken; jeder Einbrecher hätte sich totgelacht. Aber jetzt lache ich! Weil ich mich diebisch darauf freue, das Geld zu zählen. Und es scheint sehr viel Geld zu sein.

Im nächsten Augenblick erstarre ich. In dem Strumpf befindet sich kein Geld. In dem Strumpf befinden sich Kieselsteine.

Und es befindet sich ein Zettel darin. Mein Herz beginnt zu rasen. Auf dem Zettel steht das Datum von heute, und darunter, in Heiners Handschrift, *Dich mach ich fertig, Juliane.*

Kapitel 17

> Name: Nina & Nadine
> Kommentar: Frösche sind schöne Exemplare. Wir haben einen Goliathfrosch. Unserer ist noch ein Baby und 13,5 cm groß!! Quaaaaaaaaaaaaaaaaaaaaaaaaaaaaaaaaaa aaaaaaaaaaaaaaaaaaaaaaak! Mit so einem Goliathfrosch kann man sehr viel unternehmen. Unser Goliathfrosch heißt Froggi!! Er sagt dauernd Quaaaak!
>
> Name: Nina & Nadine
> Kommentar: HILLLLLLLFEEEEEEE!!!!!! Unser Goliathfrosch isst und trinkt nichts mehr, was sollen wir machen? HILLLLLLLLFFFFFFFFEEEEEEEEEE!!!!!!!! Bitte schreibt in dieser Sekunde zurück, bitte!!!!!!!!! Wir haben Angst um unseren Froggi (Goliathfrosch) HHHHHIII-ILLLLFFFEEE! Danke schön im voraus!! Liebe Grüße Nina & Nadine!! :(
> www.erdkroete.de

Die erschreckende Tatsache, dass Heiner mir aus welchen Gründen auch immer auf die Schliche gekommen ist, hat jedenfalls zur Folge, dass Schatzi und Jason aus ihrer Lethargie erwachen und wieder ganze Sätze sprechen. Nun bin ich es, die herumstammelt und überhaupt nicht weiß, wie ich mit dieser Situation umgehen soll. Ich bin eine Verfolgte auf der Flucht! Und woher in Dreiteufelsnamen weiß Heiner, dass ich nicht tot bin?

»Vielleicht meint er ja gar nicht Sie, Juliane«, überlegt Schatzi.

»Blödsinn. Wen sollte er denn sonst meinen?« Jason läuft hin und her. »Wie hat der Mistkerl das herausgefunden? Vor allen Dingen: Was alles weiß er?« Fragend sieht er mich an.

»Ich weiß es nicht«, sage ich hilflos.

»Das weiß ich, dass du es nicht weißt.«

»Warum fragst du mich dann?«

»Ich habe sinniert.«

Schatzi erhebt sich. »Wir sollten nicht lange reden, wir müssen handeln. Denkt an die Lebensversicherung.«

»Herrje!«, ruft Jason. »Natürlich, das sollten wir als Allererstes tun. Los, los.«

»Ich habe immer noch nichts zum Anziehen«, werfe ich ein. Huch, geht das alles holterdiepolter jetzt. Aber ich kann doch nicht im Mischwaldbademantel zu einer Versicherung fahren!

»Du ziehst dein Brautkleid an«, beschließt Jason. »Und vor den Sachbearbeiterinnen wirst du weinen, hörst du? Weinen wirst du, und dann wirst du sagen: ›Heiner hat dieses Brautkleid so geliebt. Ich musste ihm auf dem Sterbebett versprechen, dass ich es trage, wenn er tot ist.‹ Frauen verstehen so was. Die Sachbearbeiterinnen werden sich mit dir verbunden fühlen.«

Das ist gut. Verbunden fühlen ist immer gut. Aber ob ich mir die Sätze merken kann? Und ob die Sachbearbeiterinnen sich tatsächlich mit mir verbunden fühlen? Was, wenn sie noch nicht in dem Alter sind, in dem man jemandem etwas auf dem Sterbebett verspricht?

Während wir durch das Treppenhaus nach unten laufen, sage ich Jasons Worte leise vor mich hin. Es wird schon klappen. Es muss klappen. Und ich bin froh, dass das Thema mit dem Autowachs und der Wäsche jetzt vom Tisch ist. Vorläufig zumindest.

Ich war noch nie bei einer Versicherungsgesellschaft und bin aufgeregt. Aber es ist enttäuschend. Lange Gänge mit graugesprenkeltem PVC-Boden, einige Bilder in Rahmen an der Wand, von denen ich nicht glaube, dass es sich um wertvolle Bilder handelt, und vor den einzelnen Büros Bänke. Schatzi wartet im Auto, weil wir keinen richtigen Parkplatz gefunden haben und er im Notfall wegfahren muss von dem falschen Parkplatz. Außerdem meinte

Jason, es sei nicht so gut, mit einem Landstreicher hier aufzulaufen, und da gebe ich ihm recht. Jason hat Schatzi schwören lassen, dass er das Auto lediglich ein paar Meter bewegt, sodass wir es sofort sehen können, wenn wir die Versicherung verlassen. Schatzi meinte, er sei ja nicht blöde und wisse sehr wohl, wie man sich zu verhalten hat, wenn man im Halteverbot steht.

Wir werden von einer jungen Frau mit langen, lockigen, fast schwarzen Haaren in eines der Büros geführt. Hier liegt jetzt kein graues PVC mehr, sondern grauer Teppichboden.

»Bitte warten Sie hier«, sagt die junge Frau, die ihre übergroße Oberweite unter einem hautengen T-Shirt zu verbergen versucht, was ihr aber nur teilweise gelingt. »Ich sage Herrn Glockengießer Bescheid.« Sie geht davon, ihr Busen hüpft, und Jason hat nichts Besseres zu tun, als ihr mit offenem Mund nachzuschauen, was ich relativ beleidigend mir gegenüber finde.

Wir setzen uns auf schwarze Schwingstühle, die um einen runden Glastisch stehen, und warten. So ein Glastisch ist doch unpraktisch. Wenn hier dauernd Leute kommen, die auf Herrn Glockengießer warten müssen, fassen sie doch das Glas an, und die Fingerabdrücke hinterlassen Spuren. Aber das soll nicht mein Problem sein.

»Sagtest du nicht, eine Sachbearbeiter*in* kommt?«, flüstere ich Jason zu.

»Dachte ich auch«, meint er genauso leise. »Aber vielleicht ist dieser Herr Glockengießer hier der Oberboss und will sich der Sache selbst annehmen. Immerhin ist eine halbe Million Euro ja kein Pappenstiel.«

»Soll ich denn vor Herrn Glockengießer auch weinen?«

»Natürlich sollst du das. Was denn sonst?«

»Na, weil er ein Mann ist.« Ich hatte mich nun wirklich auf eine Frau eingestellt und bin über die neue Situation nicht gerade glücklich. Jason kommt leider nicht mehr dazu, mir zu antworten beziehungsweise mir eine sonstige Hilfestellung zu geben, denn Herr Glockengießer kommt um die Ecke. Wir stehen auf.

Er sieht gar nicht aus wie ein Glockengießer, sondern eher wie ein ... Strolch. Wie so einer, dem man besser nicht im Dunkeln begegnet. Er ist schätzungsweise einen Meter fünfzig groß und sehr, sehr füllig. Also nicht mollig, sondern füllig. Unangenehm füllig. Nicht sympathisch füllig. Sein Anzug ist blaulila und seine Krawatte ockerfarben und achtlos gebunden. Aus seinen Ohren wachsen viel zu viele Haare, dafür auf dem Kopf so gut wie gar keine. Seine Hornbrille müsste dringend ersetzt, aber zumindest mal gesäubert werden. Aber am ekligsten finde ich seine gelben Zähne. In den Zahnzwischenräumen befinden sich Mohnbrötchenreste. Als er mir die Hand geben will, beschließe ich, dass seine Zähne doch nicht am ekligsten sind, sondern die Tatsache, dass der Nagel seines rechten Ringfingers extrem lang ist. Eklig lang. Mit dem langen Nagel deutet er auf mich, als sei er eine Hexe.

»Frau Knop«, sagt Herr Glockengießer mit scheppernder Stimme. »Wenn Sie mir bitte folgen würden.«

»Mein Enkelsohn ...«, gut, dass mir das gerade einfällt. »Mein Enkelsohn soll mich bitte begleiten.«

»Sicher, sicher«, meint er schnell, und sein rascher Blick auf Jason sagt mir, dass das Herrn Glockengießer gar nicht recht ist, aber was soll er tun?

Fürsorglich bietet mir Jason seinen Arm an, ich hake mich ein, und wir folgen dem kleinen Mann durch ein Großraumbüro, in dem Sachbearbeiter schweigend vor sich hin tippen und uns gar nicht beachten.

Hinter dem Großraumbüro schließt sich ein Einzelbüro an. Es ist das von Herrn Glockengießer. Auf dem Boden vor seinem Schreibtisch befindet sich ein riesengroßer Hundehaufen. Ich bin entsetzt.

»Das ist Mörtel«, erklärt uns Herr Glockengießer keuchend. »Ein Goliathfrosch. Ich habe Mörtel in Bauschutt gefunden, daher der Name.« Und mit diesen Worten bückt er sich, nimmt den Frosch und begibt sich mit ihm hinter seinen Schreibtisch.

Mörtel wird auf die Tischplatte gesetzt und glotzt uns böse an. Ich bemühe mich, böse zurückzuglotzen, glotze aber wohl eher ängstlich.

Wir setzen uns auf zwei Besucherstühle, obwohl uns Herr Glockengießer überhaupt nicht zum Platznehmen aufgefordert hat, und er wühlt in irgendwelchen Unterlagen herum. Eine unangenehme, ungefähr einminütige Pause entsteht. »Frau Kirsch hat mich über die Sachlage informiert«, beginnt er dann.

Der Frosch gluckst und bewegt dabei komisch seinen Hals. Es wirkt, als wolle er zum Sprung ansetzen. Wie kann man nur freiwillig ein solches Tier besitzen? Mörtel wirkt glitschig und tumb. Ach, was rede ich … Mörtel *ist* glitschig und tumb. Insgesamt gefällt es mir hier nicht. Weder in dem Gebäude noch in Herrn Glockengießers Büro. An der Wand hängen Säbel und andere antik wirkende Waffen. Was ist, wenn Herr Glockengießer meint, die Waffen benutzen zu müssen?

»Ja, ich hatte mit Frau Kirsch telefoniert«, sagt Jason gefasst und sehr, sehr ruhig, während er meinen Ausweis auf Herrn Glockengießers Tisch legt und der Frosch so tut, als würde er ihn überprüfen. »Es geht darum, dass mein lieber Großvater nun leider nicht mehr ist, wohl aber nun eine Menge Geld an meine liebe Großmutter geht. Die Situation ist tragisch, und wir sind immer noch ganz außer uns, aber das Finanzielle will ja auch geregelt werden.« Er überreicht seinem Gegenüber den Totenschein.

Herr Glockengießer nimmt ihn entgegen und studiert ihn gründlich. Mörtel kommt ein paar Zentimeter näher. Wir weichen ein paar Zentimeter zurück.

»Natürlich, natürlich.« Herr Glockengießer schaut uns nacheinander freundlich an.

Es klopft, die Tür geht auf, und eine Mitarbeiterin steht da. Sie schaut Jason an. »Wenn Sie bitte kurz mitkommen möchten. Ich bräuchte noch einige Unterschriften. Sie sind doch der Sohn?«

Jason steht auf und nickt. »Ja«, meint er und dreht sich dann zu mir um. »Ich bin gleich wieder da.« Ich lese in seinen Augen noch:

›Nichts falsch machen‹, und ich hoffe, dass mir das gelingt. Dann bin ich mit dem Strolch und seinem Frosch allein.

»Ich hoffe nur, Ihr Gatte musste nicht allzu sehr leiden«, sagt Herr Glockengießer verbindlich.

»Nein«, erwidere ich schnell. »Das musste er nicht.«

»Wie ist er denn gestorben?« Er beugt sich nach vorn.

»Er ... ach, es war so schrecklich. Er ...«, was soll ich bloß sagen? »Er hat Autowachs gegessen.«

»Ach du liebe Güte«, kommt es von Herrn Glockengießer, und er sieht ehrlich betroffen aus. »Davon kann man sterben?«

»Ja«, nicke ich. »Ja, der ... das Wachs, das hat ... seine Atemwege verstopft.« Gut, Juliane, sehr gut. Du hast dich prima im Griff.

»Sowasaberauch«, Herr Glockengießer streichelt Mörtel und schüttelt dabei den Kopf. »Ja, wusste er denn nicht, dass man Autowachs nicht essen sollte?«

»Doch, das wusste er. Aber ... er war ... er war blind. Leider.«

»Blind war er auch noch? Das wird ja immer schlimmer.«

Sehe ich da eine Träne in seinem Auge schimmern? Wenn ja, mache ich alles richtig. Nun schnäuzt er sich auch noch die Nase. Ich scheine tatsächlich alles richtig zu machen.

Herr Glockengießer legt den Totenschein zur Seite. »Wie alt wurde er denn?«

»Oh, er wurde schon alt. Er wurde sehr alt.« Jetzt bin ich auf der Hut, denn ich weiß nicht, ob man auf einem Totenschein auch das Geburtsdatum des Verstorbenen eintragen muss, also gehe ich mal besser auf Nummer sicher. Ich Verwegene, ich. Schnell füge ich hinzu: »Ich habe ihm auf dem Sterbebett versprochen, dass ich dieses Brautkleid, also das Kleid, das ich an unserer Hochzeit getragen habe, dass ich das dann auch trage, wenn sein langer Leidensweg dann endlich vorbei wäre.«

»Ich denke, er musste nicht lange leiden«, kommt es prompt und noch während ich merke, dass ich einen Fehler gemacht habe.

»Ihm kam es aber lange vor. Essen Sie mal Autowachs und

sterben daran.« Jetzt habe ich Herrn Glockengießer am Wickel. Er kann ja nicht wissen, wie das ist. Ich aber auch nicht, muss ich dann feststellen. Warum dauert das denn so lange, bis Jason zurückkommt? Nicht, dass da was passiert ist.

»Da haben Sie bestimmt recht. Ihm wird es sicher sehr lange vorgekommen sein. Der arme Mann, oje, oje.«

Endlich geht die Tür auf, und Jason kommt zurück. Ich bin erleichtert und winke ihm zu. »Wir haben uns nett unterhalten, mein Junge«, sage ich. »Sind denn jetzt alle Formalitäten erledigt?«

»Noch nicht ganz, noch nicht ganz. Setzen Sie sich bitte«, Herr Glockengießer deutet auf den Stuhl, und Jason setzt sich.

Er sagt: »Ich habe alles unterschrieben, was unterschrieben werden musste, und jetzt muss nur noch Großmutter unterschreiben, und dann können wir ja wohl hoffentlich mit unserem Geld gehen, nicht wahr, Herr Glockengießer, nicht wahr? Hahaha!«

Ich mache auch »Hahaha!«, und nachdem Herr Glockengießer auch »Hahaha!« gemacht hat und ich nur noch darauf warte, dass Mörtel auch »Hahaha!« macht, bin ich mir sicher, dass nun alles in trockenen Tüchern ist und ich mich Halbmillionärin schimpfen kann. Doch dann zischt Herr Glockengießer leise: »Sie glauben wohl, Sie können mir ein X für ein U vormachen. Wie ist Ihr … Großvater gestorben?« Während er das sagt, schaut er zu Jason, dann sofort zu mir. »Sie sind still!« Er dreht sich wieder in Jasons Richtung: »Also?«

Jason überlegt, und ich schlage mir an die Stirn und sage: »Mein Junge, erinnere mich unbedingt daran, dass ich nachher noch die Küchenschränke auswischen muss, hörst du?«, und Jason sieht mich an, als hätte ich den Verstand verloren. Dann wird Herrn Glockengießers Stimme lauter und er fragt erneut, wie der Opa gestorben sei, und ich schüttele nur dauernd den Kopf und rufe: »Die Küchenschränke, die Küchenschränke!«, und endlich, endlich sagt Jason: »Wachs? Autowachs?« Es klingt wie eine Frage an Herrn Glockengießer.

Der schlägt nun mit der Faust auf dem Totenschein herum. »Und was steht hier? Und was steht hier? Hier steht, dass Ihr Mann, sehr verehrte Dame, einem plötzlichen Herztod im Freilaufgehege Ihrer Hühner erlegen ist. Das steht hier. Hier steht nichts davon, dass er Autowachs gegessen hat.«

»Dann muss der ausstellende Arzt das eben falsch da hingeschrieben haben«, meint Jason.

»Muss er das, ja? Muss er das? Und was sagen Sie zu der Tatsache, dass Heiner Albert Knop am 23. November 1990 geboren wurde? Sie, gnädige Frau, waren also mit einem Siebzehnjährigen verheiratet. Interessant, interessant.«

Ich werde knallrot, weil mir die Tatsache so peinlich ist, dass Herr Glockengießer annimmt, ich sei mit einem Jugendlichen zusammen gewesen. Nein, ist mir das unangenehm! Unruhig rutsche ich auf dem Stuhl hin und her, und langsam beginne ich zu transpirieren.

Herr Glockengießer aber auch. Er transpiriert sogar sehr heftig. Der Schweiß bricht aus ihm heraus wie ein Wasserfall, man kann sogar die geöffneten Hautporen erkennen. Es sieht so aus, als hätte man in eine mit Wasser gefüllte Plastiktüte viele kleine Löcher gebohrt.

»Aber nun komme ich zu dem, was ich persönlich am allerschlimmsten finde.« Er macht eine Pause und tupft sich mit dem Totenschein über das schweißnasse Gesicht. »Sie sagten, er sei blind gewesen. Das hätten Sie der Versicherung, also uns, unverzüglich melden müssen, beziehungsweise, Sie hätten dies angeben müssen, wenn die Erblindung schon beim Vertragsabschluss bestanden hat. Das nennt man Versicherungsbetrug NENNT MAN DAS!«

Mörtel erschreckt sich beinahe zu Tode und hüpft in meinen Schoß, was ich gar nicht witzig finde. Ich kannte Goliathfrösche vorher zwar nicht, hatte aber auch niemals das Bedürfnis, sie kennenzulernen.

Herr Glockengießer brüllt weiter und verliert dabei Speichel, der in einem Gemisch von Brötchen- und Mohnresten auf den Totenschein und auf die Schreibtischplatte spritzt.

Wir könnten doch jetzt einfach gehen. Ich brauche das viele Geld doch gar nicht. Ich werde mir eine Halbtagsstelle in einem Supermarkt suchen oder ich gehe putzen oder ich frage Jason, ob ich Assistentin der Rechtsmedizin werden kann. Ich würde auch Kurse belegen, um eine gute Arbeitskraft zu sein. Ehrlich.

»Wir können Ihnen doch alles erklären«, versucht Jason die ganze Zeit zu erklären, aber Herr Glockengießer reagiert nicht darauf. Ich habe das Gefühl, jahrelang aufgestaute Wut hat hier ihr Schlupfloch nach draußen gefunden. Vielleicht ist er auch unglücklich verheiratet und wird gedemütigt oder misshandelt. So wie ich. Aber ich habe nie rumgebrüllt und Mohnsamen gespuckt.

»HIER GIBT ES JEDENFALLS KEIN GELD! DIE ANGELEGENHEIT MUSS ERST EINMAL GRÜNDLICHST ÜBERPRÜFT WERDEN!«, keift Herr Glockengießer weiter. »GRÜNDLICHST ÜBERPRÜFT!!!«

Er steht auf, und Jason steht auch auf, nur ich bleibe sitzen, weil der Frosch noch bei mir ist und ich ihn nicht anfassen mag. Ich will aber auch nicht, dass er sich verletzt, wenn er auf den Boden fällt.

Dann geht alles ganz schnell. Jason läuft um Glockengießers Schreibtisch herum, packt ihn an der hässlichen Krawatte und streckt ihn mit einem gezielten Handkantenschlag nieder. Röchelnd sinkt er in sich zusammen, und Jason gibt ihm noch eine Kopfnuss. Steckt kriminelle Energie in ihm? Jedenfalls ist Herr Glockengießer dann tatsächlich ohnmächtig, und Jason klaubt einige Unterlagen zusammen.

»So, und jetzt schnell weg hier, bevor jemand was merkt«, meint er leise zu mir und und zieht mich vom Stuhl. In diesem Moment gibt es ein schmatzendes Geräusch, und wir schauen entsetzt auf den Boden.

Mörtels Körper ist nun Brei, er bewegt sich auch nicht mehr.
Ich habe Mörtel zermalmt.

»Das hab ich nicht gewollt!«, rufe ich. »Das arme Tier, das habe ich nicht gewollt!«

»Sei still, sei ruhig! Er hatte einen gnädigen Tod«, besänftigt mich Jason, aber der Frosch tut mir trotzdem leid.

»Wir gehen jetzt hier raus und tun so, als sei alles in bester Ordnung. Hast du das verstanden, Juliane? Es ist wichtig, dass du da jetzt nicht rausrennst und schreist, dass du Herrn Glockengießers Frosch ermordet hast. Verstehst du?«

Dauernd muss ich auf den toten Mörtel starren. »Ja«, sage ich dann leise. Jetzt habe ich auch noch einen Frosch auf dem Gewissen. »Was ist, wenn Herr Glockengießer stirbt?«

»Unkraut vergeht nicht«, meint Jason lapidar und streicht sein Haar hinters Ohr. »Also, auf in den Kampf.«

Wir verlassen das Büro langsam und mit einer stoischen Ruhe und grüßen freundlich nach rechts und links. Ich bleibe ruhig und gelassen, auch nachdem ich merke, dass Reste von Mörtel auf dem Teppichboden kleben bleiben. Sollte mich jemand darauf ansprechen, werde ich behaupten, Altersauslauf zu haben. Was das ist, werde ich mir dann überlegen.

»Auf Wiedersehen«, sagen wir in nettem Tonfall. Da kommt Frau Kirsch, die mit dem engen T-Shirt und den langen schwarzen Locken, um die Ecke. Sie errötet leicht, als sie Jason sieht.

»Also dann, auf bald«, sagt er leise, und sie nickt.

»Haben Sie auch wirklich alles?«, will sie wissen, und dann studiert sie die Unterlagen. »Ah, da muss der Vorgesetzte von Herrn Glockengießer noch unterschreiben. Einen Moment bitte, ich bin gleich wieder da.« Mit wippenden Brüsten geht sie fort und ist eine Minute später zurück, kurz bevor wir unruhig werden. »So. Ihre Großmutter muss dann dort und hier noch unterschreiben. Dann dürfte einer Barauszahlung nichts mehr im Wege stehen.«

Jason nickt. »Sie haben meine Nummer?«, fragt er leise, und ich spitze die Ohren.

Frau Kirschs Gesicht macht ihrem Namen nun alle Ehre. »Aber ja«, wispert sie. »Ich werde mich bald melden.«

Wir gehen langsam zum Aufzug, und ich hoffe so sehr, dass Herr Glockengießer noch nicht so schnell aufwacht, und dann muss ich wieder an Mörtel denken. Hoffentlich kriegt man die Flecken aus dem Teppichboden. Der Fahrstuhl kommt, und langsam öffnen sich die Türen.

»Woll'n wir nur mal hoffen, dass das fix geht«, höre ich eine Stimme. Sie gehört Heiner.

Kapitel 18

> Jede Kraft der 7 Strahlen kann einem Wochentag zugeordnet werden:
> 1. Sonntag: blauer Strahl – Erzengel Michael
> Aus der Schwäche und dem Zweifel in Urvertrauen, Macht und Weisheit kommen.
> 2. Montag: gelber Strahl – Erzengel Jophiel
> Aus der Zähigkeit, Freudlosigkeit und Trauer in die Beharrlichkeit und Lebensfreude finden.
> 3. Dienstag: rosaner Strahl – Erzengel Chamuel
> Von der Ohnmacht und dem Leben ohne Liebe in die Macht der Liebe kommen.
> 4. Mittwoch: weißer Strahl – Erzengel Gabriel
> Von der vergessenen Intuition wieder die Stimme des Herzens hören.
> 5. Donnerstag: grüner Strahl – Erzengel Rafael
> Von Krankheit und Schmerz in die Heilung und Wahrheit kommen
> 6. Freitag: rubin-rot-goldener Strahl – Erzengel Uriel
> Vom Märtyrertum und Aufopfern zum Dienen kommen, dies wirklich verstehen!
> 7. Samstag: violetter Strahl – Erzengel Zadkiel
> Aus dem Chaos und dem Festhängen in Umwandlung und Freiheit!
> www.hof-hutmacher.de/fern_erzengel.htm

Schatzi ist weg. Er ist weg. Der Saab mitsamt dem Schatzi-Inhalt ist von der gegenüberliegenden Straßenseite verschwunden.

»Wir müssen doch zur Bank, wir müssen doch zur Bank«, sage ich verzweifelt. »Die Barauszahlung. Wenn das alles auffliegt. O mein Gott!«

Geistesgegenwärtig habe ich Jason vom Fahrstuhl weggezogen, sodass Heiner uns nicht sehen konnte, und wir sind die Treppe hinuntergerannt. Im Treppenhaus haben wir noch das Zetern von Paul und Pauline gehört, die schon wieder am Streiten waren.

»Schatzi ist der letzte Trottel!« Jason ist erzürnt. »Ich hatte ihm ausdrücklich gesagt, dass er hier warten soll. Alles macht er falsch. Wahrscheinlich will er mir eins auswischen.«

Ich kann Jason nur beipflichten; auch ich ärgere mich über den Präparator. Ich weiß nicht, was ich tun werde, wenn wir wegen Schatzi nicht rechtzeitig bei der Bank sind. Und die ist laut Jason ziemlich weit weg. Noch mehr allerdings ärgere ich mich darüber, dass immer noch Innereien sowie ein Schenkel von Mörtel an meinem Schuh kleben; ich spüre die kleinen Knochen beim Laufen. Ich brauche unbedingt neue Garderobe, so kann es einfach nicht weitergehen. Aber für neue Garderobe brauche ich Geld, und das liegt auf der Bank, die so weit weg ist.

Und dann bremst ein Wagen mit quietschenden Reifen – erleichtert stellen wir fest, dass es Schatzi ist. Jason reißt die Beifahrertür auf und schubst mich auf den Rücksitz. »Du wirst mir später alles erklären«, zischt er Schatzi zu. »Und jetzt fahr *sofort* in die Osdorfer Landstraße. Wir müssen da ganz schnell zur Bank.«

»Warum?«, will Schatzi wissen. Er ist aus welchen Gründen auch immer völlig außer Atem. Aber er tut, was Jason ihm sagt, und ich nehme Geräusche wahr, die nicht aus dem Autoradio stammen, weil das nämlich gar nicht an ist. Ich lausche noch einige Minuten.

»Ist hier noch jemand im Wagen?«, will ich dann wissen und stupse Schatzi an die Schulter.

»Wie kommen Sie denn darauf?«, entgegnet er und konzentriert sich übertrieben aufs Fahren. Weil er dabei aber knallrot wird, bohre ich weiter.

»Hier ist doch noch jemand.«

»Ja, wo soll denn jemand sein?« Er setzt den Blinker und biegt ab.

»Das frage ich mich allerdings auch, Juliane.« Jason dreht sich zu mir um. »So groß ist mein Auto ja jetzt auch wieder nicht.«

Man denkt also, ich bilde mir die Geräusche ein. »Hört ihr denn nichts?«

Schweigen.

»Da – da war es wieder!«

»Da ist nichts!«, ruft Schatzi, doch jetzt sagt Jason: »Ich habe auch was gehört.«

Schatzi dreht das Autoradio laut. Ein hektischer Moderator scheint mit Schatzi zu sympathisieren und brüllt: »Der zehnte Anrufer mit der richtigen Lösung gewinnt einen supermegascharfen Laptop, der zehnte Anrufer, der mir sagen kann, welchen Wochentag wir heute haben! Ich gebe zu, es ist nicht einfach, aber einen Versuch wert! Los, los!«

»Donnerstag«, rufe ich und klatsche in die Hände. »Ob ich da mal anrufen soll?«

»Mach das Radio aus!«, befiehlt Jason, ohne auf meine Frage einzugehen, aber Schatzi macht es daraufhin noch lauter, und Jason dreht es einfach ab. »Da ist es wieder …«

Wir lauschen angespannt. Von weither kommt ein kläglichs »Mmmmmmhm, mmmmpfffffff, mmmmmhmmmmm«.

»Das ist das Getriebe, das war vorhin schon so«, sagt Schatzi. »Oder der Auspuff. Oder das Radlager. Das macht immer so Geräusche. Du musst den Wagen eben auch mal zur Inspektion bringen.«

»Der Wagen ist nagelneu«, meint Jason. »Ich habe ihn gerade mal drei Wochen.«

»Es sind schon Autos kaputtgegangen, während der neue Besitzer mit ihnen das Werksgelände verlassen hat.« Schatzi kratzt sich am Kopf. »Da könnte ich dir Geschichten erzählen.«

Nun bummert es, und die »Mmmmmhmmmm«-Geräusche werden zusehends lauter.

»Es kommt aus dem Kofferraum!«, sage ich laut und bin stolz, dass ich das Geräusch orten konnte.

Jason blickt auf seine Armbanduhr. »Halt mal an«, sagt er dann.

Schatzi wird nervös. »Das geht nicht, wir müssen doch zur Bank.« Er gibt Gas.

»Ich habe gesagt: Anhalten!«

Notgedrungen muss Schatzi dann anhalten, weil eine Ampel rot ist, aber er will Jason mit Körpergewalt davon abhalten, das Auto zu verlassen. »Es wird doch gleich grün«, meint er und klammert sich an ihn. »Bleib doch hier!« Seine Fingerknöchel werden ganz weiß, so sehr strengt er sich an.

Aber Jason schüttelt ihn ab und steigt aus. Ich drehe mich auf meiner Rückbank um und sehe, dass er zum Kofferraum geht, ihn auf- und dann ganz schnell wieder zumacht. Dann steigt er wieder ein, die Ampel wird grün, und Schatzi fährt schweigend weiter. Dauernd wirft er Jason komische Seitenblicke zu. Jason sagt gar nichts. Es entsteht ein unangenehmes Schweigen.

»Was ist denn, Jason?«, traue ich mich schließlich zu fragen.

Er dreht sich zu mir um. »Nichts, gar nichts«, sagt er betont fröhlich, schaltet das Autoradio an und trällert ein Lied mit.

Ich lehne mich zurück und höre die Geräusche immer noch. Komisch ist das hier.

Endlich, endlich kommen wir bei der Bank an, und Schatzi findet sogar einen legalen Parkplatz.

»Wage es nicht wegzufahren«, sagt Jason drohend zu ihm, und Schatzi nickt nur. Ich bekomme das alles gar nicht richtig mit, weil ich sehr, sehr aufgeregt bin und solche Angst vor den Bankangestellten habe. Sie werden mich nicht ernst nehmen, weil ich immer noch mein Brautkleid trage und Froschreste an den Füßen habe. Aber größer ist meine Angst davor, dass sie genauso schlimm sind wie Herr Glockengießer und ebenfalls Frösche besitzen. Und am größten ist meine Angst, dass Heiner gleich auftaucht und mir alles kaputt macht und ich dann womöglich auch noch wegen Betruges ins Gefängnis muss. Das möchte ich nämlich nicht. Ich möchte einfach in Ruhe gelassen werden. Wenn das jetzt bei der Bank genauso schrecklich abläuft wie bei der Versicherungsgesellschaft, dann machen meine Nerven irgendwann nicht mehr mit, und das kann man mir auch nicht verdenken mit meinen siebenundneunzig Jahren.

Aber wir haben Glück. Jason legt die erforderlichen Papiere einem Sachbearbeiter vor, und der schaut sie an und dann nochmal, und dann kommt noch ein Sachbearbeiter und schaut sie sich an, dann muss ich noch zwei Unterschriften leisten, und dann möchte der erste Sachbearbeiter meine Kontonummer wissen, aber ich habe ja keine, und dann reden sie auf mich ein, ich solle doch ein Konto eröffnen, da gäbe es ja dann auch Zinsen, aber nicht zu knapp, und Jason meint, ein andermal, jetzt nicht, weil jeden Augenblick kann Heiner ja hier auftauchen. Die Sachbearbeiter nicken schließlich gnädig, und zehn Minuten später stehen wir an der Kasse und warten auf das Geld.

Dann geht alles ganz schnell. Heiner und die sich natürlich schon wieder streitenden Zwillinge betreten die Bank. Mir bleibt fast das Herz stehen. Auch Jason sieht beunruhigt aus, aber dann macht er das einzig Richtige. Er legt den Arm um mich, ich verberge das Gesicht in seiner Armbeuge, sodass keiner mich erkennen kann. »Geben Sie uns jetzt das Geld«, sagt er leise zu dem Kassierer, der uns plötzlich mit kreideweißem Gesicht anschaut, um uns dann wortlos einige Umschläge zuzuschieben. Wir verlassen langsam durch einen Nebenausgang die Bank, und das Schicksal meint es gut mit uns, denn in dem Moment, als wir die Kasse verlassen, rennen zwei maskierte Männer mit Pistolen an uns vorbei in die Bank, und wir hören noch, dass sie rufen: »Das ist ein Überfall. Alle legen sich flach auf den Boden!« Bestimmt bringt uns das einen kleinen zeitlichen Vorsprung, und schnell hetzen wir zum Auto zurück, in dem Schatzi tatsächlich wartet.

»Ich hätte jetzt unglaubliche Lust auf eine Tasse Kaffee«, schlage ich vor. »Lasst uns doch bitte irgendwo hingehen.«

Aber Jason will nicht und Schatzi auch nicht. »Wir fahren nach Hause.«

Und wir fahren dann auch nach Hause. Jason meint, da könnten wir auch Kaffee trinken.

Kapitel 19

> Betrachtet man den Markt der Erwartungen weiter, so stößt der Beobachter immer öfter und hörbarer auf Forderungen nach einer Steigerung polizeilicher Präsenz, mehr Fußstreifen, eine Polizei zum Anfassen, die auf den Bürger zugeht. Die Bürger erwarteten Schutz und Hilfe von der Polizei und sehen in der sichtbaren Präsenz, in der Nähe und in der direkten Ansprechbarkeit von Polizisten einen wirkungsvollen Schutz, der Sicherheit vermittele. Präsenz soll dabei für gewöhnlich durch Fußstreifen, also durch sichtbare und ansprechbare Polizeibeamte erreicht werden, wobei die Konstanzer Kriminologen Wolfgang Heinz und Gerhard Spieß auf einen an anderer Stelle gemachten Vorschlag hinweisen, hier bevorzugt »große rothaarige Polizisten« einzusetzen, weil deren größere Sichtbarkeit das Gefühl der »omnipresent protection« erhöhe.
> www.vfh-hessen.de

»Was?« Ich kann es nicht glauben. »Das glaube ich nicht.«

»Zum hundertsten Mal, Juliane. Doch.«

Wir sitzen in Jasons Wohnzimmer. Ich muss ohnehin noch die ganzen Erlebnisse verarbeiten, und jetzt kommt schon wieder etwas Neues hinzu! Und das alles innerhalb von so wenigen Tagen. Ich lasse das mal kurz Revue passieren: Ich treffe Jason in einem Zug, muss mir in der Rechtsmedizin anschauen, wie einem toten Lastwagenfahrer der Schädel aufgesägt wird, muss mir dann in einem Mischwaldbademantel Erotikfilme ansehen, bin dann selbst tot, werde mit einem Zettel an meinem Fußzeh in ein Kühlfach geschoben und dort zum Teil vergessen, bin auf meiner eigenen

Beerdigung, werde fast verbrannt, dann der ganze Zirkus mit dem Autowachs und Herrn Glockengießer und dem toten Mörtel, dann Heiner, die Streitereien zwischen Jason und Schatzi ... ach, überhaupt, und jetzt bekomme ich auch noch gesagt, dass zwei Polizisten aus dem Kreis Neumünster, die Jason wegen zu schnellen Fahrens angehalten haben, nun in seinem Kofferraum liegen und man nicht weiß, was man mit ihnen anstellen soll.

»Ich weiß nicht, wohin damit«, sagt Jason andauernd, als würde es sich bei den Polizisten um Möbelstücke handeln, von denen man feststellt, dass sie entweder ein Fehlkauf waren oder zu groß für die Wohnung sind.

»Glaub mir, als die vor mir standen, hat mich fast der Schlag getroffen«, rechtfertigt sich Schatzi, der sich ungefragt an Jasons Hausbar bedient hat. Vor ihm steht eine Flasche mit Schnaps oder Ähnlichem. »Sie wollten das Auto mitnehmen, als Pfand sozusagen, die haben sich wohl die Nummer gemerkt. Wir sind ja auf und davon. Also du.«

»Hätte ich zulassen sollen, dass Juliane in einem Krematorium verbrannt wird?« Nun wird Jason richtig sauer. »Wäre dir das lieber gewesen, ja?«

Schatzi setzt die Flasche an und sagt dann: »Natürlich nicht. Was ist denn das für eine Unterstellung?«

»Danke«, sage ich leise, aber niemand hört mir zu.

»Ich mache also erst mal den Motor an und fahre weg in die nächste Straße, und was stellt sich raus: Ich lande in einer unbelebten Sackgasse. Die Polizisten waren ruckzuck da und wollten mich sogar verhaften.« Schatzi holt Luft. »Ich also ratzfatz ein paar Kickboxschläge angewandt und die beiden in den Kofferraum geschubst, was gar nicht so einfach war, weil sie doch sehr groß sind. Dann bin ich ja auf dem schnellsten Weg zurück zur Versicherung gefahren. Glaub mir, mit den Jungs war nicht gut Kirschen essen. Die haben ziemlich sauer ausgesehen. Ziemlich sauer.«

»Trotzdem hast du nicht wie verabredet gewartet.« Jason ist

immer noch genervt. »Mit den Polizisten hätte man doch reden können. So schlimm ist dieses Delikt nicht. Viel schlimmer finde ich, dass du es in Kauf genommen hast, uns im Stich zu lassen. Na ja, was will man anderes erwarten? Ich bin mir im Übrigen sicher, du hättest es zugelassen, dass Juliane im Krematorium verbrannt wäre.«

Nun sinkt Schatzi in sich zusammen. »Du Dämon!«, flüstert er. »Warum habe ich mich bloß auf diese Geschichte hier eingelassen? Und warum muss ich mit dir zusammenarbeiten? Warum?«, beklagt er sich mit weinerlicher Stimme, was wohl auch an dem Schnapskonsum liegen dürfte.

Aber Jason geht nicht auf ihn ein. Für ihn ist es wichtiger zu diskutieren, was jetzt mit den beiden Polizisten im Kofferraum passieren soll. Er denkt laut darüber nach, während Schatzi einen Schnaps nach dem anderen kippt.

»Lass sie doch einfach drin liegen«, schlägt Schatzi dann vor, der mittlerweile wirklich mehr als genug Alkohol intus hat und schon lallt. »Lass sie drin liegen, irgendwann werden sie versterben, kommen zu dir ins UKE, und du wirst nicht arbeitslos. Ich allerdings werde dann nicht mehr als dein Präparator bei dir sein. Nein, ich für meine Person werde mir baldmöglichst einen anderen Job suchen. Ich gehe zurück nach Berlin. Oder vielleicht nach Frankfurt. Je weiter von dir weg, desto besser. Ich werde mit Rechtsmedizinern zusammenarbeiten, die *nicht* auf die Nicht-Studierten herabschauen.«

Die Idee mit dem Im-Kofferraum-Liegenlassen finde ich auch gar nicht so übel. Die Beamten sind mit Sicherheit nicht besonders gut auf Jason und schon gar nicht auf Schatzi zu sprechen. Wäre ich auch nicht an ihrer Stelle. Wer wird schon gern überwältigt und in einen Kofferraum gestopft? Oha. Mir wird gerade etwas klar: Ich bin Mitwisserin einer Geiselaffäre.

»Was ist, wenn sie keine Luft mehr kriegen?«, fällt mir ein.

Aber Jason meint: »So ein Kofferraum ist bestimmt gut belüftet.«

Bestimmt? Und was, wenn Jason sich irrt und der Kofferraum eben *nicht* gut belüftet ist? Ich kann mitreden. In einem Kofferraum habe ich zwar noch nicht länger gelegen, aber in Särgen. In denen gab es zwar Luft, aber die wurde irgendwann auch weniger. Und zu zweit in einem Kofferraum eingepfercht zu sein ist für zwei ausgewachsene Menschen mit Sicherheit auch kein Spaß. Ich hatte den Sarg ja wenigstens für mich allein. Die armen Polizisten liegen da bestimmt wie Gruselfisch. Gruselfisch ist ein Begriff, den ich mal vor etlichen Jahren erfunden habe, als ich meine erste Dose Ölsardinen geöffnet hatte. Eng gepresst lagen die Sardinen nebeneinander und hatten sich bestimmt gegruselt in der dunklen Dose. Aber diese Tatsache spielt momentan eine eher untergeordnete Rolle.

»Ich hab's«, meint Jason unvermittelt. »Wir ketten sie im Heizungskeller an. Im Heizungskeller ist nie jemand, und wir werden sie knebeln und ihnen ab und an was zu essen und zu trinken bringen. Wobei – knebeln müssen wir sie gar nicht, die Stahltür ist so dick, da dringt kein Ton raus.«

»Bei unserem Glück werden ab sofort alle Mieter dieses Hauses im Heizungskeller wohnen«, wirft Schatzi ein, aber uns fällt wirklich nichts Besseres ein, und dann meint Jason, er würde die beiden mit Chloroform betäuben, sonst würden sie sich ja bestimmt wehren, wenn man sie aus dem Kofferraum hole, um sie dann in den Keller zu verfrachten. Er läuft ins Bad und kommt mit einer Glasflasche zurück, in der sich eine klare Flüssigkeit befindet, und er hat auch Wattebäusche dabei.

Mir ist unwohl bei der ganzen Geschichte; ich halte mich weitestgehend heraus, hole meine Handtasche, nehme das Geld aus den Umschlägen und beginne, die einzelnen Scheine nach Seriennummern aufwärts zu sortieren. Das beruhigt mich, und das lenkt mich ab. Gleich morgen oder vielleicht auch noch nachher werde ich in ein Geschäft gehen und mir ganz viele schöne Sachen zum Anziehen kaufen. Jason und Schatzi werde ich auch etwas schenken. Ich muss Jason sowieso noch das Geld für die Jeans und die Jacke und für McDonald's und für das Frühstück wiedergeben. Und mich anteilig an seiner Wohnungsmiete beteiligen. Immerhin benutze ich sein Bett und verbrauche sein Wasser und versiegele seine Küchenschränke.

Die beiden erheben sich. »Wir bugsieren die Kameraden jetzt erst mal in den Keller.«

Das machen sie dann auch, und ich schaue mir währenddessen ehrfürchtig den ersten Zweihundertfünfzig-Euro-Schein meines Lebens an. Was man damit wohl alles kaufen kann? Und es ist ja nicht nur einer, es sind ganz viele. Auf jeden Fall werde ich mir eine Handcreme zulegen. Heiner hat mir Kosmetik immer verboten, ich musste froh sein, wenn ich mal zu Inken gehen oder mir zu Hause die Haare waschen durfte oder die Hände mit Seife. Parfum hatte ich zwar, aber das mochte ich nicht. Wer, bitte schön, mag denn *Tosca*? Meine Kinder haben mir immer *Tosca* geschenkt oder Gewürzseife. Einmal auch *Klosterfrau Melissengeist* und einmal *Rotbäckchen-Saft*. Unmöglich.

»Ob du wohl für die Polizisten kochen kannst?«, fragt mich Jason, nachdem er mit Schatzi wieder in der Wohnung ist.

Das mache ich doch gern. Wenn ich *etwas* kann, dann kochen, backen und einmachen, und das wirklich hervorragend. Schließlich musste ich jahrelang für eine Riesenfamilie das Essen zubereiten. Und das täglich. Nein, wirklich, im Kochen macht mir keiner etwas vor. Was Hausmannskost angeht, zumindest. Dabei habe ich immer darauf geachtet, nicht nur norddeutsche Gerichte zuzubereiten, sondern ich habe länderübergreifend gekocht. Ich mache den besten Grünkohl der Welt, selbstverständlich mit selbsthergestellter Kochwurst. Meine Weißwürste mit süßem Senf sind nicht zu übertreffen, und wenn ich Schweinelendchen mache, so sind diese immer auf den Punkt, nämlich innen noch zartrosa. Und ich kann auch die hessische grüne Soße aus dem Effeff. Dass ich dafür nur die frischesten Kräuter verwende, ist selbstverständlich. Ich bereite eine Lasagne oder Tortellini alla panna so zu, dass jeder Italiener neidisch werden würde, und mein Chili con carne ist einfach göttlich. Es gibt wahrhaftig kein anderes Wort dafür. Fremdländisch zu kochen gab mir all die Jahrzehnte immer ein Gefühl von Freiheit. Ich war ja nie im Urlaub; und so machte ich mich eben am Herd auf in die fernen Länder. Wobei ich aber trotzdem ehrlich zugeben muss, dass die deutsche Hausmannskost mir die liebste ist. Spaghetti und was weiß ich kann man an jeder Straßenecke bekommen, aber wie viele Restaurants in Deutschland gibt es wohl, in denen der Chef noch persönlich kocht und in denen es Rindsrouladen und eine hausgemachte Linsensuppe mit Bauchfleisch gibt? Gut, gut, ich kenne mich natürlich nicht so aus, aber ich glaube es einfach nicht.

»Was möchten die beiden denn essen? Auf was haben sie denn Appetit?«, will ich wissen und habe plötzlich unbändige Lust, mich in die Küche zu stellen, auch wenn die Schränke immer noch mit Autowachs verschmiert sind. Es stellt sich heraus, dass Jason und Schatzi das nicht wissen, aber sie haben auch Hunger, und ich auch, wenn ich ehrlich bin, also setze ich mich hin und überlege, dann schicke ich Schatzi mit einem Einkaufszettel fort.

Ich werde ein Hühnerfrikassee machen. Natürlich nur mit besten Zutaten. Schatzi wird von mir angehalten, bloß nicht wieder mit Konservendosen anzukommen. Ich will frischen Spargel, frische Möhren, beste braune Champignons mit festen Kappen und Erbsen, und vor allen Dingen ein frisches Huhn, wobei es mir beim Huhn egal ist, ob es bereits ausgenommen ist oder nicht. Das kann ich nämlich auch!

»Wo krieg ich das denn alles?« Schatzi glotzt auf den Einkaufszettel. Aber das kann ich ihm beim besten Willen nicht beantworten. Wohne ich in Hamburg oder er? Und bei aller Liebe: In einer Großstadt wird es doch wohl möglich sein, frisches Gemüse und ein Huhn zu erstehen. Wären wir jetzt in Groß Vollstedt, hätten wir alles da. Das ist das Gute am Selbstversorgen. Man ist von keiner Ladenöffnungszeit abhängig und hat immer alles griffbereit zur Hand. Nur wenn ich mal Kaffee brauchte oder Kakao oder Zucker oder so was halt, was wir nicht selbst herstellten, dann bin ich in den kleinen Edeka-Markt gegangen. Aber reich sind die durch mich nicht geworden. Ich brauchte ja nie viel. Ach je, die gute Frau Scheunemann – wie sie während meiner Trauerfeier geschluchzt hat. Möglicherweise vermisst sie mich tatsächlich. Also als Person, nicht als Kundin.

O ja, Hühnerfrikassee! Ich bin so froh, mich mal nützlich machen zu können, dass ich ganz vergesse, Jason zu fragen, wie es denn nun weitergehen soll. Darüber sollten wir uns in der Tat Gedanken machen. Denn: Wir haben die Versicherung betrogen, das könnte übel für uns enden, ja, für Jason auch, er hat ja den Totenschein gefälscht, und am schlimmsten ist, dass Heiner weiß, dass ich noch lebe. Woher weiß er das nur? Er hat mich doch in dem Sarg liegen sehen. Mausetot. Ich werde Schatzi nochmal fragen, wie genau sein Besuch als Vogelscheuche in Groß Vollstedt abgelaufen ist. Jetzt ist er auch nicht mehr trotzig.

»Darüber werden wir uns später in aller Ruhe unterhalten«, sagt Jason, als ich ihm meine Bedenken erklärt habe, und dann will er mir zeigen, wo in seiner Küche sich Töpfe und Kochlöffel befinden, aber er findet nichts mehr, weil ich ja alles umgeräumt habe. Er öffnet eine Schublade und sackt dann unvermittelt in sich zusammen.

»Um Himmels willen, Jason, was ist denn los?« Bestürzt greife ich ihm unter die Arme.

Er sieht mich blicklos an und hält mir anklagend einen Silberlöffel vor die Nase. »Der ... gehörte ... Miriam«, kommt es dann leise.

»Ach ...«, was soll ich jetzt dazu sagen? Dass es mir leidtut, dass seine Exfreundin einen Silberlöffel hier gelassen hat oder dass Jason sich doch darüber freuen kann?

»Nett«, sage ich schließlich neutral.

Das findet Jason überhaupt nicht witzig. »Nett? Nett?« Er knallt den Löffel auf den Küchentisch. »Bist du verrückt? Wie kann man es denn nett finden, dass längst vernarbte Wunden nun wieder in mir aufbrechen und mich ausbluten lassen werden?«

Er und Schatzi sind sich wirklich sehr ähnlich – zumindest wenn es um eine gewisse Übertreibung in der Wortwahl geht.

Er setzt sich, während ich zwei Töpfe aus dem Unterschrank hole und beide schon mal mit Wasser fülle. »Mit diesem Löffel hat Miriam immer ihren Früchtequark gegessen«, erzählt er mir. »Er durfte auch nie in die Spülmaschine, sondern musste unter fließend heißem Wasser gereinigt werden.« Jetzt küsst er den Löffel auch noch. »Bestimmt kann man noch nachweisen, dass Miriam diesen Löffel im Mund hatte. O Gott, o Gott, ich halte das alles bald nicht mehr aus.« Nun fängt Jason tatsächlich an zu schluchzen.

Schnell setze ich mich zu ihm und lege meine Hand auf seinen Arm. »Diese Miriam muss wirklich eine wunderbare Frau gewesen sein«, sage ich und hoffe, dass meine Worte ihn ein Stück weit trösten.

»War sie ja auch.« Er zieht die Nase hoch.

»Wie lange wart ihr denn zusammen?«

»Drei Jahre. Drei wundervolle Jahre. Sie hat immer da gesessen, wo du jetzt sitzt. Hier haben wir gefrühstückt, hier haben wir abends zusammengesessen und eine Riesenpizza gegessen und dabei klassische Musik gehört. Und wir haben geredet, was haben wir für tolle, intensive Gespräche geführt. Nächtelang manchmal. Und der Sex war auch ganz großartig. Miriam ist eine wunderbare Frau. Intelligent, gebildet. Sie hat Witz, Charme und Charisma. Alles Dinge, die mir fehlen ... und ... ach, ich vermisse sie so!«

Jason ist gefühlsmäßig nun am Ende und jault wie ein getretener Hund. Dabei schlägt er die ganze Zeit mit dem Löffel auf dem Tisch herum; es bilden sich schon kleine Dellen im Weichholz. »Sie hat mich verlassen, sie hat mich verlassen!«, ruft er ununterbrochen, und dann: »Nie wieder finde ich eine solche Frau!«

Ich wage es, irgendwann zu fragen: »Warum hat sie dich eigentlich verlassen, wenn ihr doch so glücklich wart?«, und Jason antwortet bitter: »Weil ich ihr zu pingelig war. Das mochte sie nicht. Kannst du dir das vorstellen, Juliane, sie konnte einfach nicht damit umgehen, dass ich ordentlich bin. Einmal wollte sie sonntags im Bett mit mir frühstücken, aber weißt du, wie das Bett dann ausgesehen hätte? Die ganzen Krümel. Ich kann Krümel nun mal nicht ausstehen.« Er erinnert sich weiter. »Wir haben uns wegen Kleinigkeiten gestritten, dabei wäre es ein Einfaches für sie gewesen zu sagen: ›Ja, Jason, ich werde nach dem Duschen den Abzieher für die Duschwand benutzen.‹ Dann wäre alles gut gewesen. Aber nein, sie meinte, ich sei ein unverbesserlicher Pedant, und mit so jemandem würde sie es nicht mehr aushalten.« Jason zieht eine kleine Schublade auf, die sich unter dem Küchentisch befindet, und holt ein Päckchen mit Papiertaschentüchern heraus. Umständlich fummelt er eines aus der Packung und schnäuzt sich hörbar die Nase. »Mit meinem Beruf kam sie auch nicht zurecht«, geht es weiter. »Miriam sagte mal zu mir, ich sei ein Menschenschlachter.«

Ich bin wirklich erschüttert. »Das hat sie gesagt?«

Er nickt, verschränkt die Arme auf dem Tisch, legt seinen Kopf darauf und fängt an zu weinen. Und ich kann nichts anderes tun, als ihm den Rücken zu streicheln und ihm durch die Haare zu fahren; dabei mache ich leise »Pscht, pscht, alles wird wieder gut.« Der arme Junge!

Da kommt Schatzi ächzend mit mehreren Tüten zurück, und nun muss ich mich auf die wesentlichen Dinge im Leben konzentrieren.

Zwei Stunden später ist das Frikassee fertig. Bis so ein ganzes Huhn gekocht ist, das dauert seine Zeit. Ich fülle erst einmal zwei Teller damit und stelle sie vor Jason und Schatzi hin, die gierig darauf warten, mit dem Essen anfangen zu können. »Ihr esst gleich. Die beiden Portionen hier sind für die Polizisten«, sage ich bestimmt. Sie schauen sich an.

»Ich ertrage diese vorwurfsvollen Gesichter nicht mehr«, meint

Schatzi. »So anklagend, als hätten wir einen schlimmen Fehler gemacht.«

Jason nickt. »Es wäre auch bestimmt nicht gut, sie mit unserer Anwesenheit unnötig zu provozieren«, überlegt er. »Am besten, du gehst in den Heizungskeller, Juliane.«

Ich? »Warum?«

»Weil ... die beiden sich bestimmt freuen, mal ein anderes Gesicht zu sehen.«

Da ich Sorge habe, dass das Frikassee und der Reis kalt werden könnten, setze ich meine Brille auf, reiche Jason wortlos meine Hand, und der drückt den Heizungskellerschlüssel hinein und erklärt mir, wo genau ich die Polizisten finde. Ich stelle die Teller auf ein Tablett, packe Gläser und zwei Wasserflaschen dazu und begebe mich in den Keller, vor Angst gebeutelt, dass mich ein Nachbar sehen und fragen könnte, warum ich Hühnerfrikassee in den Keller transportiere. Aber das Treppenhaus ist leer, ohnehin sieht man hier so gut wie nie jemanden, und ich erreiche unbehelligt und ohne zu stürzen das Kellergeschoss. Nachdem ich das Tablett abgestellt und das Licht angeknipst habe, macht sich in mir eine gewisse Unsicherheit breit: Ich habe Jason nicht gefragt, ob die Polizeibeamten frei herumlaufen oder irgendwo angebunden sind. Beide Möglichkeiten stellen nämlich ein Problem dar: Wenn sie frei herumlaufen, werden sie mit Sicherheit auf die warme Mahlzeit verzichten und stattdessen versuchen zu fliehen. Sind sie angebunden, also ihre Hände, können sie eventuell nicht essen. Hm. Vor der Stahltür bleibe ich dann stehen und rufe verhalten »Hallo, hallo«, aber niemand antwortet. Klar, Jason meinte ja, die Türen seien aus so dickem Stahl, dass kein Laut durchdringen würde. Ich muss es also wagen, balanciere das Tablett auf einer Hand, und mit der anderen schließe ich die Tür auf. Nachdem sich meine Augen an die Dunkelheit gewöhnt haben, bekomme ich einen Riesenschreck, denn die zwei Gestalten, die da auf dem Boden kauern, sehen so mitleiderregend aus, dass ich sie auf der Stelle trösten und ihnen ein lustiges Kinderlied vorsingen möchte. Sie sind tatsächlich festgebunden. Nicht mit Stricken, sondern mit richtigen Ketten um den Körper. Wenigstens sind die Hände frei, das finde ich gut. Ich halte allerdings auch Abstand, weil ich nicht möchte, dass einer von ihnen auf die Idee kommt, mich anzufassen oder, noch schlimmer, mich festzuhalten und als Geisel zu nehmen, um so die eigene Freilassung zu ertrotzen.

»Hier ist Ihr Essen.« Etwas anderes fällt mir momentan nicht ein. Außerdem stimmt es ja. Nur aus zwei kleinen, vergitterten und verglasten Luken fällt ein Minimum an Tageslicht in den Raum. Ich stelle das Tablett mit dem Frikassee auf einen Holzhocker, den offensichtlich mal jemand hier unten entsorgt hat. »Geht es Ihnen gut?«, frage ich dann. »Die Situation ist momentan sicher etwas unangenehm für Sie, aber ich werde dafür sorgen, dass Sie regelmäßig mit warmen Mahlzeiten versorgt werden.«

Die Männer starren mich mit großen Augen an. Beide haben in der Tat rote Haare, und sie sind wirklich riesig groß, noch größer als Schatzi, aber ganz dünn. Jason und Schatzi haben in ihren Erzählungen nicht übertrieben. Keiner von beiden sagt etwas. Ich bin ein wenig irritiert, weil die beiden mir irgendwie bekannt vorkommen. Aber ich kann überlegen, wie ich will, ich komme nicht drauf, wo ich sie schon einmal gesehen haben könnte. Wo in aller Welt sind mir ungefähr vierzig Jahre alte Polizistenzwillinge über den Weg gelaufen?

»Ich koche nämlich sehr gern«, rede ich weiter, um Vertrauen zu gewinnen. »Wenn … wenn Sie mögen, dann dürfen Sie sich auch was wünschen. Oder ich mache einen Wochenspeiseplan.« Die Idee finde ich hervorragend. Ein Wochenspeiseplan hat etwas von einem Hotelbetrieb, und kurz umweht mich wieder der Duft der großen, weiten Welt. Wochenspeiseplan … Ich könnte täglich wechselnde landestypische Menüs fabrizieren. Jeden Tag wäre ein anderes Land dran. Oder ich mische die Länder. Vorspeise: Bärlauchsuppe mit Stücken vom gebratenen norwegischen Wildlachs. Hauptgang: Steinpilzrisotto. Nachspeise: Omelette Surprise. Herrlich!

»Wir möchten nach Hause«, kommt es kläglich von dem einen Polizisten.

»Das geht jetzt leider nicht«, sage ich. »Wenn ich sie gehen lasse, würden sie meine Bekannten sofort anzeigen. Und ich brauche die beiden momentan wirklich sehr dringend. Deswegen müssen sie wohl oder übel noch ein wenig hierbleiben.«

»Wer sind Sie überhaupt?«, will der andere wissen und setzt sich ein wenig auf.

»Mich gibt es eigentlich gar nicht mehr«, kläre ich meine Gesprächspartner auf. »Ich bin schon tot, meine Trauerfeier wurde abgehalten, und dann bin ich in ein Krematorium gebracht worden.«

Das muss als Erklärung genügen. Nun rutschen die Männer auf dem Steinboden angstvoll zurück. Sie sprechen wohl nicht jeden Tag mit einer toten Frau, die aber dennoch so freundlich ist, ihnen Hühnerfrikassee schmackhaft zuzubereiten.

»Guten Appetit. Langen Sie zu, bevor es kalt wird«, sage ich dann, nicke ihnen freundlich zu, und als ich mich noch einmal zu ihnen umdrehe, bevor ich die Tür verschließe, sehe ich mit Genugtuung, dass sie beginnen zu essen. Hoffentlich schmeckt es ihnen.

Kapitel 20

> Der von engl. Wissenschaftlern ermittelte witzigste Witz der Welt:
> Einige Jäger gehen durch den Wald, als einer von ihnen plötzlich zusammenbricht. Er scheint nicht zu atmen, seine Augen sind glasig. Ein anderer Jäger greift zu seinem Mobiltelefon und betätigt den Notruf. »Mein Freund ist tot. Was soll ich tun?«, fragt er in Panik. »Ganz ruhig«, bekommt er zur Antwort. »Überzeugen Sie sich zunächst, dass er wirklich tot ist.« Stille, dann ist ein Schuss zu hören. Der Jäger fragt: »Gut, was jetzt?«
> www.krautz.de

Die Sache mit dem Wochenspeiseplan lässt mir keine Ruhe. Ich könnte den ganzen Tag lang kochen und meiner Fantasie am Herd freien Lauf lassen. Leider habe ich meine alten, abgegriffenen, vielfach benutzten Kochbücher nun nicht mehr zur Hand, und das ärgert mich ein wenig, denn in Jasons Küchenschrank befindet sich nur ein einziges Kochbuch, noch dazu eins, vor dem ich Angst habe. Es heißt *Die Molekül-Küche. Physik und Chemie des feinen Geschmacks.*

»Alter Schwede, kannst du kochen, Juliane. War das genial.« Jason lehnt sich nach hinten und schließt die Augen.

Schatzi pflichtet ihm nickend bei. Er reibt über seinen Glatzkopf und stöhnt auf. »Ich weiß nicht, wann ich das letzte Mal so gut gegessen habe.«

Das macht mich sehr stolz, und ich mache mir schon Gedanken darüber, was es morgen geben wird. Vielleicht Kassler in Honig-Senf-Kruste, mit einer deftigen Zwiebelsoße und Lauch und jungen Kartoffeln, oder vielleicht sogar mit Wirsing. Wenn es um diese Jahreszeit noch frischen Wirsing gibt. Aber selbst wenn es keinen geben sollte: Ich bin kreativ und werde eine andere Gemüsesorte auswählen, und zwar eine, die erhältlich ist. Ich muss meine Idee mit dem Wochenspeiseplan gründlichst durchdenken.

»Wir haben nun schon einige wichtige Punkte abgearbeitet«, meint Jason, als wir später im Wohnzimmer zusammensitzen und einen Sherry trinken. »Der nächste Punkt wird sein, dass wir herausfinden müssen, was genau dein Mann weiß, und dann müssen wir uns eine Rache für ihn überlegen. Gut, du hast nun schon das Geld der Lebensversicherung, aber dir steht ja noch viel mehr zu. Eure Ehe ist ja eine Zugewinngemeinschaft, und deswegen gehört dir die Hälfte des ganzen Besitzes und überhaupt von allem.«

Schatzi nickt. »Ganz schön groß, euer Hof«, sagt er. »Riesig, um genau zu sein.«

Ich blitze ihn an. »Das müssen Sie mir nicht sagen, Schatzi, ich habe achtzig Jahre lang dort gewohnt. Und gekocht habe ich und saubergemacht auch und das ganze Vieh versorgt.« Plötzlich bekomme ich eine Riesenwut auf Heiner. »Ich hatte nachts manchmal nur vier Stunden Schlaf«, rede ich mich in Rage, »und glaubt ihr, Heiner hätte mal in irgendeiner Form auf mich Rücksicht genommen? Oder mal selbst was auf die Beine gestellt? Normalerweise wäre ich jetzt tatsächlich schon längst tot. Ich nehme an, es liegt an der frischen Luft, die ich über all die Jahrzehnte eingeatmet habe, dass ich überhaupt noch lebe.«

»Arbeit hat noch keinem geschadet«, wirft Jason ein. »Viel schlimmer finde ich die Tatsache, dass er dich so oft verprügelt hat.«

Ich nicke.

Er dreht sich zu mir um. »Mein größtes Ziel ist es, dir ein wundervolles Leben zu bereiten. Welche Wünsche hast du?«

Da mir gerade die Frage durch den Kopf schießt, ob es im Laufe der nächsten Tage Rinderbraten im Blätterteig mit Schwarzwurzeln geben soll, bin ich nicht ganz bei der Sache. Ich nehme noch einen Schluck Sherry und schaue die beiden Männer an. Welche

Wünsche ich habe? Meinen Frieden will ich haben. Ausschlafen will ich. So sage ich ihnen das auch.

»Mehr nicht?« Schatzi ist fassungslos.

»Du musst doch noch mehr Wünsche haben. Eine Weltreise beispielsweise. Du ... du könntest dir ein Studium finanzieren oder dir ein Reitpferd zulegen«, wirft auch Jason ein. »Oder dich sonst wie fortbilden. Es hat schon Leute gegeben, die haben den Kurs ›Untersuchungen zur enzymatischen Bleiche von kanariengelber Wolle während der Rohwollwäsche und Charakterisierung der Wollproteine nach Einwirkung von Enzymen‹ belegt.«

»Nö«, ich schüttele den Kopf; ich bin schon immer bescheiden gewesen.

Morgen könnte ich auch einen Gemüseeintopf machen, überlege ich. Vitamine sind wichtig, und Schatzi sowie Jason werden viele Vitamine brauchen, fällt mir ein, wenn ich an die Zukunft denke. Die beiden stoßen ununterbrochen mit Sherry an, ich bin auf Rotwein umgestiegen. Den mag ich lieber. Nebenbei läuft der Fernseher, und in einer Talkshow streiten sich die teilnehmenden Personen über die Kultur des flachen Witzes und über Witze an sich. Einer der Talkgäste meint, dass er über keinen Witz dieser Welt lachen könne, und Schatzi wirkt plötzlich sehr interessiert. Und empört.

»Der spinnt wohl«, sagt er und deutet auf den Fernsehapparat. »Der ist ja völlig humorfrei, der Kamerad da. Ich sage euch«, nun schaut er uns an. »Ich habe schon ganze Kneipen zum Grölen gebracht mit meinen Witzen.« Der Zorn und bestimmt auch der Alkohol lassen sein Gesicht rot werden. Und schon beginnt er, uns Witze zu erzählen, offensichtlich will oder muss er sich beweisen.

Da ich von Natur aus ein sehr bodenständiger und nüchterner Mensch bin, kann ich das, was Schatzi von sich gibt, nicht ganz nachvollziehen. Ich kann auch nicht darüber lachen. Beispielsweise erzählt Schatzi den folgenden Witz: »Zwei Kannibalen essen einen Clown. Sagt der eine: ›Hm. Schmeckt irgendwie komisch‹.« Und dann sieht uns Schatzi so an, als müssten wir auf der Stelle tot umfallen vor Lachen. Jason lacht tatsächlich, wobei ich allerdings vermute, dass er es aus Gefälligkeit tut und um einen weiteren Streit mit Schatzi zu vermeiden, der sich überhaupt nicht mehr einkriegen kann nach diesem Witz.

Ich aber hake nach. »Warum essen zwei Kannibalen ausgerechnet einen Clown?«

Schatzi hat sich nicht mehr so recht unter Kontrolle und stellt die Sherryflasche lauter als unbedingt nötig auf den Tisch. »Weil das in dem Witz eben so ist.«

Das genügt mir nicht. »Es muss doch einen Grund dafür geben, dass zwei Kannibalen einen Clown essen – und wo finden sie den Clown überhaupt? Das passt doch überhaupt nicht zusammen. Kannibalismus findet wohl bei vielen Naturvölkern noch statt, aber diese Naturvölker sind teilweise noch gar nicht erforscht und leben sehr isoliert. Ich glaube kaum, dass sich zu diesen Naturvölkern zufällig ein Clown verirrt.«

»Darum geht es doch gar nicht. Eigentlich geht es doch nur um das Wortspiel.«

»Welches Wortspiel?«

»Na, weil die Kannibalen den Clown essen und finden, dass er komisch schmeckt.«

»Wo ist da ein Wortspiel?«

»O Juliane, bitte. Weil ein Clown komisch ist.«

»Komisch ist? Eben sagten Sie, er würde komisch schmecken.«

Schatzi schlägt sich an die Stirn. »Das ist ja der Witz. Der Clown ist komisch und schmeckt dann auch so.«

»Ich denke, er ist tot.«

»JAAA!«, kreischt Schatzi entnervt und donnert sein Sherryglas auf den Tisch.

»Ich finde das nicht witzig. Überhaupt nicht. Ich kann darüber nicht lachen. Keineswegs.«

»Dann lassen Sie es doch.«

»Ich würde es aber gern verstehen.«

»Sie verstehen es aber nicht.«

»Das weiß ich. Aber das liegt ja nicht an mir.«

»Jetzt ist es aber genug!« Schatzi deutet mit dem Finger auf mich. »Ich habe den Witz so erzählt, wie ich ihn immer erzähle, und ich habe diesen Witz schon ungefähr hundertmal erzählt, und nie hat einer diesen Witz in Frage gestellt.«

»Dann waren diese Leute eben dumm«, bemerke ich, während sich eine latente Teilaggression in mir breitmacht.

»Das glaube ich nicht. Ich glaube eher, dass *Sie* dumm sind.«

»Ach?« Ich blitze ihn durch meine Brille an und überlege kurz. »Bitte. Bitte«, sage ich dann. »Erzählen Sie mir noch einen Witz. Los, machen Sie schon.«

»Leute, lasst es doch gut sein.« Jason reibt sich die Augen. »Das ist doch völlig unwichtig. Der eine mag Witze und der andere nicht. Darüber muss man sich doch nicht streiten.«

»Mir ist es nicht unwichtig, dass ich für dumm gehalten werde.« Ich verschränke die Arme. »Also bitte, Schatzi, den neuen Witz bitte.«

Der Präparator ist mittlerweile richtig sauer, und eine halbe Minute später weiß ich auch, warum. »Du könntest mich auch mal unterstützen«, wirft er Jason vor. »Sag ihr, dass sie keine Witze versteht. Sie versteht sie einfach nicht.«

»Vielleicht erzählst du sie ja so, dass man sie schwer verstehen kann«, meint Jason gelangweilt und blättert in der Programmzeitschrift herum.

»Da gab es überhaupt und gar nichts zu verstehen!«, eifert sich Schatzi, und kleine Schweißperlen bilden sich auf seiner Glatze. »Nichts!«

»Na also. Du gibst es ja gerade selbst zu«, kommt es gelassen von Jason.

»Das ist … einfach eine infame Unterstellung!« Schatzi steht auf und kickboxt in Jasons Richtung. »Du machst mich gerade ziemlich sauer, mein Lieber. Ich habe nicht übel Lust, dich mal einen Liter Blut durch die Nase spenden zu lassen. Gleich klatscht es, aber keinen Beifall!«

Ich mische mich ein. »Ich warte immer noch auf einen neuen Witz.« So einfach kommt er mir nicht davon.

»Spiel dich nicht so auf«, meint Jason.

»Der Witz, der Witz«, sage ich.

»Also gut«, Schatzi setzt sich wieder. »Den versteht wirklich jeder. Warum gehen Blondinen immer auf Zehenspitzen an Medizinschränken vorbei?« Fragend sieht er mich an.

»Woher soll ich das wissen?« Ich zucke mit den Schultern.

»Es geht ja noch weiter«, er hebt die Hände bittend gen Himmel.

»Tut mir leid, diesen Witz habe ich ebenfalls nicht verstanden. Was soll das, an Medizinschränken vorbeizugehen und dann geht es weiter?«

»Nein!«, ruft Schatzi verzweifelt. »Der Witz geht noch weiter.«

»Ach so.« Ich bin gespannt.

Schatzi holt tief Luft: »Sie wollen die Schlaftabletten nicht aufwecken«, sagt er dann, und ein unangenehmes Schweigen entsteht, während Schatzi mich bittend anstiert und zu beten scheint, dass ich den Witz verstehen soll.

Ich denke nach. »Warum Blondinen?«, frage ich.

»O nein, bitte. Herr im Himmel, steh mir bei!« Er wirft sich seitlich aufs Sofa und streckt alle Viere von sich. »Diese Witze heißen Blondinenwitze. Weil Blondinen dumm sind.«

»Diese Aussage finde ich ziemlich diskriminierend.« Eine gleichgeschlechtliche Verteidigungshaltung nimmt von mir Besitz.

»Das ist nun mal so«, erklärt er wieder. »In diesen Witzen werden blonde Frauen als dumm abgestempelt, und sie machen dann solche Sachen, die sonst kein Mensch machen würde.«

»Aha«, sage ich langsam. »Und warum?«

»Weil das völlig dämlich ist, was die machen. Ich meine, wer geht denn auf Zehenspitzen an Medizinschränken vorbei, damit die Schlaftabletten nicht wach werden?«

»Schlaftabletten können doch gar nicht wach werden«, sage ich ganz richtig.

»EBEN!«, brüllt Schatzi, der nun völlig fertig ist. »Das ist ja der Witz.«

»Ich finde das nicht witzig«, wiederhole ich. »Lachen kann ich darüber nicht. Das ist doch absolut an den Haaren herbeigezogen. Und es ist lächerlich, solche obskuren Handlungen ausgerechnet blonden Frauen in die Schuhe zu schieben. Ich war übrigens auch einmal blond, bevor ich ergraute. Aber ich hatte nie das Bedürfnis, Schlaftabletten zu wecken. Niemals. Ich glaube auch nicht, dass andere Frauen sie wecken wollen. Ob rothaarige, blonde oder brünette.«

»Es ist ja gut, es ist ja gut.« Schatzi schließt die Augen.

Jason erhebt sich. »Tja«, er grinst Schatzi an, der bei seinem »Tja« die Augen wieder öffnet. »Im Witze erzählen würdest du keinen Preis gewinnen.«

»Mir reicht es langsam!« Nun kreischt Schatzi wirklich. »Willst du mich eigentlich fertigmachen? Du stellst mich hin wie den letzten Trottel! Früher hast du über meine Witze gelacht! Und früher haben wir uns auch gut verstanden! Aber langsam kommt es mir so vor, als würdest du dich dauernd über mich lustig machen. Du benutzt mich nur für deine Zwecke! Und ich habe immer zu dir gehalten! Wie viele schwierige Situationen haben wir zusammen erlebt und gemeistert? Ich habe dich gedeckt, wenn du Scheiße gebaut hast, ohne mit der Wimper zu zucken. Erinnere dich bitte mal daran, als wir in der Klinik diese Bauarbeiten hatten und du wegen des Lärms völlig genervt warst. Und wie du dem Mann, der bei uns auf dem Seziertisch lag, spontan die Hand abgeschnitten und durchs Fenster den Handwerkern, die gerade gefrühstückt haben, mit den Worten ›Hier habt ihr noch eine helfende Hand‹ mitten in die Butterbrote geworfen hast!«

»Die waren aber auch laut.«

»Natürlich waren sie laut. Aber muss man ihnen deswegen eine Hand hinschmeißen? Und als sie sich beschwert haben bei der Klinikleitung, wer hat dich da verteidigt und dafür gesorgt, dass es nie rauskam, was du getan hast?«

»Du«, meint Jason gelangweilt. »Und wer deckt dich immer mit deinem Grottig.de-Mist?«

»Das ist doch ganz was anderes!« Schatzi ringt ergebnislos nach Fassung. »Ich hasse dich! Du bist ohne Gefühle! Du bist ein herzkalter Mensch. Du hast keine menschliche Wärme. Du bist wie die Toten, die du aufschneidest!«

»Reg dich ab.« Also wirklich, Jason bleibt immer noch ruhig. Ich könnte das nicht an seiner Stelle.

»Weißt du was? Weißt du was?« Der Präparator nimmt einen auf dem Tisch liegenden Nussknacker in die Hand und fuchtelt damit herum. »Du bist dumm. Wenn man dir ein Loch in den Schädel bohren würde, könntest du wenigstens noch als Nistkasten dienen! Ich gehe jetzt! Das muss ich mir nicht antun!« Er steht auf, nimmt seine Jacke und verlässt lautstark die Wohnung. Als die Haustür ins Schloss fällt, zucke ich zusammen.

»War er schon immer so empfindlich?«, will ich von Jason wissen.

Der winkt ab. »Hin und wieder. Und immer dann, wenn es nicht hundertprozentig nach seinem Kopf geht. Er wird sich schon wieder einkriegen.«

»Du warst aber wirklich nicht besonders freundlich zu ihm.«

Aber Jason sagt nur: »Schatzi kann das ab. Er kommt aus Berlin«, und ich erwidere darauf gar nichts, auch nicht, dass ich den Witz nicht verstehe.

Kapitel 21

> Er bündelte auf wenigen Quadratzentimetern Weizenbrot die Sehnsüchte einer ganzen Epoche: Die verschwenderische Kombination aus Schinken und Käse demonstrierte den neu gewonnenen Wohlstand, Ananas und Cocktailkirschen drückten die Sehnsucht nach der weiten Welt aus.
> Gudrun Rothaug: Vom Toast Hawaii zum Döner. Essen in Deutschland. Frankfurt 2004

Wir setzen uns dann wieder ins Wohnzimmer. Die Talkshow ist mittlerweile vorbei, und Werbung läuft. Ein Zeichentrickmännchen fliegt umher und ruft in einem nichtdeutschen Akzent »Red Bull verleiht Flüüügel«, und das finde ich lustig, auch weil ich eine Assoziation zu den beiden Polizeibeamten bekomme. Sie sind rothaarig und sie sind Polizisten, und Polizisten werden ja im Volksmund Bullen genannt. Genau genommen weiden also in Groß Vollstedt Polizeibeamte. Jedenfalls werde ich die beiden Geiseln ab sofort nur noch »Die Red Bulls« nennen und könnte mir auf die Schulter dafür klopfen, dass ich auf so etwas Neumodisches gekommen bin. Nach der Red-Bull-Werbung kommt eine Werbung für ein neues Toilettenpapier, und da fällt mir ein, dass die Red Bulls doch bestimmt auch mal aufs Klo müssen.

Daran hat Jason auch nicht gedacht; schnell springt er auf und meint: »Darauf hättest du auch mal früher kommen können. Ich werde eine Chemietoilette besorgen müssen. Nur, wo kriege ich jetzt noch eine Chemietoilette her? Es ist nach acht.« Er rennt weg und holt seinen Laptop, und dann macht er etwas, das er »im Internet surfen« nennt und meint, beim Surfen bestimmt Chemietoiletten zu finden.

Interessiert rücke ich meine Brille zurecht und verfolge sein Tun.

»Ich werde das jetzt googeln«, sagt er, und das finde ich wahnsinnig interessant, dass er das, was auch immer das ist, googeln will. Jason gibt die Worte »Chemietoilette« und »Hamburg« in seinen Laptop ein, und kurz darauf kommen ganz viele Sätze, in denen die Worte Chemietoilette und Hamburg zu lesen sind. »Da hat sogar einer eine zu verschenken, wo ist denn das Telefon, ach da liegt es ja, hm, das ist ja dieselbe Postleitzahl, wenn wir Glück haben, ist das ganz in der Nähe.«

Er tippt die Nummer ein, und im nächsten Augenblick bekommen wir beide einen Schreck, weil nämlich von der offenen Balkontür ein durchdringendes Telefonklingeln zu hören ist. Wir gehen zum Balkon, um mitzubekommen, wie auf dem Nachbarbalkon jemand sagt »Wer kann denn das sein um diese Zeit?« und dann: »Hallo?«

Jason sagt, wer er ist und dass er auf die Anzeige wegen der kostenlosen Chemietoilette anruft, und ich höre, wie der Balkonnachbar sagt: »Ja, die ist noch da. Könnense abholen, wennse wollen.«

Schnell gehe ich auf Jasons Balkon und beuge mich um den Sichtschutz herum. Auf einem weißen Plastikstuhl an einem weißen Plastiktisch sitzt ein grobschlächtiger Mann Mitte sechzig, der einen überquellenden Aschenbecher vor sich hat und Feinrippunterwäsche trägt, die bei ihrer Geburt mal weiß gewesen sein muss, jetzt aber eher gräulich wirkt.

»Wir sind nebenan«, sage ich freundlich.

»Ja und?«, fragt der Mann unfreundlich zurück.

»Wir sind die Leute, die gern Ihre Chemietoilette übernehmen möchten.«

Jason steht hinter mir und nickt. »Können wir sie gleich bekommen?«, fragt er.

Nachdem der Unterwäschemann die Chemietoilette aus seiner Vorratskammer geholt hat, einem Platz, den ich für eine Chemietoilette im Übrigen sehr, sehr unpassend finde, und uns das gute Stück übers Balkongeländer herübergereicht hat, beschließt Jason, es den Red Bulls zu bringen.

»Nimm auch Decken und Kissen mit«, schlage ich vor und beziehe dann Bettwäsche für die beiden. Ich möchte nämlich nicht, dass sie frieren. Ich möchte ihnen die Sachen aber auch nicht selbst bringen, weil ich die anklagenden Gesichter heute nicht mehr ertragen kann.

Lieber beschäftige ich mich noch ein wenig mit Jasons Laptop. Diese Google-Funktion ist ja wirklich einzigartig. Man gibt einfach ein Wort ein, und schon kommen ganz viele Begriffe, die damit zu tun haben. Ich gebe aus Spaß »Juliane Knop« ein und bin gespannt. Das ist ja großartig: Neunundneunzig Einträge zu meinem Namen! Ich klicke eine Seite an und lese: *Freunde wiederfinden mit* www.stayfriends.de: *Juliane Knop hat die Schule Kaufmännisches Berufsbildungszentrum Saarbrücken-Halberg (Berufsschule) bis zum Jahr 1995 besucht.* Das stimmt doch gar nicht. Ich bin nie in Saarbrücken zur Schule gegangen. Ob da jemand Schindluder mit meinem Namen betreibt? Aber warum? Ich werde das überprüfen müssen. Und ich werde mich weiter mit diesem Google beschäftigen. Ein lustiger Name. Google. Dann arbeite ich mich durch Jasons Fernsehprogramme, verfolge interessiert einen Beitrag über die Spanische Hofreitschule, um dann weiterzuschalten und letztendlich bei einem sympathisch wirkenden Mann hängenzubleiben, der hinter einem Herd steht. Ah, ein Fernsehkoch. Er kocht. Wie damals Clemens Wilmenrod. In den 50-ern war das. Der hat leckere Sachen gemacht. Durch ihn habe ich einen Toast mit geschmolzenem Käse, Kochschinken und Ananas kennengelernt. Lecker! Toast Hawaii hieß das, oh, ich könnte jetzt glatt einen verdrücken. Ach, das waren noch Zeiten. Der Herr Wilmenrod hat immer in die Kamera gelächelt und zur Begrüßung gesagt: »Ihr lieben, goldigen Menschen.« So war das damals. In welchem Programm lief das doch nur gleich?

Im Dritten. Jedenfalls lief es freitagsabends und immer eine Viertelstunde lang, glaube ich zumindest. Der Koch hier heute sieht aber gar nicht aus wie ein Koch, er trägt Jeans und T-Shirt. Und keine Kochmütze. Eine Frau läuft um ihn herum, die ständig fragt: »Und was machst du da jetzt gerade?«, obwohl jeder genau sehen kann, was er da jetzt gerade macht. Wenn ich mich nicht irre, ist das eine Kartoffelsuppe, die er da zubereitet. Er erklärt sein Tun und meint, jeder, der diese Kartoffelsuppe mal probiert habe, würde nie im Leben etwas anderes essen wollen. So weit, so gut. Ich beobachte ihn weiter, nicke zustimmend und finde es sehr gut, dass ein so junger Koch sich mit so etwas wie Kochen so gut auskennt. Doch dann macht der junge Mann einen fatalen Fehler: Er lässt Brühwürfel in die sämige Suppe fallen. Ja, *Brühwürfel*. Und dabei hat er auch noch die Nerven zu sagen: »Ich hab das hier schon mal vorbereitet. Ich mach nicht so ein Trara um gutes Essen. Wozu hat man denn heutzutage die kleinen Helfer, die dem Gericht den letzten, entscheidenden Pfiff geben?« Einige Sekunden später dann bringt der junge Koch das Fass zum Überlaufen. Er sagt: »Meine Gerichte sind von guter Hausmannskost nicht zu unterscheiden. Da wird mir jede Hausfrau von München bis Kiel recht geben.«

Ich gebe ihm nicht recht. Ich wohne weder in München noch in Kiel. Das ist eine Beleidigung allererster Güte! Noch nie im Leben habe ich an eines meiner Gerichte auch nur den Hauch eines Brühwürfels gegeben. Ich habe das Wort »Brühwürfel« beim Kochen nicht mal gedacht, um das Gericht nicht zu verschrecken. Und ich bin eine Hausfrau, die gute Hausmannskost zubereiten kann, o ja, die bin ich. Gut, der Herr Wilmenrod in den 50-ern hat manchmal Dosengemüse verwendet, aber doch niemals Brühwürfel! Jedenfalls kann ich mich nicht daran erinnern. Und er hat nette Kochbücher geschrieben, die habe ich alle. Na ja, ich *hatte* sie alle. Clemens Wilmenrod besaß einen *Heinzelkoch*, das war ein Schnellbrater. Hat er nicht sogar den Rumtopf erfunden? Und wollte er sich nicht damals mit einem Küchenmesser ermorden, weil ein Anrufer behauptet hatte, gefüllte Erdbeeren hätte es schon früher gegeben? Ich werde später darüber nachdenken, denn ich ärgere mich gerade maßlos. Mein Herz fängt wild an zu pochen, und ich greife mir das Telefon; das kann ich ja wohl nicht auf mir sitzen lassen. Unten rechts auf dem Bildschirm ist eine Telefonnummer eingeblendet; wenn man dort anruft, kann man dem Koch Fragen stellen oder ihn loben. Oder ihn maßregeln, und genau das habe ich jetzt vor.

Ich spreche aber nicht etwa gleich mit dem Koch, nein, es klingelt, und dann sagt eine Frauenstimme, dass ich warten soll, was ich auch tue, und endlich geht jemand ans Telefon und ruft dynamisch: »Benny Köhlaus Kochshow hier, ich bin der Ulli, was kann ich für Sie tun?« Ulli hört sich so an, als ob es ihn wirklich interessieren würde, was ich zu sagen habe, also hole ich tief Luft und erkläre: »Der Koch im Fernsehen hat gerade Brühwürfel in die Kartoffelsuppe getan.«

»Ja und?«, fragt Ulli.

»Ich finde das nicht richtig. Ich würde gern mit dem Koch über seine Würzmethoden sprechen. Persönlich«, füge ich dann noch hinzu.

»Er kocht aber gerade.« Ulli klingt jetzt nicht mehr so dynamisch, sondern eher abweisend. »Das geht jetzt nicht.«

Damit lasse ich mich nicht abwimmeln. »Warum steht rechts unten im Fernseher dann, dass man ihn jederzeit anrufen kann, wenn man etwas auf dem Herzen hat?«

»Was genau wollen Sie denn von ihm?« Ulli möchte das Telefonat beenden, das spüre ich förmlich.

»Er sagte gerade, jede Hausfrau in Deutschland würde ihm recht geben, dass sein Essen nicht von guter Hausmannskost zu unterscheiden ist. Diese Meinung teile ich nicht. Kocht man gute Hausmannskost, verwendet man keine Brühwürfel. Brühwürfel sind neumodischer Schnickschnack. So.«

Ulli überlegt. »Warten Sie mal«, sagt er dann, und ich höre kurz darauf Musik und starre auf den Fernseher.

Benny Köhlau rührt in der Suppe herum und sagt: »Dazu frisches Baguette, und der Fisch ist gelutscht. Übrigens: Gerade hat eine Dame angerufen, die behauptet, ich könnte keine Kartoffelsuppe machen.« Er hebt den Kopf und schaut mir aus dem Fernseher direkt in die Augen. »Warum finden Sie das?«, fragt er.

Ich begreife erst nicht, dass er mich tatsächlich anspricht, aber nach einer Schrecksekunde laufe ich zur Hochform auf.

»Hören Sie«, sage ich. »Zunächst einmal vermisse ich eine Begrüßung. Ich bin siebenundneunzig Jahre alt und möchte bitte mit einem anständigen ›Guten Abend‹ begrüßt werden. Und weswegen ich eigentlich anrufe: Eine richtige Kartoffelsuppe macht man bestimmt nicht so, wie Sie gerade eine zubereiten.«

Benny grinst. »So, so. Wie macht man denn Ihrer Meinung nach eine richtige Kartoffelsuppe?«

Ich richte mich auf. »Das wollen Sie doch gar nicht wirklich hören.«

»Doch«, sagt Benny Köhlau. »Sonst würde ich Sie ja nicht fragen.«

»Haben Sie Markknochen ausgekocht?«, will ich unbarmherzig wissen, »und benutzen Sie den Sud als Grundlage?«

»Nein«, Benny schüttelt den Kopf.

»Sehen Sie, so macht man eine richtige Kartoffelsuppe. Die ausgekochte Brühe muss man nehmen und keine Brühwürfel. Sie sind ein Betrüger, wenn Sie mich fragen.«

»Sie kochen wohl gern«, Benny will vom Thema ablenken.

Ich gehe gar nicht auf seine Frage ein. »Frisches Suppengrün sehe ich auch nicht auf Ihrer Arbeitsplatte liegen. Welche Kartoffelsorte haben Sie benutzt? Wohl hoffentlich Linda?«

»Äh ... ehrlich gesagt, weiß ich gar nicht, welche Kartoffeln das sind«, gesteht er und wird ein klein wenig rot.

»Und da lässt man Sie ins Fernsehen?« Das kann ich gar nicht glauben. »Das sollte verboten werden, und Sie sollten sich einfach mal an jemanden wenden, der Ihnen das Kochen nach richtiger Hausmannsart beibringt. Ich weiß, wovon ich rede. Ich habe jahrzehntelang täglich für mehr als zehn Leute gekocht. Wenn wir auf dem Hof Hilfsarbeiter hatten im Sommer, waren es noch mehr. Und es war dennoch schmackhaft, und alle wollten Nachschlag. Die deutsche Küche droht mir wirklich nach und nach zu verrohen. Unsere Kinder und Kindeskinder werden irgendwann nicht mehr wissen, wie frisches Gemüse schmeckt. Mir macht keiner was vor! Ihnen würde ich gern mal von der Pike auf zeigen, wie eine holsteinische Landfrau ein gutes Mittagessen kocht!«

Böse lege ich den Hörer auf und schaue Benny Köhlau zu, der langsam den Blick senkt, um kurz darauf den Topf mit der Brühwürfelkartoffelsuppe zu nehmen und den Inhalt in den Ausguss zu schütten. Ich wähle noch einmal die eingeblendete Nummer, um ihm zu sagen, dass man Essen nicht wegwerfen soll und dass ich es so auch nicht gemeint hätte, aber es ist besetzt, und nach einigen Versuchen gebe ich es dann auf, auch weil Jason zurückgekommen ist.

»Was es alles gibt«, ich erzähle ihm von meinem Anruf beim Fernsehsender.

»Du hast bei Benny Köhlau angerufen?« Er ist erstaunt. »Und du hast ihm gesagt, dass er nicht kochen kann? Aha. Viele sind anderer Meinung. Der gute Benny hat schon Kochbücher rausgebracht, die sich was weiß ich wie oft verkauft haben. Und seine Kochshow gucken täglich auch mindestens eine Million Menschen.«

»Das ist mir doch egal«, ich ärgere mich immer noch. »Wenn es doch falsch ist, wie er es macht.« Ich schalte den Fernseher aus. »Wie geht es den beiden?«, will ich wissen.

Jason lässt sich aufs Sofa fallen. »Ganz gut. Ich musste dieses Klo erst leeren, ich sag dir, schön war das nicht. Die Jungs fragen, was es morgen zu essen gibt. Beide haben ihr Hühnerfrikassee komplett aufgegessen und meinten, es sei ganz hervorragend gewesen. Sie werden sich schon mit der Situation abfinden, sie wird ja auch nicht ewig dauern. Ach so, sie sagten, du meintest, sie dürften sich was wünschen. Wenn dein Angebot also immer noch gilt, hätten sie morgen gern Kalbsbries.« Er gähnt. »Mannomann, bin ich müde. Hör zu, Juliane, ich habe mir Urlaub genommen. Morgen müssen wir für dich einkaufen. Und beim Frühstücken überlegen wir, was wir mit Heiner machen.«

Ich glaube zwar nicht so richtig daran, weil Jason mir das mit Heiner schon zu oft versprochen hat, aber ich bin so glücklich darüber, dass die Red Bulls mit meinem Essen zufrieden sind, dass mich momentan gar nichts anderes interessiert. Natürlich werde ich Kalbsbries machen. Natürlich. Den Red Bulls soll es an nichts mangeln.

»Was ist Kalbsbries überhaupt?«, möchte Jason wissen, und ich erkläre ihm, dass es sich dabei um die Thymusdrüse des Kalbes handelt, die im vorderen Bereich der Brust sitzt und als eine der beliebtesten Innereien gilt. Ich habe nämlich heimlich seinen Laptop mit in die Küche genommen und weitergegoogelt. Was man da alles über Innereien herausfindet! Unglaublich.

Jason schüttelt sich. »Bevor ich eine Drüse esse, werde ich wieder in die Kirche eintreten«, meint er. »Schau hier, ich bekomme vor Ekel eine Gänsehaut.«

Ich nicht. Die Red Bulls werden von mir ein Kalbsbries serviert bekommen, von dem sie monatelang träumen werden. Ich werde es braten, mit Frühlingszwiebeln natürlich. Ich nicke. Genau so. Ach, ich bin froh, dass die Red Bulls unsere Geiseln sind. Das sind die besten Geiseln überhaupt. Und: So habe ich nun immer etwas zu tun. Und den Wochenspeiseplan werde ich auch noch ausarbeiten. Der Gedanke geht mir nicht aus dem Kopf.

So verbringen wir den Abend in trauter Zweisamkeit und in aller Ruhe, vom dauernden Läuten des Telefons einmal abgesehen.

»Das ist eh nur Schatzi«, meint Jason lapidar und zieht den Stecker aus der Dose. »Der soll ruhig mal schmoren.«

Jason holt am nächsten Morgen Brötchen. Er hat Urlaub eingereicht, und wir sitzen gemütlich beisammen und besprechen den

Tag. Den Red Bulls haben wir einen transportablen Fernseher und ein Radio in den Heizungskeller gestellt und ihnen versprochen, dass sie später duschen dürfen. Jason war erst nicht dafür, sie unter die Brause zu stellen, aber ich meinte, dass es menschenunwürdig sei, jemanden nicht duschen zu lassen, und schließlich hat er zugestimmt. »Ich werde sie einfach nochmal mit Chloroform betäuben und mit Schatzi nach oben schleppen«, ist seine Idee. Überhaupt Schatzi. Der ist immer noch beleidigt, wie er uns am Telefon erklärt. »Ich möchte vorerst nichts mit euch zu tun haben«, sagt er zu Jason, aber das »vorerst« ist gegen neun Uhr dreißig vorbei, denn da klingelt er und möchte auch ein Brötchen haben. Er hat sich auch länger freigenommen, da wird im UKE ein anderes Team einspringen müssen. Aber das soll nicht meine Sorge sein. Schatzi sieht richtig seriös aus heute. Er trägt eine schwarze Hose und ein sandfarbenes Hemd, und nichts erinnert mehr an die Vogelscheuche, die er vor Kurzem noch war.

»So«, sage ich, nachdem ich drei Brötchen verspeist, zwei Tassen Kaffee getrunken sowie ein weich gekochtes Ei intus habe. »Gut, dass wir hier in aller Ruhe beisammen sind. Mir brennen zwei Fragen unter den Nägeln.« Ich richte mich auf, um autoritärer zu wirken, während ich mit einer Serviette meine Lippen abtupfe.

»Welche denn?«, kommt es gleichzeitig aus zwei Kehlen.

»Erstens«, ich mache es spannend und schaue Jason an, »möchte ich jetzt endlich wissen, welche geniale Idee du hast, weil es muss ja irgendwie weitergehen, und zweitens«, nun ist Schatzi dran, »möchte ich jetzt endlich wissen, wie Sie an den Sparstrumpf und an meine Handtasche und überhaupt ins Haus gekommen sind.«

Schweigen. Mehr Schweigen. Noch mehr Schweigen.

Ich klopfe mit dem Löffel an meine Kaffeetasse. Nicht, dass die beiden mich vergessen haben. »Los«, sage ich dann.

Schatzi und Jason sehen so hilflos aus wie junge Leoparden, die in einer Drahtschlinge stecken. Es fehlt bloß noch, dass sie strampeln. Mit Sicherheit wäre es ihnen lieber, ich würde nicht weiter nachhaken und das Thema wechseln. Aber nicht mit mir. Jetzt sitzen sie in der Falle. Diese beiden Fragen stelle ich mir schon seit geraumer Zeit, und nun möchte ich sie bitte beantwortet haben.

Nach zehn Minuten – ich trinke mittlerweile die dritte Tasse Kaffee – hat immer noch keiner etwas von sich gegeben. Sie haben lediglich ein- und ausgeatmet.

Ich spüre, dass hier etwas nicht stimmt.

»Jason ...«, beginne ich drohend. »Was ist mit der Idee? Die ganze Zeit schwafelst du von einer solch genialen Idee, die angeblich nicht in Worte zu fassen ist, aber ich habe noch kein Wort über diese Idee gehört.«

»Tja ...«, macht Jason und klopft mal wieder nicht vorhandenen Staub von seiner Jeans. Die Pollen, die Pollen. »Tja ...«, macht er zwei Minuten später erneut.

»Was heißt hier ›tja‹?«, frage ich ungeduldig. »Es kann doch nicht so schwierig sein, eine einfache Frage zu beantworten. Also beantworte diese Frage jetzt.«

Jason räuspert sich. »Na ja«, er sieht mich an. »Was die Idee angeht ...«

»Ja«, falle ich ihm ins Wort, »endlich!«

»Na ja«, wiederholt er sich. »Da gibt es ein kleines Problem.«

Schatzi sagt gar nichts. Er ist sichtlich froh, noch nicht an der Reihe zu sein.

»Probleme sind dafür da, gelöst zu werden«, werfe ich in die Runde. »Nur ungelöste Probleme bringen Probleme mit sich.« Auf diesen Satz bin ich sehr stolz. Er ist in sich rund und auch irgendwie logisch.

»Sicher, sicher.« Nun steht Jason auf. Langsam geht er im Wohnzimmer umher. »Also, die Sache ist die, Juliane ... die Sache mit der Idee ...«, er dreht sich zu mir um. »Ich habe keine.«

»WAS?«, fragen Schatzi und ich gleichzeitig.

»Aber ... aber du hast doch immer davon erzählt«, flüstere ich hilflos. »Wie soll es denn nun weitergehen? Ich dachte, du hättest einen wasserdichten Plan. Was ist, wenn Heiner mich findet und mich anzeigt und ich dann ins Gefängnis muss auf meine alten Tage und dort versterben werde? Was ist dann?« Vor Verzweiflung bekomme ich Herzrhythmusstörungen. »Ich habe mich auf dich verlassen. Du hast das alles angezettelt, und nun sitze ich hier … o Gott!« Ich schlage die Hände vors Gesicht. In welche Lage hat mich dieser Rechtsmediziner nur gebracht?

»Es tut mir alles wahnsinnig leid«, versucht Jason sich zu verteidigen. »Ich denke über nichts anderes mehr nach als über diese Idee, glaub mir das bitte. Wir werden eine Lösung finden, ganz bestimmt!«

Ich höre gar nicht zu, weil ich daran denken muss, dass ich von der Polizei und vom Bundesgrenzschutz und auch von Interpol und dem FBI sowie der CIA und der in Hamburg ansässigen Mafia über die ganze Weltkugel gescheucht werde. Für den Rest meines Lebens werde ich auf der Flucht sein müssen, getarnt mit einem Strohhut und einer misslungenen Gesichtsoperation. Und das nur, weil Jason das Wort »Idee« kennt und mal ausprobieren wollte, was man damit so alles machen kann.

»Schatzi«, ich wende mich dem Präparator zu. »Hoffentlich haben Sie bessere Nachrichten für mich. Also jetzt bitte ganz ehrlich: Wie sind Sie an den Sparstrumpf und an meine Handtasche gekommen?«

»Na ja«, beginnt der genauso stockend wie Jason. »Ich bin nach Groß Vollstedt gefahren. Das habe ich ja schon erzählt. In dem Vogelscheuchenkostüm. Das sah nicht schlecht aus, oder?«

»Darum geht es jetzt wirklich nicht. Wie ging es weiter?«

Schatzi windet sich und redet minutenlang um den heißen Brei. So versichert er mir unter anderem mehrfach, wie schön die unberührte Landschaft bei uns doch sei und dass seine Arme schon sehr wehgetan hätten vom langen Waagerechthalten.

Endlich, nachdem ich vor Verzweiflung angefangen habe zu weinen, rückt er mit der Sprache heraus, und diesmal schreien Jason und ich gemeinsam »WAS?«

Ich möchte auf der Stelle tot umfallen oder zumindest auf unbestimmte Dauer in ein Rehabilitationszentrum eingeliefert werden, aber dazu komme ich nicht, denn es klingelt an der Tür.

Kapitel 22

> Das Bayerische Landesamt für Umwelt hat heute die Teufelsküche mit dem Gütesiegel »Bayerns Schönste Geotope« ausgezeichnet. »Geotope sind natürliche Archive und Labore, die uns helfen, die Gegenwart zu verstehen und zukünftige Ereignisse besser einzuordnen. Nun gehört die Teufelsküche Obergünzburg offiziell zu den 100 bedeutendsten geologischen Naturwundern Bayerns«, erklärte LfU-Präsident Göttle bei der Verleihung des bayerischen Geotop-Gütesiegels. Mit der Teufelsküche hat das LfU zum achten Mal eine schwäbische Gemeinde mit dem begehrten Prädikat ausgezeichnet. Die Teufelsküche Obergünzburg ist insgesamt das 50. ausgezeichnete Geotop.
> www.lfu.bayern.de

Es wird Heiner sein! Es muss Heiner sein! Wo soll ich hin? Woher weiß er, dass ich hier bin? Ob ich schnell auf den Nachbarbalkon zum Chemieklospender klettere? Wenn er noch oder schon wieder dasitzt, könnten wir uns unterhalten, solange sich ein Fremdkörper in Jasons Wohnung befindet. Schatzi ist auch keine wirkliche Hilfe. Er schlägt sich dauernd mit der Hand an die Glatze und ruft:»Und jetzt? Und jetzt?« Wenigstens bleibt Jason einigermaßen gelassen. Er will sogar die Tür öffnen, eine Tatsache, die Schatzi und ich mit entsetzten Aufschreien kommentieren. Das wäre unser Verderben!

Jason jedoch meint: »Stellt euch nicht so an, wer soll denn das schon sein?«

Ja, wer wohl?

In meiner Verzweiflung krieche ich in meinem Mischwaldbademantel unters Sofa und hoffe inständig, dass diese fürchterliche Situation bald zu Ende sein wird. Schatzi will sich zu mir legen, aber zu zweit passt das nicht, also zwicke ich ihm in den Arm, und er muss wohl oder übel wieder aufstehen.

Während Jason zur Tür geht, wundere ich mich doch: Noch nicht mal unterm Sofa ist Staub. Er ist in der Tat ein sehr reinlicher Mensch.

Vom Flur her höre ich Stimmen. Eine davon gehört Jason, die anderen kann ich noch nicht zuordnen.

»Ich suche eine Frau«, sagt eine der Stimmen, »die Frau, die gestern Abend bei mir angerufen hat.«

»Ja, genau«, versichert die andere fremde Stimme.

»Sie sind es wirklich!«, höre ich Jason schreien. »Ich traue meinen Augen nicht. Bitte, kommen Sie doch herein.«

Dann sehe ich Schuhe und Hosen näher kommen.

»Setzen Sie sich, setzen Sie sich!«

Vier der Schuhe kommen noch näher, und dann lassen sich ihre Besitzer mit ihrem ganzen Gewicht auf das Sofa plumpsen, und ich habe exakt ab dieser Sekunde leider zerbröselte Rückenwirbel.

»Möchten Sie etwas trinken?« Jasons Stimme zittert vor Ehrfurcht. So devot habe ich ihn noch nie erlebt. Ich versuche, am Leben zu bleiben, was aber etwas schwierig ist, da ja meine Wirbel zerbröselt sind. Jetzt ziehen auch die Rippen nach. Ich glaube, mehrere von ihnen bohren sich gerade durch diverse Organe.

»Nein danke«, sagen die beiden Stimmen.

»Wir würden gern mit der Dame sprechen. Ist sie hier bei Ihnen? Wohnt sie hier?« Das ist Stimme Nummer eins.

»Ist sie hier? Wohnt sie hier?« Das ist Stimme Nummer zwei.

»Ich weiß überhaupt nicht, was Sie meinen.« Jason ist vorsichtig, und das ist auch gut so. Nicht dass die beiden Männer Köder von Heiner sind.

»Gestern Abend hat eine ältere Dame in meiner Sendung angerufen und mich beschimpft. Sie meinte, ich könne keine Kartoffelsuppe auf Hausmannsart zubereiten«, meint der eine Mann, und endlich fällt bei mir der Groschen. Das ist der Koch aus dem Fernsehen! Und deswegen ist Jason so aufgeregt.

»Ich muss mich erst einmal vorstellen«, sagt der Koch dann noch. »Ich heiße Benny Köhlau, und das ist mein Redaktionsleiter Hugo Weinhold.«

»Hugo Weinhold«, kommt es vom Redaktionsleiter. »Und das ist Benny Köhlau.«

»Ja, das weiß ich ja jetzt«, ich sehe Jason förmlich nicken.

»Das wissen Sie jetzt«, sagt der Redaktionsleiter, und ich muss unwillkürlich den Kopf schütteln. Was ist das denn für ein komischer Mann? Er redet ja wie ein Papagei.

»Wie ... wie kommen Sie denn darauf, dass diese Frau hier ist?«

Wo ist eigentlich Schatzi?

Benny Köhlau räuspert sich. »Nun, sie hat wie gesagt gestern Abend live in der Sendung angerufen, und danach stand das Telefon nicht mehr still. Alle Leute wollten das Rezept dieser echten deutschen Kartoffelsuppe haben, die ...«, er räuspert sich erneut, ihm ist das, was er jetzt sagen muss, ziemlich unangenehm, »... ohne Brühwürfel hergestellt wird.«

Zu Recht ist ihm das unangenehm, zu Recht.

Nun räuspert sich auch Hugo. »Angerufen«, wiederholt er. »Kartoffelsuppe.« An dem rechten Schuh des einen Mannes klebt ein altes Kaugummi.

»Ulli, ein Mitarbeiter von uns, also Ulli ist der, mit dem die Frau gesprochen hat, hat sich glücklicherweise die Nummer aufgeschrieben; er hat sie auf dem Display gesehen«, redet Benny weiter. »Wir haben den ganzen Abend versucht, die Frau unter dieser Nummer zu erreichen, aber leider ging niemand ran. Wir waren dann so clever und haben ein wenig recherchiert. Man hat ja überall seine Kontakte. Und so haben wir Ihre Adresse herausgefunden.«

»Gülp«, macht der Redaktionsleiter.

Oh, ein eigenständiges Wort! Und ganz ohne Hilfe!

»Hugo ...«, zischt Benny warnend.

»Was kann ich denn dafür? Dieses Sodbrennen. Du hast gekocht. Mit Brühwürfeln.«

»Ja ... was ... was wollen Sie denn von ihr?« Noch immer ist mein guter Freund auf der Hut, und das ist auch gut. Hui, ein Reim!

Benny richtet sich kurz auf, um sich dann erneut in die Polster fallen zu lassen. Ich schließe schnell die Augen, damit sie nicht aus den Höhlen gepresst werden.

Jetzt lacht der fröhliche Benny. »Ich möchte mit ihr kochen. Das wird der Hit. Wir haben gestern bis tief in die Nacht darüber gesprochen. Und alle sind der gleichen Meinung. Das wird ein absoluter Megahit. Eine richtig gute deutsche Hausfrau bei mir in der Sendung. Sie wird reich und berühmt werden.«

»Berühmt. Gülp.«

Beide lehnen sich bequem zurück, und nun reicht es mir. Wie lange soll ich das denn noch aushalten? Warum tut Jason nichts?

»Wenn Sie bitte aufstehen wollen.« Ich drücke meinen Hintern gegen den Sofaboden, und sofort erheben sich die beiden Männer.

»Ach du liebe Zeit«, flüstert Benny Köhlau.

Ich robbe zentimeterweise unter dem Sofa hervor, um mich dann vor Benny Köhlau zu stellen. Natürlich im Mischwaldbademantel. »Ich koche mit Ihnen«, sage ich. »Aber vorher werde ich in Ihrer Küche sämtliche Brühwürfel entsorgen.«

Benny und Hugo sind vorläufig sprachlos. »Warum haben Sie unter dem Sofa gelegen?«, will der junge Koch einige Minuten später wissen.

»Wegen meines Rückens«, ich kann kaum gerade stehen. »Ich brauche einen harten Untergrund für meine Rückenwirbel.« Die leider gar nicht mehr da sind, aber ich muss den beiden ja nicht auf die Nase binden, dass ich auf dem Bauch gelegen habe.

Jason geht das alles viel zu schnell. »Lass uns in Ruhe darüber reden«, bittet er mich mehrfach, aber ich bin von der Idee, im Fernsehen zu kochen, sehr begeistert und stelle mir insgeheim schon vor, wie ich dem jungen Koch zeige, wie das eigentlich richtig geht. So richtig, meine ich! Dem werde ich mal zeigen, wie man einen guten deutschen Rührkuchen backt. Ohne Backpulver, aber mit zwölf Eiern. Da wird er Augen machen, der junge Koch.

»Können Sie nicht in den nächsten Tagen mal zu uns ins Studio kommen?«, Benny lächelt freundlich.

Erst einmal brauche ich etwas zum Anziehen. Dann gehe ich ins Studio und koche. Und das sage ich auch so.

Der Redaktionsleiter macht unterdessen »Gülp«.

Endlich stehen die beiden auf und verabschieden sich, nicht ohne mir ununterbrochen zu versichern, wie sehr sie sich auf meinen Besuch im Studio freuen.

Jason schiebt sie irgendwann zur Tür, während Benny Köhlau fragt, wann ich mich denn zu melden gedenke.

»Bald schon«, sage ich freundlich.

»Du kannst doch nicht ins Fernsehen«, meint Jason, nachdem er ins Wohnzimmer zurückgekehrt ist. »Wenn dich da jemand erkennt. Das geht nicht. Wir kommen alle in Teufels Küche. Sozusagen.«

Daran habe ich noch gar nicht gedacht. »Aber anhören können wir uns die Vorschläge doch mal«, überlege ich. »Absagen kann ich ja immer noch.«

»Na also, ich weiß nicht.« Er runzelt die Stirn. »Ist das dann jeden Abend?«

»Woher soll ich das wissen?« Stimmt doch. Darüber wurde noch nicht gesprochen.

Jason runzelt noch mehr die Stirn. »Und wer kocht dann hier?«, fragt er dann. »Und versorgt die Polizisten?«

Wir suchen daraufhin erst mal Schatzi, den wir in der Badewanne liegend vorfinden. Er liegt bis zum Hals im Schaum und trägt die

Perücke mit den schwarzen Haaren, die Inken für mich in die Kapelle mitgebracht hatte.

»Ich dachte, so ist es am sichersten«, meint er. »Wäre jemand ins Bad gekommen, dann hätte ich so getan, als sei ich deine Freundin, die gerade in der Wanne liegt.«

Ich verstehe nicht ganz. »Warum? Du musstest dich doch nicht verstecken.«

Jason verdreht die Augen. »Also wirklich. Das fehlt gerade noch, dass du in meiner Badewanne liegst und auf Frau machst. Für nichts und wieder nichts.«

Nun wird Schatzi ungehalten. »Einmal meine ich es gut!«, ruft er und steht ruckartig auf, sodass Wasser überschwappt. Wir werden den Boden feudeln müssen. Ich erschrecke, als ich ihn so nackt vor mir stehen sehe. Seine ... Männlichkeit ist größer als die des »¡Hola!!«-Mannes Pedro in dem Erotikfilm. Schnell drehe ich mich um. Schatzi echauffiert sich weiter. »Einmal habe ich mitgedacht, einmal wollte ich alles richtig machen. Aber nein, aber nein!«

Jason wirft ihm ein Handtuch zu. »Du denkst eben immer an der falschen Stelle mit«, sagt er gelassen. »Vergiss nicht, dir die Haare zu föhnen, nicht dass du dir noch eine Kopfgrippe einfängst. Der Maiwind kann tückisch sein.«

Falls Schatzi gedacht haben sollte, dass er mir davonkommt, bloß weil er mit einer Perücke in der Badewanne gelegen hat, irrt er sich gründlich. Ich zwinge ihn, nochmal zu erzählen, was genau sich in Groß Vollstedt zugetragen hat, und nach kürzester Zeit bin ich entsetzt. Um mal ganz ehrlich zu sein: Sein Handeln dort hat nicht gerade zur Deeskalation der Situation beigetragen. Schatzi nämlich hatte nichts Besseres zu tun, als zum Hof zu laufen (er konnte ja nicht mehr wegen der Arme, der Arme, die konnte er ja nicht mehr länger waagerecht halten), sich vor Heiner zu stellen und zu sagen: »Ich bin Schatzi Lauterbach. Geben Sie mir die Handtasche von Ihrer verstorbenen Frau, und auch den Sparstrumpf«, woraufhin Heiner natürlich versucht hat, die schwere

Holzhaustüre zu verschließen. Doch Schatzi hat den Fuß in die Tür gestellt.

Als Schatzi an diesen Punkt gelangt, heulen Jason und ich nur verzweifelt auf. Aber er, Schatzi, jetzt im Redefluss, spricht unbeirrt weiter. Die Sache war nämlich die, dass Heiner neunundneunzig und Schatzi dreiunddreißig ist und somit um einiges jünger und agiler als Heiner. Der muss sowieso geschaut haben, als stünde der Allmächtige vor ihm (Vogelscheuche, Bratwursthut), und ist vor Schatzi zurückgewichen. Dieser hat die Situation selbstverständlich ausgenutzt und sprang wie ein Derwisch um Heiner herum, und zwar mit den Worten: »Los, die Handtasche, los, den Sparstrumpf. Auf der Stelle!«

Jason flüstert: »Das ist eine Straftat. Das ist Raub.«

Ich sage gar nichts. Ich zittere bloß.

Und dann kommt Schatzis entscheidende Aussage. »Ihr Mann fragte mich, woher ich sei und warum ich die Sachen haben wollte«, meinte er hilflos. »Ja ... und dann habe ich die Wahrheit gesagt.«

»Welche Wahrheit?«

»Die Wahrheit eben. Ich kann doch nicht gut lügen. Du weißt das, Jason. Im Lügen war ich noch nie gut. Das kann mir kein Mensch zum Vorwurf machen.«

Nach zähen Nachfragen und kompromisslosen Verhören stellt sich heraus, dass Schatzi tatsächlich zu Heiner gesagt hat, dass ich noch lebe und meine Handtasche und den Sparstrumpf brauche. Und Heiner ist dann fortgegangen, um die Sachen zu holen. Nun ist auch klar, warum im Strumpf kein Geld mehr war und dieser von Heiner geschriebene Zettel drin lag.

Ich bin fix und fertig mit den Nerven. Dann fällt mir etwas ein: »Heiner wird versuchen, mich zu töten«, sage ich theatralisch. »Er hat das Geld von der Versicherung nicht bekommen, und nun wird er alles dafür tun, mich tatsächlich unter die Erde zu bringen.«

»Das glaube ich nicht«, meint Schatzi. »Er sah nicht wie ein Mörder aus.«

Am liebsten würde ich den Präparator kräftig durchschütteln, aber das geht leider nicht, weil ich ihm nur bis zum Bauchnabel reiche.

»Deswegen war er so schnell bei der Versicherungsgesellschaft.« Jason zählt eins und eins zusammen. »Er muss gleich nachdem du bei ihm warst, dorthingefahren sein. Jetzt wird alles ganz klar. Aber wir waren schneller.«

»Glücklicherweise«, nicke ich. »Also wirklich, Schatzi, das war nicht besonders schlau von Ihnen. Und ich habe Sie noch gefragt, wie es war. Sie haben mich kaltschnäuzig angelogen.«

Schatzi wird rot. »Ich weiß, ich weiß«, meint er leise und schlägt die Hände vors Gesicht. »Da hat es wenigstens einmal mit dem Lügen geklappt, aber irgendwie in der falschen Situation.«

Ich denke an die Zukunft. »Hier wird er mich wohl nicht finden«, sage ich. »Und ich habe ja Bargeld. Wenigstens das.« Stolz blicke ich die beiden an.

»Ach ja, das Geld«, Jason nickt. »Wo wollen wir das denn hintun? Wir können es ja schlecht hier im Wohnzimmer offen herumliegen lassen.«

Ich stehe auf und hole die Umschläge, die ich auf Jasons Bücherregal abgelegt habe. Freudestrahlend ziehe ich die Banknoten heraus und lege sie fein säuberlich vor mich. »Toll, was? Ich habe noch nie so viel Geld auf einmal gesehen. Ihr?«

Die beiden kommen näher und noch näher; dann kommt Jason sehr nah. Er beugt sich über die Scheine und richtet sich dann wieder auf. »Seit wann gibt es Zweihundertfünfzig-Euro-Scheine?«, will er wissen.

»Die habe ich vorher auch noch nie gesehen.« Ich freue mich immer noch. »Hier, es gibt auch Fünfundsiebzig-Euro-Scheine und Einhundertfünfundzwanzig-Euro-Scheine.«

Jason wird blass; ein Blick in Schatzis Richtung bestätigt, dass auch er blass wird.

»Was habt ihr denn?« Ich begreife gar nichts.

»Mist!«, ruft Jason. »Das ist Falschgeld.«

»Wie ist das denn möglich?«, brüllt Schatzi. »Das geht doch nicht.«

»So eine Scheiße!«, Jason schlägt sich gegen den Kopf. »Wisst ihr, was ich glaube? Dieser Kassierer in der Bank hat doch so komisch geschaut, als wir vor ihm standen. Der hat mit Sicherheit diese beiden Ganoven kommen sehen und dachte, wir gehören dazu. Oder er war so verwirrt, dass er das Geld, das die Bank normalerweise Dieben gibt, uns gegeben hat.«

Na, da waren sie in der Bank ja gut vorbereitet.

»Das ist nichts, nichts, nichts wert!«, ruft Jason weiter. »Das ist extra hergestelltes Geld. So ein Mist, so ein verflixter, verdammter Mist!«

»Ich bin also arm, alt und mittellos«, fasse ich resigniert zusammen. »Was ich im Übrigen auch mal wissen will: Wieso war Heiner überhaupt auf der Bank? Herr Glockengießer muss ihm doch gesagt haben, dass wir schon da waren.«

»Vielleicht war er gar nicht bei Herrn Glockengießer«, überlegt Schatzi.

»Ohne die Bestätigung von der Versicherung hätte er aber auf der Bank kein Geld bekommen«, sagt Jason. »Er muss bei Herrn Glockengießer gewesen sein. Möglicherweise weiß Herr Glockengießer noch nicht, dass Frau Kirsch seinen Vorgesetzten diesen Auszahlungsbeleg hat unterschreiben lassen. Eventuell dachte er, dass wir ohne diese Unterschrift sowieso kein Geld bei der Bank bekommen und hat Heiner die nötigen Unterlagen ausgehändigt. Und vielleicht war er nicht dabei, als sein Vorgesetzter wiederum diese unterzeichnet hat, und kann so nicht wissen, dass kurz vorher schon etwas unterzeichnet wurde.«

»Aber das hätte der Vorgesetzte doch merken müssen«, wende ich ein. »Zwei Mal die gleiche Versicherungssumme beim gleichen Namen. Das fällt doch auf.«

»Es kann ja sein, dass der gute Mann nicht richtig hingeschaut hat. Oder dass ein anderer, ebenfalls zeichnungsberechtigter Vorgesetzter unterschrieben hat.«

Das ist allerdings möglich. Was mich brennend interessiert, ist die Frage, ob Heiner das Geld von der Bank bekommen hat – trotz des Überfalls – und sich jetzt ins Fäustchen lacht, während ich hier Falschgeld besitze und davon abgesehen wie Falschgeld rumsitze. »Das ist alles überhaupt nicht schön«, sage ich langsam. »Ich wollte mir so schöne Sachen von dem Geld kaufen. Und euch auch was schenken, Jungs.«

»Darum geht es doch jetzt gar nicht … es geht nur darum, dass …«, das Telefon läutet, und Jason geht genervt zur Ladestation, um abzuheben.

»Falls es Heiner ist, sag, dass ich nicht hier bin!«, rufe ich noch, und Jason sagt: »Ach was«, dann nimmt er das Telefon hoch. »Berger.« Er reicht mir den Hörer. »Es ist deine Freundin Inken.«

Inken! Ach Gott! Die hätte ich ja auch mal anrufen müssen. Die muss ich unter anderem fragen, wie es passieren konnte, dass mein Sarg abtransportiert wurde. Sie, Inken, wollte schließlich dafür sorgen, dass er da stehen bleibt, und ihn mit Steinen befüllen, wenn ich draußen gewesen wäre.

»Juliane!«, schreit Inken sofort los. Ihre Stimme klingt panisch. »Ach Gott, bin ich froh, du lebst, das ist gut, gut ist das, hab ich schon gedacht, wärst du tooot wärst du!«

»Noch lebe ich. Fragt sich nur, wie lange noch.«

»Deswegen ruf ich dich ja an ruf ich dich. Du, Juliane, du, ach, ich weiß gar nicht, wo ich anfangen soll. Die drehen alle drehen die durch.«

Das klingt interessant. »Warum?«

»War der Heiner bei der Versicherung und hat sich da wo Unterlagen geholt wo, und dann wollte er Geld holen aufe Bank. Da war aber so ein Überfall wo da war, und die ham dem Heiner die Sachen abgenommen also weggenommen, und dann ist der Heiner nach die Versicherung zurückgefahren und wollte er sich da neue Unterlagen wo holen, aber das ging dann nicht mehr, weil wo der Heiner zur Versicherung kam, war ein anderer Mann da plötzlich war der da, der vorher nicht da war, deshalb ging das wo nicht wohl.«

Aha. Herr Glockengießer ist wohl aufgetaucht.

»Hat der Mann zu die Heiner gesacht, Herr Knop hat er gesacht, Ihre Frau war schon hier und Sie sind tot oder so ähnlich, krieg ich das jetzt nich mehr richtig zusammen wohl nich, ach, ach, ach, jedenfalls hat der Mann bei die Versicherung gesacht, der Heiner müsste nachweisen wohl, dass du wirklich tot bist, und die Polizei hat er auch dann angerufen, und jetzt hat die Polizei gesacht, dass nix rausdarf aussem Hof und so, dann sind die Kinder durchgedreht sind sie, weil sie wollen ja alles haben, und der Heiner hatte ja auch noch Geld aufe Bank ...«

»Das wusste ich ja gar nicht«, werfe ich ein.

»Hat er aber, hat er wohl, und dann war Pfarrer Hinrichs aufem Hof wohl, und hat der Heiner zum Pfarrer Hinrichs gesacht hat er, dass er dich windelweich prügeln will, will er wohl, wenn er dich finden tut, hat er gesacht, und der Hinrichs hat der wohl dann gesacht, dass du das auch verdient hättest, und dann hat die Frau vom Hinrichs mir erzählt hat sie, dass der Heiner noch zum Hinrichs gesacht hat, ich bring sie um, wenn ich sie find, ich bring sie um. Dann hat der Heiner wohl noch zu die Polizisten gesacht, dass ein Mann bei ihm war, war er wohl war er, der hätte ausgesehen wie ein Landstreicher, und der hätte auch gesacht, dass du nich tot bist. Ach, Juliane. Und dann haben die Polizeibeamten haben sie in dem Ofenhaus angerufen, wo du hinsolltest, da war eine Frau, die hat gesacht, da wären zwei Männer gewesen, die dich wieder abgeholt hätten die dich wohl. Ach, ach, Juliane! Die Frau hat sie dann die Männer beschrieben und auch das Auto von die Männer, und der Sarg in der Nähe wo vom Ofenhaus ist der Sarg ist er gefunden worden. Jedenfalls die Frau, wo im Ofenhaus gearbeitet hat, die meinte nämlich auch meinte sie, dass der eine Mann einen Ausweis, von wo ein Krankenhaus ist, hat. Ach, ach, Juliane. Was hast du nur gemacht nur? Meinst du nich, wär's besser gewesen wohl, du wärst wirklich gestorben?«

Das sind zu viele Informationen auf einmal. Das muss ich erst mal verarbeiten. Doch Schatzi und Jason stehen vor mir und rufen andauernd: »Was ist? Was sagt sie? Ist was passiert? Jetzt sag doch!«

»Das ist ja furchtbar«, bringe ich schließlich hervor.

Inken keucht. »Das kann ich dir sagen wohl kann ich das.«

Was für ein Zirkus. Dabei wollte ich heute einige Sachen für mich kaufen und den Red Bulls gemütlich ein Kalbsbries braten, und nun diese Zwischenfälle. Und ich wollte ja auch noch zu Benny Köhlau. Das geht wohl alles nicht mehr. Zu dumm.

»Du musst aufpassen musst du, weißt du?« Inken ist wirklich besorgt. »Dem Heiner tu ich alles zutrauen tu ich, der macht vor nichts macht der halt nicht.«

Stimmt. Da hat sie recht. »Ich werde aufpassen«, verspreche ich Inken, weiterhin verspreche ich ihr, mich bald wieder zu melden. Und ich lasse sie schwören, dass sie niemandem die Nummer gibt.

»Eine Frage noch.«

»Ja, frag nur, frag, Juliane, ach ist das alles schlimm.«

»Du solltest doch in der Kapelle bleiben und die Steine in den Sarg legen.«

»Ach, das weißt du ja noch gar nicht, Juliane, ich hab mich so aufgerecht hab ich mich, und die Luft war ja auch nich gut da wo in der stickigen Kapelle, und da bin ich doch glatt umgekippt bin ich, aber keiner hat es mitgekricht nich, weil ich ganz hinten gesessen hab, erst als die alle raus sind, da ham ses mitgekricht, und dann ham se mich gleich weggebracht aussen Hinterausgang, wo der Pfarrer immer reingeht und wo er rausgeht, ach, und als ich dann später wieder hin bin, wo ich wieder wohlauf war, ham die mich inne Sakristei gebracht, wo ich mich ausruhn konnt ich wohl, da warst du schon auf und davon. Ja, was hätt ich denn tun sollen?«

Auf niemanden kann man sich verlassen.

Nur auf sich selbst.

Kapitel 23

> Wir haben heute einen sehr schweren Weg mit unserm unvergesslichen, einzigartigen und liebsten Traumhund, dem Labrador Lenny, gehen müssen. Er wurde leider nur drei Jahre alt und hinterlässt bei uns aber eine Lücke, die nicht wieder zu schließen sein wird. Wir sind alle sehr traurig und aber doch froh, dass wir ihn nicht leiden ließen. Er hat Rosinen geklaut und diese sind für einen Hund tödlich!
> www.wkhk.foren-city.de

Ich stehe in der Küche und denke nach. Warum komme ich eigentlich mit siebenundneunzig Jahren auf die Idee, meinen Mann zu verlassen? Mit Siebenundneunzig! Hätte ich nicht einfach bei ihm bleiben sollen? So oft hat mich Heiner in den letzten Jahren ja auch gar nicht mehr geschlagen, nur so drei Mal pro Woche. Das lag an seiner Gicht. Er konnte die rechte Hand nicht mehr gut benutzen, und wenn er mit der linken zugeschlagen hat, war das nicht so schlimm. Hätte ich nicht einfach alles so belassen können, wie es war? Dann würde ich jetzt Kühe melken oder den Stall ausmisten, möglicherweise mit Inken ein Schwätzchen halten und dann mit dem Rad wieder nach Haus fahren.

Aber nein, ich musste ja meine verrückte Idee in die Tat umsetzen und das auch noch mitten in der Nacht. Jetzt kann ich sehen, wie ich aus dem Schlamassel herauskomme, ohne dass noch Schlimmeres passiert.

Schatzi war einkaufen und hat mir frisches und bereits gewässertes (darauf habe ich bestanden, sonst dauert das ja Stunden) Kalbsbries gebracht, aber nur für zwei Personen. Er und Jason weigern sich, Drüsen eines unschuldigen jungen Kalbes zu sich zu nehmen. Also koche ich nur für die Red Bulls. Ich selbst werde nachher ein Stück Brot essen; mehr bekomme ich sowieso nicht herunter.

Jason und Schatzi sind im Wohnzimmer, um »die Sachlage zu erörtern«, aber da die Türen offen stehen, bekomme ich mit, dass die Erörterung der Sachlage hauptsächlich aus dem Satz »Ich weiß wirklich nicht, was wir jetzt machen sollen, du?« besteht, was meine Laune und Zuversicht nicht gerade hebt.

Schließlich poltern die beiden im Flur herum, und ich werde jetzt nicht nachschauen, weil ich mein Kalbsbries in der Pfanne habe. Dazu gibt es eine Tomatenmarmelade und Gurkenschaum. Auch das Gemüse ist selbstverständlich frisch; ich habe es untersucht. Die Red Bulls werden sehr glücklich sein. Zum Nachtisch reiche ich einen Grießflammeri, den ich bereits zubereitet habe und der nur noch abkühlen muss. Zum Nachmittagskaffee bekommen die Polizisten Äpfel und Möhren. Gesundheit geht vor, in dem dunklen Keller beinahe ohne Tageslicht brauchen sie erstklassige Rohkost, damit sie mir vitaminmäßig keinen Schaden nehmen. Das bin ich ihnen schuldig.

Ich bin so in Gedanken versunken, dass ich einen Riesenschreck bekomme, als Jason plötzlich vor mir steht. Er schwitzt. »Wir haben die beiden hochgeholt zum Duschen«, meint er und hält sich die Nase zu. »Das riecht ja eklig.«

»Das riecht nicht eklig, das riecht außergewöhnlich«, korrigiere ich ihn und wende das Kalbsbries. »Was habt ihr mit den Red Bulls vor? Dürfen sie am Tisch essen?«

»Wir wollten sie duschen. Kannst du uns helfen?«

Sofort werde ich rot. »Mir genügt ein nackter Mann pro Tag, der nicht mein eigener ist«, bemerke ich, hebe den Pfannenwender und drehe das Bries, aber dann assistiere ich doch. Ganz ehrlich, kommt es darauf noch an?

Jason hatte die Nerven, die beiden tatsächlich zu betäuben, und jetzt haben wir den Salat. Die Red Bulls sind so schwer, dass wir uns gemeinschaftlich fast einen Bruch heben. Endlich liegen sie in der Badewanne, und ich beginne, Flüssigseife auf ihnen zu verteilen, so lange, bis Jason mich freundlicherweise darauf hinweist, dass ich eine Flasche mit Glasreiniger in der Hand halte. Dass der Junge aber auch seine Reinigungsmittel nicht von den Hygieneartikeln trennen kann. Wo er doch sonst so pedantisch ist. Die beiden kommen mir übrigens immer noch bekannt vor. Mich macht das verrückt, dass ich nicht weiß, woher. Außerdem macht Jason mich nervös. Ich habe das Gefühl, er ist so gern Rechtsmediziner, dass er die beiden am liebsten obduzieren würde. Er lebt sozusagen für seinen Beruf. Ob er sich schon öfter Arbeit mit nach Hause genommen hat?

Während wir die Red Bulls einseifen, klingelt es schon wieder an der Tür, und nun ist es Jason, der aufgeregt ist.

»Macht ihr mal fertig«, meint er und trocknet sich die Hände ab. Schatzi knurrt, dass er immer alles alleine machen müsse, aber ich ignoriere ihn und wasche dem Red Bull, der mir am nächsten ist, erst mal die Haare. Gleichzeitig versuche ich mitzubekommen, wer diesmal etwas von uns will.

»Nein, nicht da lang, hier entlang!«, höre ich Jason rufen, und eine Sekunde später steht Fräulein Kirsch im Badezimmer. Die Dame von der Versicherungsgesellschaft. Ich weigere mich, sie Frau Kirsch zu nennen. Zu meiner Zeit hießen Unverheiratete »Fräulein«, und so werde ich das auch weiterhin handhaben. Sollte Fräulein Kirsch verheiratet sein, werde ich sie trotzdem nicht Frau Kirsch nennen. Ich mag sie nicht. Sie schaut mich an, dann Schatzi, dann die nackten und betäubten Red Bulls, um dann zu sagen: »Hallo«, woraufhin sie das Badezimmer wieder verlässt.

»Wer war das?«, will Schatzi schnaufend wissen.

»Jemand von der Versicherung«, kläre ich ihn auf und schrubbe den Red Bulls den Rücken.

»Welche Versicherung will Jason denn abschließen?«, fragt Schatzi.

Das würde ich auch gern wissen. Vielleicht eine Sterbegeldversicherung.

Kurze Zeit später schleiche ich in Richtung Wohnzimmer, bleibe im Türrahmen stehen und sehe Jason mit Fräulein Kirsch dort sitzen. Jason hockt auf der Couch, sie hat es sich in einem Sessel bequem gemacht. Sie prosten sich gerade zu. Das Bries habe ich inzwischen warmgestellt. Gleich werde ich Schatzi weiterhelfen, aber erst will ich wissen, was hier los ist.

Fräulein Kirsch ist heute noch offenherziger gekleidet als bei der Versicherungsgesellschaft, was eventuell daran liegen könnte, dass sie heute weder bei der Versicherung war noch hinmuss. Sie trägt einen Weniger-als-Minirock und im Prinzip nur einen Büstenhalter, der aber auch nicht wirklich ein Büstenhalter ist, sondern nur so aussieht. Vielleicht sind Teile davon entwendet worden. Oder sie hatte in der Boutique, in der sie den Büstenhalter gekauft hat, nicht genügend Geld dabei und musste einen Teil des Büstenhalters dort zurücklassen. Jedenfalls muss Jason gerade etwas wahnsinnig Rührendes gesagt haben, denn Fräulein Kirsch wirft ihre langen schwarzen Locken zurück, verdreht die Augen und ruft: »O Jason! Ist das süß! Wer hätte gedacht, dass es heutzutage noch solche Männer gibt!«

Jason zuckt geschmeichelt die Schultern. Ich lausche.

»Ich bin also sofort auf die Gleise gesprungen, obwohl der herannahende Zug eine außerordentlich hohe Geschwindigkeit draufhatte. Doch die Welpen sahen mich mit ihren treuen, glänzenden braunen Augen so hilfesuchend an, dass ich nicht anders konnte. Ich konnte nicht anders. Ich zittere jetzt noch, wenn ich an den Zug denke. Es ist ja erst ein paar Stunden her.«

Was redet Jason da?

»O Jason, nein! Sie haben sich für die hilflosen Welpen einer tödlichen Gefahr ausgesetzt? O Gooott!« Wieder wird das Haar zurückgeworfen. »Sie Held!«, kommt es dann.

»Nun ja, was heißt Held. Das hätte doch jeder getan. Ich sprang also, wie gesagt, ohne weiter nachzudenken auf die Gleise, und endlich war ich bei den beiden kleinen Würmern und sah, dass es Labradorwelpen waren.«

»*Labradore*, oh, das sind die schönsten und liebsten Hunde überhaupt!«

Gleich wird Fräulein Kirsch die Fassung verlieren. In ihren großen dunklen Augen stehen bereits Tränen.

»Ich nahm die treuen Weggefährten sanft auf meine Arme, ach, sie waren ja leicht wie Federn, und sie zitterten wie Espenlaub«, lügt Jason weiter, ohne mit der Wimper zu zucken. »›Na, ihr beiden kleinen Kameraden‹, habe ich leise zu ihnen gesagt, und als ob sie schon immer zu mir gehören würden, schmiegten sie sich mit glänzenden Augen vertrauensvoll an meine Brust. Tiere spüren es, wenn Menschen gut zu ihnen sind. Ich vernahm ihren schnellen Herzschlag ganz deutlich und wünschte mir nichts sehnlicher, als dass ich sie beruhigen könnte.«

Irgendetwas fehlt hier. Mir fällt ein, was fehlt; herzzerreißende Violinenmusik, gepaart mit dem diffusen Klang eines Cembalos. Das ist ja schlimmer als ein Tatsachenbericht in der Bildzeitung.

»O Jason!« Fräulein Kirsch beugt sich nach vorn. »Aber der Zug!«

»Ja, der Zug, natürlich. Der kam natürlich immer näher. Ich dachte nur, ich muss hier weg, mit den beiden aufgeregten Kleinen auf dem Arm, deren Herzschlag immer heftiger wurde. ›Die beiden Kerlchen müssen doch heiter in der Sommersonne auf saftigen Wiesen tollen und in ihrer kühnen, unbedarften Tollpatschigkeit Bienen und Hasen jagen. Zitronenfalter und Junglibellen sollen auf der Schlingel feuchten Nasen rasten, wenn sie erschöpft von der Jagd im hohen Grase ruhen‹, das waren meine einzigen Gedanken. ›Die zarten Seelen sollen nicht auf diesen Gleisen ihr bitteres Ende finden. Nicht hier und nicht heute. Nicht, solange ich helfen und retten kann.‹«

»O Jason!«

In wenigen Sekunden wird Fräulein Kirsch kollabieren. Mir wird schlecht. Da ist ja ein Rosamunde-Pilcher-Film nichts gegen. Liefen die eigentlich auch im Dritten?

»Und? Konnten Sie die kleinen Welpen retten?«

Jason setzt sich auf. »Ich konnte«, antwortet er mit fester Stimme. »Nun kann ich sagen: Ich habe Welpen gerettet.«

»Aber wo sind sie denn jetzt? Was machen sie?«, will Fräulein Kirsch atemlos wissen und zupft an ihrem Büstenhalter herum, was Jason dazu veranlasst, sich ebenfalls vorzubeugen.

»An Zitzen saugen«, kommt es dann von ihm, und ich muss vor Erschütterung die Augen schließen.

Nicht so Fräulein Kirsch. »O Jason! Sie haben die kleinen Racker zu ihrer Mutter zurückgebracht! Sie sind ein außergewöhnlicher Mann! Mit Mut! Ein Mann der Worte! Einfach so auf die Gleise zu springen! Wegen Labradorwelpen! Ich finde Sie einfach *hinreißend*!«

»Und ich Sie!« Nun ist auch Jason nicht mehr zu halten. Er hüpft mit einem gekonnten Hechtsprung über den Tisch, um dann vor Fräulein Kirsch beziehungsweise vor ihren Brüsten niederzuknien. »Sie hätte ich natürlich noch lieber gerettet!«, ruft er dann, und jetzt muss ich in der Tat die Augen abwenden, weil ich wirklich und wahrhaftig nicht Zeuge eines beginnenden Geschlechtsaktes werden möchte.

Miriam scheint ja schnell vergessen zu sein, dabei war sie doch »so eine tolle Frau«.

»Die wachen gleich auf«, sagt Schatzi verzweifelt und schlägt den Red Bulls ununterbrochen Shampooflaschen auf die Köpfe, um das Stadium der Bewusstlosigkeit zu erhalten. »Sagen Sie bitte Jason, er möge kommen.«

Ich bin immer noch außer mir. »Das ist momentan nicht möglich«, informiere ich Schatzi lapidar.

»Was wollen Sie denn damit sagen?«

»Damit will ich sagen, dass Jason im Wohnzimmer nichtehelichen Pflichten nachgeht.« Verzweifelt lasse ich mich auf dem Badewannenrand nieder.

Schatzi dreht sich zu mir um. »Würden Sie bitte Deutsch mit mir sprechen.«

»Er hat Verkehr.« Vielleicht versteht Schatzi das so besser.

»Verkehr? Er bumst? Mit dieser Frau, die eben bei uns im Bad stand?«

Ich nicke. Allerdings, wenn es bei Jason und Fräulein Kirsch genauso lange dauert wie einst bei Heiner und mir, müssten sie nun schon fertig sein.

»Hier«, Schatzi reicht mir eine Shampooflasche. »Schlagen Sie zu. Die dürfen nicht zu sich kommen.«

Während wir zusammen mit den Shampooflaschen auf den roten Köpfen der Red Bulls herumhämmern, fällt mir ein, dass ich immer noch keine neue Garderobe habe. Wenn Jason nicht mit mir in die Stadt fährt, werde ich eben alleine oder mit Schatzi losziehen. Es geht einfach nicht, dass ich tagelang dieselben Sachen trage. Das tut man nicht.

Der eine Red Bull öffnet die Augen. Er sieht verwirrt aus. »Scheiße!«, schreit Schatzi und dann »Jason!«, aber weil kein Jason kommt, sieht er hilfesuchend zu mir. »Wir werden die beiden ertränken müssen. Verschließen Sie den Abfluss!«

Ich überlege tatsächlich einige Sekunden, bevor ich Schatzi eine Abfuhr erteile. Zu meiner Schande muss ich gestehen, dass ich in diesen Sekunden darüber nachdenke, ob es nicht besser ist, die Polizisten unschädlich zu machen, doch ich möchte nicht noch mehr Ärger haben. Was hier bereits los ist, reicht. Außerdem habe ich ja das Kalbsbries vorbereitet. Und nachdem der wache Polizist mich auch noch angesehen und mit schwacher Stimme »Mutter, o Mutter ...« gewispert hat, bringe ich es sowieso nicht mehr übers Herz, ihm und seinem Bruder etwas anzutun.

»Wir werden niemanden ertränken«, informiere ich den Präparator, der mittlerweile sehr stark schwitzt. Dann wende ich mich dem Red Bull zu. »Bleiben Sie einfach in der Wanne, dann wird Ihnen nichts passieren.« Er nickt zögernd und macht keine Anstalten, aufzustehen. Ich setze mich an den Wannenrand. Ich muss das einfach fragen: »Mein Hühnerfrikassee hat Ihnen also geschmeckt?« Wieder Nicken, diesmal allerdings mit einem zarten Glanz in den sonst trüben Augen. »Das freut mich sehr«, sage ich und beuge mich zu ihm. »Ist Ihnen das Besondere an meinem Frikassee aufgefallen?« Nun bin ich gespannt, ob der Red Bull ein kleiner Gourmet ist. Er scheint zu überlegen. Sein Bruder schläft immer noch, weil Schatzi ja auch immer noch die Shampooflasche benutzt.

»Spargel?«, kommt es leise.

»Auch«, sage ich. »Aber das war nicht das Besondere.«

»Weißwein.«

»Falsch.«

»Was passiert, wenn ich es nicht errate?«, fragt der Red Bull panisch.

Ach du Schreck, er denkt, dass ich ihn töte, wenn er nicht auf das Besondere kommt.

»Nichts passiert, ich wollte es nur wissen.« Ich streichle ihm schnell über den nassen Arm. »Also, ich verrate es Ihnen: Ich hatte einen Hauch Currypulver dran am Frikassee.«

»Oh …«, macht der Red Bull. »Lecker.«

Nun bin ich in meinem Element. »Und heute gibt es gebratenes Kalbsbries. Im Prinzip ist es schon fertig.« Dann erschrecke ich, denn mir fällt ein, dass ich etwas Schwerwiegendes vergessen habe. »Mögen Sie das Kalbsbries überhaupt gebraten?«, will ich schnell wissen. Zur Not muss Schatzi nochmal los und neues besorgen, das ich dann dünsten werde. Aber zum Glück nickt der Red Bull. Möglicherweise hätte er auch genickt, wenn ich gefragt hätte: »Ich konnte kein Kalbsbries bekommen. Deswegen dachte ich, geschmorter Hammeldarm in einem leichten Rotweinjus ist genauso gut, was meinen Sie?«

Endlich steht Jason im Türrahmen des Badezimmers. Er sieht sehr aufgeräumt aus. Ich ignoriere ihn. Wir werden später über das Geschehene diskutieren. Erst einmal muss ich nach dem Essen schauen. Und die Garderobenfrage ist immer noch nicht geklärt.

Kapitel 24

> Das gepflegte Twinset in zeitlosem Dessin erhält seinen attraktiven Charme durch die kontrastfarbenen Zierstreifen. Bestehend aus Cardigan und Halb-Arm-Pulli. Cardigan mit durchgehender Knopfleiste und zwei aufgesetzten Taschen. Länge ca. 68 cm. Halb-Arm-Pulli mit Stehbund, auch hier sorgen die kontrastfarbenen Streifen für den modischen Blickfang. Länge mit Bund ca. 64 cm. Material aus 100 % Polyacryl. Ab 24,45 Euro
> www.klingel.de

Ich habe mich tatsächlich durchgesetzt. Die Red Bulls dürfen in der Küche essen, selbstverständlich streng bewacht. Mit Argusaugen verfolge ich ihren Appetit und bin beruhigt, dass dieser sehr groß ist. Nicht ein Fitzelchen bleibt übrig. Mit einem Block und einem Stift sitze ich vor den Polizisten und arbeite mit ihnen gemeinsam den Wochenspeiseplan aus. Sie scheinen ein Faible für Innereien zu haben, unter anderem wünschen sie sich gebratene Rinderleber mit Zwiebelringen und selbstgemachtem Kartoffelpüree. Nichts einfacher als das. Sauerbraten steht auch auf der Liste. Ich werde böhmische Knödel dazu reichen, denn ich bin eine Knödelspezialistin. Noch nie ist es mir passiert, dass Knödel während des Garungsprozesses auseinandergefallen sind. Es kommt nämlich auf den Siedepunkt des Wassers an. Es darf nicht kochen. Mit einer riesigen Einkaufsliste schicke ich Schatzi auf den Wochenmarkt, und er macht sich grummelnd auf den Weg.

Fräulein Kirsch ist im Übrigen immer noch da. Ich weiß nicht, was im Wohnzimmer alles während meiner Abwesenheit passiert ist, aber es müssen positive Geschehnisse gewesen sein, denn sie himmelt Jason ununterbrochen an und denkt gar nicht daran, die

Wohnung zu verlassen. Sie findet es auch gut, dass wir Garderobe für mich kaufen wollen, und bietet sich an, mitzukommen und mir mit Rat und Tat zur Seite zu stehen. Jason findet die Idee wunderbar, und Schatzi auch, selbst die Red Bulls meinen leise, dass das doch prima sei, nur ich werde nicht gefragt. Fräulein Kirsch, die mit Vornamen übrigens Hannah heißt, ist immer noch ganz außer sich wegen der Welpen. Ich bin wegen der Welpen auch außer mir, aber aus einem anderen Grund. Irgendwann nehme ich Jason beiseite und frage ihn, was er sich bei seiner Lügengeschichte eigentlich gedacht hat. Zu seiner Ehre muss ich gestehen, dass er ein klein wenig rot wird.

»Das hatten wir im Psychologiegrundkurs an der Uni«, wispert er. »Frauen fahren total auf Hundebabys ab, und auf Labradore sowieso. Das haben Studien ergeben. Wenn man eine Frau rumkriegen will, muss man einfach nur erzählen, dass man Labradorwelpen gerettet hat.«

»Aber das ist doch eine Vorspiegelung falscher Tatsachen«, zische ich zurück. »Das finde ich nicht in Ordnung.« Ich will sowieso, dass Fräulein Kirsch geht. Ich mag sie nicht hierhaben und ich will auch nicht mit ihr einkaufen gehen. Das sage ich Jason auch.

»Ich kann und will sie nicht wegschicken«, entgegnet er. »Ich mag sie sehr. Glaub mir, Hannah ist wirklich nett.«

Böse gehe ich in die Küche zurück und muss feststellen, dass Fräulein Kirsch den Tisch schon abgedeckt hat und dabei ist, die schmutzigen Teller in die Spülmaschine zu räumen.

»Ich mache das!«, herrsche ich sie an. Kann sie nicht einfach verschwinden? Will sie vielleicht gleich hier einziehen, und ich kann dann womöglich für sie mitkochen? O nein! Da habe ich ja wohl auch noch ein Wörtchen mitzureden. Später schnappe ich mir Jasons Laptop und google ein wenig in der Weltgeschichte herum. Wissen ist Macht.

Nachdem die Red Bulls wieder im Keller sind (sie erwecken den Eindruck, als ob es ihnen gar nichts ausmacht, da unten zu wohnen, der eine sagt sogar: »Wir müssen runter, gleich beginnt *Das Jugendgericht*.«), leiht mir Jason einen Trenchcoat, den ich über das Brautkleid ziehe, und dann fahren wir in die Stadt. Schatzi, der schwer beladen mit den Einkäufen zurückgekommen ist, die wir im Kühlschrank verstaut haben, kommt natürlich auch mit. Hat der Präparator eigentlich keine Freunde? Oder zumindest Bekannte?

Ich überlege kurz, das Falschgeld mitzunehmen und zum Einsatz zu bringen, doch Schatzi und Jason meinen, das sei keine so gute Idee, sogar eine Verkäuferin mit einem Geburtsfehler, der beinhaltet, dass sie ohne Augen auf die Welt gekommen ist, würde sofort erkennen, dass es sich um Falschgeld handele. Jason möchte bezahlen, und weil ich ja nicht bezahlen kann, stimme ich zu. Wir fahren in ein Einkaufszentrum, und ich freue mich darauf, dieses Brautkleid nun bald loszuwerden.

Fräulein Kirsch scheint unter Logorrhö zu leiden, diesem Zwang, dauernd zu reden, und geht mir sekündlich mehr auf die Nerven. Jason kann wirklich sagen, was er will, es ist egal, sie reagiert bei jedem Wort mit »O Jason!«, oder »Das finde ich aber toll!« Ich bin felsenfest davon überzeugt, dass sie das auch sagen würde, wenn er ihr vorschlüge, sie bei lebendigem Leib zu entmilzen. Denn Jasons Beruf findet Fräulein Kirsch natürlich auch »Das finde ich aber toll!«, und sie ruft »O Jason!«, als Jason sagt: »Achtung, die Fußgängerampel ist rot.« Der Junge ist wie ausgewechselt. Er strahlt und scheint seine Miriam vollends vergessen zu haben. Bestimmt darf Fräulein Kirsch auch den silbernen Löffel ihrer Vorgängerin benutzen. Vielleicht werfe ich den nachher aber auch einfach weg.

Wir fahren mit einer Rolltreppe und bleiben schließlich vor einem Damenbekleidungsgeschäft stehen, weil Fräulein Kirsch ausnahmsweise mal etwas anderes gesagt hat, nämlich dass wir hier bestimmt fündig würden. Freudestrahlend sieht sie mich an und deutet dann ins Schaufenster: »Das sieht doch wirklich schick aus.«

Ich hole Luft. Ich bin zwar siebenundneunzig, aber das heißt noch lange nicht, dass ich mich in einem chromoxidgrünen Twinset auf die Straße traue. Dazu soll ich dann wohl diesen komischen Faltenrock in einem langweiligen Elefantengrau tragen. Und flache Schuhe mit Spezialsohlen vom Orthopäden. Das hätte Fräulein Kirsch wohl gern. Sie will mich so hässlich wie möglich einkleiden, damit Jason sich vor mir ekelt und mich schnell entsorgen möchte. Sie will mir meinen Jungen wegnehmen und ihn für sich alleine haben.

»Das gefällt mir nicht«, sage ich und ziehe den Trenchcoat noch fester um mich.

»Aber warum denn nicht, das ist doch absolut Ihrem Alter entsprechend«, kommt es prompt von Fräulein Kirsch, und Jason, dieser Vollidiot, grinst sie debil an und sagt: »Das finde ich aber auch.«

Nun stampfe ich mit dem Fuß auf. »Ich sagte Nein!« Das muss wirken.

»Es gibt hier wirklich ganz wunderbare Outfits für Senioren«, schwafelt Fräulein Kirsch weiter. »Extra weit geschnittene steinfarbene Bundfaltenhosen beispielsweise mit einem Eingriff, falls man einen künstlichen Darmausgang hat. Damit der Beutel schneller gewechselt werden kann.«

Jason schaut sie fasziniert an: »Was du alles weißt«, und Schatzi, der die ganze Zeit nichts gesagt hat, meint auch: »Hej, hej!« Er muss sich in Acht nehmen. Gleich hat er nämlich ein blaues Auge. Ich werde dafür zwar hochspringen müssen, aber das ist mir die Sache wert.

»Liebes Fräulein Kirsch ...«, beginne ich zuckersüß, werde aber sofort unterbrochen.

»Nennen Sie mich doch bitte Hannah.«

»Nein«, sage ich. »Vielleicht ein andermal. Jedenfalls brauche ich keine steinfarbene Hose mit Eingriff. Ich möchte etwas wirklich Schönes, etwas Jugendliches. Etwas, das ich *gerne* anziehe. Verstehen Sie? Etwas, worin ich mich jung und sexy fühle.«

»Ach ...«, sie scheint nachzudenken. »Ich weiß!«, ruft sie dann. »Kommt alle mit!«

Während wir an einer Rolltreppe vorbeilaufen, erwäge ich kurz, sie zu stoßen, aber da die Rolltreppe sich in unsere Richtung, also nach oben, bewegt, wäre das vergebene Liebesmüh gewesen. Schade. Wäre die Rolltreppe nach unten gefahren, hätte Fräulein Kirsch stürzen und sich an den scharfen Metallkanten bis zur Unkenntlichkeit verstümmeln können. Ihr dabei gebrülltes »O Jason!« hätte wie Musik in meinen Ohren geklungen.

Eine Viertelstunde später stehe ich in einer Umkleidekabine und trage einen String-Tanga sowie einen Push-up-BH. In rot. Mit eingewebten Lilien. Fräulein Kirsch zunzelt an mir herum und meint dann: »Ihr Busen sieht richtig klasse aus.« Wir befinden uns in *Lillys sexy Modewelt*, und ich möchte hier gar nicht mehr weg. Es gibt zu schöne Sachen! Und ich habe mein Leben bislang in Gummistiefeln und Latzhosen verbracht. Also wirklich, ich weiß gar nicht, was ich nach den Dessous zuerst anprobieren soll. Fräulein Kirsch rennt hin und her und schleppt neue Kombinationen an. Ich probiere einen Minirock an (Fräulein Kirsch sagt: »Ihre Beine sehen richtig klasse aus.«) und dann eine eng geschnittene, kurzärmelige Chiffonbluse, unter der man den roten BH erahnen kann (Fräulein Kirsch sagt: »Ihre Arme sehen richtig klasse aus.«). Dann Schuhe. Rote Lackschuhe, schwarze Lederpumps, ich komme ganz durcheinander. Nach fast drei Stunden stehe ich in einem Berg von Kleidungsstücken und jubiliere. Genau solche Sachen wollte ich haben! Eine beige Seidenhose mit dazugehörigem knappem Oberteil hat es mir besonders angetan, aber auch dieses Kleid hier. Ein Traum aus Leinen in Pistazie, wundervoll.

»Ich nehme alles!«, rufe ich euphorisch, und Fräulein Kirsch sagt: »Die Sachen sehen auch alle klasse aus.«

Aus den Augenwinkeln nehme ich wahr, dass Jason und Schatzi zur Kasse gehen und Jason von seinem Kollegen einige Minuten später gestützt werden muss. Er droht umzukippen. Na, die Luft hier drin macht ihm wohl zu schaffen. Schnell eile ich ihm zu Hilfe. Der Junge ist käseweiß. Fassungslos schaut er mich an und reicht mir den Kassenbeleg. Oh. Nun ja. Gute Ware hat eben ihren Preis. Auch wenn der fünftausenddreihunderteinundvierzig Euro und fünfzig Cent beträgt.

»Ich habe gerade zwei Monatsgehälter für dich ausgegeben.« Jason nimmt einen großen Schluck von seinem kalten Bier. Ein Teil der Schaumkrone macht es sich auf seiner Oberlippe bequem. Blicklos starrt er auf den Boden. Wir sitzen in einem Café des Einkaufszentrums.

»Dann bringe ich die Sachen eben wieder zurück«, meine ich traurig und streichle die vielen Plastiktüten. »Mir macht es nichts aus.« Dafür, dass meine Stimme und auch meine Hände zittern, kann ich nun wirklich nichts.

Fräulein Kirsch mischt sich ein. »Das kommt überhaupt nicht in Frage«, meint sie. »O Jason! Du kannst doch deine Großmutter nicht erst beschenken und ihr die Geschenke dann wieder wegnehmen. Wie grausam ist das denn?«

»Das finde ich allerdings auch. Aber so ist er nun mal, der Herr Doktor«, Schatzi lächelt hämisch und beugt sich zu Jason vor. »Ob du jemals damit fertigwerden wirst, der armen Juliane ihre neue Garderobe wieder weggenommen zu haben? Willst du nachts wachliegen und dich fragen: Warum habe ich ihr nicht noch eine gute Zeit mit der Garderobe gegönnt?« Er suhlt sich quasi in diesen Worten.

»Es ist ja schon gut.« Jason wirkt resigniert und kippt sein Bier herunter. »Es ist ja schon gut.«

Dankbar und erleichtert nippe ich an meinem Wasser. Ich freue mich so. Und ich fühle mich so gut, denn selbstverständlich habe ich gleich Teile der neuen Garderobe anbehalten; einen vanillefarbenen Hosenanzug mit tailliertem Blazer. Dazu schokoladenfarbene Lederpumps mit hohem Absatz. Das mit den Absätzen hat mich zunächst verwirrt, weil ich plötzlich aus einer anderen

Perspektive sehen konnte, aber ich habe mich schnell daran gewöhnt. Fräulein Kirsch kam dann noch auf die Idee, mich zum Friseur zu schleifen, und nun sind meine Haare frisch gewaschen und eingelegt. Ich fühle mich rundum wohl. Sozusagen fühle ich mich wie eine Patrizierfrau, die in einem Herrenhaus lebt, und nicht mehr wie ein Plebejer aus Groß Vollstedt.

Plötzlich springt Fräulein Kirsch auf und winkt. »Opa!«, ruft sie laut. »Opa! Was machst du denn hier?«

Na, was wird Opa wohl hier machen. Was macht man in einem Café? Eine überflüssige Frage. Ich drehe mich um, und mir stockt der Atem.

Der alte Mann, der lächelnd auf uns zukommt, ist niemand anderes als *mein Friedhelm*, den ich mir schon immer gewünscht habe. Ich werde knallrot und schäme mich deswegen. Als Friedhelm sich dann noch vor mir verbeugt, einen Handkuss andeutet und sein Monokel auf der Nase gerade rückt, fühle ich mich wie Aschenputtel, das soeben den Prinzen gesehen hat.

Nikolaus Baron von Probnitz-Sellhausen (er heißt *wirklich* so) stellt sich allen mit formvollendeter Höflichkeit vor, setzt sich zu uns und winkt der Kellnerin mit einer lässigen Geste, und sie kommt sofort angesprungen und nimmt seine Bestellung – einen Malt Whisky – unverzüglich entgegen. Der Mann hat eine weltmännische, seriöse Ausstrahlung, und er wirkt auf eine sympathische Art und Weise respekteinflößend. Einen Nikolaus Baron von Probnitz-Sellhausen lässt man nicht warten. Ach! Dann zupft er an seiner Weste. Ja, der Mann trägt eine Weste. Lugt da nicht auch noch die goldene, sauber von einem Fachmann verarbeitete Kette einer Taschenuhr aus seiner Hose? Wenn ja, werde ich mich sofort in den Baron verlieben. Unverzüglich werde ich das. Ich mustere ihn weiter. Er dürfte einen Meter achtzig groß sein, hat kurz geschnittene eisgraue Haare, freundliche blaue Augen, und an seinem linken Ringfinger trägt er einen Ring mit Wappen. Vielleicht braucht er ja auch regelmäßig Medikamente, an deren Einnahme ich ihn zu gern erinnern würde.

»Nun, meine liebe Hannah, musst du heute nicht arbeiten?«, will mein Friedhelm dann von seiner Enkeltochter wissen.

»Ich habe mir heute freigenommen«, erzählt sie. »Der Mensch braucht auch mal einen Urlaubstag.«

»Nun, mein liebes Kind, ich halte es sowieso für einen Fehler, dass du in dieser Versicherungsgesellschaft dein Brot verdienst« – »dein Brot verdienst«, wie schön sich das anhört. Ich sag es ja, alte Schule. Gut, ich hab es bislang nicht gesagt, aber zumindest gedacht –, »doch dein Vater ließ ja nicht mit sich reden.«

Hannah verdreht die Augen. »O Opa!«, sagt sie, und ich habe Angst, dass sie gleich ruft: »Ich finde dich hinreißend!«, aber das tut sie nicht, sondern sagt: »Kannst du nicht endlich mit diesem Thema aufhören?«

»Ich meine es doch nur gut«, sagt der Baron und lächelt gütig in die Runde. »Ach ja«, sagt er und schaut uns mit einem halb verschmitzten, halb resignierten Lächeln an. Mich bedenkt er zuletzt damit, und beinahe habe ich das Gefühl, dass er mich länger ansieht als die anderen. Und anders. Netter. Liebevoller. Aber das kann ich mir natürlich auch alles einbilden. Er redet weiter: »So ist es, wenn eine Tochter aus gutem alten Adel einen gemeinen Bürger heiratet. Mein Schwiegersohn ist zwar ein sehr netter Mann, aber er wollte partout nicht, dass seine kleine Hannah ökologische Landwirtschaft studiert. Dabei hätten ihr danach auf unseren Landgütern alle Türen offen gestanden.«

Landgüter ...

»Wie interessant«, trage ich zur Unterhaltung bei und nicke dem Baron gnädig zu. »Wo befinden sich denn ... die Landgüter?«

»Oh, meine Beste, hier und dort. In Mecklenburg-Vorpommern darf ich gleich drei mein eigen nennen, dann besitzt die Familie noch eines in Thüringen, ja, und außerdem gibt es da noch sechs, sieben, die sich im Süden und Westen Deutschlands befinden. Es ist, so darf ich Ihnen mit Verlaub berichten, eine Menge Organisation, dies alles zusammenzuhalten, und ich hatte sehr wohl auf

Hannahs Unterstützung gehofft, doch leider …«, er nimmt einen Schluck Malt, »… sollte dem nicht so sein.«

Fast, glücklicherweise nur fast, rufe ich: »Aber ich kann Ihnen doch helfen! Ich kann sehr gut Ställe ausmisten und weiß, wie man Hühner artgerecht hält«, aber dann muss ich an all die Jahre denken, in denen ich mich abgerackert habe, und halte es für besser zu schweigen.

»Aber Opa, du tust ja gerade so, als hättest du dein Leben lang nur auf Höfen gewohnt«, wirft Hannah ein. »Dabei hattest du nebenbei ja auch noch einen anderen Beruf.« Sie wendet sich uns zu. »Opa hat ganz viele Verwalter. Externe Verwalter, weil niemand aus der Familie achtzehn Stunden am Tag arbeiten will.«

»Einen anderen Beruf?« Das ist Jason. »Darf man fragen, welchen?«

Der Baron macht eine wegwerfende Handbewegung. »Nichts von Bedeutung, mein Lieber, nichts von Bedeutung. Nun, ich bin auch schon lange im Ruhestand. Ich kümmere mich nun nur noch um den Familienbesitz.«

Hannah schüttelt den Kopf und sagt nichts. Sie macht sich über einen riesigen Eisbecher mit Erdbeersoße her, der soeben vor sie gestellt wurde, und Jason schaut verzückt zu, wie sie sich den Mund mit der Soße und dem Eis verschmiert.

Der Baron steht kurz auf und begibt sich in den Waschraum, dann kehrt er zu unserem Tisch zurück.

»Und Sie«, er blickt gütig in die Runde, nachdem er sich wieder gesetzt hat, »was führt das junge Volk hier zusammen?«

»Ach … eigentlich nichts«, sagen Jason und ich synchron, dafür ist jetzt Schatzi am Zug: »Wir befinden uns in einer Scheißsituation«, fängt er an und ignoriert, dass wir versuchen, ihm unter dem Tisch die Beine zu amputieren.

»Nun, nun, junger Mann, was ist denn das für eine rüde Ausdrucksweise«, maßregelt ihn Nikolaus, während er die Hand mit seinem leeren Glas hebt, woraufhin die Bedienung sofort anrückt, um es gegen ein volles auszutauschen.

»Ist doch wahr«, meint Schatzi. »Zuerst haben wir Juliane«, er deutet auf mich, »aus einem Krematorium befreien müssen, sie sollte dort verbrannt werden. Also es war so, dass er da, also Jason, meinte, sie solle sich tot stellen, damit wir ihren Mann fertigmachen können, also finanziell, das war vielleicht ein Durcheinander, ja, und dann hat er, also Jason, einen Mann von der Versicherungsgesellschaft zusammengeschlagen, und jetzt haben wir auch noch Falschgeld, genau gesagt eine halbe Million Euro Falschgeld, und wir haben auch noch zwei Polizisten im Keller als Geiseln, die wollten uns wegen zu schnellem Fahren anzeigen, ach Mensch, ist das alles kompliziert. Und jetzt wissen wir nicht, wie es weitergehen soll.« Schatzi gähnt. »Ich für meine Person habe die Schnauze gestrichen voll. Aber irgendwie muss man Julianes Mann ja beikommen. Er hat sie jahrelang misshandelt, und wir dachten, wenn wir so tun, als sei sie tot, können wir uns die Lebensversicherung auszahlen lassen, und ... eigentlich hatte Jason noch andere Pläne. Hat er zumindest gesagt. Nur leider hat er keine Pläne. Wir müssen nachdenken.«

Ist er noch zu retten? Ist er des Wahnsinns? Er kann doch nicht einfach einem wildfremden Mann diese ganzen kriminellen Ereignisse erzählen, auch wenn der Baron ist.

Jason und ich atmen kaum. Lediglich Hannah meint »O Jason! *Du* warst das, der Herrn Glockengießer gemeuchelt hat? Wir dachten, er sei kurz nachdem ihr da wart gestürzt und hätte sich den Kopf an der Tischkante gestoßen.«

Mir wird schwarz vor Augen. Herr Glockengießer ist tot. Und Jason ist der Täter!

Jason hält sich an der Tischkante fest, während der Baron sich mit seinem Maltglas zurücklehnt und interessiert zuhört.

Schatzi steht auf. »Ich bin raus aus der Sache«, sagt er. »Nicht mehr mit mir. Ich bin weg. Ich fahre jetzt in deine Wohnung, los, gib mir den Schlüssel, und werde die Polizisten freilassen. Dann gehe ich zur Polizei und werde mich selbst anzeigen.« Fast scheint es, als sei Schatzi stolz darauf, sich selbst anzeigen zu können.

Aber so geht das nicht. »Setzen Sie sich auf der Stelle wieder hin, Burkhard.« Ich blitze ihn an. »So geht das nicht. Hier wird geblieben.«

Und tatsächlich lässt Schatzi sich wieder auf die mit dunkelgrünem Kunstleder bezogene Bank fallen. Vielleicht weil ich ihn Burkhard genannt habe. Aber glücklich sieht er nicht gerade aus.

Ich muss jetzt etwas sagen, um zur Deeskalation der Situation beizutragen, obwohl sie ja noch gar nicht eskaliert ist. »Es ist nicht so, wie Sie denken«, bringe ich hervor und setze mich aufrechter hin. Vielleicht erhascht der Blick des Barons ein kleines Stück meines roten Büstenhalters und wird dadurch besänftigt.

Nikolaus strahlt mich an und die Fältchen um seine Augen verdichten sich. »Ach nein? Wie ist es denn dann?«

»Es ist alles Scheiße.« Schatzi ist das wieder.

Gleich werde ich ihm die Gurgel umdrehen. Wie ein Schatz benimmt er sich nämlich gerade wirklich nicht. »Meine Mutter hat mich immer Schatzi genannt, weil ich so lieb war und keiner Fliege etwas zuleide getan habe«, hatte er mir auf dem Weg hierher noch anvertraut, weil ich wissen wollte, wie man einen Bären wie ihn Schatzi nennen kann. So leid es mir tut, man wird ihn vernichten müssen. Am allerliebsten würde ich mit ihm nach Lübeck fahren und ihn eigenhändig ins Feuer stoßen.

»Wie meinen Sie das?« Der Baron scheint wirklich interessiert zu sein.

Was mich aber am unsichersten überhaupt macht, ist die Tatsache, dass er von dem soeben Gehörten noch nicht mal entsetzt zu sein scheint. Er sitzt einfach nur so da, lächelt freundlich und ist ganz mit sich im Reinen, so als ob wir ihm gerade erzählt hätten, dass wir unsere Schrebergärten in diesem Jahr mit ganz viel Glutäugiger Susanne und einer Menge wildem Wein noch schöner machen wollen. Und dass Hängeerdbeeren viel Sonne brauchen und natürlich auch regelmäßig gegossen werden müssen. Vielleicht ist Nikolaus aber auch nur schwerhörig. Bestimmt. Anders kann ich mir seine Reaktion nicht erklären. Hannah scheint die Gene ihres

Opas geerbt zu haben. Bis auf die Logorrhö. Die hat sie sich selbst erarbeitet. Sie regt sich nämlich auch nicht wirklich auf, sondern glotzt uns nur alle an, während sie die Reste in ihrem Eisbecher zu einer matschigen Soße zerrührt und dann noch den Nerv hat, Jason damit zu füttern. Alle paar Sekunden sagt sie kichernd: »O Jason!« Ich möchte sie unschädlich machen.

»Es ist nicht Scheiße, es ist alles ein Missverständnis«, sage ich zum Baron, der daraufhin tatsächlich eine antik wirkende Taschenuhr aus der Hose zieht und die Uhrzeit studiert. »Es ist wohl so, dass ich verbrannt werden sollte und dass wir zwei Polizisten als Geiseln halten. Aber nur vorübergehend. Eigentlich war das nicht so geplant. Wir werden die Red Bulls bald laufen lassen.«

»Die Red Bulls?«, kommt es von Nikolaus. Er wirkt irritiert.

»Ja, äh, ich habe sie so genannt, weil sie ja rote Haare haben und … und Polizisten sind. Deswegen. Ich koche auch für die beiden. Es schmeckt ihnen.« Meine kläglichen Versuche, die ganze Geschichte als lapidar hinzustellen, scheinen zu fruchten. Nikolaus scheint alles gar nicht schlimm zu finden.

»So, so«, sagt er nur und dann beinahe enthusiastisch: »Geiseln. Falschgeld. Menschen wurden zusammengeschlagen. Interessant, interessant. Und noch niemand ist Ihnen auf die Schliche gekommen?« Er blinzelt mir verschwörerisch zu, fast so, als sei er auf unserer Seite.

»Nein!«, rufen Jason, Schatzi und ich im Chor, und wir fühlen uns dabei, glaube ich, alle drei sehr miteinander verbunden.

»Was für ein Zufall, dass wir uns heute hier treffen. Das muss Schicksal gewesen sein«, sinniert der Baron vor sich hin. »Ich würde gern mehr Details über diese doch sehr, nun sagen wir mal, kriminelle Geschichte hören. Man lernt schließlich nie aus.«

»Wie meinen Sie das?«, fragt Jason schnell.

»Oh …«, Nikolaus zeigt seine weißen Zähne. Er muss sie sehr pflegen, denn sie sehen sehr gepflegt aus. »Nun, ich war bis zu meiner Pensionierung Leiter des Bundeskriminalamtes.«

Kapitel 25

☞ Fragen wir einen Juristen. Der müsste sich doch eigentlich auskennen mit krimineller Energie, damit verdient er ja schließlich seine Brötchen. »Das Strafrecht definiert den Begriff so«, antwortet der Jurist, »kriminelle Energie ist der Hang beziehungsweise die Neigung zur Begehung von Straftaten unter Berücksichtigung von Häufigkeit, Schwere und Frequenz der Taten. Hohe kriminelle Energie spielt bei der Strafzumessung, also der Strafhöhe, eine Rolle.« Ach so. Und wie viel Watt kann ein durchschnittlicher Krimineller so erzeugen? Tja, das weiß der Jurist auch nicht.
Wenn Energie nicht verschwinden, sondern nur umgewandelt oder übertragen werden kann – wie uns ein Physiker erklärt hat –, dann stellt sich doch die Frage, ob der Strafvollzug in seiner gegenwärtigen Form überhaupt Sinn macht. Denn das würde ja bedeuten, dass Gefängnisinsassen, sofern sie ihre kriminelle Energie nicht in chemische (in Form von Fettmasse) oder kinetische (beim Hanteldrücken) umwandeln, diese nur weitergeben, also sozusagen einen Austausch krimineller Energie betreiben. Wirklich resozialisiert werden sie nicht. Und möglicherweise stecken sie sogar die Wärter an.
www.tu-chemnitz.de

Ich weiß nicht mehr, ob wir Minuten oder Stunden geschwiegen haben. Jedenfalls hat das Café noch geöffnet, als ich mich endlich traue, etwas zu sagen.

»Sie haben gekleckert«, ich deute auf einige Eisflecken, die sich auf dem polierten Holztisch befinden. Jason schaut panisch auf und entfernt das Eis umgehend, während Hannah uns der Reihe nach anstrahlt. »Opa war richtig gut in seinem Job«, schwabbelt sie los. »Er hat da richtig Karriere gemacht.«

»Nun übertreibe mal nicht, mein Kind«, meint Nikolaus gütig. »Es ist doch selbstverständlich, dass man in seinem Beruf alles gibt.« Er schaut uns an. »Möchten Sie vielleicht noch etwas trinken?«

»Ja«, sagen wir wieder im Chor. »Malt.«

Die Bedienung scheint zu merken, dass wir jetzt unbedingt und ganz schnell etwas zu trinken brauchen, sie springt herbei und stellt eine volle Flasche und Gläser auf den Tisch. Ich bin immer noch geschockt. Wie ist es möglich, dass wir einem pensionierten BKA-Leiter unsere Geschichte erzählen? Wir müssen von allen guten Geistern verlassen sein.

»Haben Sie verdeckt ermittelt?«, will Schatzi nach dem ersten Schluck wissen.

»Teils, teils«, antwortet der Baron. »Jedenfalls ist dies heute mein erster Fall, in dem die Leute mir freiwillig alles Mögliche erzählen. Hahahahaha!«

Wir machen natürlich auch »Hahahahaha!«, um damit Nikolaus unsere Sympathie kundzutun. Nur Hannah lacht nicht. Sie steckt eine übriggebliebene Erdbeere zwischen ihre Lippen, nuschelt »O Jason«, und Jason bekommt glasige Augen und versucht, mit seinen Lippen die Erdbeere zu erhaschen, was Hannah natürlich zu verhindern weiß, indem sie im entscheidenden Moment immer den Kopf wegdreht. Ich kann nicht begreifen, dass Jason sich benimmt wie ein Sechzehnjähriger. Erwachsene tun so etwas nicht!

»Also ich muss schon sagen«, fängt Nikolaus an, »ich finde das alles sehr interessant. Ich möchte mehr darüber hören.« Er lächelt mir freundlich zu. Aber ich bin auf der Hut. Ich kenne Hannahs Großvater ja quasi gar nicht. Was ist, wenn er mir Fangfragen stellt und mich ins offene Messer laufen lässt – um mich dann diabolisch grinsend den noch nicht pensionierten BKA-Mitarbeitern zu übergeben, die sich schenkelschlagend über die Dummheit einer Siebenundneunzigjährigen freuen?

Doch auf Schatzi ist wie immer Verlass. Er macht uns einen Strich durch die Rechnung. Der Präparator ist für solche Situationen in der Tat denkbar ungeeignet.

»Glauben Sie uns etwa nicht?«, will er wissen und setzt das Glas an. »Wenn dem so ist, dann überzeugen Sie sich doch selbst davon, dass wir Polizisten im Keller gefangen halten. Er hier ...«, er deutet auf Jason, »... heißt Jason Berger und wohnt in der Von-der-Tann-Straße 12 in Eimsbüttel. Und sie ...«, nun zeigt er auf mich, »... hat in Groß Vollstedt gewohnt. Knop heißt sie. Juliane Knop.«

Jason bekommt von alldem nichts mehr mit, weil die Erdbeere mittlerweile verloren gegangen ist und er sie in Hannahs Mund suchen muss.

Ich schaue Schatzi so böse an, wie ich nur kann, und am liebsten würde ich ihm eine Ohrfeige geben, andererseits würde das ja auch nichts an der bestehenden Situation ändern.

»Wie nett«, meint Nikolaus. »Sagen Sie, Frau Knop, haben Sie heute noch etwas Bestimmtes vor?« Er strahlt mich mit einem so entwaffnenden Lächeln an, dass ich weiche Knie bekomme vor Glück. Gott sei Dank sitze ich. Aber was will er damit sagen? Will er mir meine Einzelzelle schon mal zeigen; eine Einzelzelle deswegen, weil ich für andere Gefangene nicht zumutbar bin, was allerdings nicht an meinem Alter liegt?

»Warum?«, frage ich vorsichtig.

Wieder strahlt der Baron, dann macht er leise »Hicks«, und trinkt noch einen Malt. Ist er betrunken? Ich werde darauf achten müssen, ob er lallt. »Nun, weil ich Sie fragen wollte, ob Sie Lust haben, den restlichen Tag mit mir zu verbringen. Ich wollte ein wenig an der Alster entlangflanieren und dann eventuell im Atlantic-Hotel dinieren.« Sein Blick ist ganz glasig.

Aber es ist mir auf einmal egal, ob er lallt oder nicht und ob sein Blick glasig ist. Denn er möchte flanieren und dinieren. Mit mir!

Das hat noch nie jemand zu mir gesagt. Ich glaube auch nicht, dass Heiner die Worte flanieren und dinieren überhaupt kennt. Überhaupt Heiner ... was er wohl vorhat mit mir? Ich muss an den Zettel denken, der im Sparstrumpf gelegen hat, und ein paar Sekunden lang wird mir ganz schummrig. Dann überlege ich. Was habe ich noch groß zu verlieren? Was ist schlimm daran, mit dem Baron an die Alster zu gehen und danach in einem Hotel mit ihm Abend zu essen? Auch wenn der Baron ein ehemaliger BKA-Mann ist, er fragt ja wohl nicht eine Dame, ob sie mit ihm dinieren möchte, um sie dann einsperren zu lassen. Ich werde es wagen. Denn wer nicht wagt, der nicht gewinnt. Man muss im Leben auch mal ein Risiko eingehen. Ich habe zwar sehr lange gewartet, bis ich damit angefangen habe, aber nun ist es soweit.

»Ich möchte gern mit Ihnen flanieren und dinieren«, ich nicke Nikolaus huldvoll zu, der daraufhin aufsteht und mir den Arm reicht, den ich auch ergreife. Bestimmt wirken wir wie ein lange verheiratetes Ehepaar, das sich auch im Alter noch viel zu sagen hat. Ein Paar, das im Restaurant nicht nebeneinander Platz nimmt, sondern sich gegenübersitzt.

Ich mag den Baron, und ich glaube, dass er mich auch mag. Ach, er ist so wahnsinnig attraktiv, so edel, so huldvoll, so unglaublich anders als Heiner. Wenn die beiden nebeneinander stehen würden, ich wüsste blind, für wen ich mich entscheide! Wenn sich nachher eine passende Gelegenheit ergibt, werde ich Nikolaus von Probnitz-Sellhausen meine Geschichte erzählen und ihm so klarmachen, dass er schlicht nur Mitleid mit mir haben kann und überhaupt nicht daran denken muss, mich in polizeilichen Gewahrsam zu übergeben.

»Wir sehen uns später«, sage ich zu Jason, der nur nickt. Dann beugt er sich zu Fräulein Kirsch und grinst sie vielversprechend an. Sicher ist es gut, wenn ich jetzt noch nicht zu Jason nach Hause gehe. Die beiden haben sicher eine Menge vor. Dann fällt mir etwas ein. »Die Red Bulls müssen etwas zu essen kriegen«, warne ich Jason. »Versprich mir, dass ihr ihnen etwas bringt.«

»Aber natürlich«, kommt es von Hannah. »Wir kümmern uns um alles.«

So war das nicht gemeint. Habe ich Hannah gebeten oder Jason? Ich möchte auf gar keinen Fall, dass die junge Dame beginnt, in meiner Küche das Zepter zu schwingen.

»Moment mal«, Schatzi steht auf. »Und was wird aus mir? Wollt ihr mich jetzt hier alleine lassen?«

»Geh doch ins Kino«, sagt Jason.

»O Jason, was für eine wunderbare Idee«, sagt Hannah. Schatzi sagt gar nichts, aber wenn ich seinem Gesichtsausdruck Glauben schenken darf, geht Schatzi nicht gern ins Kino.

Ich für meinen Teil jedoch werde mir darüber nun keine Gedanken machen. Nein, ich bin zum ersten Mal in meinem Leben egoistisch und werde diesen Abend mit Nikolaus verbringen.

Während wir durch das Parkhaus laufen und schließlich vor einem Automaten stehen bleiben, um zu bezahlen, erzählt der Baron, dass er es sehr bedauerlich findet, dass sein langjähriger Juwelier vor kurzem verstorben sei und er, Nikolaus, nun in ein anonymes Einkaufszentrum gehen muss, um seine Taschenuhr – ein Erbstück von seinem Urgroßvater – warten zu lassen. Ich nehme seine Worte kaum wahr, weil mir plötzlich eingefallen ist, dass Nikolaus mindestens sechs Gläser Malt – mindestens – getrunken hat, und ich bin mir ehrlich gesagt relativ sicher, dass diese Alkoholmenge ausreicht, um die Fahrtüchtigkeit negativ zu beeinflussen. Fieberhaft überlege ich, wie ich ihn dazu bringen könnte, ein Taxi zu nehmen, aber ich kann ja schlecht sagen: »Herr Baron, Sie sind besoffen.« Also – natürlich könnte ich das sagen, aber so etwas tut eine Dame nicht. Und so ergebe ich mich meinem Schicksal und muss ehrlich zugeben, dass ich sprachlos bin, als wir vor Nikolaus' Wagen stehen. Es ist ein Jaguar Cabriolet, das wir nicht gleich gefunden haben, weil das Parkhaus doch sehr groß und unübersichtlich ist.

»Ich habe die Parkplatznummer schlicht vergessen«, entschuldigt sich der Baron, und natürlich entgegne ich huldvoll: »Das macht doch nichts.«

Der Jaguar sieht nagelneu aus und ist dunkelgrün.

»Hicks«, macht Nikolaus, holt den Autoschlüssel aus seinem Jackett, und ich beginne nun wirklich, mir Sorgen zu machen. Ich veranstalte nicht diesen ganzen Zirkus hier, um dann bei einem Unfall tödlich zu verunglücken. Da hätte ich nämlich auch gleich in Groß Vollstedt bleiben können.

Galant hält Nikolaus mir die Tür auf und hilft mir beim Einsteigen. Dann wankt er auf seine Seite und lässt sich in seinen Sitz fallen.

»Herr Baron …«, beginne ich, doch Nikolaus startet schon den Wagen. Der Achtzylinder gibt ein leises Schnurren von sich. Langsam lenkt der Baron den Jaguar aus dem Parkhaus und nachdem die Schranke hochgegangen ist, richtet Nikolaus sich auf und sieht mich strahlend an.

»Es hat geklappt«, sagt er dann und lacht so laut auf, dass ich einen Schreck bekomme.

Ich starre ihn fragend an.

»Seit einem Jahr versuche ich es, und jetzt hat es geklappt!« Der Baron kriegt sich gar nicht mehr ein.

»Dass die Schranke hochgegangen ist?«, frage ich, weil ich nicht weiß, was er sonst meinen könnte.

Nun brüllt der Baron vor Lachen. »Nein, nein, das meine ich nicht. Haben Sie nicht mitbekommen, dass ich vorhin kurz aufgestanden bin?«

»Ja.« Ich nicke. Nun, er musste wohl zur Toilette. Ist das so lustig? Oder freut er sich darüber, dass er heute zum ersten Mal dank Medikamente seinen Harndrang unter Kontrolle hatte?

»Ich war Hände waschen. Und ich habe noch etwas anderes gemacht. Als ich wiederkam, habe ich den Schlüssel und die Parkkarte mitgebracht.« Er beginnt zu pfeifen. Ich glaube, es ist eine gälische Ballade, bin mir aber nicht sicher. Wie gehen nur gälische Balladen? Wo habe ich das gelesen?

»Hatten Sie den Schlüssel denn verlegt?«

»Nein«, er grinst mich von der Seite an. »Ich habe den Schlüssel und die Parkkarte gestohlen.«

Diese Aussage wirft mich ein Stück weit aus der Bahn. »Ge... gestohlen?«

»Jaaaha«, ruft er und deutet auf den Schlüssel im Zündschloss. »Ich habe einen Jaguar gestohlen! Ich habe ein Auto geklaut. Ich! Ich! Ach, ist das schön. Endlich hat es funktioniert!«

Während Nikolaus Baron von Probnitz-Sellhausen, der einen in der Krone sowie mehrere Landgüter in mehreren Bundesländern hat und ganz nebenbei auch noch der pensionierte Leiter des Bundeskriminalamtes ist, das Gaspedal durchtritt, bin ich mir unsicher, über was ich mir mehr Sorgen machen muss: Darüber, ob die Red Bulls auch wirklich eine warme Mahlzeit bekommen, darüber, ob ich mich mitstrafbar mache, wenn ich wissentlich in einem gestohlenen Jaguar mit überhöhter Geschwindigkeit durch Hamburgs Straßen sause, wenn auch nur auf dem Beifahrersitz, oder darüber, ob der Baron krank ist. Also mit krank meine ich jetzt kein körperliches Gebrechen oder Alkoholismus, sondern Geisteskrankheit. Was mache ich, wenn er mir gleich noch erzählt, dass er schon drei, vier Leute auf dem Gewissen hat (»Es hat geklappt! Endlich hab ich einen gefunden, dem ich die Kehle durchschneiden konnte. So lange habe ich drauf gewartet!«)?

»Wir können auch das Verdeck runtermachen!«, meint Nikolaus, während er hupend über eine Kreuzung braust. »Oder wollen Sie lieber Radio hören?«

Was hat denn das eine mit dem anderen zu tun? Der Baron friemelt am Autoradio herum und stellt es dann auf volle Lautstärke. Ein unglaublich überzeugter Werbesprecher ruft just in diesem Moment: »Heute singt Tim aus Rostock den Bratmaxesong«, und Tim beginnt: »Wenn wir Bratmaxe grill'n, fängt die Stimmung an, frisch gegrillt, knusprig kross, da will jeder gleich ran. Bratmaxe schmeckt, ob groß oder klein, und weil sie immer gelingt, stimmen alle mit ein, uns're Bratwurst muss Bratmaxe von Meica sein!«

An einer roten Ampel hält Nikolaus dann tatsächlich an und betätigt irgendwelche Knöpfe, woraufhin sich das Verdeck öffnet und fast geräuschlos im Wageninnern verschwindet. Die Annahme, dass ich mir den Friseurbesuch hätte sparen können, durchzuckt mich.

»Dann wollen wir doch mal sehen, was dieses Auto so kann!«, schreit Nikolaus. »Ich hege den Grundsatz: Lebe lieber heute als morgen. Vernünftig waren wir lange genug, was, Frau Knop? Ich bin froh, dass wir uns getroffen haben. In unseren Adern fließt jede Menge kriminelle Energie, und die gilt es jetzt herauszulassen. Mit meiner Frau konnte ich das nicht tun. Sie war viel zu vernünftig. Aber Sie scheinen mir ein ebenbürtiger Partner zu sein. Was wollen wir machen? Wollen wir jemanden mutwillig anfahren und sehen, was dann passiert? Wir könnten eine abgesicherte Baustelle suchen und die Warnleuchten entfernen. Oder haben Sie Lust zu zündeln? Ich könnte an einer Tankstelle anhalten und einige Kanister kaufen und diese mit Benzin füllen. Dann wären wir beide schon bald gesuchte Feuerteufel. Das kann nämlich auch nicht jeder von sich behaupten, ein Feuerteufel zu sein. Sagen Sie mir, auf was Sie Lust haben!« Er wartet meine Antwort aber gar nicht ab, sondern schreit schon weiter. »Juhu, ich bin ein Dieb! Ich habe einen Wertgegenstand gestohlen!«, was mir ein wenig peinlich ist, weil wir ja mit offenem Verdeck fahren.

Ich sage gar nichts. Während ich versuche, diese neue Situation emotional zu verkraften, saust Nikolaus an der Alster entlang und frohlockt. Dass er ein Mörder ist, glaube ich doch nicht. Dann hätte er den Wagen schon längst aus Hamburgs Zentrum gelenkt, um mich in der Nähe eines abgelegenen Parkplatzes nach einem Waldspaziergang zu erdolchen.

»Wir könnten aus Hamburg rausfahren, den Wagen auf einem Parkplatz abstellen und einen Waldspaziergang machen«, kommt es. Und mir kommt es so vor, als sei ich dem Tod noch nie so nah gewesen wie in den letzten Tagen. Dauernd bin ich *fast* tot. Aber weil ich es bis jetzt geschafft habe zu überleben, wird es mir wohl auch die nächste Zeit gelingen. Eine merkwürdige, endgültige Ruhe hat von mir Besitz ergriffen. Schlimmer kann es nicht kommen. Nein, auf gar keinen Fall.

»Wollten wir nicht an der Alster entlangflanieren?«, wage ich zu fragen.

»Das können wir doch immer noch«, ist die Antwort. Dauernd schaut er in den Rückspiegel. »Vielleicht verfolgt uns ja bald jemand«, meint der Baron hoffnungsschwanger. »Das hier ist bislang mein größter Coup. Gut, ich habe schon mal ein Juweliergeschäft beraubt, und dann hatte ich lauter Goldkettchen und Smaragdbroschen und Brillantcolliers in meinem Rucksack – ich bin als Vagabund getarnt dort eingekehrt und hatte um ein Glas Wasser gebeten –, aber als ich dann zu Hause meine Schätze auf dem Esszimmertisch ausbreitete, stellten wir fest, dass ich in einem Laden war, der nur äußerst kostengünstigen und wertlosen, schlechtverarbeiteten Modeschmuck herstellt.«

Ich horche auf. »Wer ist wir?«

»Na, Hannah. Meine Enkeltochter ist meine engste Verbündete. Sie bestärkt mich in meinem Tun. ›Opa‹, sagt sie immer. ›Brav kannst du noch lange genug sein, wenn du unter der Erde liegst. Und brav genug warst du dein Leben lang. Hau endlich auf die Pauke, Opa. Du bist über neunzig.‹ Das hat Hannah gesagt. Sie ist ein gutes Kind.«

Natürlich. Bestimmt hat Hannah auch immer »O Opa!« gerufen, wenn Nikolaus von seinen Beutezügen zurückkam. Und sie hat gesagt: »Die Sachen sehen alle klasse aus.«

Wir haben das Zentrum von Hamburg nun hinter uns gelassen und befinden uns auf einer Landstraße, die nach Cuxhaven führt.

»Hier wird das Wort Idylle noch großgeschrieben.« Nikolaus deutet nach links und rechts. »Natürliche Natur. Ruhige Stille. Niemand ist da, der einen stört.«

Genau. Und niemand ist da und stört, wenn ich bei lebendigem Leib zerstückelt werde. Niemand wird ein Bein oder Teile davon finden, nur aasfressende Tiere oder in ein, zwei Monaten Wanderer, die natürliche Natur genießen wollen.

Mittlerweile ist es dunkel geworden, und ich bin ein wenig hungrig. Aber ich traue mich nicht, Nikolaus zu bitten, einen idyllischen Gasthof anzufahren, weil er so in seinem Element ist. Er macht das Radio aus und schaltet den CD-Spieler ein. Ich erschrecke mich, weil nicht etwa Musik erklingt, sondern eine Art Hörspiel. Es ist ein sehr tragisches Hörspiel, denn Menschen schreien laut in englischer oder amerikanischer Sprache durcheinander. Nach einigen Minuten wird mir klar, dass der Besitzer dieses Autos, wer immer es auch sein mag, nicht ganz bei Sinnen sein kann. Bei dem Hörspiel handelt es sich nämlich um die aufgezeichnete Live-Reportage des Attentats auf John Fitzgerald Kennedy. Ein Reporter schreit: »It is twelve thirty, it is a sunny day here in Dallas, there is the President of the United States with his wife Jackie, they are in an open car, oh, no, no, no, what's this? O my god, it is horrible, a shot, a shot!!!« Dann hört man die Menge kreischen, und der Reporter ist wieder am Zug: »Mrs. Kennedy cries: ›O no!‹ What has happened? What?«

Aufregend. Ich bin froh, dass ich mir damals Englisch selbst beigebracht habe. Mit Hilfe eines englischen Wörterbuchs. In der Volksschule hatten wir nämlich kein Englisch. Dafür Leibeserziehung.

Nikolaus scheint das Hörspiel nicht zu berühren. »Meine Frau – Gott hab sie selig – war eine unlustige Person. Den ganzen Tag lang hat sie Servietten gefaltet, weil das mit das Einzige war, was sie konnte.«

Fragend schaue ich den Baron an: »Wieso das denn?« Währenddessen schreit der Reporter, als ginge es um sein eigenes Leben.

»Nun, sie war im Krieg verschüttet. In einem Hotelkeller. Der Raum, in dem sie sich befand, wurde zur Lagerung von Servietten und Handtüchern benutzt, und anderer Wäsche, glaube ich, auch. Ich müsste allerdings scharf nachdenken und detailliert in mich gehen, um herauszufinden, ob es wirklich *nur* Servietten und Handtücher waren. Möglicherweise wurde auch Bettwäsche gelagert. Aber ... also wirklich, ich komme nicht darauf.«

»So wichtig ist es nicht«, beeile ich mich zu versichern.

»Nun, und dann hatte sie ja nichts zu tun und hat Servietten gefaltet, weil man Handtücher nicht so kunstvoll falten konnte. Das muss meiner Genoveva alles ziemlich an die Nieren gegangen sein. Sie war einige Tage in diesem Keller. Sie hat auch mit den Servietten gesprochen.«

»Schrecklich.« Ich rede nicht gern über den Krieg. Der ist mir nämlich auch an die Nieren gegangen. Und Elise auch. Sie war ja wie Genoveva verschüttet. Nur dass Elise keine Servietten gefaltet hat, sondern als Trauma ihre Esssucht aus dem Keller mitbrachte. Aber ist es nicht im Prinzip ein und dasselbe?

»The president of the United States is dead!«, brüllt der Reporter. Ob der Reporter noch lebt? Das Attentat war 1963 und seine Stimme hört sich an, als ob er zu diesem Zeitpunkt ungefähr vierzig Jahre alt ist. Ich beginne zu rechnen. Wir schreiben das Jahr 2007, wenn der Mann damals ... ich habe einen guten Tag und lasse ihn achtunddreißig sein ... also wenn er achtunddreißig war, dann müsste er jetzt zweiundachtzig sein. Wie hat er diese Sekunden damals verkraftet? Hat seine Frau ihm unterstützend zur Seite gestanden? Hat er Enkelkinder, denen er von den schrecklichen Geschehnissen erzählt (»Come on, Meghan, come on, Cecil, sit down, your grandfather will tell you a horrible story now. See, Meghan, here is an brownie for you. It is sweet and delicious. So, and now listen. Both of you. Long time ago I was an journalist in Dallas, and ...«)? Ist er gesund geblieben, hat er Grünen Star bekommen, oder hat ein Oberschenkelhalsbruch ihn ans Bett gefesselt? Ich weiß es nicht.

»Oh, da vorn ist ein Parkplatz«, ruft Nikolaus erfreut und setzt den Blinker. »Vielleicht ist der Wagen ja schon als gestohlen gemeldet und wir werden von Pilzsammlern auf den Diebstahl angesprochen«, hofft er, aber ich glaube nicht, dass wir Glück haben, denn ich habe bei Google gelesen, dass man zwar das ganze Jahr über Pilze sammeln kann, die beste Zeit dafür jedoch die Zeit ab Ende August bis Oktober ist, weil da die Pilze ihre Fruchtkörper ausbilden. Dann fällt mir auch noch die Telefonnummer ein, die man anrufen kann, wenn man eine Pilzvergiftung hat. Sie lautet 030 – 19 240. Ich weiß wirklich viel. Davon mal ganz abgesehen: Wenn Pilzsammler den ganzen Tag Pilze gesammelt haben, dann können sie ja schwerlich etwas über einen gestohlenen Jaguar wissen.

Das Attentat-Hörspiel nervt mich zunehmend, und ich drücke auf dem CD-Spieler herum, in der Hoffnung, dass auf der CD noch etwas anderes ist außer »No! O no!«-Rufe.

»Wollen wir einen Spaziergang machen?«, fragt Nikolaus und stellt den Motor ab. Ich schaue aus dem Fenster und wundere mich ein wenig, denn der Parkplatz ist voll mit Autos und Menschen, obwohl es beinahe ganz dunkel ist. Dann stutze ich und schaue genauer hin, während der CD-Spieler auf Nummer vier hüpft. Auch Nikolaus wirkt mit einem Mal unglaublich interessiert. Er beugt sich ein Stück weiter nach vorn, dann holt er sein Monokel aus der Jackentasche und klemmt es an die Augen.

Während ein Kinderchor »Wer will fleißige Handwerker seh'n, der muss zu uns Kindern geh'n«, singt, werden Nikolaus Baron von Probnitz-Sellhausen und ich, Juliane Knop, geborene Mahlow, in einem gestohlenen dunkelgrünen Jaguar XK8 Cabriolet visuell darüber aufgeklärt, was Parkplatzsex ist.

Kapitel 26

> Eines Tages sah ich, nicht weit vom Weg, einen Mann in einer Wiese liegen. Er presste sein Ohr auf den Boden, als wolle er die Maulwürfe bei ihrer Unterhaltung belauschen. Als ich ihn fragte, was er da treibe, gab er zur Antwort: »Ich höre das Gras wachsen.« »Das kannst du?«, fragte ich. »Eine Kleinigkeit für mich«, meinte er. Ich engagierte ihn auf der Stelle. Leute, die das Gras wachsen hören, kann man immer einmal brauchen.
> www.kinderuni-rostock.de

»Unglaublich«, kann Nikolaus nur dauernd wiederholen. Wir haben beschlossen, dem Treiben nicht mehr weiter zuzuschauen, und befinden uns auf dem Rückweg nach Hamburg. Ich gebe ehrlich zu, dass ich gern noch ein wenig geblieben wäre, weil ich einige Sachen, die diese Menschen da machten auf dem Parkplatz, nicht kannte. Ich habe auch einen Fotoapparat vermisst, damit hätte ich die Möglichkeit gehabt, das wilde Treiben zu dokumentieren und es mir später von einem Fachmann erklären zu lassen, aber was nicht ist, das ist nun mal nicht. So ist das.

»Schrecklich, dass Sie das mit ansehen mussten«, versuche ich den Baron zu beruhigen. Aber er lässt sich nicht beruhigen. Dauernd sagt er: »Unglaublich.« Plötzlich dreht er sich zu mir um. »Mit Genoveva hatte ich nur die Art von Sex, die auch diese Menschen praktizieren, die Erfahrungen im Gemeinde- und Glaubensleben hatten«, sagt er.

»Missionare?«, frage ich, und er nickt und wird ein klein wenig rot.

»Das, was meinen Augen da eben angetan wurde, war ja schon fast Pornographie. Unglaublich. Haben Sie die Rothaarige mit der beeindruckenden Weiblichkeit rechts und links unter den Schultern gesehen, die sich gleich zwei Männern zur Verfügung stellte?«

Eigentlich möchte ich in meinem Alter mit einem Mann in meinem Alter nicht über solche Sachen sprechen, aber ich kann nicht anders, ich muss sagen: »Ja, ich habe sie gesehen. Diese Sexform nennt man double penetration.«

Der Baron fährt fast gegen einen Baum. »Double penetration?«

Ich nicke und bin stolz, dass mir diese Redewendung im Kopf geblieben ist. Wofür Pornoschauen mit einem Doktor der Rechtsmedizin doch manchmal gut ist. Nikolaus fragt nicht weiter nach und fährt uns zum Atlantic-Hotel.

»Jetzt schlägt es aber dreizehn.« Erzürnt schaut der Baron mich an, während er mit dem Zeigefinger in die große Speisekarte deutet. »Was um alles in der Welt ist aus dem Sinn der Menschheit für gute und perfekte Orthographie geworden, was? Ich esse doch keinen Seeteufel in der Safransoße am Basmatireisbett, wenn die alles falsch schreiben. Hier, sehen Sie mal!« Er schiebt mir die Karte rüber, und ich lese: *Tahgesemfelung: Frischscher Sehteufel in der Saffrannsause am Basmahtiereisbätt € 35,40.*

»Vielleicht hat das ein Ausländer geschrieben«, versuche ich den Kartenverfasser zu verteidigen, weil ich langsam wirklich sehr hungrig bin und keine Lust habe, wegen der eventuellen Lese- und Rechtschreibschwäche einer usbekischen Aushilfskraft die Lokalität zu wechseln.

»Können Ausländer kein Deutsch?«, will mein Gegenüber wissen und entzieht mir die Karte. »Ich ärgere mich sowieso schon.«

Ich studiere gerade meine Karte und kann mich noch nicht entscheiden. Soll ich Lammfilet nehmen oder Garnelen? Und welche Vorspeise soll ich wählen? Die Auswahl ist sehr groß, vielleicht weil sich so viele überflüssige Buchstaben auf der Speisekarte befinden.

»Wollen Sie gar nicht wissen, worüber ich mich gerade ärgere?«, hakt Nikolaus nach.

»Doch, natürlich.« Ich klappe die Karte zu.

Nikolaus' Augen blitzen, während er sich zu mir vorbeugt: »Wir hätten die ganzen Leute auf dem Parkplatz berauben können«, erklärt er mir. »Die waren ja mit anderen Dingen beschäftigt. Wir hätten ihre Portemonnaies und eventuelle Wertgegenstände, die sich in den Autos befanden, einfach an uns nehmen können. Auch die Kleidung. Vielleicht wäre die ein oder andere Markenware darunter gewesen, die wir im Secondhandshop zu Barem hätten machen können.«

Der Baron ist tatsächlich ein Kleptomane. »Sie haben doch genug Geld«, werfe ich ein.

»Darum geht es doch gar nicht. Es geht um den Reiz des Verbotenen. Das hält mich jung und agil.«

Ein Ober kommt und nimmt unsere Bestellungen auf. Ich kann nur hoffen, dass der Baron mich einlädt, denn ich bin ja mittellos. Aber er hat mich ja gefragt, ob ich mit ihm dinieren möchte, das ist doch eine Einladung.

Weißwein wird gebracht, und umständlich scharwenzeln zwei Kellner um uns herum, halten die geöffnete Flasche vor unsere Nasen und tun lautstark kund, dass es sich bei diesem Wein um einen höchst eleganten Tropfen mit einem betörenden Aroma von Frühlingsblumen und einem Hauch Ananas handelt. Weiterhin werden wir darüber aufgeklärt, dass die dynamische Frische von Zitrusfrüchten ihm einen unverwechselbaren Charakter verleiht. »Diesen Wein können Sie zu allem trinken«, verspricht der frankophil wirkende kleinere Sommelier. Kurz gerate ich in Versuchung zu fragen, was denn passiert, wenn man einen Wein, den man nicht zu allem trinken kann, doch zu allem trinkt, aber ich habe die Befürchtung, dass diese simple Frage uns alle in eine Art Grundsatzdiskussion verwickeln könnte und ich dann noch länger auf eine warme Mahlzeit warten muss.

Und mir fällt auch ein, dass ich überhaupt keinen Schlüssel zu

Jasons Wohnung habe. Was, wenn er beschlossen hat, mit Hannah auszugehen? Dann stehe ich vor verschlossener Tür, und mein Klopfen und Rufen wird ungehört verhallen.

Nikolaus prostet mir zu und nippt an seinem Wein. »Vorzüglich«, sagt er. »Auf Ihr Wohl, Juliane. Ich heiße Nikolaus.«

War das jetzt ein Duzangebot? Ich lächle sanftmütig und proste zurück.

»Das mit deinem Mann geht mir im Übrigen nicht mehr aus dem Kopf«, fängt er dann an. »Möchtest du mir nicht ausführlich von deinem Leben erzählen? Vielleicht kommt mir ja eine Idee, wie wir ihm den Garaus machen können.«

Ich bin nur froh, dass Nikolaus nicht mit Jason verwandt ist, weil *das* Ideenergebnis kennt man ja.

»Was möchten Sie denn wissen?«, will ich wissen, und der Baron sagt: »Alles. Je mehr man über denjenigen weiß, gegen den man etwas ausrichten soll, je mehr man gegen ihn in der Hand hat, desto einfacher kann die Lösung sein. Und wir wollen doch eine Lösung haben, oder?«

Entsetzt starre ich ihn an und lasse die Gabel sinken, auf der sich ein Stück der vorzüglichen Jakobsmuscheln befindet, die vor einigen Minuten vor mich gestellt wurden. »Denken Sie etwa daran, meinen Ehemann in Salzsäure zu ermorden?« Doch glücklicherweise fällt mir in dem Moment, als ich das gerade sage, ein, dass er mit der Lösung etwas anderes meint. Also diese Teekesselchen immer. Ich muss mich einfach besser konzentrieren. Hier geht es schließlich um etwas. Um viel. Um alles.

»Vergessen Sie bitte, was ich gerade gesagt habe«, korrigiere ich mein Gesagtes.

»Was du gesagt hast«, sagt Nikolaus.

»Was Sie gesagt haben«, sage ich.

»Du«, sagt Nikolaus. »Wir sind doch nun per Du.«

»Richtig, richtig.« Ich nehme einen Schluck Wein.

»Also, dann erzähl mal«, meint er. »Fang einfach an.«

Nach ungefähr zwei Stunden sage ich den Satz: »Und nun bin ich hier.« Ich habe Nikolaus alles, wirklich alles erzählt, und ich hatte auch den Eindruck, dass er ein sehr guter Zuhörer ist, nicht ein einziges Mal hat er mich unterbrochen; doch irgendwann musste ich leider feststellen, dass er eingedöst war. Aber nochmal fange ich nicht von vorne an. Das ist nun seine Schuld.

Nun jedenfalls ist er wieder wach und macht in regelmäßigen Abständen »Hm, hm, hm«, was möglicherweise eine Idee ist, von mir aber nicht als solche verstanden wird. Außerdem habe ich immer noch keinen Schlüssel für Jasons Wohnung, und meine Gedanken schweifen ab zu den Red Bulls. Hoffentlich hat man den beiden Polizisten kein Tiefkühlgericht aufgetaut. So etwas gibt es bei mir nämlich nicht. Es wird wohl möglich gewesen sein, aus dem, was Schatzi eingekauft und im Kühlschrank gelagert hat, ein schmackhaftes, gut bekömmliches Essen zu zaubern!

»Wir müssen deinen Mann bestrafen«, sagt Nikolaus nach Ewigkeiten, und auch das ist für mich nichts Neues mehr. »Lass uns nach Groß Vollstedt fahren. Dort schnappen wir ihn am Kragen und stecken ihn für einige Zeit in Isolationshaft. Das wirkt immer.«

Ich bin noch nicht überzeugt. »Was bringt uns das?«

»Das weiß ich doch nicht. Aber es wäre eine Möglichkeit.«

»Ja aber welche denn? Wozu?«

»Keine Ahnung.«

»So kommen wir doch nicht weiter.«

»Anders aber auch nicht.«

»Das stimmt.«

»Was?«

Ich kratze die Reste meiner Crème brûlée aus der feuerfesten Form.

»Isolationshaft mit sensorischer Deprivation ist vielleicht wirklich nicht das Schlechteste«, sinniert Nikolaus weiter. »Und wenn er danach noch nicht redet, wirkt eine Elektroschocktherapie Wunder.«

»Was soll er denn sagen?«, möchte ich wissen, weil ich nicht die geringste Vorstellung davon habe, was für einen Nutzen wir daraus ziehen können, wenn mein Mann redet. Ich will den Hof mit den Nebengebäuden, die Einrichtung und Bargeld; ich will kein Geschwätz. Und ich sorge mich um Elise, meine Mutter. Hoffentlich geht es ihr gut. Ich sollte aufhören, mir dauernd Sorgen zu machen. Elise ist alt genug.

»Woher soll ich wissen, was er sagen soll und was er sagen wird? Es war ja auch nur ein Vorschlag.« Nikolaus wirkt beleidigt.

Mich beschleicht das ungute Gefühl, dass wir mit den Ideen des Barons nicht sonderlich weit kommen werden. Aber es muss bald etwas geschehen. Sonst geschieht mir nämlich etwas.

»Guten Abend! Na, das nenne ich aber eine Überraschung!«

Ich blicke erschrocken auf. Ein strahlender Benny Köhlau steht vor mir.

»Sie wollten sich doch bei mir melden.« Er schüttelt mir die Hand und nickt Nikolaus freundlich zu. Der nickt gediegen und adlig zurück und schaut Benny misstrauisch an.

»Ich hätte mich auch noch gemeldet. Ich muss derzeit noch einige Dinge klären«, erkläre ich dem Jungkoch, der sich unaufgefordert zu uns setzt.

»Bringst du mir ein Glas, Micha?«, ruft er einem der Ober zu, der nickt und eine Sekunde später das Gewünschte auf den Tisch stellt. Ungefragt bedient sich Benny an unserem Wein, was ich aber nicht weiter schlimm finde. So sind sie nun mal, die jungen Leute. Außerdem werde ich mit Bennys Hilfe womöglich meinen Lebensunterhalt finanzieren können.

»Benny Köhlau möchte, dass ich mit ihm in seiner Show koche«, sage ich in Nikolaus' Richtung, der fast ein wenig eifersüchtig wirkt. Er mustert Benny zornig von oben bis unten und sagt nur »Aha.«

»Juliane ist klasse«, schwafelt Benny los. »Wir haben schon ein supertolles Konzept entwickelt, und eigentlich wollten wir schon mit einem Double einen Piloten gedreht haben, aber ich war heute leider verhindert. Mein Auto wurde aus einem Parkhaus gestohlen. Kann man sich so etwas vorstellen?«

Da ist Benny ja bei uns in guter Gesellschaft. Seine überschwengliche Laune hat er jedenfalls deswegen nicht verloren. Vielleicht können wir ihn ja mitnehmen und zu Hause absetzen.

»Wie schrecklich, die Geschichte mit Ihrem Auto«, sage ich mitfühlend, doch Benny winkt ab.

»Ach, es ist doch nur ein Auto.«

Nun setzt sich Nikolaus auf. »Was soll das heißen, es ist nur ein Auto?«

»Mir sind solche Dinge nicht wichtig. Warum soll ich mich auch darüber aufregen? Ich kann es ja nicht ändern«, meint Benny gelassen.

»Wollen Sie damit etwa sagen, es ist Ihnen egal?« Nikolaus wirkt nun wirklich empört. Seine Hände zittern schon vor Aufregung.

»Ja«, sagt Benny. »Schon irgendwie.«

»Sie haben wohl überhaupt keine Ahnung, was Wertgegenstände heutzutage bedeuten«, regt der Baron sich weiter auf. »Das hat doch Geld gekostet.«

»Ich hab das Geld ja auch bezahlt.« Benny trinkt gelassen einen Schluck Wein, den er sich aus der Ananas-mit-ganz-tollem-Aroma-und-überhaupt-Flasche eingegossen hat.

»War es denn teuer, das Auto?«, frage ich mütterlich besorgt und streiche Benny kurz über den Arm.

»Ja.« Er nickt. »Es war ein Jaguar Cabrio. Dunkelgrün. Ich war nur kurz im Hamburger Einkaufszentrum in Barmbek, wissen Sie, und habe dort mit einem Kollegen einen schnellen Kaffee getrunken, und als ich gehen will und meinen Schlüssel nehmen möchte, der auf dem Tisch lag, da war er weg mitsamt der Parkkarte. Jemand muss die Sachen im Vorbeigehen an sich genommen haben.«

Nikolaus wird rot. Ich werde blass.

»Das ist ja wohl die Höhe!«, brüllt der Baron dann los. »Haben

Sie den Wagen womöglich noch nicht mal als gestohlen gemeldet?« Er hyperventiliert nun fast.

»Nö«, antwortet Benny. »Keine Zeit.«

»Das gibt es doch gar nicht!«, schreit Nikolaus weiter. »Die Jugend von heute ist un-mög-lich!« Der Baron steht auf und läuft ein paar Meter auf und ab. Restaurantgäste beobachten uns bereits argwöhnisch, so wie kürzlich Jason und mich in dem Café, als ich ihn fragte, ob es ihm Spaß machen würde, Leichen aufzuschnippeln. Hoffentlich wird es kein Handgemenge geben.

Nikolaus echauffiert sich weiter: »Da wird Ihnen Ihr Jaguar geklaut, und Sie regen sich überhaupt nicht auf! Keine Spur! Sind wir hier im Pommernland oder was? Lassen wir uns einfach so ohne Gegenwehr unsere Lebensmittel wegnehmen? Sie regen sich nicht auf, Sie regen sich nicht auf!«

»Dafür regen Sie sich aber umso mehr auf«, stellt Benny ganz richtig und ziemlich gelassen fest. »Ich frage mich gerade: Warum eigentlich? Es ist doch nicht Ihr Problem, wenn mein Auto gestohlen wurde.«

Nikolaus kommt mit schnellen Schritten auf Benny zu und bleibt direkt vor ihm stehen. »O doch!«, ruft er theatralisch. »Das ist es wohl! Glauben Sie, mir macht es Spaß, einen Wagen zu klauen, ohne dass es irgendwelche Sanktionen gibt? Das macht keinen Spaß. Ich will, dass Sie sich aufregen. Sie sollen brüllen, Zeter und Mordio schreien und mich bedrohen. Sie sollen weinen und resigniert mit den Fäusten auf dem Tisch herumtrommeln. Mit Tränen in den Augen. Verzweifelt und hoffnungslos sollen Sie sein! Nur dann hat sich für mich der Diebstahl gelohnt! Aber was tun Sie? Setzen sich hier hin und erzählen von den dramatischen Geschehnissen, als seien Sie lediglich um ein Haar auf einer Bananenschale ausgerutscht! *Was glauben Sie eigentlich, wer Sie sind?*« Schwer atmend macht er eine Pause und setzt sich wieder hin. Ich glaube nicht, dass eine solche Aufregung in seinem Alter gut für ihn ist.

»Habe ich das jetzt richtig verstanden?«, will Benny interessiert von ihm wissen. »*Sie* haben also mein Auto geklaut?«

»Ja, hat er«, flüstere ich in Bennys Richtung, weil ich nicht will, dass Nikolaus sich noch mehr aufregt. Der Blutdruck, der Blutdruck. Ich möchte nicht verantwortlich dafür zeichnen, dass der Baron uns hier noch umkippt. Das kann er zu Hause tun. Außerdem ist die Rechnung noch nicht beglichen.

»Und *er will*, dass *ich mich* aufrege?«, forscht Benny weiter nach, und ich nicke erneut. »Offensichtlich regt aber *nur er sich auf*«, stellt der Koch dann leise fest. »Ich meine, ich könnte natürlich so tun, als ob ich mich aufrege, um ihn zu besänftigen, ich könnte ihn zum Duell auffordern, mit Schießpulver oder so, oder zu einem Ringkampf, aber ich bin ganz ehrlich, das liegt mir nicht, so etwas.«

Nikolaus putzt sich hörbar die Nase und atmet jetzt wieder einigermaßen regelmäßig.

Mitleidig beugt sich Benny zu ihm hinüber. »Wollen Sie den Wagen noch eine Weile behalten?«, fragt er fürsorglich.

»Natürlich nicht«, kommt es beleidigt zurück. »Sie können Ihr Auto von mir aus gleich wieder mitnehmen.«

Und wie kommen wir dann nach Hause beziehungsweise wie komme ich zu Jasons Wohnung? Ich habe noch nicht mal Geld für ein Taxi.

Wütend und sehr enttäuscht knallt Nikolaus Benny den Autoschlüssel vor die Nase. »Mit diesem Wagen fahre ich keine hundert Meter mehr!«, herrscht er ihn an, fast so, als ob das eine Strafe für Benny Köhlau wäre, wenn der Übeltäter, der ihm seinen Wagen geklaut hat, erregt kundtut, ihn jetzt doch nicht mehr haben zu wollen. Und das alles nur, weil man sich über den Diebstahl nicht aufregt. Ich begreife das alles nicht.

Nikolaus steht auf. »Er hat mir alles verdorben«, sagt er. »Ich werde mental und auch psychisch wochenlang daran zu knapsen haben.«

Benny erhebt sich, und ich stehe dann auch auf, weil ich es unhöflich finde, als Einzige sitzen zu bleiben.

»Eigentlich wollte ich ein paar silberne Gabeln und Messer

klauen, auch die kleinen Dessertlöffelchen haben es mir angetan, und zu guter Letzt wollte ich ursprünglich hier auch die Zeche prellen«, gesteht Nikolaus, der schon wieder einen roten Kopf bekommt. »Aber der da ...«, er deutet auf Benny, »hat mir den Spaß daran genommen. Herzlichen Dank auch.«

Dann eilt er böse nach vorn, um noch böser die Rechnung zu begleichen.

»Komischer Kauz«, meint Benny amüsiert. »Ist das Ihr Mann?«

»Nein ...«, sage ich langsam. »Ich bin mit einem anderen verheiratet. Noch.«

»Dann ist das Ihr Liebhaber?«

»Also hören Sie mal«, weise ich den Koch zurecht. »Er ist lediglich ein guter Bekannter.«

»Ein krimineller Bekannter«, korrigiert mich Benny und grinst. »Jedenfalls habe ich jetzt mein Auto wieder. Aber sagen Sie mal, wann können wir uns denn jetzt mal treffen wegen der Sendung?« Das Auto scheint ihm wirklich wuselwurscht zu sein.

»Das ist ein wenig problematisch«, versuche ich zu erklären. »Es ist nämlich so, dass es Ärger geben könnte, wenn mein Mann mich im Fernsehen sieht. Ich glaube, er sucht mich, um sich an mir zu rächen. Sozusagen bin ich gerade auf der Flucht.«

Benny ist überhaupt nicht geschockt. »Ach echt?«, meint er nur. Ich glaube, er ist so versessen darauf, mit mir in seiner Sendung zu kochen, dass ich ihm erzählen könnte, dass ich damals die Titanic konstruiert hätte – es wäre ihm egal. Ich erzähle ihm dann auch in Kurzform meine Geschichte, und tatsächlich sagt er nur: »Echt?« und »Mensch, Mensch.« Einmal sagt er auch: »Das gibt's ja gar nicht«, wobei ich finde, dass er gerade den letzten Satz bei meinen Erlebnissen öfter hätte sagen können. Aber letztendlich ist es ja sein Vokabular, mit dem er zurechtkommen muss.

Nikolaus kommt zurück. »Wir können gehen. Ich habe bezahlt.«

Wir gehen dann alle zusammen zum Jaguar, den ein dienstbeflissener Page auf einem regulären Parkplatz abgestellt hat. Leider. Der Baron klettert, nachdem Benny die Fernbedienung betätigt hat, laut schweigend in den Fond, ich setze mich neben den Koch. Der Koch ist so freundlich und fährt uns in die Von-der-Tann-Straße.

»Was ist das eigentlich für eine komische CD, die Sie da hören?«, will ich wissen und deute auf das Abspielgerät.

»Ach die«, meint Benny. »Darüber bin ich *wirklich* froh, dass ich *die* CD wiederhabe. Wenn die weg gewesen wäre, das wäre schlimmer gewesen als der Verlust des Autos. Es hat nämlich ganz schön lange gedauert, die einzelnen Sachen zusammenzustellen. Ich brauche das *wirklich* zur Inspiration, wenn ich mir neue Rezepte ausdenke. Da wirkt diese CD *wirklich* Wunder.«

»Da ist die Ermordung von John F. Kennedy drauf«, sage ich. »Wie kann das *wirklich* inspirieren?«

»Doch, doch«, Benny grinst fröhlich vor sich hin. »Das ist nun mal *wirklich* inspirierend für mich und wirkt sich positiv auf meine kreative Ader aus. Waren Sie schon bei Track sieben?«

»Wir sind nur bis zu den fleißigen Handwerkern gekommen«, erkläre ich entschuldigend.

Unverzüglich wirft Benny den Player an und drückt so lange auf der entsprechenden Taste herum, bis Track sieben ertönt.

Stille.

»Ist das nicht super?«, will Benny wissen.

»Also, ich kann nichts hören«, sage ich und klopfe gegen beide Ohren. Bin ich wegen der ganzen Aufregung nun auch noch auf dem besten Wege dahin, gehörlos zu werden? Ist das der Preis, den ich zahlen muss? Aber ich kann *Benny* ja hören. Vielleicht sind das da in dem Abspielgerät ja irgendwelche Schwingungen, die meine Ohren nicht wahrnehmen. Wäre ich ein Delfin, hätte ich sicherlich kein Problem. Durch hochfrequente Töne sind die netten Tümmler nämlich in der Lage, ihre Umwelt mittels Echolokation zu verstehen. Ich glaube, ich muss nicht extra erwähnen, dass ich das kürzlich gegoogelt habe.

»Das ist wachsendes Gras«, sagt Benny. »Ich bin extra dafür mal mit dem Fahrrad an einem Sonntag ins Alte Land gefahren, mit einem Aufnahmegerät im Rucksack. Und dann habe ich das Aufnahmegerät zwölf Stunden lang auf eine Wiese gestellt – und natürlich die Aufnahmetaste gedrückt. Das Ergebnis hören Sie jetzt. Wer kann von sich schon behaupten, eine CD zu besitzen, auf der man *wirklich* das Gras wachsen hört?«

»Ja, natürlich. Niemand sonst«, sage ich schnell. Die leise Ahnung, dass mein neues soziales Umfeld ausschließlich aus Verrückten besteht, verstärkt sich sekündlich.

»Wenn ich beispielsweise über eine absolut neue, noch nie da gewesene Methode grübele, wie man ein Szegediner Gulasch milder macht, hilft mir dieser Track.«

Also, ich hatte noch nie das Bedürfnis, Gras beim Wachsen zuzuhören, während ich Kartoffeln für einen Salat pelle oder sonst etwas, aber jedem Tierchen sein Pläsierchen.

»Eine superklasse Schokoladentarte mit gerösteten Mandelsplittern getränkt in Amaretto habe ich nur deswegen richtig gut hinbekommen, weil ich Track acht mehrfach hintereinander abgespielt habe. Es handelt sich um die nachgestellten Einschläge von Meteoriten, die höchstwahrscheinlich letztendlich die Dinosaurier aussterben ließen. Wollen Sie es hören?«

»Ach, Benny, wissen Sie, ich glaube Ihnen das auch so«, versichere ich ihm und unterdrücke ein Gähnen. »Außerdem habe ich die Saurier nie gemocht.«

»Es gab auch harmlose Saurier. Nicht nur den Tyrannosaurus Rex oder den Gigantosaurus. Es ist auch ein Trugschluss, dass der Tyrannosaurus der größte Saurier war. Er wurde nur so um die zwölf Meter groß.«

Na, dann hätte ich mir ja keine Sorgen machen müssen, wenn so ein Viech sich vor mir aufgebaut hätte. Der hätte sich schnell aus dem Staub gemacht, wenn ich mit meinen einsfünfzig und gefletschten Zähnen vor ihm gestanden hätte. In einem Schachtelhalmwald oder wo auch immer.

Einige Sekunden später biegt Benny in Jasons Straße ein, bremst, und ich steige aus. Er fragt den Baron, der die ganze Zeit beleidigt geschwiegen hat, wo er denn wohnt, doch Nikolaus meint, er wolle nun laufen, frische Luft täte ihm gut und er müsse jetzt einen Spaziergang zur Beruhigung machen. Ich weiß immer noch nicht, wo sich sein Zuhause befindet, aber ich nehme an, dass es hier in Hamburg ist, denn nach Mecklenburg-Vorpommern oder Thüringen wird er wohl jetzt nicht noch wandern. Immerhin haben wir schon nach 22 Uhr. Benny drückt mir seine Visitenkarte in die Hand und ringt mir das Versprechen ab, ihn morgen anzurufen und eventuell sogar kurzfristig ins Studio zu kommen. Er hole mich auch gern in dem nun nicht mehr geklauten Wagen ab. Und er meint, er habe eine gute Idee, was die Sendung betrifft, müsse da aber noch etwas abklären. Diese Ideen kenne ich ja mittlerweile. Es gibt sie nämlich nicht. Dann fährt er davon, auch Nikolaus hat sich schon auf den Heimweg gemacht; nur kurz und knapp hat er sich von uns verabschiedet. Vielleicht trifft er ja unterwegs noch Jugendliche, die er ausrauben kann und die sich dann auch darüber aufregen.

Und dann stehe ich da vor Jasons Haus und klingele. Nachdem ich zwei Mal geklingelt habe, nehme ich an, dass niemand da ist. Nachdem ich vierzehn Mal geklingelt habe, bin ich mir sicher, dass niemand da ist. Das fehlt mir gerade noch. Resigniert setze ich mich auf die Treppenstufen, um nachzudenken, doch ich kann nachdenken, so viel ich will, mir fällt nicht ein, wie ich in Jasons Wohnung kommen könnte.

Dann höre ich ein Motorgeräusch, und kurze Zeit später hält Jasons Saab vor dem Haus. Froh und erleichtert stehe ich auf – hoffentlich habe ich mir die Nieren nicht verkühlt, mit Steinstufen sollte man auch im Frühsommer nicht spaßen –, um festzustellen, dass nicht etwa Jason und Hannah aus dem Auto steigen, sondern Schatzi und Inken. Verwirrt gehe ich ihnen entgegen. Schatzi würdigt mich keines Blickes, sondern bleibt mit verschränkten Armen neben der offenen Autotür stehen. Anders Inken. Sie rennt auf mich zu und ist völlig aufgelöst.

»Hab ich's zu Haus nich mehr ausgehalten, Juliane, hab ich nich«, beginnt sie lautstark. »Hab ich dann angerufen bei die junge Mann, wo auch inne Kirche war, wo die Trauerfeier war für dich, hab ich, da ging aber nur hier der junge Mann ans Telefon isser gegangen, wo auch inne Kirche war bei die Trauerfeier. Hat er geweint der junge Mann hat er.« Sie deutet auf Schatzi, der immer noch keinen Ton sagt. »Hab ich zu ihm gesacht hab ich, warum er weinen tut, hab ich gefracht, und er hat gesacht hat er, dass keiner alle niemand ihn lieb haben tut. Der andere junge Mann ist nämlich wo mit der jungen Frau wohin gegangen isser, und in'n Keller sitzen ja nur so Polizisten, wo schauen Fernsehen gucken die die ganze Zeit wohl, und wollten sie ihn hier«, erneuter Fingerzeig auf Schatzi, »nich dabei ham nich. Ist er dann wohl ins Kino gegangen ist er, aber der Film war wohl nich so guuut war er nich für ihn anschein'd nich, und dann war er zu Hause, also hier bei den anderen Jung, wo mit dem Mädchen fort ist, un dann hatt' ich wohl angerufen hatt' ich, und er hat anfangen zu weinen hat er schlimm müssen. Ach, ach, ach.«

»Moment mal«, ich begreife mal wieder gar nichts. »Also was ist hier los? Schatzi, reden Sie!«

»Da hast du es, Inkenmutti«, fängt Schatzi an. »So lange kennen Juliane und ich uns nun schon, mit Jason ist sie natürlich per du, natürlich ist sie das, mit dem komischen Mann aus dem Café heute Nachmittag bestimmt auch schon, aber glaubst du, sie hat mir auch nur ansatzweise die Duzfreundschaft angeboten? Nichts hat sie. Für die groben Arbeiten ist ein Burkhard Lauterbach gut genug, aber wenn es um die Feinheiten im Leben geht, um Freundschaft und Füreinanderdasein, da werde ich immer auf dem absteigenden Ast geparkt, der bald vom Baume abzuknicken droht.«

»Das ist so nicht richtig«, sage ich. »Immerhin durften Sie mich fotografieren für Grottig.de.«

»Was das?«, will Inken neugierig wissen, wartet aber die Antwort gar nicht ab. »Weil der Bub so geweint hat er wohl am Telefon, hab ich zu ihm gesacht hab ich, Jung, komm rüber und hol mich ab. Ist ja gar nichts mehr wohl so los in Groß Vollstedt. Nich dass früher so enorm wohl viel los war, will ich damit nich sagen nich, aber nu, wo du wech bist, Juliane, is wohl gar nix los mehr is nich. Der Heiner, der hat sich ins Haus verbarrikadiert hat er sich wohl, und ach, und ach, mir war so langweilich, dass ich sogar die Scher'n hab schleifen lassen von so ein Scherenschleifer, wo vorbeikam und gefracht hat, ob er wohl Scher'n schleifen soll, hat er dann gemacht. Jetzt tun die Scher'n schneiden wohl.«

»Inkenmutti ist gütig«, sagt Schatzi mit kippender Stimme. »Sie hat mich gern. Sie ist wie eine Mutter für mich. Sie hört mir zu, sie stellt keine Forderungen, nicht wie ihr alle.« Nun beginnt der Präparator doch tatsächlich zu schluchzen. »Mich macht das alles fertig. Ich brauche Zuspruch und Liebe. Ich brauche Gespräche. Wenn das so weitergeht, werde ich meinen Beruf bald nicht mehr ausüben können. Es ist ja teilweise auch so, dass ich mit den Toten spreche, die ich aufsäbele. Letztens habe ich einen, dem ich die Haut vom Gesicht abgezogen habe, gefragt, ob es so recht ist.«

»Frach ich auch immer, ob's recht ist meine Kunden frach ich wohl«, sagt Inken. »Muss ich ja wissen wohl, ob's Wasser wohl zu heiß oder zu kalt ist, nich?«

»Was ist denn los, Schatzi?« Ich bin restlos schockiert.

»Ich fühle mich ungeliebt. Sie sind für Jason so etwas wie eine Mutter, ihm streicheln Sie über den Arm, ihn lassen Sie Ihre Kleidung bezahlen, für ihn sind Sie da, aber ich, ich stehe immer nur blöd daneben.«

Ich bin erschüttert. »Das wollte ich nicht. Das habe ich nicht so gemeint. Ich werde es wieder gutmachen.«

Schatzi putzt sich geräuschvoll die Nase. »Ich werde über dieses Angebot nachdenken. Jedenfalls war heute Abend keiner für mich da, und als ich nach diesem unsäglichen Film noch einmal bei Jason vorbeigeschaut habe, um wenigstens kurz mit jemandem zu reden, macht er mir zwar auf, hatte dann aber nichts Besseres zu tun, als mit Hannah wegzulaufen und mir noch zu sagen, ich solle den Red Bulls was zu essen bringen. Dafür bin ich gut genug. Polizisten kann ich versorgen.«

Ich schnappatme. »Haben die Red Bulls etwa noch nichts bekommen?«

»Ja, was denn? Ich kann doch nicht kochen. Und alles, was Jason im Schrank hatte, waren Dosen mit Erbsen.«

»Haben Sie im Kühlschrank nachgeschaut? Wir haben doch die ganzen Einkäufe dort gelagert.«

»Nein. So etwas tue ich nicht. Ich gehe nicht an fremder Leute Kühlschränke. Nur, um mir Bier zu holen. Außerdem hat ja dann schon das Telefon geklingelt.«

»Ich war das wohl«, sagt Inken. »War der Jung fix und alle war er, weil keiner is da wohl für ihn nich, also hab ich gesacht, Jung, sach ich wohl, kommst nach Groß Vollstedt und holst mich ab gleich. Brauch ich auch mal 'ne Luftveränderung brauch ich wohl. Und tut mir der Junge leid, weil keiner wohl sich nich um ihn kümmern tut nich. Is nich richtich, Juliane, den einen lieb haben zu tun und wohl den anderen nich für.«

Ich höre Inken gar nicht zu, denn mir wird schwarz vor Augen. Die armen Red Bulls! Nicht dass sie mir schon teilskelettiert im Keller herumliegen.

Schatzi zupft mich am Ärmel. »Inken ist jetzt meine Ersatzmutter. Deswegen nenne ich sie Inkenmutti.«

»Schließen Sie auf«, befehle ich ihm. »Schnell.«

»Es interessiert wohl auch niemanden, warum ich weinen musste«, fordert Schatzi weiter sein Recht nach Beachtung ein.

»Na, wegen dem Mutterersatz. Nun schließen Sie schon auf.«

»Wo sind wir hier eigentlich wohl?«, fragt Inkenmutti. »Meine Sachen tu ich auch noch in dem Raum von die Koffer wohl vom Auto haben, nich?«

Schatzi macht keine Anstalten, meinen Befehl zu befolgen. »Klaus-Jürgen Wussow ist tot!«, ruft er. »Heute Mittag um zwölf

Uhr dreißig ist er seinem Leiden erlegen. Ich habe mir schon überlegt, in die Klinik zu fahren, in der er gestorben ist, um zu fragen, ob ich ihn für Grottig.de fotografieren kann. Bizarre Wotan Z. wäre einverstanden, aber die Klinik ist so weit weg. Ich habe es viel zu spät erfahren. Nun werden wohl andere am Zug sein.«

»Is das der, wo mit der Frau wohl verheiratet war, wo erst Krankenschwesterin war und wo so komische Zähne hatte wohl?«, fragt Inken. »Und der, wo nich mit sein Sohn klarkam wohl nich, obwohl der wohl auch Arzt war, war er. Hatten die ein Hund und eine Frau, wo Haushälterin war wohl. Käthi. Käthi hieß die Frau wohl. Oder? Und der Hund hat wohl Jerry geheißen. Oder?«

»Inken«, sage ich. »Hör jetzt auf, solch überflüssige Fragen zu stellen. Hier geht es gerade um Leben und Tod!«

»Isser tooot?«, fragt Inken, und ich beschließe, gar nichts zu antworten. Inken fehlt mir jetzt gerade noch. Und überhaupt, wo soll sie schlafen? Und Schatzi? Hat der überhaupt eine eigene Wohnung? Er hat sich ja förmlich bei Jason eingenistet.

Nachdem endlich diese verflixte Haustür aufgeschlossen wurde, reiße ich Schatzi den Schlüsselbund aus der Hand und rase nach unten in den Keller, um mit zitternder Hand das Verlies der Red Bulls zu öffnen. Dringen durch die Betonmauern nicht schon herzzerreißende Schreie? Ich irre mich nicht. Es wird geschrien. Schnell stoße ich die Tür auf. Da sitzen die Red Bulls, neben ihnen stehen leere Pizzakartons und einige Bierflaschen. Da sitzen auch Jason und Hannah.

Und da sitzt noch jemand. Eine dritte Person spielt mit den Red Bulls Karten, und Jason und Hannah, sie hocken auf Schemeln und feuern das Terzett an.

»O Juliane!«, ruft Hannah, als sie mich sieht. »Schauen Sie doch mal, wie lustig wir es hier haben. Die Polizisten wollten so gern Skat spielen, aber Jason und ich können kein Skat, nur Rommé und Canasta. Da dachte ich, ich hole jemanden dazu.«

Die Red Bulls sind sichtlich froh, mich zu sehen, und wieder grüble ich darüber nach, woher ich ihre Gesichter kenne.

»Heute gab es nur Pizza«, sagen sie hoffnungsfroh und denken wohl an morgen.

»Ich hab die Pizza telefonisch bestellt«, sagt Hannah, als hätte sie damit einen wahnsinnig wichtigen Beitrag geleistet.

Der Fremde dreht sich um, und ich starre in die Augen von Herrn Glockengießer.

»Uns fehlte nämlich hier der dritte Mann«, sagt Hannah strahlend.

Kapitel 27

> »Spargel, das war mal eine richtig lukrative Sache«, sagt Heuer mit Wehmut in der Stimme. Zusammen mit seinem Sohn Jörg hatte der Bauer beschlossen, auf Spargel umzustellen. In den achtziger Jahren begann er mit dem Anbau. Zunächst noch im kleinen Rahmen, ein Feld mit einigen Reihen. 1998 wich dann das letzte Schwein dem Spargel.
> www.faz.net

Einige Sekunden bin ich sprachlos. Aus zwei Gründen: Ich dachte, Herr Glockengießer sei tot. Hat Hannah nicht gesagt, Jason hätte ihn *gemeuchelt*? Der andere Grund: Wenn Herr Glockengießer nicht tot ist, wovon ich mich nun gerade überzeugen konnte, warum um alles in der Welt ist er hier und spielt mit den Red Bulls Skat? Kann Hannah nicht bis drei zählen? Wobei ich eigentlich eher wütend auf Jason sein müsste. Aber der scheint sämtliche Hirnzellen verloren zu haben, dauernd grinst er nur tumb in der Gegend herum. Dann hat er auch noch die Dreistigkeit, »Wollt ihr auch ein Bier?« zu fragen.

»Re!«, schreit der Red Bull Nummer eins, und ein hektisches Gewusel beginnt.

Ich bin fassungslos.

»Jason ist so ein toller Mann.« Hannah steht auf. »Er hat mir einen Hund geschenkt. Da ist er.« In der Ecke liegt ein braunes Bündel, das mich mit treuen Augen ansieht. »Er heißt Schönes Auge«, sagt Hannah. »Weil er so schöne Augen hat.«

Ich drehe mich um, weil ich sichergehen möchte, dass nicht noch Langes Bein oder Abstehendes Ohr eventuell auf mich zurennen und mit gellenden Rufen »Hanta yo!« rufen, was indianisch ist und »Mach den Weg frei!« bedeutet. Das weiß ich aus Google. Diese Suchseite findet wirklich alles. Man wird sozusagen mit Informationen überschwemmt. Möglicherweise arbeitete in dieser Werbeagentur, die die Raiffeisenbanken betreut, ja auch ein Indianer.

»Ach isser süß wohl isser«, meint Inken und sieht sich das Bündel näher an. Sie scheint es nicht im Geringsten merkwürdig im Sinne von komisch zu finden, dass diese Situation hier gerade so ist, wie sie ist.

Hannah kriegt sich kaum ein. »O Juliane! Jason meinte, Schönes Auge würde uns noch mehr zusammenschweißen.«

Das ist ja auch bitter nötig, nachdem die beiden sich schon so unfassbar lange kennen.

»Nun bin ich völlig überflüssig«, sagt Schatzi traurig. »Nun hat ein Hund das Sagen. Der Ast, auf dem ich sitze, droht nicht mehr abzuknicken. Er hat seinen Weg gen Waldboden angetreten.«

Drohend sehe ich Jason an, aber der lacht nur blöde.

Herr Glockengießer jubiliert plötzlich lauthals und erhebt sich in Siegerlaune von seinem Schemel. »Das war ein Spiel«, freut er sich und streicht seine Hose glatt. Dann sagt er: »Skat würde ich gern mal wieder spielen.«

Der Hund bewegt sich nicht, und als ich näher hinsehe, weiß ich auch, warum. Ein Goliathfrosch sitzt vor dem Tier und scheint ihm Angst zu machen.

»Mörtel mag Hunde«, sagt Herr Glockengießer.

Mörtel? Also dass Mörtel tot ist, das weiß ich nun ganz sicher.

Hannah kommt näher. »Wir haben einen neuen Frosch für ihn besorgt, als er noch ohnmächtig war«, wispert sie in mein Ohr. »Mörtel war alles, was er hatte.«

»Warum ist er hier?«, zische ich zurück. »Er muss uns doch hassen.«

»Nein, nein.« Hannah strahlt. »Er kann sich an nichts mehr erinnern. Er hat eine Amnesie. Toll, oder?«

»Was?«, fragt Herr Glockengießer.

O Gott.

»Aber wenn er sich an nichts mehr erinnern kann, warum erinnert er sich dann daran, dass er Mörtel hatte?«, frage ich verwundert.

»Das ist alles, an was er sich noch erinnern kann. Dass er Froschbesitzer ist. An sonst nichts. Er denkt auch, dass er eine Firma hat, die Pfoten für Wackeldackel herstellt, und weiß nicht mehr, dass er eigentlich ein leitender Versicherungsmann ist.«

Ein tragischer Fall, der uns allerdings sehr zugute kommt. »Der arme Mann«, sage ich mechanisch und bin schon kurz davor, Herrn Glockengießer zu fragen, ob er Hunger hat und ein frisch zubereitetes Abendessen möchte, aber da steht Jason auf und schaut ernst zu den Red Bulls hinüber.

»Jungs«, fängt er dann an. »Ich bin in mich gegangen, und ich weiß, dass ihr gute Kerle seid. Ihr habt eure Gefangenschaft hier unten vorbildlich abgesessen, doch nun ist die Zeit gekommen. Ich bin mir sicher, dass das, was ich nun sagen werde, das Richtige sein wird. Jungs, ich vertraue euch.«

»Is ja wie im Kino isses wohl«, sagt Inken und klatscht in die Hände. Ich glaube, am liebsten würde sie auch Popcorn essen und die Hände vors Gesicht schlagen, sollte eine gruselige Stelle kommen.

»Moment mal, Jason!«, rufe ich verzweifelt. »Alles, was du in diesem Fall tun wirst, sollte vorher mit mir abgesprochen sein.«

»Ich habe lange mit Hannah darüber geredet«, erklärt uns Jason, der mich ignoriert, und tritt neben Fräulein Kirsch. Ich beschließe ein für allemal, sie *niemals* Hannah zu nennen. Sie wird für immer und ewig Fräulein Kirsch für mich bleiben. Punkt. Nein, ich mache es noch ganz anders. Wenn ich an sie denke, wird sie ein verschwommenes, namenloses Wesen ohne Charisma sein, dass ich nicht zuordnen und an dessen Namen ich mich nicht erinnern kann. Ich hasse sie. Jason liebt sie. »Auch Hannah ist der Meinung, dass man unbescholtene Mitbürger nicht länger inhaftieren darf. Deswegen ...«, er hebt beide Hände wie ein zweihundert Jahre alter Wunderheiler aus Yucatán, »werdet ihr noch heute Abend in den Schoß eurer Familien zurückkehren. Steht auf und geht, nicht ohne mir vorher das Versprechen zu geben, dass die Geschehnisse alle unter uns bleiben.«

Hat jemand ein Messer für mich oder ein Beil? Oder Schlangengift, das schon gebrauchsfertig in eine Einwegspritze eingefüllt wurde?

Keiner sagt ein Wort. Die Red Bulls auch nicht. Sie springen auch nicht fröhlich lachend auf, um dann schnurstracks das Weite zu suchen, sondern bleiben sitzen. Sie sehen aus, als hätte Jason sie zu Tode erschreckt.

»Aber ...«, sagt der eine dann. »Was soll das denn heißen?«

»Oh, hallo! Das heißt, dass ihr frei seid!«, kreischt ein verschwommenes Wesen ohne Charisma.

»Wer bin ich? Was soll ich hier?«, fragt Herr Glockengießer den Goliathfrosch, der aber nicht antwortet.

»Aber der Wochenspeiseplan«, kommt es von einem der Red Bulls. »Es sollte doch bald gebratene Leber mit Kartoffelpüree, gebratenen Zwiebelringen und Apfelscheiben geben.«

»Und böhmische Knödel mit Sauerbraten auch«, meint der Bruder schüchtern.

Nun bin ich gerührt. Tränen steigen in meine Augen.

»Was meint ihr damit?«, fragt Jason.

Die Red Bulls verziehen weinerlich das Gesicht. »Ich möchte bleiben«, sagt Red Bull Nummer eins, und wird von Red Bull zwei unterbrochen, der auch sagt: »Ich möchte bleiben. Es ist doch so gemütlich hier. Wir müssen nicht arbeiten und sind versorgt. Und dann die ganzen Fernsehsendungen. So schön war's noch nie!«

»Aber eure Familien«, werfe ich ein, ernte jedoch nur höhnisches Geschnaube.

»Wir wohnen zusammen. Wir wollen keine Frauen haben.«

»Aber ... muss denn bei euch nicht jemand die Blumen gießen und so? Und lüften und nach der Post schauen?« Das bin wieder ich. Ich verstehe die Polizisten einfach nicht.

»Wir haben keine Pflanzen. Und Post bekommen wir auch nie.«

Ich öffne den Mund und möchte etwas erwidern, doch dann geht erneut die Tür auf, und der Baron tritt ein. Langsam wird es eng. Ich muss zurückweichen und stoße beinahe gegen ein rostiges Rohr, das auch dringend mal auf Vordermann gebracht werden müsste.

Wie soll denn das nur alles weitergehen? Wo führt das hin? Bald können wir eine Wohngemeinschaft aufmachen. Dazu müssten allerdings noch einige Räume angemietet werden.

»Ich habe einen Fehler gemacht.« Der Baron baut sich vor mir auf. »Den ganzen Weg von hier nach Winterhude habe ich darüber nachgedacht, dabei lag die Lösung zum Greifen nah.« Er fasst sich an den Kopf. »Ich war so dumm, so dumm«, meint er. »Ich hätte den Jaguar *zu Schrott fahren müssen*. Dann hätte dieser junge Mann mit Sicherheit einen Tobsuchtsanfall bekommen und hätte mich tätlich angegriffen. Aber nein, ich musste ja auf das Diebesgut auch noch aufpassen, und nun befindet sich keine Schramme in dem guten Stück. Hätte ich doch wenigstens das Lenkrad abmontiert oder das Verdeck aufgeschlitzt. Vielleicht war er ja nicht gut genug versichert, und eine langwierige Diskussion mit der Versicherung hätte ihn zermürbt. Doch nun ist alles beim Alten.«

»O Opa!«, ruft das Wesen so, als hätte sie ihren Großvater nicht heute Nachmittag zum letzten Mal gesehen, sondern an einem besonders schlimmen Tag mit vielen Scharmützeln während des amerikanischen Bürgerkrieges, an dem sie und Opa sich wegen des aufgewirbelten und doch sehr trockenen Staubes, der durch die Luft waberte, weil die Pferde so schnell galoppierten, aus den Augen verloren hatten.

»Hab ich Hunger wohl hab ich«, sagt Inken.

»An mich denkt wieder niemand«, sagt Schatzi.

»Hallo zusammen«, sagt Benny Köhlau, der just in diesem Moment den Keller betritt und eine junge Dame im Schlepptau hat, die niemand von uns kennt.

»Die Tür hier unten stand offen«, rechtfertigt Benny sein Dasein. »Und dieser Lärm. Jedenfalls, das hier ist Mechthild Warum. Ich hatte Ihnen, Frau Knop, doch gesagt, dass ich eine Idee habe, die noch ausreifen muss. Jetzt ist sie ausgereift, was auch an Track zwölf der CD im Auto liegt. Das müssen Sie sich anhören. Ein germanischer Männerchor mit einer fortgeschrittenen Gichterkrankung in den Händen, der versucht, Kokosnüsse ohne Hilfsmittel zu zerteilen. Diese Schreie haben mein Denken und meine Kreativität angeregt wie nie zuvor! Und mir wurde plötzlich glasklar, dass Mechthild unser rettender Anker ist.«

»Lukrative Sache«, sagt Mechthild, und ich frage jetzt ganz bestimmt nicht »Warum?«. Ich weiß nur, dass es so auf gar keinen Fall mehr weitergehen kann. So nicht.

Ich schaue in die Runde und habe mit einem Mal das Bedürfnis, allein zu sein. Richtig allein. Ich bin siebenundneunzig und sehne mich nach einem Seniorenstift, in dem nur ab und an eine Pflegerin vorbeikommt, fragt, wie es uns heute geht und ob der Haferschleim uns geschmeckt hat. Dann verschwindet die Pflegerin wieder und lässt uns in unserem lichtdurchfluteten, geräumigen Zimmer allein, in dem uns schalten und walten kann, wie uns will. Besucher müssten sich unten am Empfang melden, und uns schwört bei allem, was uns hat, uns würde keinen einzigen zu uns lassen. Aber uns hat ja nichts.

»Mechthild ist Maskenbildnerin«, erklärt uns Benny Köhlau, »und ich habe mir gedacht, dass Mechthild Sie für die Show so schminken kann, dass keiner Sie erkennt. Auch Ihr eigener Mann nicht.«

»Lukrative Sache«, sagt Mechthild.

»Die Produktion wird schon unruhig«, redet Benny weiter. »Die wollen so schnell wie möglich anfangen mit uns beiden.«

Ach, wird sie unruhig, die Produktion? Das tut mir ja wirklich leid. Doch so leid es mir tut, Benny hätte erst mal alle Details mit mir klären sollen, bevor er mich dort ankündigt. Er tut ja so, als sei alles schon beschlossene Sache!

»Was, was?« Inken starrt mich an.

»Jetzt mal eins nach dem anderen«, sage ich. Ich überlege nur kurz. Ich brauche ja Geld, bis die Sache mit Heiner geklärt ist. Herrje, wie werden wir die Sache mit Heiner jemals klären? Dann kommt zur Abwechslung *mir* mal eine Idee.

Wozu sitzen und stehen hier eigentlich zwei Polizeibeamte, der ehemaliger Leiter des BKA und ein amnesiekranker Versicherungsdirektor? Natürlich. Natürlich. Die müssen mir helfen.

Ich beginne mit den Red Bulls. »Ihr wollt also hierbleiben?«, frage ich heuchlerisch, und sie nicken mich mit strahlenden Augen an. »Und ihr wollt, dass ich weiter für euch koche?« Wieder Nicken. »Wie viel ist euch mein warmes Essen wert?«

»Unglaublich viel«, kommt es wie aus einem hungrigen Munde.

»Was würdet ihr dafür tun?«

»Alles!«

»Für Cordon bleu aus zartem Kalbfleisch, gefüllt mit Scheiben vom jungen Gouda und zartem Hinterschinken, dazu ein Rosmaringratin in einer leichten Sauerrahmsoße und knackfrische Salate der Saison mit einem selbstgemachten Joghurt-Dressing und frischen Kräutern?«

»Hören Sie auf!«, brüllen die Red Bulls gebeutelt, während ihnen Speichelfäden aus den Mündern rinnen. »Wir tun alles, wirklich alles!«

»Gut«, ich nicke. »Ich habe nämlich eine Bitte an euch. Eine Hand wäscht die andere, heißt es ja so schön. Und deswegen werden wir ein sogenanntes Gegengeschäft abschließen. Ich werde euch die leckersten Speisen zubereiten, im Gegenzug werdet ihr mir helfen, meinen hinterhältigen, gemeinen Ehemann fertigzumachen.«

»O Juliane!«, ruft das Wesen. »Das ist ja eine klasse Idee. Ich bin dabei.«

Das Wesen ignorierend, warte ich die Antwort der Red Bulls ab. Die beiden scheinen so hungrig zu sein, dass sie höchstwahrscheinlich sogar für mein warmes Essen morden würden; ohne Zögern nicken sie.

»Lukrative Sache«, kommt es von Mechthild Warum.

»Und du, Nikolaus, du wirst deine grauen Zellen aktivieren und einen richtig guten Plan entwerfen, wie wir das anstellen können.«

Nikolaus sagt: »Ich bin immer noch für Isolationshaft. Den beiden hier unten hat es anscheinend auch nicht wirklich geschadet. Das wäre doch am einfachsten. Wenn dein Mann in Haft bleiben will, also für immer, meine ich jetzt natürlich, dann ist doch alles gut.«

»Nein. So geht das nicht. Ich möchte das, was mir zusteht, endlich haben«, fordere ich. »Deswegen schlage ich vor, wir begeben uns jetzt endlich nach oben, ich kann diesen Mief hier nicht mehr ertragen, setzen uns wie vernünftige Menschen zusammen …«, ja, ich kann noch träumen!, »… und entwerfen einen Schlachtplan.«

»Will ich aber auch mitkommen will ich wohl«, mischt Inken sich ein.

»Und was wird aus mir?«, will Schatzi wissen.

»Du kommst natürlich auch mit. Alle kommen mit.«

Schatzi schießen schon wieder die Tränen in die Augen. »Sie hat du zu mir gesagt, Inkenmutti. ›Du‹ hat sie gesagt. Nun gehöre ich dazu.« Beruhigend tätschelt Inken seinen tätowierten Unterarm, was zur Folge hat, dass es so aussieht, als würde der Bullenhai nach Inkens Fingern schnappen.

Es dauert ein wenig, bis wir alle in Jasons Wohnung sind, was an den Red Bulls liegt, die nur mitkommen wollen, wenn wir ihnen versprechen, dass sie nachher wieder runter in den Keller dürfen; aber irgendwann ist es geschafft.

Nikolaus ist immer noch oder schon wieder – so genau kann man das nicht mehr nachvollziehen – böse auf Benny, weil der ihm auf die Frage, ob er denn den Jaguar gut versichert habe, mit »Klar. Vollkasko« geantwortet hat.

Schatzi spritzt herum und holt Gläser und Wein, und nach einem weiteren Vierteljahr sitzen wir endlich alle versammelt in Jasons Wohnzimmer. Was mich ein bisschen stört, ist die Tatsache, dass ein gewisses Wesen immer mehr so tut, als wäre Es hier zu Hause. Es weiß sogar, dass die Tür des Gläserschrankes klemmt. Das hatte ich beim Saubermachen von Jasons Wohnung natürlich schon gemerkt, kam aber noch nicht dazu, die Tür zu ölen. Ich hätte es aber ganz sicher noch gemacht. Es muss es ganz bestimmt nicht tun! Sein komischer Hund und Mörtel, der ja gar nicht Mörtel ist, werden in eine Ecke gesetzt. Wie kann man sich nur freiwillig einen Goliathfrosch zulegen? Diese Viecher sind so hässlich, dass einem ganz anders wird.

Herr Glockengießer sieht mich an. »Ich heiße Wolfgang«, sagt er. »Ich wohne in Mücke.«

Ich reiche Herrn Glockengießer ein Weinglas, in dem sich auch Wein befindet. »Hier haben Sie ein Bier.«

»Oh«, Herr Glockengießer schaut das Weinglas an, dann nimmt er einen Schluck. »Cola ist doch immer noch am besten«, sagt er, aber ich bin immer noch unsicher, ob er uns Theater vorspielt.

»Das ist pures Pflanzenschutzmittel«, erwidere ich lauernd.

Herr Glockengießer lacht. »Tee«, sagt er.

Alles klar.

Ich bin beruhigt.

Kapitel 28

☞ Angebot: Make up- und Maskengestaltung für TV, Film, Foto, Bühne, Werbung, Show. Beauty Make up, Fantasie Make up, Charakter Make up, Altmaske, Spezial Make up Effekte: Schürf- u. Platzwunden, Schusswunden, Narben, blaues Auge, Verbrennungen 1. 2. 3. Grades, Schwellungen etc.
Hairstyling: Beauty, Abend-, historisch etc.
Bodypainting. Glatzen, Bärte, Monster, Mumien
... und vieles weitere nach Anfrage
www.maskenbildnerin-neu.de

»Nun seid doch mal alle ruhig. So geht das nicht!«, ruft Jason und hebt beide Hände. Seit einer halben Stunde reden alle durcheinander. »Und passt bitte mit den Gläsern auf. Nicht dass der Wein Ränder bildet. Ich hasse das. Da werde ich wirklich sauer.«

»Ups«, macht das charismalose Wesen. Das Weinglas ist umgekippt, und nun ist der ganze Tisch rot.

»Das macht doch nichts, Hannah!«, ruft Jason fröhlich und holt noch nicht mal einen Lappen, weil Es sich nämlich glücklich auf seinen Schoß setzt und anfängt, ihm am Hals zu knabbern. Alles in mir zuckt und will aufstehen, um das Malheur zu beseitigen, aber ich zwinge mich, sitzen zu bleiben. Der Junge muss lernen, dass ich nicht immer auf Abruf bereitstehe. Dann fällt mir ein, dass Jason mich ja gar nicht gebeten hat, das Malheur zu beseitigen, und schon werde ich wieder böse. Er hängt an dem Wesen wie ein Ertrinkender. Das Wesen wird ihn noch um den Verstand bringen.

»Jason«, ich schüttele meinen Lebensretter so lange, bis er von dem Wesen ohne Charisma ablässt und mich anschaut. »Jetzt hört ihr mir mal alle gut zu«, ich stehe auf, und brav starren mich alle an. Sogar der Baron schweigt, und das Wesen sagt auch gar nicht »O Juliane«.

»Meine Idee ist die folgende. Sie, Frau Warum, werden mich so schminken, dass mich kein Mensch mehr erkennt. So wie Benny das vorgeschlagen hat. Das ist der erste Punkt.«

Mechthild Warum nickt und sagt: »Lukrative Sache.«

»Dann werden wir erst einmal testen, ob mich tatsächlich niemand erkennt. Denn Ihre Kochshow, mein lieber Benny, hat doch bestimmt gute Einschaltquoten.«

Benny nickt hektisch. »Ich werde demnächst auch ein Kochbuch herausbringen. Leider weiß ich noch nicht, wo ich die Schwerpunkte setzen werde. Asiatisch, deutsch, griechisch, multikulturell. Ich werde mich inspirieren lassen müssen. Möglicherweise werde ich sogar eine neue CD dazu herstellen müssen. Gefrorenes Gemüse, das aus dem neunzehnten Stock eines Hochhauses auf Waschbetonplatten fällt, ja, ich glaube, das könnte mich wahnsinnig inspirieren. Oder ich ...«

»Benny«, unterbreche ich ihn, »das sehen wir dann. Also, das ist Punkt eins. Wenn dieser Punkt zu unserer vollsten Zufriedenheit erledigt ist, wird Herr Glockengießer in seine Versicherung gehen und ... Herr Glockengießer? *Herr Glockengießer, was um alles in der Welt tun Sie denn da?*«

Es gibt ein schmatzendes Geräusch. Herr Glockengießer, der zwischenzeitlich aufgestanden war, setzt sich wieder hin. Mörtel Nummer zwei liegt breitgetreten auf dem Dielenboden. Schönes Auge springt interessiert auf und beschnüffelt den Leichnam.

»Oh, Schönes Auge!«, ruft das uncharismatische Wesen, das auch überhaupt keine Ausstrahlung hat. Aber Schönes Auge schnüffelt weiter. Dann kommt er zu mir gelaufen und schaut mich treuherzig an. Mit Entsetzen muss ich feststellen, dass an der Schnauze eines von Mörtels Augen klebt. Es sieht ein wenig so aus, als hätte Schönes Auge eine Verwachsung in Form einer Pupille.

»Ist das Pferd nicht mehr da?«, will Herr Glockengießer wissen und mischt derweil die Karten.

Herrje. Wie soll ich diesen Mann dazu bringen, nicht für noch mehr Wirbel zu sorgen? Er muss mir doch helfen. Aber wie soll ich das bewerkstelligen? Ich muss eventuell den ganzen Plan noch einmal überdenken. Andererseits muss ich den Plan gar nicht mehr überdenken: Er ist so was von wasserdicht, der Plan. Und mit Herrn Glockengießer werde ich auch noch fertig. Vielleicht hilft ein Schlag auf seinen Hinterkopf, sodass er für geraume Zeit ruhiggestellt wird. Bis der Plan ausgeführt ist. Ich ändere den Plan also wie folgt: Herr Glockengießer wird nicht involviert. Er schadet im Moment mehr, als dass er nützt.

»Benny«, ich sehe den jungen Koch streng an, der fasziniert auf Mörtels Kadaver starrt. Bestimmt überlegt er gerade, wie er ein Froschragout zubereiten kann. »Ich habe einen Plan«, sage ich mit fester Stimme. »Ich war dabei, denselben zu erläutern. Und ich wäre allen Anwesenden sehr dankbar, wenn sie mir nun ihre Aufmerksamkeit widmen würden.«

Man schweigt und schaut mich an.

»Also«, beginne ich. »Frau Warum wird mich schminken, und dann geht's auf zu Bennys Kochshow. Schließlich brauche ich erst mal Geld, und ich gehe ja wohl davon aus, dass man mich angemessen bezahlen wird.«

Benny nickt.

»Du kannst aber die nächsten Tage gern noch hierbleiben«, wirft Jason ein. »Hannah zieht erst in zwei Wochen bei mir ein.«

Ich starre Jason an. Das also auch noch! Ich will gar nicht wissen, was das Wesen aus Jason machen wird. Er wird seinen Job und seinen Ruf verlieren und schon bald ein Obdachloser sein, weil Es ihn schröpfen wird bis zum Gehtnichtmehr. Beziehungsweise werden die beiden ihr Leben in Jasons bequemem Bett verbringen, und Jason wird es nicht mehr wichtig finden, zur Arbeit ins UKE zu gehen. Das Wesen wird einfach nur sagen: »O Jason, bleib doch heute hier, das fände ich sooo klasse!« Irgendwann werden die beiden kraftlos in den Laken liegen und noch nicht mal mehr in der Lage sein aufzustehen, um zu lüften oder einen Schluck Wasser zu trinken, und dann werden sie Wochen später gefunden werden, und Schönes Auge, der auch nichts zu fressen bekommen hat, wird sie schon angenagt haben. Mörtels festgeklebte Pupille wird dann schon auf seiner Schnauze vertrocknet sein. So, genau so wird es enden. Aber wenn der Bub es so will, dann soll er es so halten.

Ach, warum kann nicht alles schon vorbei sein? Und warum habe ich keine kompetenten Mitarbeiter, die mit mir gemeinsam tun, was zu tun ist? Meine Gedanken schweifen ab, weil ich darüber nachdenke, was ich alles machen werde, wenn die Dinge geordnet sind.

Ich unterteile meine Pläne in einzelne Phasen:

Phase 1:

Ich werde mir eine Wohnung suchen.

Ich werde mit Nordic Walking beginnen, weil ich glaube, dass der Bewegungsablauf mit Stöcken mir sehr guttun wird.

Ich werde mir die entsprechenden Laufschuhe zulegen, aber gute. An Schuhwerk soll man nicht sparen.

Ich werde mir eine Sonnenbrille kaufen, aber eine klassische, dann werde ich mir Bennys Jaguar ausleihen und mit meinem Chaneljäckchen die Geschwindigkeit übertreten; dass ich keinen Führerschein habe, ist mir egal. Ich werde mir auch lange Ohrgehänge zulegen, die im Wind fliegen, und ich werde, während ich durch die Gegend rase, laut und vielleicht auch ordinär lachen.

Ich werde auf Jahrmärkte gehen und Achterbahn fahren und davor Fischbrötchen essen und Kirschsaft dazu trinken, weil ich einmal in meinem Leben sagen will: »Ich heiße Juliane und habe während einer Achterbahnfahrt gekotzt.«

Ich werde Horrorfilme schauen, die nicht unblutig enden wie die meisten Geiselnahmen, sondern in denen viele Köpfe rollen.

Ich werde dabei Popcorn essen und Cola trinken.

Phase 2:
Ich werde anfangen zu rauchen, auch Cannabis.

Ich werde beginnen, Hochprozentiges zu trinken und dabei a) entweder laut singen, b) scharfkantige Gegenstände aus dem Fenster werfen, c) wahllos Leute anrufen und sie aufs Übelste beschimpfen, d) meine Kleidungsstücke zerschneiden, e) die zerschnittenen Kleidungsstücke wieder zusammennähen, f) resignieren, weil ich ob der Trunkenheit das Nadelöhr nicht finde, g) Groß Vollstedt in Brand setzen, Inken ihr'n Frisiersalon natürlich ausgenommen, h) den Brand löschen, weil ich doch irgendwie an Groß Vollstedt hänge, i) den Führerschein machen, j) oder doch nicht, k) mir einen Tanzgürtel zulegen und damit Nikolaus verführen inklusive double penetration, wie immer das auch gehen mag, l) Nikolaus' Beerdigung organisieren, weil er diese Nacht ganz sicher nicht überleben wird, m) meine Mutter privat versichern mit der Zusatzklausel, dass sie so viele Hörgeräte verschleißen kann, wie sie will, n) den vorherigen Punkt möglicherweise noch einmal überdenken, o) attraktive Kittelschürzen entwerfen, p) noch mehr trinken, damit ich auf dem Level bleibe, q) Goliathfrösche mit Labradoren paaren, mal sehen, was dabei herauskommt, etwas Gutes kann es zwar nicht sein, aber egal, r) in eine brennende Glühlampe beißen, mich hat schon immer interessiert, was dann passiert, s) ein Daunenkissen zerschneiden und die Federn herunterschlucken, möglicherweise kann ich dann fliegen, t) ich glaube, das reicht.

Phase 3:
Ich bin tot. Denn wenn ich das alles gemacht habe, gibt es kein Morgen mehr.

»Juliane? Juliaaane?« Das ist Jason.

Ich war gerade etwas abwesend, aber nun bin ich wieder voll da. Erwartungsvoll schaue ich Jason an.

»Was ist?«, frage ich, und dann fällt mir ein, dass er mich ja quasi rausgeschmissen hat. Also wechsele ich schnell den Gesichtsausdruck und blicke nun deprimiert und unglücklich. Ich versuche auch röchelnd zu atmen, aber es gelingt mir einfach nicht. Das liegt an der frischen Luft, die ich in Groß Vollstedt immer eingeatmet habe.

»Hast du gehört, was ich gesagt habe?«, fragt der Fremdbeeinflusste mich, und ich nicke gnädig.

»Danke, dass ich noch einige Tage hierbleiben darf«, sage ich dann und wende mich den anderen zu. Nun sind die Red Bulls an der Reihe. »Ihr beide, ihr geht jetzt gleich mal los, und zwar zu eurer Dienststelle. Oder noch besser, ihr ruft auf der Dienststelle an. Ihr werdet irgendwie herausbekommen, ob nach mir gefahndet wird.«

Die beiden nicken. Offenbar sind sie so glücklich darüber, dass sie doch nicht persönlich zu ihrer Dienststelle gehen müssen (sie hätten ja eine warme Mahlzeit verpassen können), dass sie mir alles versprochen hätten.

»Was sollen wir denn da sagen?«, fragt der eine. »Ich weiß auch gar nicht, wer Spätdienst hat.«

»Ihr werdet ja wohl schon einmal telefoniert haben«, weise ich ihn dominant zurecht, und er zuckt zurück und fragt nicht noch einmal.

Jason reicht ihm das Telefon, und der Polizist drückt mit zitterndem Zeigefinger die entsprechenden Tasten. Wenigstens kann er die Nummer auswendig.

»Ich bin's«, hören wir ihn sagen, und dann sagt er eine Zeitlang gar nichts, und dann sagt er: »Natürlich hätte ich mich melden können. Aber du kannst dir gar nicht vorstellen, wie es ist, plötzlich keine Hände mehr zu haben. Ich musste erst lernen, mit der Zunge die Telefontastatur zu bedienen.« Schweigen. Dann: »Meinem Bruder geht es genauso. Wir wissen nicht, woher das kommt. Auch die Ärzte sind ratlos. Jedenfalls müssen wir jetzt in eine Spezialklinik, um dort zu lernen, mit Füßen zu essen. Ja, ja, ja, schlimme Sache.« Pause. »Das fing letztens plötzlich an, als wir zusammen Streife in der Innenstadt gefahren sind. Mit einem Mal fingen unsere Hände an, sich aufzulösen ... Danke, Andy, das ist wirklich total lieb von euch. Nein, ihr müsst uns keine Zeitschriften vorbeibringen, wir haben ja noch nicht gelernt, wie man mit den Lippen oder den Zehen umblättert. Hm, hm, hm. Aber wo ich dich gerade dranhabe, schau doch mal im Computer nach, ob gegen eine Juliane Knop etwas vorliegt. Ja. Juliane. Wie man's spricht. Danke ...«

Der Red Bull schaut uns Beifall heischend an. Also ehrlich: Ich hätte nicht gedacht, dass er so schlagfertig reagieren könnte. Das ist ja fast so gut wie mein Dosenöffner-Einfall! Wir schauen alle zurück und sind gespannt.

»Ja, ja, warte mal, das schreibe ich mir auf. Was? Wieso ich schreiben kann, obwohl ich keine Hände mehr habe?«

Hatte ich gerade das Wort Schlagfertigkeit erwähnt? Ich nehme alles zurück.

»Mein Gehirn muss sich an den neuen Zustand auch noch gewöhnen«, redet der Red Bull weiter. Welches Gehirn? »Mir ist das so rausgerutscht. Aha. Aha. Ah ja. Gut. Danke. Ja, wir melden uns wieder.« Er drückt den Aus-Knopf des Telefons und wirkt auf eine dümmlich wirkende Art erleichtert. Dann schaut er seinen Bruder an. »Ich dachte schon, meine Topfpflanze, die am Fenster steht, weißt du, rechts, sei eingegangen. Aber Andy hat von sich aus daran gedacht, sie zu gießen.«

»Andy ist ein guter Kerl«, sagt sein Bruder.

»Und?«, frage ich.

»Ach so«, meint der Red Bull. »Ja, das ist nicht so schön. Die Sache ist nämlich die ...«

»Was ist die Sache?«

»Hm. Tja. Die Sache ist die, dass Sie polizeilich gesucht werden. Sogar mit Fahndungsplakat.«

Das ist ja wohl die Höhe. »Wo hat denn die Polizei ein Foto von mir her?«, will ich erzürnt wissen. »Und welches denn? Wie sehe ich darauf aus?«

Jason hat ganz andere Probleme: »Warum wird Juliane polizeilich gesucht? Was wirft man ihr denn vor?«

»Äh, Betrug«, sagt der Red Bull und schaut mich panisch an. Er hat Angst, dass das mit der Leber nichts wird, das sehe ich mit geschultem Blick. Wenn ich verhaftet werde, kann ich ja nicht mehr kochen. Das ist eine mathematische Gewissheit.

»Ihr Mann hat Strafanzeige gestellt wegen vorgetäuschtem Ableben«, redet der Red Bull weiter und denkt kurz nach. »Wenn man es ganz genau nimmt, bin ich verpflichtet, Sie nun zu verhaften. Das wäre auch gut für meine Akte.« Er runzelt die Stirn. »Aber das kann ich ja nun nicht machen. Weil ich Andy ja erzählt habe, dass meine Hände weg sind. Wie stehe ich denn da, wenn ich ins Präsidium komme? Wie ein Lügner. Da nutzt auch eine Verhaftung nichts.«

Benny mischt sich ein, ohne auf die Verhaftung einzugehen: »Nun ist Mechthild am Zug«, meint er. »Mechthild wird Sie jetzt mal probeweise schminken, und zwar so, dass niemand Sie wieder erkennen wird.«

Das hatten wir ja nun schon mehrfach abgesprochen. Dieser Punkt ist nicht neu. »Und dann?«, will ich wissen.

»Dann fahren wir morgen in den Sender, und Sie werden zum ersten Mal mit mir moderieren und kochen natürlich. Ganz einfach. Mechthild wird Sie natürlich dann wieder schminken.«

»Aber ich muss euch doch noch von meinem Plan erzählen. Von meinem Heiner-Plan.«

»Juliane«, meint Jason. »Du wirst polizeilich gesucht. Nach dir wird *gefahndet*. Wie kannst du in dieser ausweglosen Situation daran denken, *Pläne zu schmieden*?«

»O Jason«, meint das Wesen. »Ist das alles aufregend.«

Mechthild Warum strahlt mich an. »Wollen wir?«, fragt sie und öffnet einen überdimensionalen Koffer. »Wenn ich mit Ihnen fertig bin und Greta Garbo würde Sie dann sehen, ich schwöre Ihnen, die würde tot umfallen.« Dann holt sie eine Make-up-Tube hervor.

Eine halbe Stunde später ist Mechthild mit mir fertig. Und ich bin auch fertig. Meine Haut, an die – bis auf die Schminkaktion von Schatzi, der mich ja *total tot* herrichten wollte für Grottig.de – noch nie Fremdmasse gekommen ist außer Kuhfladen und manchmal Jauche, juckt und brennt, und ich komme nicht damit klar, dass eine fremde Person mir Farbe auf die Lippen schmiert. Das macht mich nervös, und so sitze ich angespannt da und versuchte nicht zu blinzeln, während Mechthild mir die Wimpern tuscht.

»Voilà!«, ruft Mechthild und geht einige Schritte zurück. »Ihr könnt nun alle kommen und schauen.«

»O Juliaaane!«, ruft das Wesen. »Sie sehen ja richtig gut aus!«

Sollte das Wesen noch einmal eine solche Unverschämtheit von sich geben, wird Es selbst nicht mehr gut aussehen, dafür werde ich persönlich Sorge tragen. Mir fällt die steinfarbene Hose mit Eingriff ein, und ich werde noch böser auf das Wesen. Nur weil Es jünger ist als ich, hat Es noch lange nicht das Recht, mich so zu beleidigen. ›Sie sehen ja richtig gut aus!‹ Habe ich vorher so schrecklich ausgesehen? Wohl kaum, sonst hätte mich bestimmt der Baron nicht gefragt, ob ich mit ihm zusammen ein gesuchter Feuerteufel sein möchte.

»Danke«, sage ich hoheitsvoll und schaue erwartungsvoll in die Runde.

»Wow!«, meinen Benny und Schatzi. Jason glotzt mich an und sagt gar nichts, Nikolaus sagt: »Unfassbar«, die Red Bulls öffnen ihren Mund; lediglich Herr Glockengießer fällt aus dem Rahmen. Er strahlt und ruft: »Mörtel!«

Und nachdem Mechthild Warum zum was weiß ich wievielten Mal »Lukrative Sache« von sich gegeben hat, bringt sie es endlich fertig, mir einen Spiegel vors Gesicht zu halten. Ich traue meinen Augen nicht. Mechthild Warum hat ein extrem lukratives Ergebnis gezaubert. Ich sehe nicht mehr aus wie siebenundneunzig, sondern wie einhundertsiebenundneunzig. Da, wo sich meine Falten befunden haben, befinden sich jetzt Krater. Sie hat es sogar fertiggebracht, mir noch mehr Altersflecken zu verpassen.

Wenn man es ganz genau nimmt, bestehe ich aus Altersflecken. Und dann der Mund! Ich hatte normale Lippen, doch jetzt könnte man darauf den Amazonas überqueren. Und was auch immer mit meinen Augen passiert ist, das sind nicht mehr meine Augen, sondern ... ich weiß es nicht.

Es scheint ganz so, als würde es Juliane Knop, geborene Mahlow, nicht mehr geben.

»Ich bin entsetzt«, flüstere ich entsetzt.

»Aber nein, aber nein!«, rufen alle bis auf Herrn Glockengießer.

»Das ist doch gut so! Das ist phantastisch. So wird dich niemand erkennen«, sagt Jason.

»Fabelhaft«, nickt auch Benny und klatscht in die Hände. »So können die mit ihrem Fahndungsplakat lange suchen. Brillant, Mechthild, brillant.«

»Ich sehe alt und verbraucht aus«, sage ich hilflos. Wie kann man mir so etwas antun?

»Sie sehen aus wie eine Dame mit einer Menge Lebenserfahrung«, schwadroniert Benny weiter. »Wenn Sie den Leuten was erzählen, glauben die Ihnen. Ach, herrlich. Wir werden behaupten, dass sie hundertfünfzig sind oder so, und wir machen nur Rezepte aus der guten alten Zeit. Aus der Zeit, in der man noch in gusseisernen Töpfen einen deftigen Braten zubereitet hat.«

»Ich benutze auch in der heutigen Zeit einen gusseisernen Topf«, kläre ich Benny auf. »Oder Kupfergeschirr. Das leitet die Hitze viel besser als diese komischen Teflongerätschaften. So was kommt mir gar nicht erst ins Haus. Damit werde ich auch in dieser Show nicht kochen.«

»Sie bestehen auf Gusseisernes und Kupfergeschirr?« Benny schaut mich an, als hätte ich ihm erzählt, dass ich vorhabe, pürierte Stubenküken mit Himbeersoße und unverschlossenen Sicherheitsnadeln in seiner Sendung zuzubereiten.

»Ich bestehe darauf«, antworte ich.

»Ich werde das Nötige veranlassen.« Benny kratzt sich am Kopf.

»Der Produktionsleiter wird mich zwar umbringen, aber egal. Diese Töpfe sind nämlich teuer.«

Wenn er mir schon so anfängt, wird er mich gleich mal richtig kennenlernen. »Was ist mit meinem Honorar?«, will ich wissen und stehe auf. Benny weicht einen Schritt zurück. Er hat möglicherweise Angst vor einhundertsiebenundneunzigjährigen Frauen mit Schlauchlippen.

»Darüber wollen wir doch noch reden«, sagt er ausweichend.

»Genau. Jetzt. Jetzt reden wir darüber.«

Ich denke nach. Was könnte ich verlangen? Wie lange dauert eine Sendung? Eine Dreiviertelstunde? Ob fünfzig Euro angemessen sind? Oder zwanzig?

»Zwanzig«, fordere ich lauernd.

»Für drei Sendungen«, kommt es wie aus der Pistole geschossen zurück.

»Zwanzig für drei? Das ist zu wenig! Was kriegen Sie denn?«

Benny zögert. »Das darf ich nicht sagen«, meint er dann und kratzt sich am Kinn.

Ich reiche ihm einen Block und einen Stift, beides liegt neben dem Telefon. »Dann schreiben Sie es auf.«

»Das ist doch dasselbe«, will Benny sich herausreden, aber ich werde diesmal hart bleiben. Ich habe bereits genug durchgemacht, und es fehlt mir gerade noch, dass der Lausejunge meint, mir einfach so davonzukommen. Also wedele ich mit dem Block vor seiner Nase herum. Schließlich sagt Benny: »Dreißig.«

»Sie bekommen dreißig Euro für drei Sendungen?«

Benny schaut mich stirnrunzelnd an. »Nein«, meint er dann.

»Was denn?«, wollen jetzt alle wissen. Selbst das Wesen ohne Charisma scheint sich für eine einzige Zehntelsekunden mal nicht für Jason zu interessieren, sondern kommt gespannt näher.

»Ich bekomme dreißig pro Sendung«, sagt Benny Köhlau mit zitternder Stimme, so als ob er gleich eine schlimme Abreibung zu erwarten hätte.

»Das ist ja Ausbeutung!«, rufe ich erzürnt.

Nikolaus mischt sich ein. »Ich glaube, es wurde etwas verschwiegen.« Er baut sich vor Benny auf. »Sie bekommen nämlich gar nicht dreißig Euro pro Sendung, hab ich nicht recht, hab ich nicht recht?«

Der Jungkoch nickt verschämt, und Nikolaus nickt wissend. »Wusste ich's doch«, sagt er nicht ohne Stolz in der Stimme.

»O Benny!«, ruft das Wesen. »Sind es etwa nur dreißig Cent?« Jedenfalls kennt Es Währungen.

»Blödsinn!« Das ist Schatzi. »Der Mistkerl kriegt dreißigtausend pro Sendung! Ist das wahr, Herr Köhlau?«, fragt er vorwurfsvoll.

Ich muss mich setzen. Das ist alles zu viel für mich. Dreißigtausend Euro für eine Kochsendung, in der Brühwürfel für das Nonplusultra gehalten werden. Das kann ja wohl nicht wahr sein. Und dann hat Benny auch noch die Chuzpe mir zu erklären, Gusseisernes sei zu teuer!

Mit mir nicht! Bloß weil ich keine Ausbildung habe, heißt das noch lange nicht, dass man mich über den Tisch ziehen kann. Außerdem könnte ich später mal danach googeln, wie viel so ein Fernsehmensch verdient. Ich liebe Jasons Laptop. In jeder freien Sekunde sitze ich daran und google. Da ist ein Lexikon nichts gegen.

Böse verschränke ich die Arme: »Entweder ich bekomme genau so viel wie Sie, Benny, oder das wird nichts mit Ihrer Sendung!«

»Aber Juliane, das können Sie doch nicht machen! Wir haben doch so viel vor! Ich werde meinen Ruf verlieren! Die Zuschauer rufen ununterbrochen in der Redaktion an und möchten, dass Sie mit mir kochen! Wie soll ich das erklären?«

»Vielleicht hilft Ihnen ja ein Track Ihrer CD, um über meine Absage hinwegzukommen«, ich bin eisenhart, mein Blick ist kalt wie Eis, meine Augen flackern nicht die Spur.

»Wie soll ich das der Produktion erklären? Die haben gedacht ... die haben gedacht ...«, beginnt Benny, wird aber gnadenlos von mir unterbrochen. Mit einer, wie ich hoffe, schneidenden Stimme.

»Sie dachten wohl, ich gebe mich mit zwanzigtausend Euro zufrieden. O nein! Entweder oder! Es liegt nun ganz in Ihrer Hand.«

Ich muss ihm ja auch nicht auf die Nase binden, dass ich diese Show womöglich auch für zwanzig Euro moderiert hätte. Nein, was rede ich da – zwanzig Euro für drei Sendungen. Das sind pro Sendung sechs Euro sechsundsechzig Periode.

Nikolaus tritt neben mich und legt mir die Hand auf die Schulter. »Kein Wunder, dass Sie sich so ein teures Auto leisten können! Und dann auch noch vollkaskoversichert. Ich hätte gleich merken sollen, woher der Wind weht.«

»Können wir dann auch mal mitkommen und zugucken und probieren?«, fragen die Red Bulls synchron, aber keiner antwortet ihnen.

Benny überlegt immer noch. Dann holt er sein Handy aus der Tasche und stiefelt in seinen zu großen Hosen nach draußen. Eine Minute später kommt er zurück. »Geht in Ordnung«, sagt er lapidar.

Ich glaube, ich höre nicht richtig. »Was geht in Ordnung?«

»Dreißigtausend pro Sendung. Pro Tag wird eine Livesendung ausgestrahlt. Am Wochenende nicht. Sind also fünf Sendungen pro Woche. Allerdings bekommen Sie erst mal einen Vertrag über vier Wochen. Wenn die Quote nämlich nicht stimmt, dann stimmt die Quote nämlich nicht, und das ist dann nicht so gut. Aber bislang hat die Quote eigentlich immer gestimmt.«

Das Wesen hüpft herum und freut sich. »O Juliane, ist das alles aufregend! O Jason, o Schatzi, o ihr Polizisten, o Frau Warum, o Herr Glockengießer! *O Opa!* Wie herrlich! Jetzt sind wir alle berühmt!«

Ich weiß zwar nicht, was Es meint, aber ich bin momentan sowieso mit etwas anderem beschäftigt. Pro Tag dreißigtausend Euro für mich, das mal fünf sind hundertfünfzigtausend Euro für mich. Das mal vier – angenommen, ich mache das nur vier Wochen lang, sind … sind sechshunderttausend. Für mich. Für mich! »Sechshunderttausend«, bringe ich hervor. »Das reicht für den Rest meines Lebens!« Ich könnte auch einen Teil spenden, beispielsweise an diese Juliane Knop, die so heißt wie ich, die ich aber nicht bin, oder ich schenke Jason und Schatzi etwas. Jason könnte sich mit dem geschenkten Geld seine Wohnung so umbauen, dass vierundzwanzig Stunden am Tag automatisch Staub gesaugt wird. Man könnte mehrere Staubsauger nebeneinander anbringen, die den ganzen Tag auf Hochtouren laufen. Und das Wesen könnte dann mit Krümeln nur so um sich werfen, egal, die Staubsauger saugen und saugen und saugen jeden einzelnen Krümel auf. Und Schatzi könnte ich eine nigelnagelneue Kameraausrüstung schenken, damit er für Grottig.de noch schärfere Fotos machen kann. Aber das Allerbeste ist: Ich brauche jetzt Heiners Geld nicht mehr! Das heißt, eigentlich ist es ja auch mein Geld, aber ich brauche es trotzdem nicht.

»Meine Probleme sind gelöst«, sagte ich froh. »Ich werde genug Geld haben und muss mich nicht mehr mit Heiner beschäftigen. Ist das nicht herrlich?«

Einen kurzen Moment schweigen alle, doch danach höre ich ein gruppendynamisches: »NEIN!«

Nikolaus sagt noch: »Das wäre ja noch schöner. O nein, meine liebe Juliane, jetzt geht es erst richtig los!«

Die anderen nicken.

Auch gut.

Wenn sie meinen.

Kapitel 29

»Das ist Hugo Weinhold, den kennen Sie ja schon.« Der Redaktionsleiter lächelt mir süßsauer zu, geht schwer atmend ein paar Schritte und knallt ein großes Paket auf einen Tresen.

»Ah, Gusseisernes und Kupfergeschirr!«, jubiliert Benny. »Das ging aber schnell, Hugo. Super.«

Hugo sieht so aus, als würde er uns am liebsten mit den Sachen erschlagen. Er wischt sich den Schweiß von der Stirn. Ich sagte es doch, diese Ware ist schwer, aber gut! Schönes Auge macht mich nervös, dauernd springt er durch die Gegend und schnüffelt überall herum. Natürlich sind alle mitgekommen. Sie haben mich angeschaut, als hätte ich sie zum Tode verurteilt, als ich sagte, ich wolle mit Benny alleine in diesen Sender fahren. Ich drehe mich um. Wo ist Nikolaus? Ach, dahinten steht er und strahlt immer noch.

»Ich habe mit meinem Schweizer Messer die Rückbank von Herrn Köhlaus Jaguar zerstört«, hat er mir vor einigen Minuten aufgeregt zugeraunt. »Der wird sich ärgern.« Ich bin mir zwar sicher, dass die Vollkaskoversicherung dafür aufkommen wird, möchte aber die gute Laune des Barons nicht trüben. Nun wuseln alle durch die Gegend. Bis zur Sendung ist zwar noch Zeit, aber Benny meint, man müsse immer so früh hier sein. Er selbst sitzt auf einem Drehstuhl und lässt sich von Mechthild schminken. Allerdings sieht er danach nicht hundert Jahre älter aus, als er ist, sondern einfach nur frischer und besser. Ich werde mit Mechthild reden müssen. Wer glaubt denn einer Scheintoten, wenn sie etwas vom richtigen Umgang mit Rosmarin erzählt?

Benny zeigt mir dann die Küche. Während er sagt: »Das ist der Herd«, worauf ich auch selbst gekommen wäre, schiebt er seine komische CD in einen Player, der neben dem Herd installiert ist. Das Aufheulen hungriger Wölfe weckt meinen Fluchtinstinkt.

»Ich brauche das zur Einstimmung«, freut sich Benny. »Das kurbelt mein Adrenalin an.«

Ich wäre froh, wenn das Heulen der Wölfe auch mein Adrenalin ankurbeln würde, ich bin so müde. Inken hat natürlich auch bei Jason übernachtet, und Schatzi wollte nicht allein sein und ist auch geblieben, ja, was soll ich sagen, letztendlich haben alle da übernachtet. Schatzi hat sich von Inken sogar ein Lied vorsingen lassen, damit er zur Ruhe kommt, weil der Tag »ihn doch arg mitgenommen« hat. Ich glaube, er hätte auch gern einen Schnuller gehabt in diesen Minuten. Müde bin ich, weil ich zu viel geschlafen habe. Normalerweise dauert eine Nacht für mich maximal sechs Stunden; ich muss mich erst an die neue Situation gewöhnen. Wenn alles durchgestanden ist, werde ich versuchen, wieder in meinen alten Rhythmus zu kommen. So geht das nicht weiter.

Jedenfalls ist es jetzt kurz nach fünfzehn Uhr, und um siebzehn Uhr fünfzehn soll es losgehen. Alle rennen hektisch herum und man stolpert permanent beinahe über Menschen, Kabel oder Klappstühle. Alle scheinen sich unglaublich wichtig zu fühlen. So, als ob ohne sie überhaupt nichts gehen würde: Es herrscht eine – wie ich finde – überflüssige Unruhe. Vielleicht hatten diese Menschen hier alle keine besonders glückliche Kindheit; ihnen hat es an Aufmerksamkeit gefehlt, und nun müssen sie etwas nachholen. Wenigstens hat man einen netten Ausblick, wenn man aus dem Fenster schaut. Das Produktionsgebäude befindet sich nämlich am Hafen, und ich könnte Stunden damit zubringen, den großen Schiffen zuzuschauen, die hier auf der Elbe entlangfahren. Groß Vollstedt ist ja auch idyllisch, aber mit Hamburg nicht zu vergleichen, weil es in Hamburg nämlich Schiffe gibt und in Groß Vollstedt nämlich nicht.

Die Red Bulls sind natürlich auch hier. Ich glaube, sie haben großen Hunger, denn sie stieren dauernd auf ein monströses Büfett, das für die Mitarbeiter aufgebaut wurde. Wenn mir nicht bald einfällt, woher ich sie kenne, werde ich durchdrehen. Jedenfalls stören sie nicht, sondern sitzen brav nebeneinander. Ich soll dann von Mechthild geschminkt werden.

»Mechthild, hören Sie mal«, beginne ich, nachdem ich auf einem der Drehstühle Platz genommen habe. »Wenn es Ihnen nichts ausmacht, dann würde ich lieber extrem lukrativ jünger aussehen und nicht wie dieser Mann vom Hauslabjoch, der vor einigen Jahren in den Alpen gefunden wurde.«

»Welcher Mann?« Mechthild scheint ihn nicht zu kennen. Herrje, der Mann hatte auch einen Spitznamen, aber ich komme jetzt nicht drauf.

»Er war sehr alt«, versuche ich zu erklären.

»Johannes Heesters?«, fragt Mechthild interessiert. »Aber der lebt doch noch, auch wenn er tot aussieht.«

Das muss ich Schatzi sagen. Neues Fotomaterial. »Nein«, sage ich. »Der Mann, den ich meine, war mehrere tausend Jahre alt.«

»Also das krieg ich nicht so schnell hin.« Mechthild schüttelt den Kopf und kramt in ihrer riesigen Tasche herum. »Dann müsste ich Sie ja mumifizieren.«

»Eben das sollen Sie *nicht*, Mechthild.« Warum fällt mir dieser Spitzname denn jetzt nicht ein? Das ist ja zum Aus-der-Haut-Fahren! »Jason!«, rufe ich verhalten. »Wie hieß der Mann, der vor einigen Jahren tot in den Alpen gefunden wurde?«

»Hm«, Jason kommt näher. »Wenn die Skifahrer in den Alpen besoffen sind und sich dann verfahren, werden sie oft von der Bergwacht gefunden. Meinst du solche Männer, Juliane?«

Ich gebe es auf. »Jedenfalls will ich nicht so aussehen, Mechthild«, versuche ich die Maskenbildnerin zu überzeugen und schreie dann leise auf, weil die Heißwickler, die sie mir in die Haare dreht, an der Kopfhaut brennen. Bei Inken wäre das natürlich auch passiert, aber das ist etwas ganz anderes. Da wäre ich es ja gewohnt gewesen.

»… und heute dachte ich mir, machen wir Perlhuhn, gefüllt mit Kräutern. Ich hab das hier schon mal vorbereitet.«

Die Sendung läuft nun seit ungefähr acht Minuten, und ich werde sie ganz sicher keine weiteren acht Minuten überleben. Mir ist so heiß, dass ich sozusagen zerfließe, aber das scheint niemanden hier zu interessieren. Wenn das so weitergeht, werde ich gegrillt, und Benny kann mich an die Mitarbeiter verfüttern. Man muss mir nur vor dem Verzehr die Schminke abwischen, ich kann nicht dafür garantieren, dass ich Menschen mit einem empfindlichen Magen gut bekomme. Außerdem bin ich total wütend auf Benny. Hundert Mal habe ich den Koch vorher gefragt, was wir heute zubereiten werden, und er meinte, er wüsste es noch nicht. Wieso hat er dann frisches Perlhuhn da? Ist das von selbst angeflogen gekommen? Ich mag es nicht, wenn man mich hinters Licht führt. Ach, wenn doch wenigstens Herr Glockengießer aufhören wurde, an einem der Lampenkabel zu nagen – ich sehe das aus den Augenwinkeln. Keiner kümmert sich um den amnesiekranken Mann, und ich kann mich nicht um ihn kümmern, weil ich ja Perlhuhn zubereiten muss. Ich bin weiterhin wütend auf Benny, weil er mir, ohne mich zu fragen, einfach einen Künstlernamen gegeben hat. Er hatte die Nerven, mich den Zuschauern als Madame Lorette vorzustellen. Keine Ahnung, wie er auf diesen dämlichen Namen gekommen ist. Ich bin doch keine Magierin, die mit ihrem abgedunkelten Wohnwagen und einem Turban auf dem Kopf von Jahrmarkt zu Jahrmarkt tingelt, um Leuten mitzuteilen, sie habe gerade in ihrer mystischen Glaskugel gesehen, dass die Leute bald ganz, ganz reich oder – je nach Lorettes Lust und Laune – ganz, ganz krank werden, wenn sie Lorette nicht unverzüglich einen Barscheck ausschreiben. Natürlich findet das Wesen den Namen »O Juliane! So was Außergewöhnliches!«, doch ich werde das nicht auf mir sitzen lassen. Nun aber muss ich mich erst mal diesem verdammten Perlhuhn widmen, auch wenn ich gleich zerfließe.

»Ganz wichtig ist es, dass Sie das Huhn unter fließendem Wasser abwaschen.« Benny schwenkt mehrere Tiere hin und her. »Dann mit Küchenpapier trockentupfen. Erst dann wird das Tier gefüllt. Oder, Madame Lorette?«

Natürlich bin ich total unsicher, weil ich so etwas ja noch nie gemacht habe; außerdem hatte Mechthild den Ehrgeiz, mich tatsächlich so aussehen zu lassen, als hätte ich mein Leben seit dem Chalkolithikum in einer Gletscherspalte zugebracht. Mir ist aber nicht kalt.

»Am wichtigsten ist es natürlich, die Tiere vorher auszunehmen. Die Innereien müssen raus«, weise ich Benny zurecht, und der schaut mich nickend an, wie ein Schuljunge, dem ich gerade das Einmaleins beibringe.

»Das habe ich ja schon vorbereitet«, meint er und grinst.

»Warum haben Sie das denn den Zuschauern nicht gesagt?«

»Nun, davon kann man doch ausgehen«, er lächelt freundlich

in die Kamera. »Jeder Mensch weiß doch, dass man Geflügel vorher ausnehmen muss.«

Ich reiße Benny die Perlhühner aus der Hand. »Wozu braucht man Sie dann?«, will ich wissen und werde unter meiner Schminke ganz rot. »Wenn die Zuschauer vorher alles schon wissen, dann müssen Sie ja auch nicht Ihre Sendung sehen.«

»Es kommt ja auf den Pfiff an.« Benny grinst immer noch.

Gleich werde ich den Koch in seiner weiten Hose mit den überflüssigen Taschen schütteln. Wie ist er überhaupt angezogen? Ein *Koch* hat eine Kochmütze und eine weiße Jacke mit doppelter Knopfreihe und eine kleinkarierte, schwarzweiße Hose zu tragen und nicht so ein Zeug, das man heutzutage an jedem verwahrlosten Jugendlichen sehen kann, der seinen Lebensinhalt darin sieht, sich die nächste CD von einem noch verwahrloseren Schwarzen zuzulegen, damit der sich noch mehr hässliche Brillanten auf die Zähne kleben kann. Weiß ich aus Google.

»Da ist ja noch die Leber drin. Und der Magen auch. Und das Herz.« Ich präsentiere Benny die Innereien.

Nein.

Schatzi kommt näher.

Nein.

»Kann ich das fotografieren für Grottig.de?« Der Präparator steht neben uns und begutachtet die Perlhühner. Ist er wahnsinnig geworden?

Benny scheint das jedoch gar nicht schlimm zu finden und beginnt, sich mit Schatzi über Grottig.de zu unterhalten, als sei dies das Normalste von der Welt. Während Schatzi von dieser »extrem glasklar strukturierten Seite« erzählt, beginne ich wütend, die Perlhühner abzuwaschen, zu trocknen, dann reibe ich sie mit Salz und Pfeffer ein. Innen und außen natürlich. In einer diskussionsfreien Sekunde frage ich Benny nach den Kräutern.

»Hier«, er stellt mir fünf Gläser hin, in denen sich aber nur getrocknete Kräuter befinden. Jetzt reicht es. Erst Brühwürfel, dann Trockenkräuter. Will man mich hier für dumm verkaufen?

»Ich weiß zwar nicht, was das Ganze hier soll«, sage ich in die Kamera, »aber ich für meinen Teil nehme eine Kochsendung sehr ernst. Und ich werde nach meinen Rezepten kochen. Möglicherweise sehen Sie das anders, doch in meiner Küche wird noch mit hundertprozentig frischen Zutaten gekocht. Diese Perlhühner sind im Übrigen – wenn Sie mich fragen – tiefgefroren gewesen. Hätte man mich vorher zu Rate gezogen, so hätte ich geraten, dass ausschließlich Fleisch verarbeitet werden soll, das *nicht* tiefgekühlt wurde. Aber mich hat ja keiner gefragt.« Nun drehe ich mich in die Runde. »Ich wünsche frische Kräuter.«

»Was ist denn an getrockneten so schlecht?«, fragt Benny.

Jetzt widerspricht er mir auch noch und muss aufpassen, dass ich ihm keinen Klaps verpasse.

»Wenn ich keine frischen Kräuter bekomme, werde ich diesen Raum verlassen.« Damit meine ich das Studio, aber mir fällt das Wort gerade nicht ein.

Schatzi fängt unterdessen an, die Innereien dramaturgisch anzuordnen, und dann knipst er mit seiner Digitalkamera los. Wenn er jetzt gleich noch sein Handy rausholt und Bizarre Wotan Z. anruft, wird es hier Tote geben. Am allermeisten ärgert mich die Tatsache, dass es so aussieht, als würde ich vom Kochen überhaupt keine Ahnung haben, weil Benny so tut, als hätte ich Kuhfladen zum Füllen der Perlhühner verlangt. Oder warum grinst er in die Kamera und sagt: »Also wirklich, ich koche immer mit Trockenkräutern, und noch nie hat sich jemand beschwert.«

»Über den Rinderwahnsinn hat sich auch keiner beschwert«, entgegne ich heftig. »Die Klagen kamen erst, nachdem es die ersten Fälle von Vergiftung gegeben hat.«

Jemand wirft mir frische Kräuter auf den Tisch, und ich beginne hastig, sie zu wiegen.

Benny steht neben mir, grinst in die Kamera und sagt: »Madame Lorette wiegt jetzt die Kräuter. Die frischen Kräuter. Wenn Sie ihr Fragen stellen wollen, verehrte Zuschauer, so rufen Sie an!«

Bitterböse fülle ich die Hühner mit den Kräutern. Böse bin ich deswegen, weil Benny mich nicht mal gefragt hat, ob ich etwas dagegen habe, mit Zuschauern zu sprechen beziehungsweise deren Fragen zu beantworten. Aber es nützt nichts, denn kurze Zeit später ist schon die erste Anruferin in der Leitung. Fröhlich plaudert Benny mit ihr übers Wetter, fragt sie, wie es sich denn in Osnabrück so lebt, weil die Frau nämlich aus Osnabrück kommt, und sie antwortet, dass es sich dort gut lebt, und beide machen »hahaha«, als sei das jetzt unglaublich witzig und voller Nährwert, und ich schüttele innerlich den Kopf, weil ich das alles so dermaßen überflüssig finde, zumal ich mich immer noch über die Trockenkräuter und Bennys Besserwisserei aufrege.

»Was wollten Sie Madame Lorette denn fragen, Frau Rübe?«, kommt es dann von Benny, der erwartungsvoll in die Kamera stiert. Ich stiere auch in die Kamera, weil ich es unhöflich finde, einem Gesprächspartner nicht direkt in die Augen zu blicken, merke dann aber, dass das so ja gar nicht funktioniert. Es sind ja gar keine Augen da.

»Guten Abend, Frau Rübe«, begrüße ich die Zuschauerin höflich, während ich das Huhn mit Rouladennadeln verschließe. »Was kann ich für Sie tun?«

»Für mich?«, fragt Frau Rübe und wirkt entgeistert.

»Natürlich. Sie haben ja hier angerufen, also muss ich doch irgendwas für Sie tun können.«

»Ist Madame Lorette nicht total schlagfertig?«, mischt Benny sich fröhlich ein. Er muss aufpassen, dass es nicht das letzte Mal ist, dass er sich einmischt.

»Das ist das erste Mal.« Frau Rübes Stimme klingt nun beinahe gebrochen. »Das erste Mal, dass mich jemand fragt, ob man was für mich tun kann.«

»Wie das denn?«, will ich wissen. Jetzt bin ich neugierig.

»Ich war immer nur für die anderen da«, erzählt Frau Rübe mir, und ich nicke teilnahmsvoll, während ich daran denke, dass ich zumindest den Absprung geschafft habe. Frau Rübe ja offensichtlich nicht.

»Ich weiß, wie es Ihnen geht«, bestätige ich die arme Seele. »Die Kinder großgezogen, den Haushalt gemacht und so weiter und so fort. Und für nichts Dank.«

»Genau.« Ich weiß, dass Frau Rübe nun nickt. »Fast alleine habe ich den großen Hof bewirtschaftet. Sechs Kinder habe ich sozusagen allein großgezogen. Und mein Mann hat immer nur gemeint, dass ich mich nicht so anstellen soll.«

»Das hat mein Mann auch immer gesagt.« Ich lege das Perlhuhn zur Seite. Es gibt momentan Wichtigeres. Frau Rübe zum Beispiel. Wenn ich ihr helfen kann, dann werde ich es tun. Auch wenn es nur Zuhören ist. Das bin ich Frau Rübe schuldig. Warum auch immer. Ich fühle mich mit ihr verbunden. Frau Rübe lamentiert weiter, und ich bestätige ihr weiter, was für ein schreckliches Leben man doch führen muss, wenn man so viele Kinder und einen so schrecklichen, faulen Mann hat. Während Frau Rübe mal kurz Luft holt, schaue ich zu Jason hinüber. Der sieht so aus, als wäre ihm irgendetwas nicht geheuer. Jedenfalls runzelt er die Stirn und schüttelt dauernd den Kopf. Und wenn Herr Glockengießer jetzt nicht unverzüglich mit dem Nagen aufhört, werde ich ihn mit einem der Perlhühner verscheuchen wie einen räudigen Hund.

Frau Rübe fragt nun noch genauer nach meinen Leiden, und ich antworte bereitwillig. Ich erzähle detailliert meinen Tagesablauf. Also nicht den jetzigen, sondern den, den ich auf dem Hof bei Heiner hatte. Frau Rübe bohrt weiter, und nun sehe ich Nikolaus neben Jason stehen. Er wirkt grimmig, und dann hält er sich die Hand waagerecht an die Gurgel, so als ob er sich mit der Hand die Kehle durchschneiden wolle. Ich begreife nicht und muss mich nun auch weiter dem Essen widmen.

Ich putze Gemüse, brate das Perlhuhn an und spreche weiter mit Frau Rübe. Als ich dann doch noch einmal zu Nikolaus und Jason hinübersehe, hält Jason ein großes Blatt Papier hoch, auf dem steht: SOFORT AUFHÖREN!

Bin ich über der Zeit? Benny scheint das nicht so zu sehen, er ist schon wieder intensiv mit Schatzi im Gespräch. Es geht nun um Digitalkameras, ihre Stärken und Schwächen, Sonderangebote in mittelständischen Unternehmen und Zubehör. Batterien und Kabel, so erfahre ich, können unter Umständen ganz schön ins Geld gehen. Jason wedelt unterdessen weiter mit dem Blatt herum. Er ist weiß im Gesicht. Nikolaus rauft sich das Resthaar. Ja, was meinen sie denn? Warum soll ich denn aufhören? Ich kann doch Frau Rübe nicht unterbrechen. Die Frau ist froh, sich mal mit jemandem unterhalten zu können. Ich kenne doch das einsame, karge Leben auf einem Hof. Frau Rübes und meine Lebensgeschichte gleichen sich beinahe bis aufs Haar.

Bis aufs Haar?

Moment mal.

Gerade hat sie mich gefragt, ob ich auch einen selbstgestrickten Sparstrumpf habe. Vorhin hat sie mich gefragt, ob ich von meinem Mann auch mit einem Ochsenziemer verprügelt wurde. Davor haben wir gemeinsam festgestellt, dass unsere Kinder die gleichen Vornamen haben.

Ach du meine Güte.

Ich glaube, irgendwas läuft hier gerade aus dem Ruder, und es scheint sich um nichts Lukratives zu handeln. Ich werde nervös. »Frau Rübe«, sage ich, während ich die Perlhühner mit zitternden Händen in einen gusseisernen Bräter lege. »Ich glaube, das reicht jetzt.«

»Warum?«, fragt plötzlich eine andere Stimme aus dem Telefon, und die Härchen an meinen Unterarmen stellen sich auf. »Wir fangen doch gerade erst an, Juliane.«

Eine Sekunde später rutsche ich auf Knien vor dem Herd herum, damit ich im Fernsehen nicht mehr zu sehen bin. Ich dusselige Kuh. Wie konnte ich auf dieses abgekartete Spiel bloß hereinfallen? Und woher um alles in der Welt wusste Heiner, dass ich das bin? Dass ich im Fernsehen zu sehen sein werde? Während mir diese und mehrere tausend andere Gedanken durch den Kopf schießen, kauere ich auf dem Boden und hoffe auf Hilfe.

»Juliane«, zischt Jason neben mir. »Bleib ganz ruhig. Ganz ruhig.«

»Das war Heiner!«, kreische ich. »Er hat mich gefunden!«

»Pscht«, wispert Jason. »Nimm dich zusammen.«

Unter dem Herd liegt eine Zwiebel. Offenbar wurde sie nicht benötigt und dann einfach fallen gelassen.

»Ich möchte dich ungern sedieren«, erklärt mir Jason.

Als ob der Junge grundsätzlich Beruhigungsmittel mit sich führen würde! Plötzlich werde ich richtig wütend auf Jason. Auf alle anderen auch. Sie scharwenzeln seit Tagen um mich herum, und bis auf eine überflüssige Aktion seitens Schatzi, der nichts Besseres zu tun hatte, als in einem Vogelscheuchenkostüm zu meinem Mann zu laufen, um ihm dann auch noch die Wahrheit zu sagen, ist nichts wirklich Hilfreiches passiert. Das muss sich auf der Stelle ändern. Es geht nicht, dass ich hier für alle den Pausenclown mache, nur damit sie mal was erleben, aber im Endeffekt selbst den Bach runtergehe. Und dann, dann sind sie nämlich alle weg. Jason wird in aller Seelenruhe wieder verschimmelte Opas sezieren, und das Wesen wird, wenn Es sich denn von Jason stundenweise trennen kann, in der blöden Versicherungsagentur hocken und zum Zeitvertreib immer mal wieder Herrn Glockengießer suchen, der sich verlaufen hat, weil er nicht mehr weiß, wer er eigentlich ist. Nikolaus wird irgendwann im Gefängnis hocken, weil man einen Feuerteufel gefasst hat. Schatzi wird sich neue Opfer für Bizarre Wotan Z. suchen und Benny neue Inspirationen, die ihn wirklich inspirieren. Die Einzigen, die immer bei mir bleiben werden, sind die Red Bulls. Aber auch nur, wenn ich lecker koche.

Ich muss jetzt auch mal an mich denken! Was zum Beispiel mache ich im Alter? Ich kann mich nicht darauf verlassen, dass ich von Jason, der ja sowieso mit dem Wesen zusammenzieht, versorgt werde. Auf Verliebte ist kein Verlass. Ich war zwar noch nie verliebt, aber das, was ich zu Gesicht bekomme, wenn ich mir Jason und das Wesen anschaue, trägt nicht gerade dazu bei, auf etwas Verlässliches zu bauen.

Wobei ich gerade gelogen habe. Ich war nämlich sehr wohl schon mal verliebt. Genauer gesagt bin ich es seit neuestem. In Nikolaus nämlich, auch wenn er ein Kleptomane ist und ich wegen oder mit ihm möglicherweise im Gefängnis landen werde.

»Madame Lorette!«, ruft Benny und kniet nun ebenfalls. »Sind Sie kollabiert?«

Jason zieht ihn zu sich. »Die sollen die Kamera ausstellen«, zischt er ihm zu.

»Aber das geht nicht«, Benny ist irritiert. »Das ist doch eine Live-Sendung.«

Die Zwiebel scheint schon älter zu sein. Gibt es hier eigentlich keine Raumpflegerinnen?

»Herrje«, der Jungkoch wird von Jason am Schlafittchen gepackt. »Verstehen Sie denn nicht? Das da am Telefon, das ist Julianes Mann.«

Benny kratzt sich am Dreitagebart. »Der, vor dem sie auf der Flucht ist?« Das sagt er relativ theatralisch.

»Ja«, mische ich mich ein; immerhin geht es um mich. »Genau der.«

Nun nickt Benny Köhlau so stumpfsinnig, als sei er ein Vater, der mit der Tatsache fertigwerden muss, dass sich seine minderjährige Tochter mit einem algerischen Fensterputzer eingelassen hat und nun schwanger ist. »Das ist ja nicht so gut.« Er scheint krampfhaft zu überlegen. »Vielleicht sollten wir die Kameras ausschalten.«

Benny denkt mit.

Jemand stupst mich in die Seite. Es ist einer der Red Bulls. »Dauert es noch lange? Wir haben nämlich Hunger.« Fast sieht er glücklich aus. »Es gibt nämlich total leckere Sachen. Sogar Bockwürstchen mit Senf.«

»Die sind aber für das Drehteam«, dämpft Benny den Enthusiasmus des Polizisten.

»Wir müssen von hier verschwinden, bevor dein Mann die Polizei ruft, Juliane.« Das ist Jason.

»Ich bin doch von der Polizei.« Nun ist der Red Bull beleidigt. »Auch wenn ich es nicht gern bin.«

Jemand muss an die Zwiebel gestoßen sein. Sie rollt ein Stück näher zu mir. An der Stelle, wo sie gelegen hat, ist der Boden schon graubraun. Sicher ist die Zwiebel in ihrem Innern schon matschig. Verwenden wird man sie nicht mehr können. Wem sie wohl gehören mag? Was war ihre Bestimmung? Sollte sie zu einer Suppe verarbeitet werden oder war sie für einen Beilagensalat bestimmt? Sie kann es mir nicht sagen. Ich mag sie jetzt aber auch nicht fragen, weil die Situation ungünstig dafür ist.

Jetzt kommt auch noch Nikolaus angekrochen. »Warum kniet ihr denn alle auf dem Boden? Warum setzt ihr euch denn nicht auf Stühle?«

»Ach, Nikolaus, weißt du, auf Stühlen sitzt doch jeder. Wir finden den Boden viel bequemer, da haben wir mehr Platz.« Ich lächle ihn an. Auf gar keinen Fall darf der Baron sich aufregen. Dann wird er wieder laut, und das braucht jetzt niemand.

»War das dein Mann, Juliane, der eben ganz zum Schluss des Telefonats was gesagt hat? Das ist ja schrecklich! Was wird er bloß tun? Ach, hätte ich ihm doch damals eins mit dem Spaten übergezogen.« Ein völlig überforderter Schatzi schaut uns der Reihe nach an. Die Zwiebel rollt schon wieder ein Stück weiter. Man sollte sie in den Mülleimer werfen.

Meine Knie fangen an wehzutun. »Ihr alle seid schuld daran, dass wir hier jetzt knien müssen«, wispere ich die Mitknienden an. »Wir hätten schon längst etwas gegen Heiner unternehmen müssen. Jetzt haben wir den Salat. Du brauchst gar nicht so zu schauen, Jason.« Der Junge zuckt zurück wie ein getretener Pinscher. »Du mit deinen ganzen Ideen, die keine waren. Und du, Nikolaus, hast auch ...«

»O Juliane! Hier seid ihr. Ich dachte schon, ihr wärt einfach ohne mich gegangen. Ich war nur kurz mit Schönes Auge draußen. O Opa, das sieht ja lustig aus, wie du dasitzt. So hast du mich früher immer rumgetragen. Du warst das Pferd und ich die

Prinzessin, auf deinem Rücken bin ich geritten, und du hast mich immer zum Süßigkeitsschrank gebracht, das war sooo schön. O Opa, wollen wir das gleich wieder tun? Hopp, hopp, hopp!«

Ich muss mich zwingen, die Augen für einen kleinen Moment zu schließen, um das Überleben des Wesens sicherzustellen. Wenn ich die Augen wieder öffne und das Wesen tatsächlich auf Opas Rücken sitzt und Süßigkeiten sucht, kann ich für nichts mehr garantieren. Das Glück scheint mir hold zu sein, denn Nikolaus sagt: »Aber Hannah, aus dem Alter bist du doch nun wirklich raus. Ich muss auch an meinen altersschwachen Rücken denken, Kind. Die wilden Zeiten sind schon lange vorbei.«

Nach diesem Satz öffne ich die Augen wieder. »Wir müssen von hier verschwinden«, zische ich.

Jason starrt mich an. »Warum?«

»Weil Heiner nicht blöd ist. Er wird die Polizei hierherschicken, und dann werde ich verhaftet.«

»Da liegt ja eine Zwiebel«, kommt es von Nikolaus. »Braucht jemand eine Zwiebel?«

Ich beschließe, diese Worte einfach zu ignorieren.

»Warum denn verhaften?« Benny begreift gar nichts.

Langsam bin ich auf 180. Haben denn alle Anwesenden ihre Restintelligenz verpachtet? »Weil ich, lieber Benny, meinen Mann und meine gesamte Familie habe glauben lassen, dass ich tot bin. Dann bin ich zur Versicherung gefahren und wollte Geld haben, das mir eigentlich gar nicht zusteht ...«

»Versicherung«, gluckst Herr Glockengießer, der uns mittlerweile auch gefunden hat. Wir bilden eine gemütliche Runde. Die Zwiebel fügt sich klaglos in die Gemeinschaft ein.

»... das nennt man Versicherungsbetrug. Wie man das nennt, wenn jemand so tut, als sei er tot, weiß ich jetzt nicht, aber auch dafür wird es gesetzesmäßig einen Fachausdruck geben.«

»Das ist eine Straftat«, erklärt uns Nikolaus wichtigtuerisch. »Die Höhe des Strafmaßes hängt von der Entscheidung des Richters ab.«

»Ist das nicht immer so?«, will Schatzi interessiert wissen. »Entscheiden nicht *immer* Richter über die Höhe des Strafmaßes?«

Nikolaus wirkt beleidigt. »Das ist richtig«, antwortet er nasal. »Ich wollte nur helfen und zur Aufklärung des Falls mit einer qualitativ hochwertigen Antwort beitragen.«

»Warum haben Sie es dann nicht getan?« Es scheint Schatzi wichtig zu sein, gerade in diesen Momenten eine Grundsatzdiskussion heraufzubeschwören.

»Ruhe, ihr beiden!«, gebe ich von mir und muss mich anders hinknien. »Benny, wo gibt es hier einen Notausgang?«

»Oh ...«, kommt es. »Ich glaube, da, wo die Notausgänge sind.«

Ist denn das zu glauben?

»Wo sind die Notausgänge?« Jason hat das Wort.

»Versicherung«, gluckst Herr Glockengießer und spielt mit der Zwiebel.

Jetzt reicht es. Ich stehe auf, und es ist mir ganz egal, ob noch eine Kamera an ist oder nicht. Offenbar haben wir Glück, denn weder die Kameramänner noch die Redakteure befinden sich im Kochstudio. Sie stehen im Flur am kalten Buffet und bekommen unverzüglich von den Red Bulls Verstärkung. Sollten sie jetzt versuchen, uns wegen der Bockwürste zum Bleiben zu überreden, werden wir sie leider zurücklassen müssen. Auf Einzelschicksale kann nicht immer Rücksicht genommen werden.

»Halt mal, Juliane!«, ruft Schatzi. »Wo sollen wir denn überhaupt hin? Wenn wir zu Jason fahren, finden die das vielleicht raus. Weil ja Jason den Totenschein ausgestellt hat. So dumm ist die Polizei vielleicht gar nicht.«

»Wir könnten zu dir fahren«, schlägt Jason vor, dem Schatzis Einwand einzuleuchten scheint.

Der Präparator reagiert wie ein durch den Elektrischen Stuhl zum Tode Verurteilter. »Zu mir?«, fragt er fassungslos, nachdem er mehrmals hintereinander herumgezuckt hat.

»Natürlich zu dir. Du hast ja auch eine Wohnung. Da ist der

Notausgang.« Jason läuft voran und wir wie die Lemminge hinterher.

»Warte doch mal«, Schatzi joggt neben Jason her. »Da könnten die auch drauf kommen. Wenn die unsere Kollegen befragen und so oder diesen Bestatter, der Juliane abgeholt hat. Der hat mich doch auch gesehen. Das geht doch nicht. Es reicht, wenn einer ins Kittchen wandert.«

Nun ist der Gipfel erreicht. Erst jammert Schatzi herum, dass er ein Ast ist, der bald vom Baume abzuknicken droht, weil ich ihm die Duzfreundschaft nicht von mir aus angeboten habe, und jetzt ist er so weit, dass er mich opfern würde, bloß um selbst nicht dran glauben zu müssen. Böse bleibe ich stehen.

Ein wütender Ehrgeiz nimmt von mir Besitz. Ich werde nicht ins Gefängnis gehen. Weil ich dort nämlich nichts zu suchen habe. Derjenige, der in den Knast muss, ist Heiner. Sonst keiner. Es wäre einfach nicht richtig, wenn man mich zu Unrecht einbuchtet. Ich werde das zu verhindern wissen. Und ich muss mich dringend um die ganzen Geldangelegenheiten kümmern. Beispielsweise weiß ich ja gar nicht, ob Heiner überhaupt noch in Groß Vollstedt wohnt; es wäre doch gut möglich, dass er schon längst alles verkauft hat, sich eine neue Bescheinigung von der Versicherung hat ausstellen lassen und jetzt im Bargeld schwimmt wie diese Ente von dem einen Zeichner, dessen Namen ich mal wusste. Die Ente war Millionär, so viel weiß ich aber noch. Sie war ein geiziger Millionär. Jedenfalls kann es sehr gut sein, dass mein Mann jetzt auf Turtle Island hockt und den lieben Gott einen guten Mann sein lässt. Dort gibt es schließlich auch Telefone, er hätte von dort anrufen können. Andererseits ist Heiner sehr bequem. Allein der lange Flug hätte ihn jede Menge Nerven gekostet.

»Würdest du jetzt bitte kommen, Juliane?« Jason zieht mich am Ärmel.

Man hat die Tür des Notausgangs bereits geöffnet. Und die Red Bulls sind mittlerweile auch da. Panik steht in den beiden Gesichtern.

»Was ist denn los?«, will einer wissen, und sein Bruder fragt: »Warum müssen wir denn schon gehen? Es fing doch gerade an, gemütlich zu werden.«

Während wir unzählige Stockwerke nach unten laufen, mache ich mir weiter Gedanken. Woher um alles in der Welt wusste Heiner, dass ich in dieser Kochshow bin? Kein Mensch, noch nicht mal ich selbst, hätte mich erkannt, so wie ich geschminkt bin. Das muss ihm doch jemand gesteckt haben. Aber mir fällt wirklich nicht ein, wer das hätte sein können. Vielleicht das Wesen ohne Charisma. Aber Es ist ja dauernd mit Jason oder Schönes Auge beschäftigt, und ich glaube einfach nicht, dass es so etwas tun würde. Es. Es. Worauf bringt mich das Wort *Es*? Ach ja, richtig, im Dritten lief mal so ein Horrorschocker. Er hieß »Das Schweigen. Dilemma« oder so ähnlich, und darin spielte ein Transvestit mit, der eine Frau sein wollte. Er hat übergewichtige Bürgerinnen in einen Brunnen gesperrt und ließ sie hungern, damit er sie dann irgendwann häuten konnte; und er hat immer zu ihnen gesagt: »Es reibt sich mit der Lotion ein. Das tut Es immer, wenn man es sagt.«

Endlich, endlich sind wir im Erdgeschoss angekommen. Wie der Leibwächter eines vom Fiskus bedrohten Steuerhinterziehers macht sich Schatzi wichtig, indem er sich vordrängelt und dauernd entweder sagt: »Ich schau erst mal, ob die Luft rein ist«, oder »Die Luft scheint rein zu sein.« Während er diese beiden Sätze im Wechsel wiederholt, steckt er entweder den Kopf zur Tür hinaus oder zieht ihn gerade wieder hinein. Herr Glockengießer sitzt unterdessen auf einer Treppenstufe und spricht mit der mitgenommenen Zwiebel. »Hast du denn schon einen Freund?«, will er von dem Klassenmitglied der Einkeimblättrigen wissen und reagiert enttäuscht darauf, dass die Zwiebel ihm das nicht sagen will. Ich wünsche mir für einige Sekunden, eine Zwiebel zu sein.

Wo sollen wir denn jetzt bloß hin?

»O Opa! Ich hab gerade so eine tolle Idee!« Das Wesen strahlt Nikolaus an; der legt seinen Arm um das Enkelwesen und wirft ihm einen Blick zu, der so wirkt, als könne er es überhaupt nicht abwarten zu hören, was sein hochintelligentes Verwandtes ihm als Nächstes sagen wird. Intoleranz ergreift mich. Ich möchte nämlich immer noch, dass das Wesen geht.

»Nun, Hannah, welche denn?« Wenn er ihm jetzt noch liebevoll über die Wange streicht, gehe ich dazwischen. Zum Glück lässt er es bleiben.

»Wir könnten doch Juliane in meinem Baumhaus verstecken«, meint das Wesen, und Schönes Auge bellt kurz auf. »Weißt du noch, Opa, wie du es mir gebaut hast, damals vor so vielen Jahren ...«

Genau, Opa. Weißt du noch, wie du das Holz gesammelt und zugeschnitten hast, ach, Opa, und als dann dieser Wirbelsturm losging und uns mitten im Sommer arktische Grundkälte brachte, und trotzdem hast du weitergemacht, oh, Opa, und als es dann endlich fertig war, das Baumhaus, und du es versehentlich auf Hoppel, meinen Zwerghasen stelltest, was gar nicht gut war. Ach, ach, ach. Und diese ganzen Holzsplitter, die sich das Wesen hoffentlich als neue Wohnung ausgesucht haben ... Ich lächle Nikolaus an und hoffe, dass das Lächeln nicht wie eine verzerrte Fratze wirkt.

»... am schlimmsten waren ja die ganzen Splitter, oh, Opa, weißt du noch, jeden einzelnen musstest du mit einer Pinzette entfernen.«

Danke.

»Es waren harte Zeiten«, sinniert Nikolaus vor sich hin, und ich bin mir nicht sicher, ob er damit die Holzsplitter meint oder die Anwesenheit des Wesens überhaupt.

Außerdem vergeht viel zu viel Zeit. Wir müssen machen, dass wir hier wegkommen.

»Was ist mit dem Baumhaus? Hat es ein Dach? Hat es Fenster?« Wenn das sozusagen eine Wohnung ist, das Baumhaus, dann kann man vielleicht wirklich überlegen, dort eine Zeitlang unterzutauchen. Und wie ich Nikolaus einschätze, hat er sich für das Wesen damals nicht lumpen lassen.

»O Juliane, es ist ein sooo schönes Baumhaus. Es hat sogar einen Herd. Und ein Bett. Es ist sooo toll.«

Ich fackele nicht lange. »Wir fahren zum Baumhaus.«

Es gibt ein kleines Problem, nachdem wir aus dem Ausgang über die Straße gehuscht sind und nun vor Bennys Jaguar stehen. Es haben fünf Leute Platz darin, doch wir sind zu neunt. Meine Wenigkeit, Jason, Schatzi, die Red Bulls, das Wesen plus Großvater, Inken und Herr Glockengießer müssen transportiert werden, und das jetzt.

Inken werde ich mir später mal vorknöpfen müssen. Seit einiger Zeit schon sagt sie kein Wort mehr, sondern scheint zu beten. Jedenfalls sind ihre Hände gefaltet, sie starrt ständig in den Himmel und führt lautlose Selbstgespräche. Nicht dass sie mir noch krank wird.

»Stapeln«, befiehlt Jason, und gehorsam benehmen wir uns wie Gruselfisch und versuchen, uns im Wageninnern übereinander zu legen.

»Jemand hat eines der Polster aufgeschlitzt«, wundert sich Benny gelassen, und beinahe kommt es zu einem Eklat mit Nikolaus, der sich schon wieder aufzuregen beginnt, aber glücklicherweise sagt Benny »Das ist ja eine Frechheit«, nachdem ich ihm in die Seite gezwickt habe. Der Jungkoch scheint langsam zu begreifen, wie man den Baron bei Laune halten kann. Ich bin die Kleinste und liege einige Minuten später auf der Ablagefläche unter dem Heckfenster und beobachte die verzweifelten Versuche der anderen, Platz im Wagen zu finden. Dummerweise beobachten das auch Passanten; möglicherweise denken sie, wir trainieren für diese Sendung, in der ein großer blonder Mann mit Leuten wettet, ob sie es schaffen, mit einem Liter Terpentin im Mund eine brennende Kerze zu küssen, ohne dabei zu versterben, oder ob es möglich ist, auf einem querschnittgelähmten Dreirad über einen verknöcherten Baumstamm zu fahren, der sich über der tiefsten Stelle der Niagarafälle befindet.

Ein geschätztes halbes Jahr später haben alle bis auf Herrn Glockengießer es geschafft, in dem Wagen zu sitzen. Er, Herr Glockengießer, muss sich nun einfach auf Schatzis Schoß setzen, der auf der Beifahrerseite Platz genommen hat.

Jason kauert unter ihm im Fußraum und versucht, nicht zu intensiv zu atmen. Schönes Auge winselt hinter der Rückenlehne klaglos vor sich hin.

Und dann passiert die Katastrophe.

Kapitel 30

> Singen für die Seele
> Schöne Lieder – entspannt gesungen.
> »Vergiss nicht, dass Du Flügel hast!«
> Ausdrucksworkshop mit singen, tanzen und malen.
> Hier kann man mitsingen! Das rührt an und macht Lust auf mehr. Bei den zu Herzen gehenden Liedern entfaltet sich die Stimme wie von selbst. Das spürt auch, wer angeblich nicht zum Singen geeignet ist: Jeder kann singen – auf seine Art. Mit den schönsten Liedern aus verschiedenen Kulturen bringen wir unser Inneres zum Klingen – und geben diesem Klang mit der Stimme Ausdruck. Dabei wird in der Gruppe erlebbar, wie sich die Vielfalt der Stimmen zu einem gemeinsamen Klang-Gemälde vereint. Einfach so – weil es Freude macht.
> www.gemeinsam-singen.de

Herr Glockengießer, dessen Beine sowie Unterleib schon auf Schatzi ruhen, lässt versehentlich die Zwiebel fallen. Die Zwiebel kullert über den Asphalt, und Herr Glockengießer beginnt augenblicklich laut zu schreien, was die Zwiebel aber nicht interessiert, die rollt weiter und weiter mitten auf die dichtbefahrene Straße.

»Nein!«, schreit er und mobilisiert all seine Kräfte, um von Schatzi wieder runter- und aus dem Jaguar rauszukommen. »Mein Sohn! Mein Sohn! Wenn er überfahren wird!«, brüllt Herr Glockengießer weiter.

Die Anzahl gaffender Passanten verdreifacht sich in Sekundenschnelle.

»Auf der Straße liegt mein Sohn! Helft ihm doch, so helft ihm doch!«

»Wo? Wo? Wir sehen niemanden! Was ist denn hier überhaupt los?«, rufen die Passanten durcheinander, und einige bücken sich schon und schauen, ob sich bereits irgendwo eine plattgefahrene Leiche auf der Kreuzung befindet.

Der eine Red Bull, der sich hinters Steuer gesetzt hat, ruft: »Es ist doch nur eine Zwiebel! Das ist nicht Ihr Sohn, das ist doch nur eine Zwiebel!«

»Eine Zwiebel?«, wollen die mittlerweile vollends verwirrten Passanten wissen.

Aber Herr Glockengießer lässt sich auf keine Diskussionen ein. Schatzi, der ihn mit aller Gewalt festhalten will, muss jaulend aufgeben. »Scheiße, er hat mir die Eier gequetscht. Gott, tut das weh. Ah, oh, uh, verdammt, verdammt.« Er ist weiß im Gesicht und krümmt sich vor Schmerzen, während Herr Glockengießer losläuft, um seinen Sohn vor dem sicheren Unfalltod zu retten. Doch während er im Begriff ist, auf die dichtbefahrene Straße zu rennen, kommt ein alter orangefarbener Opel Ascona ohne Auspuff mit den Aufklebern *Mein Auto fährt auch ohne Wald* und *Nur die Titanic liegt tiefer* angesaust und überfährt die Zwiebel. Der Inhalt spritzt nach allen Seiten. Ich kann das gut erkennen, weil ich ja eine perfekte Aussicht aus dem Fenster genieße. Ein Kissen wäre jetzt nicht schlecht, aber man kann nicht immer alles haben. Und so werde ich Zeuge davon, wie Herr Glockengießer komplett durchdreht. Da er nicht besonders groß ist und sein Gesicht nun auch noch krebsrot anläuft, ganz zu schweigen von dem weißen Schaum, der sich in den Mundwinkeln bildet, wirkt er wie ein Hobbit, der nichts mehr zu verlieren hat. Er will sich auf den Boden werfen, um zu retten, was zu retten ist, und nun rutscht er zu allem Überfluss auch noch auf Teilen der Zwiebel aus, was zur Folge hat, dass er strauchelt, sich einmal um die eigene Achse dreht und dann das Gleichgewicht verliert.

Herr Glockengießer knallt mit dem Hinterkopf auf dem harten Asphalt auf, und wir halten gemeinsam mit den Passanten und der gemeuchelten Zwiebel den Atem an. Wenn Herr Glockengießer jetzt tot ist, was dann? Die Spannung im Wagen ist fast mit den Händen zu greifen. Da – eine Bewegung. Seine Hände tasten nach Zwiebelmatsch. Dann richtet sich Herr Glockengießer auf. Er sieht auf eine merkwürdige Art und Weise geläutert aus, steht auf und kommt mit langsamen Schritten auf das Auto zu. Vor der Heckscheibe bleibt er stehen, bückt sich ein wenig, und wir sehen uns in die Augen. Dann geht er nach vorn und betrachtet die restlichen Insassen.

»Frau Kirsch«, sagt Herr Glockengießer. »Ich wusste gar nicht, dass Sie sich heute freigenommen haben. Wie dem auch sei, wenn Sie morgen wieder in der Agentur sind, möchte ich Sie bitten, mir den Fall Knop nochmal auf Wiedervorlage zu legen. Ich hatte ja kurzzeitig mit Kreislaufproblemen zu kämpfen, doch nun bin ich wieder voll da. Mit dieser Frau Knop liegt einiges im Argen. Ich nehme stark an, dass sie und ihr Enkelsohn versucht haben, uns zu betrügen.«

Glücklicherweise liegt Jason im Fußraum. Und glücklicherweise sehe ich dank Mechthild aus wie eine Gletschertote.

Das Wesen starrt Herrn Glockengießer an wie einen Geist. Es hat den Mund weit geöffnet. Ich frohlocke kurz, denn es sieht so aus, als würde aus des Wesens Mund Blut fließen. Kurz darauf bin ich enttäuscht, die Sonne spiegelt sich nur unglücklich in der schlecht geglasreinigten Scheibe.

Jetzt fährt zu allem Überfluss auch noch ein Streifenwagen langsam vorbei, was den Red-Bull-Fahrer dazu animiert, wie ein Terrorist zu reagieren. Er startet den Motor, kuppelt mit schauerlichen Geräuschen in den ersten Gang und schreit: »Scheiße, die Bullen! Nichts wie weg hier!« Ich freue mich, dass es nun endlich losgeht. Schatzi ist noch so geistesgegenwärtig, die Beifahrertür zuzuziehen. Der Red Bull rast mit überhöhter Geschwindigkeit auf die Kreuzung zu, und ich stelle entsetzt fest, dass wir Herrn Glockengießer doch dabeihaben. Seine Jacke klemmt in der Tür fest, und der korpulente Mann versucht, mit dem PS-starken Jaguar mitzuhalten. Rote Ampeln und rechts vor links ignorierend, fährt der Red Bull weiter. Herr Glockengießer versucht, auf gleicher Höhe zu bleiben. Was ihm nur partiell gelingt.

Nikolaus keckert. »Das tut ihm gut. Sport hat Verbrechern noch immer gutgetan.« Er scheint einiges misszuverstehen, aber ich habe nicht die Kraft, das jetzt auszudiskutieren.

Benny, der quer über allen anderen auf der Rückbank liegt, ruft: »Sie machen mir das Getriebe kaputt! Bremsen! Gas! Halt! Weiter!«

»Es tut mir so leid«, keucht der Red Bull. »Es tut mir so leid.« Hilflos blickt er in die Runde. »Ich bin nun mal kein sonderlich begnadeter Autofahrer.«

»Herr Glockengießer ist hingefallen«, informiert uns das Wesen emotionslos.

Benny schreit: »Bremsen! Holt den Mann in den Wagen. Ich habe keine Lust, wegen fahrlässiger Tötung meinen Führerschein zu verlieren.«

Benny scheint sich mit der deutschen Rechtsprechung nicht ganz so gut auszukennen, sonst wüsste er, dass bei fahrlässiger Tötung nicht nur der Führerscheinverlust droht. Was ist das hier eigentlich? Nur fahrlässig? Grob fahrlässig? Totschlag? Mord aus Habgier? Letzteres kommt wohl nicht in Frage, denn wir wollen ja Herrn Glockengießer nicht berauben.

Der Red Bull würgt den Wagen ab, wir machen einen Satz, und dann zwingt Schatzi den gestrauchelten Herrn Glockengießer, sich auf seinen Schoß zu setzen.

»Meine Zeiten als Kampfschwimmer sind zwar vorbei, aber ich finde, ich habe mich ganz gut gehalten.« Der Versicherungsfachmann ist sichtlich stolz. »Sogar in der Kurve hab ich die Kurve gekriegt.«

Wir schweigen, weil wir instinktiv wissen, dass es besser ist, nichts zu Herrn Glockengießer zu sagen. Ich nehme an, es handelt sich um Selbstschutz. Lediglich Nikolaus sagt »da vorn bitte rechts« oder »an der nächsten Kreuzung links.« Der Polizist versucht schwitzend, den Anordnungen Folge zu leisten, aber es ist eine traurige Tatsache, dass Bennys Jaguar nach dieser Fahrt dringend eine Inspektion nötig haben wird.

Wäre das jetzt ein Sonntagsausflug zu einer Burgruine, in deren Überresten clevere Geschäftsleute ein Café aufgemacht haben, wäre ich nun in der Stimmung, ein Lied zu singen. Wenn so viele Menschen beieinander sind, bietet es sich doch an, gemeinsam eine Volksweise zu trällern, das stärkt die Gemeinschaft und auch den Zusammenhalt; in Groß Vollstedt war ich auch jahrzehntelang im örtlichen Gesangsverein. Mit großem Erfolg übrigens. Man sagte, ich hätte eine gute Alt-Stimme. Gerade bei dem Volkslied ›Hab' mein Wagen voll geladen, voll mit alten Weibsen, als wir in die Stadt n'ein kamen, fing' sie an zu keifen. Drum lad ich all mein Lebentage nie alte Weibsen auf mein' Wage'. Hüh, Schimmel, hüh ja hüh, hüh, Schimmel hüh!‹ bin ich richtig aus mir herausgegangen. Aber ich halte es für besser, dieses Liedgut nun nicht anzustimmen, weil irgendjemand der Anwesenden sonst darauf kommen könnte, dass es besser ist, ohne mich altes Weib weiterzufahren.

»Hier wohne ich, hier!« Aufgeregt deutet Nikolaus auf eine mittelgroße weiße Altbauvilla mit Sprossenfenstern und einem Erker. Der dazugehörige Vorgarten wirkt gepflegt und ist mit Geschmack angelegt worden. Lediglich die rankende Klematis könnte man einmal beschneiden, damit es im Herbst eine schöne Nachblüte gibt. Hier könnte ich mich wohlfühlen.

»Wir sind da«, sagt der Red Bull erleichtert.

Herr Glockengießer quält sich von Schatzis Schoß und vertritt sich auf der Straße die Beine. Ich muss abwarten, bis all die anderen nacheinander von dem Red Bull aus dem Auto gezogen werden.

Vielleicht gibt es in diesem Baumhaus sogar fließend Wasser. Wenn schon ein Herd vorhanden ist, sollte das eigentlich kein Problem sein. Und wenn ich mich ein wenig in dem Baumhaus eingelebt habe, wird es eine Vollversammlung mit allen Beteiligten geben. Es geht nämlich um die Operation Heiner.

»Hier ist es. Sieht es nicht schön aus?« Nikolaus dreht sich um und lächelt huldvoll.

»O Opa, wie schön! Du hast es ja sogar neu gestrichen. Klasse.«

»Ich streiche es jedes Jahr neu, Kind. In diesem Jahr habe ich einen sanften, unaufdringlichen Eierschalenton gewählt, mit einem Hauch Elfenbein. Ich habe die Farben selbst angemischt. Wer jahrzehntelang Tag und Nacht der Witterung ausgesetzt ist, braucht hin und wieder einen neuen Anstrich.« Nikolaus sieht jetzt mich an, und ich frage mich – nur kurz, nur ganz kurz –, wie er das meinen könnte.

Dann allerdings starre ich fassungslos auf das Baumhaus.

»Da ist der Herd, sehen Sie, Juliane, und da ist das Bett mit den Decken. Es gibt auch Vorhänge. Die hat Oma damals genäht. Wie frisch das Blumenmuster noch wirkt. Oma hat eben immer auf qualitativ hochwertige Stoffe geachtet. Ach, ach, dass Oma nicht mehr unter uns ist.«

»Schön isses wohl, das Haus isses«, meint Inken und nickt mit gefalteten Händen, und Schatzi sowie Jason klopfen mit Kennermiene auf das Holz.

»Wertarbeit«, meint Schatzi so stolz, als hätte er das Baumhaus selbst gebaut.

Die Red Bulls sind ebenfalls fasziniert. »Da hat aber jemand mitgedacht«, sagt der eine. »Die Aufteilung der Räume haben Sie super hingekriegt.«

Herr Glockengießer sucht in Beeten nach Zwiebeln, und Schönes Auge findet das Baumhaus mit Sicherheit auch klasse.

»Ja«, sage ich und frage mich nun gerade das erste Mal wirklich, was ich eigentlich seit einiger Zeit tue. Und dann kann ich nicht mehr. Es ist, als ob sich eine Schleuse in mir öffnet und all das, was ich ein Leben lang hinuntergeschluckt habe, jetzt herausbricht. Ich öffne den Mund und möchte anfangen zu schreien, doch ich kann nicht schreien. Mir geht es gerade ähnlich wie im Sarg, als ich wusste, dass nun gleich mein letztes Stündlein geschlagen hat. Da konnte ich auch nicht schreien. Ich musste lediglich daran denken, dass ich viel an der frischen Luft war, und das zählte ja auch. Jetzt gerade bin ich ja auch an der frischen Luft. Vielleicht hat das ja damit etwas zu tun.

»Ich kann nicht mehr«, wispere ich und lasse mich ins Gras sinken. Ich wusste gar nicht, dass bloßliegende Nerven körperlich zu spüren sind.

»Aber warum denn, Juliane, was ist denn, Juliane?«, fragen alle, aber es kommt natürlich keiner auf die Idee, mich zu fragen, ob meine Kleidung eventuell die Feuchtigkeit der Wiese annimmt und ich mich verkühlen könnte. Warum kann ich nicht einfach losbrüllen und die Umstehenden aufs Übelste beschimpfen? Ich möchte es so gern. Ich möchte wie ein wütendes Erdmännchen reagieren, das gerade festgestellt hat, dass seine Wohnung von einem Bagger vernichtet wurde, der Platz für den Keller eines Einfamilienhauses schaffen möchte.

Dann stehe ich auf und sehe alle der Reihe nach an. Erwartungsvoll schauen sie zurück.

»Möglicherweise habe ich Wahrnehmungsschwierigkeiten«, informiere ich die Runde. »Wenn dem so ist, dann bitte ich jetzt jeden von euch, sie mir zu nehmen. Schatzi fängt an.«

»Ja, wie denn? Ich bin doch kein Psychologe«, verteidigt sich der Präparator. »Ich weiß noch nicht mal, was Wahrnehmungsschwierigkeiten überhaupt sind.«

»Schatzi …«, drohend gehe ich auf ihn zu, packe ihn an seinem Unterarm und ziehe ihn ganz dicht vor das Baumhaus. »Was siehst du da?«

»Ei … ei … ein Baumhaus«, kommt es zögerlich.

»Das ist richtig«, bestätige ich diese Aussage. »Und, Schatzi, was gibt es denn zu diesem Baumhaus zu sagen? Schau ganz genau hin. Nimm dir alle Zeit der Welt.«

»Es ist sehr liebevoll gearbeitet«, sagt Schatzi. »Jemand hat sich sehr viel Mühe gegeben.«

»Das bestreitet auch niemand«, stimme ich ihm zu. »Der Eierschalenton ist wirklich fantastisch. Und auch die Einrichtung ist sehenswert. Da hat die Großmutter ganze Arbeit geleistet.«

»Ja«, sagt Schatzi.

»Nun«, rede ich weiter. »Kommen wir zu dir, Jason.« Jason tritt vor wie ein Bundeswehrsoldat, der etwas ausgefressen hat. »Was meinst du?«, frage ich ihn. »Wollen wir denn mal alle zusammen reingehen in das Baumhaus? Ich könnte auf dem schönen Herd Wasser für einen Kaffee für uns aufsetzen; und dann schauen wir uns im Haus ein wenig um.«

»Ähem«, macht Jason, dann räuspert er sich.

»Was ist?« Ich lasse nicht locker.

»Es wird schwierig werden«, sagt Jason leise.

»Warum?« O ja, ich kann auch unbarmherzig sein!

»Es ist ... zu klein.«

»O Juliane«, sagt das Wesen. »Da haben doch früher meine Puppen drin gewohnt.«

»Genau«, erwidere ich und bin froh, dass die Wahrheit nun ausgesprochen ist. »Ganz richtig. Es handelt sich hierbei um ein Baumhaus für *Puppen*. Für ungefähr zehn Zentimeter hohe *Puppen*. Wie bitte soll ich in diesem Baumhaus *wohnen*? Schweigen Sie still!«, fahre ich das Wesen an, das schon wieder etwas sagen will. »Wenn man mir jetzt erzählen möchte, dass ich ja auch klein bin, so ist es ein großer Unterschied, ob jemand zehn Zentimeter groß ist oder einhundertfünfzig.«

Nikolaus bückt sich, schaut sich das Baumhaus an und dann mich. »Du hast recht«, bestätigt er dann meine Aussage.

Die anderen nicken.

»Manchmal habe ich das Gefühl, unter Irren zu verweilen«, sage ich leise. »Unter Wahnsinnigen.«

Die anderen nicken erneut.

»Wie um alles in der Welt soll ich in diesem Baumhaus wohnen? Wie soll ich mir auf Herdplatten, die so groß sind wie Briefmarken, etwas kochen? Wie soll ich in einem Bett schlafen, das so klein wie ein Säuglingshandschuh ist?«

Eine Antwort bleibt aus. Und ich, die ich am liebsten gegen das Baumhaus treten und es zerstören möchte, fange leise, aber bitterlich an zu weinen. Dieses Ding ist, wenn man es wirklich gut meint, gerade mal fünfzig Zentimeter hoch und auch nicht breiter. Am lächerlichsten finde ich die Tatsache, dass dieses Baumhaus auf dem Rest eines abgesägten Baumstammes steht, und Nikolaus es auch noch fertiggebracht hat, eine Leiter daran zu befestigen, damit die blöden Puppen seiner Enkelin leichter hinaufklettern können. Wohin soll das nur alles führen? Mit dieser Truppe! Der eine spricht mit Zwiebeln, der andere von Wertarbeit.

»Warum bin ich dir nur begegnet, Jason?«, frage ich leise und wische mir die Tränen weg. »Warum bin ich mit dir gegangen? Um festzustellen, dass es mexikanische Pornofilme gibt und dass ich mit deiner Mikrowelle nicht umgehen kann.« Ich berühre mit dem Fuß leicht das Baumhaus. Die Vorderwand knickt langsam in sich zusammen. Holz splittert. So eine gute Wertarbeit ist es offenbar doch nicht. »Wäre ich in der Kühltruhe geblieben, dann hätten mich Tausende Jahre später vielleicht Forscher gefunden, und mein Körper wäre noch etwas wert gewesen. Wie bei diesem ... Ötzi.« Jetzt ist mir der Name des gefrorenen Mannes im Gletscher doch noch eingefallen. Aber nun ist es zu spät.

Alle miteinander stehen sie da und sagen keinen Ton. Inken scheint das Ganze besonders mitzunehmen. Mit ihren weit aufgerissenen Augen steht sie bloß da und starrt mich an.

»Was ist mit dir?«, will ich wissen, und Inken verzieht das Gesicht und beginnt wie ich zu weinen. Sie zittert am ganzen Körper. »Bitte verzeih mir, Juliane. Willste mir wohl verzeih'n musst du machen! Hab ich's doch nicht gewollt hab ich nicht.« Die Tränen laufen über ihr Gesicht, und hätte Schatzi sie nicht geistesgegenwärtig untergehakt, würde sie wohl auch auf dem Rasen zusammenbrechen.

Was um alles in der Welt soll ich ihr denn verzeihen?

Wimmernd löst Inken sich von Schatzi und kriecht auf dem

Rasen herum. »Buhu«, macht sie. »Buhu. Is alles schrecklich wohl is, Juliane, glaub mir doch, glaub mir doch. Was wohl hätt ich wohl tun sollen, ach.«

Ich knie mich neben sie und streichle ihr toupiertes Haar. »Pscht«, sage ich. »Es wird so schlimm nicht sein.«

Ein verheultes Gesicht schaut auf, und dann fängt sie wieder mit diesem Gejaunze an. Sie tut mir schrecklich leid, aber ich will endlich wissen, was sie hat.

»Nun rede doch, Inkenmutti!« Schatzi steht neben uns. Von unten aus gesehen wirkt er behäbig und strahlt so etwas wie Sicherheit aus. Nachdem ich mich wieder aufgerichtet habe, ist der Eindruck vorbei.

»Ich begreife überhaupt nichts mehr«, lässt Jason uns wissen.

Nikolaus schaut nachdenklich drein. »Haben Sie sich vielleicht verletzt?«, fragt er Inken fürsorglich.

Sie schüttelt den Kopf und stammelt unverständliches Zeug vor sich hin. Man könnte es fast schon ein Brabbeln nennen. Wie bei einem Baby, das den Schnuller verloren hat, zum Schreien aber zu faul ist. Langsam steht sie auf und rubbelt sich imaginäre Grasflecken vom Rock. Sie versucht sich zu fangen.

»Es ist nämlich so isses, dass …«

»Ja, was denn?«, fragen wir choral.

»Is wegen ihm is«, meint Inken.

Ich schaue die Männer der Reihe nach an. Sie sehen ratlos aus.

»Wegen wem? Wegen mir?« Der Red Bull Nummer eins scheint fast zu hoffen, dass die Sache etwas mit ihm zu tun hat.

»Neiiin«, sagt Inken gedehnt. »Is ja schön is hier mit dem Garten wohl.«

»Inken«, ich hebe eine Augenbraue. »Willst du mich auf meine alten Tage noch auf die Folter spannen? Willst du das?«

»Also …«, Inken faltet die Hände und knackt dann mit den Fingern. Ein Geräusch, das ich unter gar keinen Umständen dulde. Und das weiß sie auch. Nun atmet sie regelmäßig und tief und bekommt auch wieder Farbe. Und dann kommt es von meiner

Freundin Inken, von der ich bislang angenommen hatte, sie würde für mich durchs Feuer gehen: »Ich hab den Heiner gesacht, wo du wohnst und was du tust mit den Kochjungen da.«

Kapitel 31

Literaturhinweise:

M. Faraday: Naturgeschichte einer Kerze (6 Vorlesungen, 1860/61), Verlag B. Franzbecker, Bad Salzdeffurth, 2. Aufl., 1980

E. Kopschitz: Fachbuch für den Wachszieher in Handwerk und Industrie, Herausg.: Bayerische Wachszieher-Innung, Augsburg, 1956

J. M. Mannens: Der Kerzendocht, Herausg.: Verband Deutscher Kerzenhersteller, Frankfurt/Main, 1970

K. H. Homann, H. G. Wagner: Rußbildung in Flammen, Bild der Wissenschaft 7 (1970), 762–769

B. Kirchgässner: Verbandsgeschichte der deutschen Kerzenhersteller, Herausg.: Verband Deutscher Kerzenhersteller, Frankfurt/Main, 1971

www.kerzendreher.de

Mein Gehirn versucht, die Information zu verarbeiten und zu begreifen; und nachdem mein Gehirn mir suggeriert, dass es verarbeitet und begriffen hat, beginne ich damit, Inken durch den Garten zu jagen. Ich benehme mich dabei wie eine aggressive Gans, die einen über den Durst getrunken hat und mit alkoholgeschwängertem Eifer Eindringlinge aus ihrem Terrain vertreiben will. Der Rest der Gartengruppe versucht mir zu folgen und will mich aufhalten, doch ich entwickle eine ungeahnte Geschwindigkeit, so als ob ich es mir selbst zeigen wollte. Ich bin auch immer noch gut im Training. Nicht nur einmal musste ich flüchtenden Ochsen hinterherlaufen und sie einfangen. Da bekommt man Kondition. Außerdem erarbeite ich mir eine Taktik, um meine Verfolger straucheln zu lassen. Wie ein Karnickel schlage ich

Haken, breche im Laufen Äste von Gehölzen ab und werfe sie hinter mich, um die Gruppe zu Fall zu bringen. Inken springt wagemutig über Büsche und Sträucher, und schon bald bilden sich durch Dornen Wunden an ihren Unterarmen. Die Tatsache, Blut zu sehen, spornt mich noch mehr an, und knappe zwei Minuten später habe ich sie überwältigt. Ich springe sie von hinten an mit den geschmeidigen, lautlosen Bewegungen einer Raubkatze, dann fauche ich kurz, und wir fallen beide zu Boden. Die anderen können nicht so schnell stoppen, und so stürzen sie wild fuchtelnd auf uns.

»Hör auf!«, ruft Jason. »Juliane, hör auf!« Ich möchte aber nicht aufhören, sondern Inken wenigstens *ein* Auge entfernen, doch der Junge liegt nun quer über mir und drückt mich zu Boden. »Kann einer von euch den Polizeigriff?«, fragt er keuchend die Red Bulls, doch die schütteln beide beschämt den Kopf.

»Gewalt ist uns zuwider«, rechtfertigt der eine sein Versagen.

»Ich hab's doch nich gewollt hab ich's doch nich, bitte lass mich doch looos, Juliane, ich krieg ja keine Luft nich mehr!« Inken windet sich verzweifelt unter mir, und Jason windet sich auf mir. Der Rest windet sich auf Jason.

Da löst sich von irgendwoher ein Schuss. Schlagartig sind wir alle still. Ich höre sogar auf, Inken zu würgen.

»Ach-*tung*! Alles hört auf mein Kommando!«

Schwer atmend sehe ich mich um. Nikolaus steht breitbeinig auf der Wiese. Er hält eine Schrotflinte in der rechten Hand und sieht entschlossen aus. Ich nehme an, dass er die Schrotflinte rasch aus dem Haus geholt hat, denn vorher war bei ihm noch keine zu sehen.

»Es wird sich voneinander gelöst und nebeneinander hingesetzt, so wie es sich für zivilisierte Menschen im 21. Jahrhundert gehört!«, herrscht er uns an.

Geschockt folgen wir seinen Anordnungen. Kurz fletsche ich nochmal in Inkens Richtung meine Zähne und mache ein entsprechendes Geräusch, weil ich nicht möchte, dass sie sich in

Sicherheit wiegt. Aber Inken ist so außer Atem, dass sie es gar nicht bemerkt. Lediglich Schönes Auge nimmt mich wahr. Er knurrt und stellt dabei den Kamm. Ich schließe rasch den Mund.

Nikolaus lässt die Flinte sinken. »So kommen wir keinen Schritt weiter«, erklärt er uns und betont dabei jede einzelne Silbe. Dabei geht er wie ein diensthabender Offizier immer drei Schritte nach rechts und dann drei nach links.

Wir zollen ihm Respekt und warten auf weitere Anweisungen.

»Jetzt mal der Reihe nach«, er bleibt stehen, salutiert ins Leere und wird immer ernster. Nun setzt sich sogar der Hund. Er winselt kurz und senkt dann den Kopf.

»Wir halten jetzt mal eins nach dem anderen fest«, sagt Nikolaus. »Erstens: Juliane hat ihren Mann verlassen, weil sie ihn geschlagen hat. Das wollte sie nicht mehr länger mitmachen.«

»Weil *er* von *ihr* geschlagen wurde«, korrigiert Schatzi, der es sich im Schneidersitz bequem gemacht hat.

»Er meint natürlich, weil *er sie* geschlagen hat«, stellt Jason die Sachlage nun endgültig klar.

Ich nicke. Bislang ist noch alles richtig.

»Jahrelang wurde sie von ihm ausgebeutet und zu allem Überfluss auch noch behandelt wie eine Dienstmagd. Sie hat etliche Kinder großgezogen, einen Hof in Schleswig-Holstein bewirtschaftet und hatte nie Zeit, mal an sich zu denken.« Er hält inne, räuspert sich kurz und sieht mich dann an. »Richtig?«

»Richtig.«

Gespannt lauschen wir weiter.

»Eines Tages trug es sich dann zu, dass Juliane nach einem besonders schlimmen Erlebnis mit ihrem Mann beschloss, ihr altes Leben hinter sich zu lassen und ein neues zu beginnen.«

Nicken.

»Sie setzte sich verstört und aufgelöst in einen Zug Richtung Hamburg.«

Ich war zwar weder verstört noch aufgelöst, aber wenn Nikolaus die Dramatik liebt, dann soll er sie haben. Außerdem wundert es mich, dass er so gut Bescheid weiß, denn beim Abendessen im Hotel, als ich ihm die ganze Geschichte erzählt habe, ist er meines Erachtens ja eingeschlafen. Vielleicht war das aber auch nur BKA-Taktik. Damit man mehr erzählt, als man eigentlich will. So und nicht anders muss es gewesen sein.

»Dort traf sie einen Rechtsmediziner.«

Jason hebt zur Bestätigung die Hand. Es sieht so aus, als wolle er sich im Unterricht melden. Mit einem kurzen Kopfnicken und gebeutelter Miene schaut er alle Sitzenden reihum an. Nach dem Motto: Da hab ich mir was eingebrockt.

»Gemeinsam fuhr man nach Hamburg, gemeinsam plante man Julianes Tod. Nach der Beerdigung, die natürlich insofern so geplant wurde, dass es natürlich gar keine gab, beschloss man, zur Versicherungsgesellschaft zu fahren, um sich mit einem gefälschten Totenschein von Julianes Mann die beim Ableben eines der Versicherungsnehmer fällige Summe auszahlen zu lassen. Dabei wurde der zuständige Abteilungsleiter ...«, kurzer Blick zu Herrn Glockengießer, der auch dasitzt, »... von dem Rechtsmediziner Jason Berger verletzt und somit unschädlich gemacht. Sein ebenfalls zu dieser Zeit anwesender Goliathfrosch wurde während dieser Aktion ermordet.«

Das lasse ich nicht auf mir sitzen. »Versehentlich«, werfe ich ein.

»Ihr wart das«, kommt es von Herrn Glockengießer. »Ihr wart das.«

Traurig schlägt er die Hände vors Gesicht. Man wird sich später um ihn kümmern und gruppenweise Trauerarbeit leisten müssen. Aber erst, nachdem ich mich abgeschminkt habe. Denn die Schminke juckt höllisch. Doch wenn ich keine Schminke mehr im Gesicht habe, wird Herr Glockengießer mich erkennen. Aber ist das nicht alles ganz egal? Habe ich noch etwas zu verlieren?

»So«, meint Nikolaus. »Dann lernte man den jungen Koch dort kennen und beschloss, sich in seiner Sendung ein Zubrot zu verdienen. Weiterhin hat man überlegt, was man alles anstellen könnte, um nun doch noch an Wertgegenstände und Bargeld zu kommen, da das Geld, das man auf der Bank erhalten hatte, sich als Falschgeld entpuppte.«

Nicken.

»Zusätzlich wurden zwei unbescholtene Polizeibeamte als Geiseln gehalten und mit Kalbsbries und anderen kulinarischen Verlockungen ruhiggestellt. Ein Versuch des Burkhard Lauterbach, genannt Schatzi, als Vogelscheuche verkleidet bei Julianes Mann vorstellig zu werden, um wenigstens einen Sparstrumpf zu ergattern, schlug insofern fehl, als dass sich Steine sowie ein von Julianes Mann geschriebener Zettel in dem Sparstrumpf befanden. Ergo war man nun sicher, dass ihr Mann Bescheid wusste. Weiterhin war Herr Lauterbach unglücklicherweise nicht dazu in der Lage, eine adäquate Geschichte für sein Auftauchen zu erfinden, sondern erzählte ihm die Wahrheit. Nämlich die, dass seine Frau ihn verlassen hat und Geld für ihren Unterhalt benötigt.«

Nikolaus setzt sich mit der Flinte auf eine Gartenbank, die ich noch gar nicht bemerkt hatte.

»Ist soweit alles korrekt wiedergegeben?«

»So weit ja«, sage ich. »Es ist zwar die Kurzfassung, aber im Großen und Ganzen stimmt die Geschichte so.«

Der Baron stützt sich auf den Gewehrlauf und sieht mich eindringlich an. »Ich begreife nur eines an der ganzen Sache nicht ...«

»Es tut mir wirklich sooo leid, Juliane, glauben musst du's mir, o bitte!«, fängt Inken schon wieder an.

»Zu Ihnen kommen wir gleich.« Nikolaus' energisch wirkende Handbewegung lässt Inken verstummen. »Immer schön der Reihe nach. Also, was ich sagen wollte ... wenn ich mir das ganze Schlamassel anschaue, begreife ich eines nicht: Warum musstest du dich tot stellen, Juliane? Warum dieser ganze Zirkus? Man hätte doch gemeinsam mit dem Rechtsmediziner einfach mit dem gefälschten Totenschein zu dieser Versicherungsgesellschaft fahren können, ohne dass du so tun musstest, als seist du selbst tot. Das wäre doch viel weniger Aufwand gewesen. Dein Mann hätte doch erst einmal nichts gewusst. Du hättest ihn von unterwegs anrufen und ihm sagen können, dass du einkaufen gefahren bist oder irgendetwas anderes. Dann hätte man niemanden niederknüppeln müssen, sondern hätte auf der Bank ein Konto eröffnet und sich den Versicherungsbetrag dorthin überweisen lassen. Das geht ja ruckzuck. Und dann hätte man deinen Mann unter einem Vorwand vom Hof locken können, wäre mit einem Umzugswagen vorgefahren und hätte das mitgenommen, was einem zusteht. Wenn du mich fragst, liebe Juliane, ist der gegangene Weg nicht gerade der günstigste. Du hättest dir dies alles viel, viel einfacher machen können.«

Wir schweigen minutenlang. Keiner traut sich etwas zu sagen.

Nikolaus sitzt da und schweigt mit uns.

Nach einem gefühlten Wochenende findet Jason endlich Worte. Er sagt: »Sie haben recht.«

Ich beobachte einen Junikäfer, der versucht, auf einen Grashalm zu klettern. Er müht sich ab und findet keinen richtigen Halt. So wie ich. Langsam drehe ich mich zu Jason um. »Du hast mein Leben zerstört«, klage ich ihn an. »Hätten wir es so gemacht, wie Nikolaus es gerade gesagt hat, würde ich jetzt schon in einer gemütlichen Zweizimmerwohnung sitzen und hätte keine Probleme.«

»Dann würden Sie aber auch polizeilich gesucht werden«, geben die Red Bulls zu Protokoll. »Das wäre ja auch Betrug gewesen.«

»Jedenfalls wäre es einfacher gewesen«, stellt Jason fest. »Wer kümmert sich denn um eine siebenundneunzigjährige Frau? Juliane hätte sich einen falschen Namen gegeben. Oder mit dem Geld von der Versicherung einen Vermieter bestechen können. Das hätten wir schon hingekriegt.«

Fassungslos starre ich in an. »Ach, das hätten wir schon hingekriegt? Das fällt dir aber früh ein.«

Jason windet sich. »Ich denke doch nur nach«, sagt er.

»Denke nur nach, denke nur nach«, äffe ich herum. »Es ist viel zu spät, um nachzudenken. Wir müssen endlich handeln. Nikolaus hat den Nagel auf den Kopf getroffen. Wir haben *alles* falsch gemacht.«

»Ja, aber …«, Schatzi schubbert an seiner Glatze herum. »Wie können wir es denn jetzt noch richtig machen?«

Nun steht Nikolaus wieder auf. »Das Zauberwort heißt Schadensbegrenzung.« Er deutet mit dem Zeigefinger auf Inken. »Nun zu Ihnen. Ich muss genau wissen, was zwischen Ihnen und Herrn Knop abgelaufen ist. Was exakt hat sich zugetragen?«

Mittlerweile finde ich es ganz gut, dass mal jemand nachdenkt, bevor er irgendetwas veranstaltet, das ungeahnte Konsequenzen nach sich zieht.

Inken steht auf. »Es tut mir so leid tut mir's«, flüstert sie wieder.

Doch Nikolaus lässt nicht locker. »Nun aber raus mit der Sprache.« Zur Bekräftigung seiner Worte klopft er mit der Flinte auf den Boden.

»War's so, dass der Heiner wohl zu mir in'n Salon gekommen is, isser wohl, da war wohl schon jemand da, wo gesacht hat, er will den Sparstrumpf für Juliane haben.«

Aha, nach Schatzis Besuch also.

»Hat er mich gefracht, ob ich was wissen würde hat er, und hab ich ›Nein‹ hab ich gesacht, ach Gott, ach Gott.«

»Und wie ging es dann weiter?«, fragt Nikolaus die Delinquentin mit frommer Strenge. Noch wird auf Folter verzichtet.

»Hat er gesacht, dass er mir wohl nich glaubt nicht, und hat er gesacht, dass er allen Leuten im Dorf wohl erzählt, dass ich … Dings wäre, dass ich … Bums wäre … ach, kann ich's nich aussprechen nich.« Sie windet sich wie ein Aal.

Meine Hilfe ist gefragt. »Inken ist *Lesbierin*«, sage ich mit Stolz in der Stimme. Stolz deswegen, weil ich mich traue, so etwas über die Lippen zu bringen.

»Hat der Heiner gesacht, hätt er uns mal im Wohnzimmer reden hätt er uns hör'n, da ham wir drüber geredet, dass ich nicht kann mit Männern wohl.«

Stimmt. Aber das ist Jahre her. Jahrzehnte!

»Weißt doch, wie's is in'n Dorf, Juliane. Wird geredet und geredet, und dann kommen se nich mehr zu mir in'n Salon für die Haare zum Machen, dann steh' ich da ohne was.«

Auch das stimmt. Wer in einem Dorf lebt, weiß das.

»Hat der Heiner dann gesacht, wenn ich ihm's nicht sage, würd' er mein Haus anzünden hat er gesacht, aber so, dass niemand kommt auf ihn.«

»Das wäre ja Brandstiftung gewesen«, regen sich beide Red Bulls auf, und ich verdrehe die Augen.

»Und hat er gesacht, dass er mich wohl abfangen will wohl zusätzlich und mich verprügeln will, hat er gesacht.«

»Dieses Schwein«, zischt Jason. »Am liebsten würde ich sofort losfahren und ihn mir vorknöpfen.«

»Gemach, gemach«, beruhigt ihn Nikolaus und hebt eine Hand. »Dann haben Sie ihm also alles erzählt, was Sie wissen.«

»Ja«, quetscht Inken hervor. »Dass die Juliane bei ihm da wohnt und dass sie sich tot stellen will wohl, und dann hat er mich nochmal gefragt, später, da hab ich wohl auch das mit dem Koch da gesacht. Dann wollt er wohl 'nen Detektiv beauftragen wollt er wohl. Ach, ach, ach, tut mir das alles leid.«

Wenigstens bei der Wahl des Detektivs hat Heiner nicht gespart. Es muss ein guter sein, denn wir haben ihn gar nicht bemerkt. Halt! Möglicherweise war es ein weiblicher Detektiv. Diese Frau Rübe! Nun ja, irgendwie müssen ja auch Detektive ihr tägliches Brot verdienen. Ich bin nicht böse auf Frau Rübe, die wahrscheinlich gar nicht Frau Rübe heißt und auch nicht in Osnabrück wohnt. Und sie zu suchen ist sowieso zwecklos. Detektive können sich bestimmt sehr gut verstecken beziehungsweise untertauchen.

»Und nu hat der Heiner, alles Mögliche weiß er nun über dich, und will er dich in'n Knast bringen. Wegen allen Sachen, wo du gemacht hast wohl.«

Ich sitze in der Klemme. Wo soll ich hin? Das Baumhaus ist zu klein, Jasons Adresse kennt man jetzt, und wenn man zwei und zwei zusammenzählt, hat man auch ganz schnell die Anschriften von Schatzi, Benny, den Red Bulls, Hannah und Nikolaus.

»Wenn ich kurz etwas beitragen dürfte.«

Ich erschrecke, weil ich Herrn Glockengießer ganz vergessen habe.

Nikolaus nickt.

Bewegt sieht Herr Glockengießer mich an. »Sie müssen Schlimmes durchgemacht haben«, sagt er. »Ein hartes, entbehrungsreiches Leben ohne Dank. Das muss geahndet werden. Ich halte nichts von Gewalt, müssen Sie wissen.« Er schluckt. »Die Sache mit meinem Frosch belastet mich zwar sehr, doch man wird für Mörtel Ersatz finden. Er war nicht der einzige Goliathfrosch auf dieser Erdkugel. Doch was ich nun über Sie erfahren habe, geht zu weit. Ich kann gut verstehen, dass Sie versucht haben, meine Versicherungsgesellschaft zu betrügen. Ich verzeihe Ihnen.«

Herr Glockengießer ist kaum wiederzuerkennen. Möglicherweise hat der Aufprall auf dem Asphalt die Amnesie in eine andere Krankheitsform überführt. In eine gute. In eine, die so bleiben kann.

»O Herr Glockengießer!« Das Wesen springt auf. »So mag ich Sie! So sind Sie ein toller Chef!«

»Danke, Frau Kirsch, danke.« Der Vorgesetzte ist sichtlich bewegt. »Nun, was soll ich sagen? Ich habe beschlossen, Ihnen zu helfen. Und ich weiß auch schon, wie. Fragen Sie mich bitte nicht, woher mein plötzlicher Sinneswandel kommt, ich begreife es selbst nicht.« Mühsam rappelt er sich auf und wandert gramgebeugt vor uns herum. Aber wir wollen ja auch gar nicht wissen, woher der Wandel kommt. Hauptsache, Herr Glockengießer zeigt mich nicht an und die anderen auch nicht. Alles andere ist egal.

»Früher, ja, da habe ich mit vollen Kaffeetassen und Tastaturen nach meinen Mitarbeitern geworfen, wenn sie nicht so gespurt haben, wie ich es wollte. Angebrüllt habe ich sie, und ein paar Mal bin ich sogar handgreiflich geworden.«

»Bei Herrn Möbius«, sagt das Wesen.

»Richtig«, Herr Glockengießer blickt versonnen in die Sonne. »Unter anderem. Er hatte Unterlagen nicht rechtzeitig zusammengestellt, die ich für eine wichtige Sitzung brauchte. Ich bin auf ihn los und habe ihn mit seiner Krawatte versucht zu erwürgen.«

»Sie *haben* ihn erwürgt«, sagt das Wesen.

»Richtig, richtig.« Er presst die Lippen so zusammen, dass nur ein schmaler Strich zu sehen ist. »Was ist damals eigentlich mit dem Toten passiert?«

»Wir haben ihn heimlich weggebracht«, lässt das Wesen ihn wissen. »Und keiner hat sich getraut, etwas gegen Sie zu unternehmen. Weil wir ja alle Angst hatten, als Nächste dran zu sein. Wir haben ihn so drapiert, dass es wie Selbstmord aussah.« Es schaut zu Jason. »Die Rechtsmedizin im Universitätsklinikum hatte auch keine Beanstandungen.«

»Was?«, fragt Jason geschockt. »Wann war das?«

»So vor einem halben Jahr«, sagt Es.

»Möbius, Möbius«, überlegt Jason. »War das ein Mann Anfang fünfzig, circa einsfünfundsiebzig groß? Graue, kurze, akkurat geschnittene Haare. Blauweiß gestreiftes Hemd, ausgewaschene Jeans der Marke Edwin, Krawatte mit Sultaninen und Cashewkernen drauf?«

»O Jason.« Nun ist Es beeindruckt. »Ja! Die haben wir, also die Belegschaft, Herrn Möbius zum dreißigjährigen Firmenjubiläum geschenkt.«

Jason ist fassungslos. Entsetzt starrt er zu Schatzi hinüber. »Den hatten wir auf dem Tisch. Wir haben ihn gemeinsam entkleidet. Weißt du noch?« Seine Worte sind kaum zu verstehen. Seine Stimme klingt blechern.

Schatzi nickt, und Inken legt beruhigend eine Hand auf seine Schulter, obwohl er sich gar nicht aufregt. »Den hab ich auch noch fotografiert für Grottig.de. Zweihundertfünfzig Euro hab ich bekommen. Und du meintest noch, keine Fremdeinwirkung.«

»Das war gut so«, sagt Herr Glockengießer.

»Sultaninen und Cashewkerne eignen sich sehr gut zur Herstellung eines gesunden Müslis. Das Frühstück ist wichtig für einen positiven Start in den Tag«, wirft Benny ein.

Obwohl man das nicht tun soll, knirsche ich mit den Zähnen. Wo soll das noch alles hinführen? Warum musste Herr Glockengießer jetzt noch anfangen, von seinen toten Mitarbeitern zu erzählen? Für Jason ist das gar nicht gut, dass dieser Herr Möbius keines natürlichen Todes gestorben ist. Der Bub ist blass und braucht meiner Meinung nach umgehend eine Kur in einem Sanatorium unweit der Dolomiten.

»Ich hätte es merken müssen«, wispert er und krallt seine Fingernägel in die Erde. Hoffentlich hat Nikolaus eine Nagelbürste im Haus.

»Du hattest an dem Tag extremen Streit mit Miriam. Morgens, weißt du noch?« Schatzi erinnert sich gut.

»Ja«, Jason nickt. »Sie hatte den Dosenöffner versehentlich in den Müll geworfen.«

Der Präparator beginnt zu zappeln wie ein Fisch, dem man zu lange sein Lebenselixier Wasser vorenthalten hat. Die Bewegungen sind rhythmisch, wenn auch untypisch für einen Menschen. »*Was* hat Miriam gemacht?«, kommt es während einer Zappelpause.

»Na, den Dosenöffner weggeworfen«, erklärt Jason.

Nun hält sich Schatzi schützend eine Hand vors Herz. Er hat immense Schwierigkeiten, Fassung zu bewahren. »Als ich letztens losgegangen bin und Konservendosen gekauft habe, da hast du behauptet, ich hätte deinen Dosenöffner verschwinden lassen. Du hast mich als Dieb bezeichnet. Als Dieb! Weißt du, wie weh so was tut? Das hinterlässt Narben auf der Seele.«

»Nun reg dich nicht auf«, sagt Jason, der dabei ist, einen ausgegrabenen Erdklumpen zu einem Einwegrasierer zu formen. Er klingt bitter. »Ich habe den falschen Beruf gewählt«, kommt es, und er zieht den fertig geformten Rasierer probeweise über sein linkes Handgelenk; wirkt dann immer noch nicht zufrieden und formt die Klinge neu.

»Vielleicht hast du recht. Bestimmt hast du recht. Möglicherweise wärst du in einem handwerklichen Beruf wirklich besser aufgehoben. Schule doch um und werde Kerzendreher«, sagt Schatzi, und die alte Eifersucht quillt zwischen den einzelnen Worten hervor. Ich persönlich muss mir vorstellen, wie Jason nach seiner Umschulung zum Kerzendreher bei Wind und Wetter auf Weihnachtsmärkten hockt, einen Schemel unter sich, und mit vor Kälte steifen Fingern Kerzen aus Bienenwachs dreht, während antiautoritär erzogene Kinder gegen den wackeligen Tisch stoßen und Dochte stehlen wollen. Er wird eine chronische Nierenbeckenentzündung bekommen und mit der Zeit wunderlich werden. Ausgewählten Kunden wird er seine Lebensgeschichte erzählen, und schon bald wird er auf den Märkten so eine Art Unikum sein, ohne das etwas fehlen würde. Also wirklich, ich glaube nicht, dass diese Berufswahl gut für den Jungen wäre.

»O mein Gott«, sagt Jason. »Wir werden Herrn Möbius exhumieren lassen. Das bin ich ihm schuldig. Weiß jemand, wo sich die Grabstätte befindet? Auf dem Ohlsdorfer Friedhof?«

Keiner weiß es, auch das Wesen nicht. »Das kannst du doch nicht machen, oh, Jason«, sagt Es entsetzt. »Dann sind wir alle dran. Ich auch. Weil ich ja eine Mitwisserin bin.«

»Herr Möbius war auch wirklich unzuverlässig«, meint Herr Glockengießer, als würde diese Tatsache genügen, um den Mann ohne Abmahnung mit seinem eigenen Schlips zu erwürgen.

Ich bin ratlos. Einfach ratlos. Warum hat der Mensch den Zugverkehr erfunden? Würde es den nicht geben, wäre ich nicht hier.

»Hier wird überhaupt gar niemand exhumiert«, stellt Nikolaus klar und lädt die Flinte durch, um Widersprüche im Keim zu ersticken. Jason zuckt mit den Schultern. Ich glaube, er ist ein wenig durcheinander und auch schockiert. »Herr Möbius wird nicht wieder lebendig, wenn wir ihn aus der Erde ausbuddeln. Es geht jetzt um Wichtigeres. Um das Leben von Juliane.« Nikolaus tut ja gerade so, als sollte ich in einer halben Stunde gehängt werden; als hätte ich die Schlinge schon um den Hals.

»Das sage ich doch die ganze Zeit«, meint Herr Glockengießer erleichtert. »Und ich habe auch schon eine brillante Idee, wie sie das bekommt, was ihr zusteht.«

Er strahlt nun wie ein Kind, das auf dem Jahrmarkt ein Lebkuchenherz mit der Aufschrift *Mein kleiner Liebling* geschenkt bekommen hat.

Gespannt warten wir auf die Idee. Doch erst nachdem Nikolaus die Schrotflinte anhebt und in Herrn Glockengießers Richtung zielt, spricht er weiter.

»Milch«, sagt Herr Glockengießer.

Kapitel 32

Bauer Houguez aus der US-Stadt Jersey hat sich nichts dabei gedacht: Als er feststellte, dass seine Kühe mit Begeisterung Karotten fressen, fütterte er ihnen große Mengen des Gemüses. Karotten sind schließlich nährstoffreich und gesund, was soll da schon passieren? Leider hatten die Karotten doch einen unangenehmen Nebeneffekt: Die Milch der Tiere verfärbte sich rosa. Zuerst dachte Houguez, dass seine Kühe krank seien. Doch dem herbeigerufenen Tierarzt gelang es, das Rätsel um die rosa Milch zu lösen: Es waren die bei den Tieren so begehrten Karotten schuld. So gesund und nährstoffreich die rosa Milch seiner Kühe gewesen sein mag, Houguez machte sich doch Sorgen, ob den Kunden die neue Farbe gefällt. Der schlaue Bauer fand einen Weg, sowohl die Tiere als auch seine Kunden zufriedenzustellen: Er füttert ihnen nun weiße Karotten. Die schmecken ebenfalls und lassen die Milch so weiß, wie Milch nun einmal ist.
www.krone.at

Was hat er da gerade gesagt? Milch hat er da gerade gesagt. Es scheinen alle verstanden zu haben, denn jeder Einzelne guckt genauso ratlos aus der Wäsche wie ich.

»Wie?«, traue ich mich dann zu sagen, und Herr Glockengießer setzt sich auf die Gartenbank, schlägt die Beine übereinander und klatscht in die Hände. »Vor einigen Monaten hat mir ein guter Bekannter erzählt, dass seit geraumer Zeit Betrüger ihr Unwesen treiben«, erklärt er bereitwillig. »Diese Menschen geben sich als Börsenspezialisten aus und drehen gerade älteren Landwirten für eine Menge Geld Aktienpakete an, deren Wert sich nach Aussage der Ganoven in allerkürzester Zeit verzehnfacht.«

»Aha«, macht Jason.

»Das ist ja Betrug«, meinen die Red Bulls aufgebracht.

Herr Glockengießer schaut huldvoll in ihre Richtung. »Selbstverständlich ist das Betrug«, sagt er. »Deswegen ist es aber trotzdem eine gute Idee. Wir werden nämlich zu Ihrem Mann gehen, Frau Knop, und ihm etwas verkaufen, durch das er steinreich wird.«

»Was wird das sein?«, will ich wissen und bin nun wirklich neugierig.

»Einen Moment noch bitte. Mein ganzes Leben lang wollte ich schon einmal einen Spannungsbogen aufbauen. Nun ist es soweit.« Er wartet noch eine Minute, damit wir noch gespannter werden. Dann geht es endlich weiter. »Angeblich, so erzählen es jedenfalls die ausgebufften Strolche, gibt es auf der ganzen Welt nur eine einzige Kuhherde, die *rosa* Milch produziert. Die vermeintliche Herde befindet sich im Kuh-e-Baba-Gebirge, das ist in Afghanistan, nicht weit von Kabul.«

Das Gebirge kenne ich! Ich habe eine Dokumentation im Dritten darüber geschaut. Im Norden des Kuh-e-Baba-Gebirges schließt sich ein niedriges Gebirgsland mit gerundeten Längsketten an. Afghanistan muss von der Flora und Fauna her sowieso ein tolles Land sein. Es leben dort Marco-Polo-Schafe. Politisch gesehen ist Afghanistan ja leider eher problematisch.

»Aber es gibt diese Kuhherde gar nicht?«, hakt Schatzi nach.

Herr Glockengießer schüttelt den Kopf. »Alles Humbug«, meint er. »Den armen Menschen wird erzählt, dass Kuh-e Baba ›göttliche Kuh mit rosa Milch‹ heißt, und viele glauben es.«

Nun gut, immerhin könnte es ja auch möglich sein. Man liest ja so viel.

»Die Betrüger agieren mit allen Mitteln. Sie verkaufen den Leuten Aktienpakete und sagen, wenn deren Wert sich verzehnfacht habe, dann würde ein Bulle aus dem Kuh-e-Baba-Gebirge eingeflogen, um die Kühe der Landwirte zu decken. Damit diese auch rosa Milch produzieren.«

»Der Bulle wird *eingeflogen*?« Was das kostet!

»Natürlich *nicht*. Die Schufte verschwinden natürlich auf Nimmerwiedersehen mit dem Bargeld. Sie gründen immer wieder sogenannte Briefkastenfirmen, damit ihnen niemand auf die Schliche kommen kann. Auf diese Art und Weise haben sie sich schon knapp zwei Millionen Euro ergaunert.«

»Ich habe nichts in der Presse gelesen oder im Fernsehen gehört«, meint Jason. »Das müsste doch die Runde gemacht haben.«

»Eben *nicht*«, erklärt Herr Glockengießer. »Den Betroffenen war die ganze Sache so peinlich, dass sie es nicht an die große Glocke gehängt haben. Sie haben sich geschämt.«

»Aber was hat das alles mit Heiner zu tun?«, frage ich. »Falls Sie vorhaben, ihm solche falschen Aktienpakete anzudrehen, vergessen Sie's gleich. Er kennt sich mit so was nicht aus und wird Sie auf der Stelle verjagen.«

»Nicht so schnell«, beschwichtigend hebt er die Hände. »Ich bin ja noch nicht fertig. Das mit den Aktienpaketen ist in der Tat kompliziert und bräuchte möglicherweise eine zu lange Vorlaufzeit. Was man da alles organisieren müsste. Nein, wir werden es anders machen. Wir werden ihm fingierte Unterlagen präsentieren, in denen steht, für wie viel Euro man diese Milch hier in Deutschland verkaufen könnte. Und wir werden ihm erklären, dass er ganz schnell sehr reich werden kann, wenn er als erster Landwirt rosa Milch produziert und unter die Leute bringt. Wir könnten in Erwägung ziehen, ihm auch gleich ein Patent mitzuverkaufen. Natürlich werden wir ihm auch erklären, dass rosa Milch viel gesünder ist und gerade für die Zubereitung von Babynahrung bestens geeignet.«

»Aber wie wollen wir das denn anstellen? Wir haben doch keinen Bullen aus Kuh-e Baba?« Noch kann ich nicht wirklich folgen. Außerdem wird es Heiner einen feuchten Kehricht interessieren, ob Babys durch Kuh-e Baba-Milch gesünder aufwachsen oder nicht.

»Ganz einfach«, Herr Glockengießer legt eine gewiefte Kunstpause ein. »Wir verkaufen ihm das Sperma eines Bullen!«

»Ich glaube, ihr seid völlig verrückt geworden.« Schatzi sitzt verkrampft auf einer mit weißem Lilienstoff durchwebten Chaiselongue in Nikolaus' Salon, einem wunderschönen Raum mit vielen Antiquitäten und einem funkelnden Kronleuchter aus Bleikristall, und hadert mit dem Schicksal. Aufgrund der Tatsache, dass es uns auf dem Rasen zu kühl geworden war, haben wir beschlossen, die Lokalität zu wechseln und uns ins Hausinnere begeben. Mit Hilfe von einer Menge Creme habe ich mir die Schminke endlich abwischen können und fühle mich jetzt wieder wie siebenundneunzig. Ich bin schlicht begeistert von Nikolaus' kleinem Schlösschen. Der gediegene Reichtum schlägt einem entgegen. Wirklich schön! Hier wäre ich gern die Dame des Hauses. Abends könnten Nikolaus und ich in der Weihnachtszeit den Nussknacker oder Schwanensee von Tschaikowsky hören und entspannt an einem Sherry nippen, während die schweren Vorhänge zugezogen sind, eine Stehlampe gedämpftes Licht verbreitet und draußen ein Schneesturm tobt.

»Wie viel Sperma gibt ein durchschnittlicher Bulle ab?«, will Jason von mir wissen. Ich konzentriere mich wieder auf das Wesentliche und überlege kurz. Gustav, einer unserer besten Zuchtbullen, hat zu seinen besten Zeiten eine besonders ergiebige Menge produziert. Er wurde manchmal zur künstlichen Besamung vermietet, und ich musste beim Absamen helfen. »Ungefähr einen viertel Liter«, sage ich dann.

»Um Gottes willen«, sagt Schatzi entsetzt und hält schützend die Hände vor seinen Unterleib.

»Kein Mensch sagt, dass du das auf einmal produzieren sollst«, erklärt ihm Jason.

Das Wesen macht: »Hihihi!«

»Warum eigentlich ich? Warum nicht du oder die da?« Er deutet auf die Red Bulls.

Drohend kommt Jason näher. »Wer hat mir denn immer von seiner enormen Potenz und von seinen angeblichen hundert Litern gesprochen, die er pro Paarung produziert?«

Schatzi wird rot. »Da hab ich übertrieben.« Er windet sich. »Ich kann das nicht.«

»Wir stehen ja nicht daneben«, beruhigt ihn Jason. »Wir geben dir etwas zu lesen mit, damit du stimuliert wirst, und du machst es dir im Badezimmer gemütlich. Und denk bitte dran, dass du etwas wiedergutmachen musst! Du hast die Sache mit Julianes Mann vergeigt, als du im Vogelscheuchenkostüm bei ihm warst. Jetzt ist die Stunde der Sühne gekommen. Also, auf ins Badezimmer«, frohlockt Jason.

»Jetzt?«, fragt der Präparator schlotternd.

»Natürlich jetzt. Wir müssen ja erst mal sehen, ob das überhaupt funktioniert.«

Die Red Bulls sind froh, dass ihnen der Satz »Wir sind aber impotent« eingefallen ist. Erleichtert stehen sie neben Nikolaus' Flügel und halten sich an den Händen.

»Nikolaus, haben Sie was zum Lesen? Etwas Stimulierendes?« Jason kommt richtig in Fahrt, und kurze Zeit später ist er mit Lesestoff und Schatzi im Badezimmer verschwunden. Ich frage mich, was das für ein Lesestoff sein mag, und bin fast ein wenig eifersüchtig.

Zwei Minuten später ist Jason wieder da. »Er liest jetzt. Sicher wird es nicht lange dauern. Wir könnten unterdessen weiter überlegen. Sie, Herr Glockengießer, werden also zu Julianes Mann fahren und ihm die Tagesproduktion eines Kuh-e-Baba-Bullens unter die Nase halten und versuchen, ihm möglichst viel Bargeld zu entlocken.«

»Genau«, sagt Herr Glockengießer. »Ich werde noch nötige Schreiben aufsetzen und die entsprechenden Graphiken erstellen. Haben Sie einen Computer, Herr Baron?«

Nikolaus nickt und will gerade etwas sagen, da steht Schatzi in der Tür. »Willst du mich eigentlich verarschen?«, fährt er Jason an. »Wie soll ich denn bei diesem Kram hier auch nur ansatzweise irgendwelche Gefühle bekommen?« Anklagend hält er zwei Zeitschriften hoch. *Mein schöner Garten* und *Monokel – Magazin für ein aktives Leben*. Das hört sich interessant an.

»Monokel ist eine Zeitschrift für ältere Bürger«, informiert uns Nikolaus. »Die Herausgeber sitzen in Bielefeld. Ich habe es abonniert. Man lernt sehr viel. Beispielsweise wird man darüber informiert, wo man Weihnachten verbringen kann, wenn man einsam ist, und es werden auch einfache, aber sehr wirkungsvolle Sportübungen erklärt, die man als Senior ohne Probleme durchführen kann, damit man fit und agil bleibt.«

Schatzi knallt die Zeitschriften auf Nikolaus' Esstisch, ein schönes altes Stück aus Teakholz mit gedrechselten Beinen. »So funktioniert das jedenfalls nicht. Da kann ich mir ja auch gleich die Inhaltsstoffe auf der Zahnpastatube durchlesen. Nein, nein, lass es gut sein«, winkt er ab, als Jason ihm neue Zeitschriften reichen will. »Ich probiere es jetzt so, und wenn das dann nicht geht, dann weiß ich auch nicht.« Grummelnd verschwindet er erneut im Badezimmer, und wir widmen uns erneut Herrn Glockengießer und seinen Plänen.

Ich stehe in der Küche und bin in meinem Element. Erstens mal weil ich froh bin, Ablenkung zu haben, und zweitens, weil alles ziemlich gut aussieht. Herr Glockengießer hat sich an Nikolaus' Computer gesetzt und mit Spezialprogrammen irgendwelche farbigen Diagramme entworfen und wichtig aussehende Texte verfasst. Die ganzen Ausdrucke hat er säuberlich gelocht und in eine Mappe geheftet. Dann hat er etwas Johannisbeergelee erwärmt und mit einen halben Liter Milch gemischt. »Das ist eine Vorsichtsmaßnahme«, meinte er ernst. »Falls Ihr Mann nicht glaubt, dass es rosa Milch wirklich gibt.« Danach ist er in eine Apotheke gefahren und hat größere Reagenzgläser besorgt; in einem von ihnen ruht nun Schatzis männliche Absonderung. Wir haben ihn mehrfach ins Badezimmer gejagt, irgendwie musste der Viertelliter ja zusammenkommen. Und morgen wird Herr Glockengießer mit den beiden Red Bulls, die sich als Mitarbeiter tarnen werden, nach Groß Vollstedt fahren und Heiner aufsuchen, um ihm dieses exklusive Angebot zu unterbreiten. Jason, Schatzi und ich werden in einem bereits organisierten Umzugswagen sitzen und so lange warten, bis Herr Glockengießer mit Heiner zur Bank gefahren ist, um Bargeld abzuheben. Das Wesen will hierbleiben und im Garten mit Schönes Auge spielen. Benny sitzt im Wohnzimmer und brennt CDs. Nikolaus hat ihm seine umfangreiche Vogelstimmensammlung gezeigt, und nun hat Benny etwas zu tun. Er freut sich. »Ist das toll«, meinte er vorhin, nachdem er die erste CD eingelegt hatte. »Der Gesang des Sibirienzilpzalp erinnert akustisch kaum an den eines gemeinen Zilpzalps. Die räumliche Übereinstimmung der bioakustischen Merkmale mit verschiedenen morphologischen Merkmalen war Anlass für die neue taxonomische Einordnung dieser östlichsten Population. Ich war nämlich als Kind Hobbyornithologe. Solch eine umfangreiche CD-Sammlung ist mir allerdings noch nicht untergekommen.«

Während ich Gemüse putze und klein schneide, überlege ich mir, was ich von zu Hause mitnehme. Auf jeden Fall all meine Möbel. Wenn meine raffsüchtige Enkeltochter sich die nicht schon unter den Nagel gerissen hat.

Inken, die neben mir steht und Kartoffeln schält, hat sich wieder einigermaßen gefangen. Wir haben uns auch wieder vertragen. Wer sich so lange kennt wie wir, der verzeiht. Und ich glaube, in unserem Alter verzeiht man eher als in jungen Jahren. Das liegt an der Lebenserfahrung.

»Glaub, ich werd' mein' Salon aufgeben und komm zu dir nach Hamburch, Juliane«, sagt sie. »Möcht' ich nich allein in Groß Vollstedt sein.«

»Vielleicht können wir ja zusammenziehen«, überlege ich. »Wenn alles klappt«, füge ich dann noch hinzu.

Später gesellt sich Schatzi zu uns. »Nochmal mache ich das nicht«, klagt er und setzt sich an den weißgescheuerten Küchentisch. »Ich frage mich sowieso, wieso immer ich für so etwas herhalten muss.«

Verwundert schaue ich von meinen Töpfen auf. »Hast du etwa schon öfter ... gespendet?«, möchte ich neugierig wissen.

»Nein, so meine ich das nicht. Aber immer, wenn unangenehme Sachen zu erledigen sind, kommt Schatzi Lauterbach ins Spiel. Schon als ich klein war, ist das so gewesen. Was gibt es denn zu essen?«

»Vorneweg eine Kürbiscremesuppe mit Mandelsplittern und gerösteten Croûtons und zum Hauptgang Schmorbraten mit Rotweinsoße und verschiedenen Gemüsen. Dazu junge Kartoffeln.« Ich war erleichtert, als ich Nikolaus' Gefriertruhe durchforstet hatte, es war viel eingefroren. Der Mann scheint in der Tat der Richtige für mich zu sein. Inken hilft mir fleißig und bindet gerade die Soße. Ich freue mich auf das Abendessen mit der ganzen Familie, obwohl es ja gar nicht meine Familie ist. Das Haus atmet Frieden und Behaglichkeit, drinnen im Herrenzimmer sitzt Nikolaus und unterhält sich mit Jason über alte und neue Verhörmethoden, die Red Bulls spielen auf dem Boden ›Fang den Hut‹; das Spiel hat Es schon mit Opa gespielt, als Es klein war. Es sitzt übrigens mit Schönes Auge vor dem Fernseher und schaut sich den Film *Ich denke oft an Piroschka* mit Liselotte Pulver an. Er läuft im Dritten. Der Bahnhof in Ungarn, den der Vater von Piroschka betreut, heißt übrigens Hódmezővásárhelykutasipuszta. Herr Glockengießer belohnt sich auf dem Sofa für das Tagewerk mit einem kleinen Schläfchen, und Benny brennt gerade eine CD, auf der eine Wacholderdrossel »Tsch, tsch, tsch ... tsch« macht. Es könnte nicht schöner sein.

Und morgen ist mein zweiter, nein, mein dritter Geburtstag. Meinen zweiten Geburtstag habe ich ja beinahe nicht überlebt. Damit soll der Mensch nicht spaßen.

»Ich habe solche Angst«, sagt Red Bull Nummer eins und wischt sich den Schweiß von der Stirn. »Wenn das schiefgeht oder ich was Falsches sage ... was ist denn dann?«

»Sag einfach nichts Falsches.« Jason schaut ihn aufmunternd an. Die beiden haben von Nikolaus Anzüge und Schuhe bekommen, die sogar einigermaßen passen, und auch Herr Glockengießer hat sich in Schale geworfen. Er ist extra nochmal nach Hause gefahren und hat entsprechende Kleidung geholt. In seinem nachtblauen Smoking wirkt er zwar etwas zu gut angezogen, aber besser zu gut als zu schlecht.

»Ich hab auch Angst, Jason«, meint Red Bull Nummer zwei. »Davon abgesehen glaube ich, dass ich krank werde. Es kratzt die ganze Zeit schon im Hals.«

»Das könnt ihr mir nicht antun«, werfe ich ein. »Bitte tut, was wir von euch verlangen.«

Wir sind gestern Abend nach einigen Flaschen Wein dazu übergangen, uns alle zu duzen. Diese Siezerei macht einen ja ganz verrückt. Inken und ich und Es haben später am Abend noch Betten bezogen, weil wir ja alle irgendwo schlafen mussten. Dennoch war ich die ganze Zeit auf der Hut. Was, wenn Frau Rübe uns doch verfolgt hat? Doch Nikolaus meinte, dann wäre sie schon längst hier gewesen. Und er als ehemaliger Leiter des BKA muss es schließlich wissen. Es kam ja auch niemand.

Die Red Bulls zieren sich noch eine Weile, aber dann ziehen sie ihre Mäntel an. Beziehungsweise die von Nikolaus. Herr Glockengießer hat einen detaillierten Ablaufplan erstellt, und das beruhigt mich. Die Zeit der unüberlegten Schnellschüsse ist vorbei.

»Wenn ihr«, damit meint er Jason, Schatzi und mich, »nachher seht, dass wir in den Wagen steigen«, damit meint er Bennys Jaguar, »wisst ihr, dass ihr von dieser Sekunde an ungefähr eine bis eineinhalb Stunden Zeit habt, um alles zu erledigen. Wir werden selbstverständlich nach dem Bankbesuch nicht mehr mit deinem Mann ins Haus gehen, sondern direkt danach abfahren. Dann treffen wir uns alle wieder hier. Habt ihr das verstanden?«

»Moment mal«, wirft Benny ein. »Was ist mit meinem Nummernschild? Was ist, wenn Julianes Mann sich das Kennzeichen aufschreibt?«

»Wir werden unterwegs noch Kennzeichen stehlen«, informiert Herr Glockengießer ihn sachlich.

Wenn Nikolaus das hören könnte! Aber der reinigt gerade seine Schrotflinte.

»Das ist dann aber Diebstahl«, sagen die Red Bulls synchron.

»Natürlich ist es das«, sagt Herr Glockengießer. »Aber ein nötiger. Wir können das Diebesgut ja auch später wieder zurückbringen.«

»Und dann ist alles ausgestanden, Ulrich?«, will ich wissen. Ulrich ist Herrn Glockengießers Vorname.

»Sicher.« Er wendet sich zum Gehen, und die Red Bulls trotten hinter ihm her.

Endlich, endlich brechen sie auf. Sie haben uns gestern Abend auch ihre Vornamen genannt, aber keiner hat sie sich gemerkt. Egal, wie die beiden heißen, sie werden immer die Red Bulls bleiben.

Wir bleiben zurück und müssen warten, bis es soweit ist loszufahren. Jason, der übrigens mit Es die Nacht verbracht hat, wirkt müde, aber zufrieden. Das Wesen sitzt am Küchentisch, trinkt Tee und blättert aufgeräumt in einer Wohnzeitschrift herum. »O Jason, schau, dieser Stoff hier! Damit könnten wir unser Sofa neu beziehen lassen. O Jason, schau, dieser wunderschöne versilberte Kerzenleuchter. Meinst du nicht auch, dass der total klasse auf der Fensterbank in unserem Wohnzimmer aussehen würde?«

Wie kann man nur dermaßen besitzergreifend sein? Es ist ja noch nicht mal bei Jason gemeldet! Erst soll Es mal zum Bezirksamt fahren, eine Nummer ziehen und die Adresse im Personalausweis ändern lassen, dann kann Es so was sagen.

»Müssen wir nicht los?«, will ich nach geraumer Zeit wissen. Ich bin nämlich lieber zu früh als zu spät da. Denn wer zu spät kommt, den bestraft das Leben. Das ist ein Sprichwort.

»Wenn du meinst«, sagt Jason. »Nikolaus hat uns eine Straßenkarte rausgelegt.«

In diesem Moment stößt Nikolaus zu uns. »Ich werde doch mitkommen«, teilt er uns mit. »Sonst mache ich ja kein Auge zu.« Es hat ihm auch keiner gesagt, dass er tagsüber schlafen soll.

Den Gesang eines Wespenbussards imitierend, kommt Benny, um sich neuen Kaffee zu holen. »Fahrt ihr nun doch alle mit?«, will er wissen.

»Ich bleibe hier«, sagt das Wesen.

»Warum?«, fragt Benny. »Man kann bestimmt jeden gebrauchen, der anpacken kann.«

Ich will Es nicht in meinem Haus haben, komme aber nicht dazu, das kundzutun.

Letztendlich klettern dann doch alle noch Anwesenden in den Umzugswagen. In mir keimt langsam, aber ohne Unterlass die Frage auf, wohin ich eigentlich die ganzen Sachen bringen soll. Das Wesen wird zu Jason ziehen, über Ulrichs familiäre Situation bin ich noch nicht mal vage informiert, und die Red Bulls sehen mir auch nicht so aus, als ob sie in ihrer Wohnung noch eine zweite Einrichtung unterbringen können. Schatzi möchte ich nicht fragen, der Präparator hat wegen der rosa Milch schon genug durchgemacht. Ich werde Nikolaus später bitten, ob ich die Sachen vorübergehend bei ihm einlagern kann. Solange, bis ich eine eigene Wohnung habe. Möglicherweise hilft mir Jason ja bei der Suche. Oder ein Makler.

Während der Transporter über die Landstraße in Richtung meiner alten Heimat surrt, werde ich ein wenig melancholisch. Vor ein paar Tagen noch war ich eine gedemütigte alte Frau, die gerade siebenundneunzig geworden war und sozusagen schon mit dem Leben abgeschlossen hatte, und nun breche ich auf in völlig neue Sphären. Ich habe Menschen um mich, die mir helfen, auch wenn sie es manchmal zu gut meinen. Und ab heute wird alles anders. Ulrich ist so gut vorbereitet, dass nichts schiefgehen kann; die Red Bulls werden ebenfalls ihr Bestes geben, da bin ich sicher, und wenn alles geregelt ist, kann ich meinen Lebensabend genießen. Ich schwöre, dass ich nie wieder unfreiwillig für andere Menschen Geschirr abspülen oder sonst etwas tun werde. Lediglich aus freien Stücken werde ich es tun, so wahr ich Juliane Knop, geborene Mahlow, heiße.

Mir fällt gerade siedend heiß etwas ein.

Elise.

Um meine Mutter habe ich mich die letzten Tage überhaupt nicht mehr gekümmert, und sie hat sich auch nicht bei mir gemeldet. Wie auch? Nicht dass Heiner ihr etwas angetan hat! Mein Herz hoppelt, weil ich eine so schlechte Tochter bin.

»Wir sind gleich da«, meint Jason und schaltet in den zweiten Gang. »Wo genau muss ich jetzt langfahren?«

Ich erkläre ihm den Weg, und nach fünf Minuten parken wir den Laster hinter einer Baumgruppe. Wir steigen aus und schleichen uns zu den vorderen Bäumen, von hier aus haben wir direkten Blick auf den Hof. Er sieht schon ungepflegt aus, und das ärgert mich. Zu meiner Zeit war alles wunderbar in Schuss. Hoffentlich wurden die Tiere wenigstens regelmäßig mit Kraftfutter versorgt. Wobei Heiner noch nicht mal weiß, wo man das bestellt.

»Die sind ja noch oder schon wieder da«, sagt Schatzi. »Wollte Ulrich deinen Mann nicht absetzen und gleich wegfahren, nachdem sie auf der Bank waren?«

Wir starren auf den Jaguar. In diesem Moment geht die Haustür auf, und Ulrich tritt heraus. Hinter ihm kommen die Red Bulls zum Vorschein, und alle drei beginnen miteinander zu reden und zu gestikulieren. Wo ist Heiner? Einige Minuten später zieht Ulrich sein Handy aus seiner Tasche, und wiederum kurze Zeit später klingelt Jasons Handy.

»Geh doch ran!«, rufen wir ihm zu.

Nachdem Jason abgehoben und einige Sekunden lang nur »Hm, hm, mhmm, mhmm« gemacht hat, sagt er: »Wir kommen dann jetzt rüber.« Er legt auf und starrt auf den Waldboden.

»Was ist denn?«, rufen wir.

»Es ist …«, er stockt.

»Jason …«, warne ich ihn drohend.

Schönes Auge knurrt.

Jason fasst mir an die Schultern. Dann beginnt er hysterisch zu lachen. Er ist wahnsinnig geworden.

»Hat Ulrich das Geld?«, frage ich, seinen Anfall ignorierend.

»Nein«, gluckst Jason. »Hat er nicht.«

»Warum denn nicht?« Ein Blick zum Haus zeigt mir die winkenden Hände von Ulrich und den Red Bulls. Sie lachen ebenfalls.

»Was gibt es zu lachen?«, möchte ich mit inquisitorischer Strenge wissen. »Auf der Stelle möchte ich aufgeklärt werden. Warum hat Ulrich das Geld nicht?«

Jason lacht immer noch. Er kriegt sich gar nicht mehr ein.

Das Wesen sagt: »O Jason, du hast eine so tolle Lache. Das finde ich so super, dass du so herzlich lachen kannst.«

Nikolaus ergreift das Wort. »Ich schlage vor, wir gehen jetzt zu Ulrich und Konsorten hinüber, um aus ihrem Munde zu erfahren, was Sache ist.«

Eine hervorragende Idee.

Ich stapfe über die Wiese zu den dreien, die mich mit ausgebreiteten Armen empfangen. Ängstlich schaue ich nach links und rechts, weil ich Angst davor habe, dass Heiner plötzlich aus dem Nichts mit einer Mistgabel oder einem Ochsenziemer auftaucht. Aber nichts passiert. Die anderen stapfen hinter mir her. Schönes Auge spielt mit einer Junglibelle im feuchten Gras, das dringend gemäht werden müsste.

Ulrichs Augen glänzen. »Du darfst dich freuen, Juliane«, sagt er mit belegter Stimme.

»Wieso?«

»Weil alles gut ist.«

»Was ist gut?« Ich habe keine Lust mehr auf dieses Hinauszögern und möchte Fakten präsentiert bekommen. Die Red Bulls grinsen dümmlich vor sich hin. In den Anzügen sehen sie aus wie zwei Konfirmanden, die auf das erste Abendmahl ihres Lebens warten. Unbeholfen treten sie von einem Fuß auf den anderen.

Ulrich kommt näher und drückt mir schmatzend einen Kuss auf die Wange. Ich werde nicht gern von fast Fremden geküsst, lasse ihn aber dennoch gewähren.

»Herzlichen Glückwunsch, Juliane«, sagt Ulrich fröhlich. »Dein Mann ist tot.«

Kapitel 33

> Suse
> Mitglied
> Ich möchte Freunden in Amerika ein Paket schicken. Aber seit dem 11. September gibt es da ja so strenge Regeln. Jetzt weiß ich gar nicht, was ich in das Paket packen darf und was nicht. Schließlich will ich ja, dass es ankommt. Könnt Ihr mir helfen?
>
> Vroni
> Mitglied
> Hallo, Suse,
> Lebensmittel, Waffen und Sprengstoff sind wie eh und je verboten. Auch radioaktives oder toxisches Material sollte vorher deklariert und nur mit der entsprechenden Genehmigung verschickt werden. Andere illegale Substanzen, wie etwa Drogen dürfen ebenfalls nicht geschickt werden. Ansonsten kannst du schicken, was du willst. Die Pakete werden halt stärker überprüft, aber ansonsten hat sich glaube ich nicht sehr viel geändert.
> www.optikur.de

Mir dreht sich alles. »Wie meinst du das?«, bringe ich dann hervor.

»Wie soll ich das meinen?«, keckert Ulrich. »Er ist *tot*.«

»Habt ihr ihn getötet?«, will Schatzi wissen und sucht in seinen Taschen vorsorglich schon mal seine Digitalkamera. Ich hebe meine Hände gen Himmel. »Woher wisst ihr, dass er tot ist?«, frage ich wieder.

»Wurde das von einem Arzt bestätigt?« Jason ist ganz der Rechtsmediziner.

»O Jason«, das Wesen hüpft aufgeregt umher. »Wirst du ihn aufschneiden? Darf ich zuschauen? Das wird eine ganz neue Erfahrung für mich sein. Das fände ich klasse.«

Genau, Jason. Wir werden die Rippen herausschneiden und die ganzen Organe und damit Federball spielen, weil wir ja in allem so wunderbar harmonieren.

»Ich sehe doch, ob jemand tot ist.« Ulrich schüttelt beleidigt den Kopf. »Juliane, ist das nicht großartig? Jetzt können wir uns den ganzen Zirkus sparen! Nun gehört der ganze Besitz automatisch dir!«

Benommen lasse ich mich auf die kleine Holzbank neben der Eingangstür sinken.

Das war es also.

Heiner ist tot.

Ich hätte mir alles sparen können. Ich hätte lediglich noch ein paar lächerliche Tage länger in Groß Vollstedt bleiben müssen, und alles hätte sich von selbst erledigt. All das hier wäre absolut unnötig gewesen.

»Wie ... wie ist er denn gestorben?« Und wo ist Elise?

»Keine Ahnung«, meint Ulrich aufgeräumt. »Ich nehme an, dass er einfach eingeschlafen und nicht wieder aufgewacht ist.«

»Solch einen Tod wünscht sich jeder.« Nikolaus sagt das beinahe neidisch.

»Ich möchte ihn sehen«, sage ich und stehe auf. »Wo befindet er sich?«

»Im Wohnzimmer. Da steht rechts ein Sofa.«

»Ich weiß, wo in meinem Wohnzimmer das Sofa ist«, weise ich Ulrich zurecht. »Nein, ich möchte alleine zu ihm«, halte ich die anderen zurück, die schon im Begriff sind, mir ins Hausinnere zu folgen. Sie gehorchen, und so betrete ich das Haus, in dem ich achtzig Jahre lang gewohnt habe, nach einigen Tagen der Abwesenheit wieder, und es kommt mir so vor, als seien Jahre vergangen. Ich schließe die Tür hinter mir, weil ich vermeiden möchte, dass die anderen mir doch noch hinterherkommen. Hier hat sich nichts Nennenswertes verändert; lediglich an Ordnung und Sauberkeit mangelt es. Langsam gehe ich in Richtung Wohnzimmer.

Ein bisschen Angst habe ich schon, gleich meinem toten Mann gegenüberzustehen. Aber was sein muss, muss sein.

Vorsichtig und leise, weil ich trotz allem, was passiert ist zwischen Heiner und mir, doch noch eine Art Pietätsgefühl in mir verspüre, bewege ich mich aufs Sofa zu. Das Licht ist dämmrig, weil die Klappläden geschlossen sind.

Und da ist das Sofa.

Ich bleibe stehen.

Da liegt gar niemand drauf.

Weder Heiner noch sonst wer.

Das Sofa ist leer.

Nachdenklich schaue ich mich um. Ulrich meinte doch: im Wohnzimmer. Und wir haben ja auch nur ein Wohnzimmer. Es sei denn, Heiner hat ein neues Sofa gekauft, aber so wie ich ihn kenne, hat er das nicht; er ist ein fauler Hund.

Ist oder war?

In mir macht sich ein sehr merkwürdiges Gefühl breit. Ich weiß nicht, ob es daran liegt, dass ich heute Morgen zu aufgeregt war, um zu frühstücken. Oder ob es am Älterwerden liegt oder schlicht an der Tatsache, dass ein toter Heiner hier vor mir liegen müsste, es aber nicht tut. Ich bemühe mich, möglichst flach zu atmen und mich so zu bewegen, dass man mich so gut wie gar nicht wahrnehmen kann. Gut, ich könnte natürlich nach Jason oder Nikolaus rufen, aber das ist mir körperlich unmöglich. Das ist ja oft so, wenn ich aufgeregt bin, dass ich einfach nichts mehr sagen kann und schon gar nicht schreien.

Das habe ich ja jetzt auch schon mehrfach erlebt. Ich werde jetzt also einfach ganz langsam zur Haustür gehen, sie öffnen und einen der Männer bitten, mal nachzuschauen, wohin sich Heiners

Leiche verkrümelt hat. Vielleicht wollte sie sich ja nur ein wenig die Beine vertreten.

Im Flur ist das Licht etwas heller, und da ist ja auch schon die Haustür. Es ist ganz einfach. Noch zehn Schritte. Neun. Acht. Sieben.

Die Kellertür ist nur angelehnt und bewegt sich ein bisschen. Ich habe immer darauf geachtet, dass sie fest verschlossen ist, sonst haben wir im ganzen Haus Durchzug. Aber jetzt ist sie offen. Ich werde sie schließen und dann weiter zur Haustür gehen. Das wäre ja gelacht.

Während ich den Knauf der Kellertür in die Hand nehme, bemerke ich, dass ganz unten im Keller Licht brennt. Heiner hat das Licht angelassen. Das mag ich nicht. Man muss doch nicht unnötige Lichtquellen bezahlen, wenn man sie gar nicht nutzt.

Um das Licht auszuschalten, müsste ich allerdings nach unten gehen. Der Schalter hier oben ist nur für die Treppenbeleuchtung. Eine blöde Konstruktion, die ich immer schon mal ändern wollte, um die ich mich aber nie weiter gekümmert habe. Heiner sowieso nicht. Ich könnte natürlich später in den Keller gehen und das Licht ausschalten, aber vielleicht vergesse ich es dann wieder. Außerdem müsste ich auch mal nach den Kartoffeln sehen. Die guten Lindas liegen dort unten in der Schütte, und man muss regelmäßig nachschauen, ob sich Keime oder Druckstellen bilden. Ich verwette meine weißen Haare darauf, dass Heiner das auch nicht gemacht hat.

Vorsichtig ziehe ich die Tür ganz auf. Die Treppe ist steil und eng, was daran liegt, dass das Haus über vierhundert Jahre alt ist. Damals waren die Menschen ja kleiner und brauchten nicht so viel Platz, wenn sie Treppen hinauf- oder hinunterkletterten. Was rede ich da? Ich bin doch viel kleiner als ein Pygmäe. Mit Sicherheit waren viele Menschen vor vierhundert Jahren um einiges größer, als ich es heute bin.

Aus dem Keller kommt ein kühler Luftzug. Ich sag es doch, das ganze Haus kühlt aus. Auch im Sommer. Ich halte mich am eisernen Geländer fest und nehme rasch die einunddreißig Stufen. In dem Moment, als ich den Bakelitschalter umdrehe und das Licht erlöscht, gibt es von oben her ein knarrendes Geräusch, und die Kellertür fällt zu.

Ich hasse es, im Dunkeln zu stehen. Man sieht dann nämlich nichts mehr. Und ich brauche sehr lange, bis meine Augen sich an die neue Lichtsituation gewöhnt haben. Hier unten dauert es noch länger, denn nicht ein klitzekleiner Lichtstrahl bequemt sich dazu, es mir leichter zu machen. Also werde ich jetzt einfach wieder die einunddreißig Stufen nach oben klettern, die Kellertür öffnen und den anderen mitteilen, dass man nachher mal nach den Kartoffeln schauen muss. Ich könnte das Licht natürlich wieder anmachen, aber dann brennt es ja unnötig, und das kostet Strom, wie wir wissen. Ich kenne meinen Keller auch gut, das wird schon gehen. Ich könnte laut Schillers Glocke aufsagen, um mein komisches Gefühl, das ich immer noch habe, zu vertreiben. Aber ich würde mir seltsam vorkommen, wenn ich durch meinen dunklen Keller tapse und »Weiße Blasen seh' ich springen. Wohl! die Massen sind im Fluss. Lasst's mit Aschensalz durchdringen, das befördert schnell den Guss« vor mich hinmurmele.

»Vier, fünf, sechs«, sage ich, während ich die Treppe raufgehe. »Sieben, acht, neun.«

Meine Nackenhaare stellen sich auf, weil ein warmer Luftzug sie gestreift hat, und ich bleibe stehen.

»Zehn, elf, zwölf. Du musst auch weitergehen«, sagt eine Stimme zu mir, die ich kenne. Ich erstarre zur Salzsäule.

»Geh weiter«, sagt die Stimme. »Ganz langsam. Ich bin direkt hinter dir.«

»Ist in Ordnung«, gebe ich zurück und tue, was die Stimme mir sagt. Ich kann mich auf sie verlassen. Sie gehört meiner Mutter.

Endlich sind wir sicher oben angekommen, und ich bin sehr erleichtert, dass tatsächlich ein Luftzug daran schuld war, dass die Tür zugefallen ist, und nichts anderes. »Was um alles in der Welt soll das?«, will ich, immer noch schockiert, von Elise wissen.

Sie winkt mich mit sich in die Küche und lässt sich schwer atmend auf einem Stuhl nieder. In der Hand hält sie eine angenagte, rohe Kartoffel. Ein Geräusch lässt mich aufhorchen, und ein Blick aus dem Fenster wiederum lässt mich Zeuge davon werden, wie Jason und alle anderen auf unserem Traktor sitzen und damit in Schlangenlinien über das Hofgelände fahren. Sie scheinen riesig viel Spaß zu haben. Ich warte nur noch darauf, dass das Wesen ruft: »O Jason, dieser Traktor würde wahnsinnig gut in unser Schlafzimmer passen. Das würde klasse aussehen!«

»Ich hab ihn erwischt«, beginnt Elise. »Der Mistkerl hat sich tot gestellt, als er gesehen hat, wie die Leute bei ihm ankamen. Erst hat er sie belauscht. Haben die nämlich draußen gestanden und darüber gesprochen, wie sie es anstellen wollen, dass er mit ihnen zur Bank fährt. Leise war'n die nich.«

Also wirklich! Hätte Ulrich das mit den Red Bulls nicht im Auto besprechen können? »Wieso hast du das überhaupt mitbekommen?«, frage ich verwundert. »Du trägst doch nie dein Hörgerät.«

»Seit du wech bist, schon. Muss doch wissen, was hier passiert. Und es is mir auch hingefallen. Seitdem funktioniert es viel besser. Jedenfalls hab ich das gehört, was die gesagt haben. Es ging darum, dass du gleich kommen wolltest und deine Sachen holen und mich vielleicht auch.« Die letzte Anmerkung klingt ein wenig beleidigt. »Dass sie den Heiner aufs Kreuz legen wollen mit so einem Verkauf von bunter Milch. Dass du dann irgendwie das Geld bekommst, weil sie es dir geben wollten.«

»Und dann?«

Draußen wird der Misthaufen attackiert. Man johlt und reißt nun schon zotige Witze. Jemand lässt einen Flachmann kreisen. Das muss der Korn sein, den Heiner immer im Traktor deponiert hat. Das Wesen kreischt: »O Jason, schneller! Juhu!« Wie um die Worte seiner Enkeltochter zu untermauern, bringt Nikolaus die mitgenommene Schrotflinte ins Spiel und feuert mit lässiger Eleganz auf einen Weidenzaun.

»Dann hab ich mich hinter der Kellertür versteckt«, erzählt Elise weiter. »Der Heiner hat mich trotzdem gesehen und gemeint, wenn ich gleich einen Ton sagen würde, stößt er mich die Treppe runter.«

»Du hättest doch bloß warten müssen, bis die Leute im Haus gewesen wären, dann hättest du doch schreien können«, werfe ich ein.

Elise überlegt kurz. »Stimmt«, kommt es dann. »Da hast du wohl recht. Darauf bin ich nich gekommen. So ist's aber auch besser, so wie's jetzt is.«

»Wie ist es denn jetzt?«

»So wie es ist«, sagt Elise.

»Mutter!«, ich sehe sie böse an. »Ich begreife überhaupt nichts. Wo ist Heiner jetzt?«

Meine Mutter räuspert sich kurz, dann steht sie auf, geht zum Küchenschrank und gießt sich einen Kräuterschnaps ein.

»Ich hab das, was von ihn übrig is, im Keller eingemauert«, sagt Elise Mahlow und setzt sich wieder hin.

»Hier wohnst du also, Juliane, oh, wie schön!« Das Wesen betrachtet jedes Möbelstück hingebungsvoll und streicht hier und da behutsam über Stoff oder Holz. »Das ist ja klasse. So gemütlich. So möchte ich auch gern wohnen.« Ich beobachte Es erst argwöhnisch, doch nachdem ich feststelle, dass Es kein Porzellan zerstört und auch das Holz nicht zerkratzt, lasse ich Es gewähren. »Diese Vitrine ist ja ein Traum«, sagt Es bewundernd. »Oh, und diese geschliffenen Gläser. Wunderbar. Du hast wirklich einen tollen Geschmack, Juliane.« Es sieht mich liebevoll und, wie ich glaube, auch ein wenig bittend an. Bin ich vielleicht zu abweisend zu dem Wesen gewesen? Eigentlich hat Es mir ja gar nichts getan. Außerdem fühle ich mich geschmeichelt wegen der Möbel und der Gläser. Vielleicht sollte ich ihm doch eine Chance geben. Ich werde zu gegebener Zeit darüber nachdenken.

Dann decke ich den Tisch. Inken hilft mir. Wir brauchen jetzt alle eine Stärkung. Zum Glück muss ich nicht hinab in den Keller; es befinden sich noch genügend Lebensmittel in der Speisekammer. Ich tische Presskopf, Blut- und Mettwurst auf, und natürlich Hausmacher Leberwurst und rohen Schinken. In einer Pfanne brutzeln Spiegeleier. Während ich das Brot vom Laib schneide und die einzelnen Scheiben in den geflochtenen Korb lege, diskutieren die anderen die Sachlage.

Ulrich, den ich kurz vorher wegen seiner Dämlichkeit zur Schnecke gemacht habe, sagt gar nichts, sondern schweigt betreten. Fast komme ich in Versuchung, ihm einen Block und Buntstifte hinzulegen, damit er Beschäftigung hat, lasse es dann aber, weil es gar nicht mal so schlecht ist, wenn er über seine Sünden nachdenkt.

Nachdem alle Platz genommen haben und der erste Hunger gestillt ist, ergreift Nikolaus das Wort. Ich bin nur froh, dass in dem Flachmann nicht mehr so viel Korn drin war, sonst könnten wir uns jetzt nicht vernünftig unterhalten.

»Die Probleme scheinen nicht abzureißen«, beginnt er sachlich, und es macht mich ganz nervös, dass ein centgroßes Stück Eigelb an seiner Unterlippe klebt. »Einerseits ist es natürlich gut, dass das größte Problem, nämlich Julianes Mann, sozusagen gelöst ist. Doch es folgen weitere Schwierigkeiten. Wohin mit der Leiche? Wir könnten ihn natürlich dort unten einfach liegen lassen, einige Jahre warten, bis nur noch die Knochen übrig sind, und dann sieht man weiter. Andererseits würde ich ihn gern von hier verschwinden lassen. Es ist nie gut, einen Toten im Haus zu haben.«

»Wollen wir ihn in den Wald bringen?«, fragt Schatzi. »Die Füchse freuen sich bestimmt.«

»Das ist nicht gut«, Nikolaus schüttelt den Kopf. Der alte BKA-Chef kommt wieder zum Vorschein. »Wenn das Unglück es will, wird er gefunden, und wir sind in ernsthaften Schwierigkeiten. Anhand der DNA-Analyse kann man eins und eins zusammenzählen. Und schon steht die Kripo vor der Tür und stellt unangenehme Fragen.«

»Das wäre dann ja aber unangenehm«, meinen die Red Bulls.

»Lasst uns gemeinsam überlegen, was wir tun können.« Jason beginnt mit dem Grübeln.

Alle denken nach.

»Könnten wir'n nich in'n See werfen und vorher ein Auto dranbinden, damit er auch unten bleibt?«, wirft Inken in den Raum.

»Blödsinn. Wo sollen wir denn ein Auto herkriegen, das niemand vermisst?«, sagt Jason und tippt sich an die Stirn.

»Haste vielleicht 'ne bessere Idee wohl?«, fragt Inken schnippisch und sieht mich anklagend an, als wäre es meine Aufgabe, Jason zu maßregeln.

»Oh, ich habe einen Vorschlag«, das Wesen ist ganz aufgeregt. »In Max und Moritz werden die doch in so eine Mühle geworfen und gehäckselt, und dann kamen sie unten als Futter raus und wurden ans Federvieh verfüttert. O Opa, das hast du mir immer vorgelesen. Das könnten wir doch genauso machen. Ich fände das klasse.«

»Ich habe keine Mühle«, wehre ich den Vorschlag ab.

»Vielleicht geht es ja mit einem Pürierstab auch«, das Wesen lässt nicht locker.

»Ich habe auch keinen Pürierstab. Ich püriere meine Soßen manuell.«

»Das ist doch Quatsch, Juliane«, sagt Benny. »Die elektrischen Pürierstäbe sind wirklich gut. Die ersparen dir eine Menge Arbeit.«

Ich möchte jetzt nicht über Pürierstäbe diskutieren.

»Was haltet ihr eigentlich davon, wenn wir ihn verschicken?«, fragt Schatzi.

»Wie, verschicken? Wohin denn?«

»Ins Ausland zum Beispiel«, überlegt der Präparator scharfsinnig. »Wir könnten uns im Internet eine Adresse in … in … in Oklahoma heraussuchen oder in Peking und ihn einfach ohne Absender losschicken. Dann haben die Empfänger das Problem, und wir sind es los.«

»Das wird aber ganz schön viel Porto kosten!«, rufen die Red Bulls, die dabei sind, meinen Wurstvorrat zu vernichten.

»Ich kann bei der Post anrufen und fragen, was es kostet. Aber wenn ich ihn vorher noch fotogra ...« Schatzi bemerkt meinen scharfen Blick und schweigt folgsam.

»Sacht mal«, mischt meine Mutter sich ein, die zwischenzeitlich an ihrem Hörgerät herumgespielt hat. »Wen wollt ihr denn eigentlich verschicken? Wer ist denn tot und soll verschickt werden?«

Jetzt hat sie auch noch Demenz. Ich dachte, wenigstens das würde mir erspart bleiben.

»Na, wer wohl? Heiner«, erkläre ich ihr.

»Ja, aber warum denn?«

»Weil wir die Leiche irgendwie loswerden müssen. Aber vielleicht hast du ja eine zündende Idee, Mutter.«

Elise starrt mich verwundert an. »Heiners Leiche? Ja, isser denn tooot?«

»Natürlich ist er tot«, sage ich ungehalten und spieße eine kleine Gewürzgurke auf meine Gabel. »Du hast ihn doch schon eingemauert.«

»Halt, halt«, Elise steht auf. »Eingemauert hab ich ihn wohl, das stimmt. Aber ich hab kein Wort davon gesagt, dass Heiner tot ist.«

Nach diesem Satz bin ich so schwach, dass ich noch nicht mal die Gurke zerbeißen kann. Ich schiebe sie in meinem Mund hin und her wie eine Zyankalikapsel und weiß nicht, was ich tun soll.

»Er ist gar nicht tot?«, fragt Nikolaus entgeistert.

»Nö.« Elise zuckt mit den Schultern. »Warum soll er denn tot sein?«

»Aber Sie haben ihn doch eingemauert.« Jason wirkt genauso hilflos, wie ich mich fühle. »Das haben Sie doch gesagt.«

»Das hab ich ja auch nicht bestritten«, wiederholt Elise geduldig. »Man kann doch auch jemanden einmauern, der noch lebt. Oder nich?«

»Ja, aber ... *wie denn*?« Ich bin fassungslos.

»O Frau Mahlow, Sie sind ja eine gestandene Frau. Das finde ich klasse.« Hätte sie das Wesen nicht gleich mit einmauern können?

»Mit Zement natürlich«, erklärt uns Elise. »Und mit Steinen. Hat der Heiner nämlich Steine und Zement und so eine Maschine, die mischt, im Keller gehabt, weil er da was bauen wollte, weil er dich da nämlich einmauern wollte, wenn er dich in die Finger kriegt, Kind. Aber ich hab das verhindert. Jawohl.«

Wieso bekommt man diese ganzen wichtigen Informationen eigentlich nur häppchenweise serviert? Elise tut ja gerade so, als sei es das normalste der Welt, dass ich eingemauert werden sollte.

»Das wäre ja eine Straftat gewesen«, sind sich die Red Bulls einig, die mit großem Appetit weiteressen. Als wäre überhaupt nichts passiert.

»Langsam wird das alles recht viel für meine grauen Zellen«, lässt uns Nikolaus wissen. »So etwas habe ich in meiner ganzen Laufbahn beim Bundeskriminalamt nicht erlebt. Was geht hier eigentlich vor sich? Kann mir das bitte jetzt mal jemand erklären? Eventuell sogar in ganzen Sätzen?«

Und so erfahren wir, dass Heiner, dieser Schuft, mir tatsächlich so etwas wie ein Grab gebaut hat. Er hatte vor, mich irgendwie bei Dunkelheit auf den Hof zu locken, und dann wollte er mich im Keller verwahren. Nein, er wollte mich noch nicht mal töten! Noch nicht mal das. Bei Wasser und Brot hätte mich dieser Höllenhund dort unten darben lassen, bis meine letzte Stunde geschlagen hätte! Elise belauschte ihn, denn während Heiner mein Verlies baute, führte er Selbstgespräche – und weil er sowieso immer angenommen hatte, Elise sei so gut wie taub, achtete er nicht auf seine Worte. Und heute Morgen trug es sich zu, dass Heiner – nachdem die Red Bulls und Ulrich angekommen waren, ihn vermeintlich tot auf dem Sofa vorfanden und dann das Haus wieder verließen – Elise die Kellertreppe hinunterstieß, um sie als Zeugin zu eliminieren. Doch sie mobilisierte all ihre Kräfte und drehte den Spieß um, und Heiner trat purzelnd seinen Weg nach unten an. Elise sprang hinterher wie ein junges Reh und zog den jammernden und bewegungsunfähigen Heiner in das vorbereitete Verlies, um dieses dann bis auf einen kleinen Luftschlitz mit den restlichen Steinen und natürlich Zement zu verschließen.

»Das heißt, Heiner liegt jetzt da unten und lebt?« Mein Herz klopft aufgeregt.

Elise nickt. »Vorläufig noch. Liegt an euch, was ihr mit ihm tut.«

Ach du liebe Güte!

»Ich fasse es nicht«, sagt Benny. »Das fasse ich wirklich nicht. Hier geht's ja richtig ab. Erst haben wir einen Toten, dann doch nicht, und jetzt eventuell doch, wenn auch erst in einiger Zeit. Das inspiriert mich *wirklich* total. Ich werde an diese Situation denken, wenn ich demnächst einen deftigen Eintopf zubereite, in dem viele Zutaten durcheinandergemischt werden. Denn durcheinander ist hier ja auch alles.«

»Wenn das deine einzigen Sorgen sind, Benny, dann herzlichen Glückwunsch«, sage ich erzürnt.

»Wollen wir ihn doch eben töten?«, fragt Schatzi.

»Das wäre ja Mord!«, schreien die Red Bulls.

»Ist das alles furchtbar«, sagt Ulrich, der sich in den letzten Minuten rausgehalten hat und sich diesen Satz im Prinzip auch hätte sparen können.

Ich stehe entschlossen auf. So kommen wir nicht weiter. »Ich werde zu ihm gehen«, sage ich zu den anderen.

»Bloß nich, Juliane, mach das nich wohl, nich dass er dir noch was tuuut. Weißte doch, wie er is wohl«, regt Inken sich auf. »Macht er vor nix halt wohl nich. Ach, ach.«

»Doch, ich gehe jetzt hinunter. Ich habe das Recht dazu.« Ordentlich falte ich meine Serviette und lege sie neben meinen Teller. Ich hoffe, dass diese wohlüberlegte, reife Geste die Runde von der Ernsthaftigkeit meines Entschlusses überzeugen wird. Dann drehe ich mich um und verlasse die Küche.

Kapitel 34

☞ Mit 60 noch Kapitän werden? Alter Schwede! Das können Sie. Oder wie Frau Königin im Luxusgemach residieren? Nichts leichter als das, Majestät. Wir lassen Sie auch gern wieder Kind sein – und alles anstellen, wonach Ihnen gerade der Sinn steht. Zur Strafe für Ihre Streiche dürfen Sie Hubschrauber fliegen oder Dampflok fahren. Oder dürstet Ihre heimliche Rockerseele nach dem Donnerhall einer Harley-Davidson? Bitte sehr. Geht alles. Auch wenn Ihr Herz tief drinnen für die Kunst schlägt, sind Sie bei uns genau richtig. Vielleicht klingen dann malen, meißeln oder schmieden wie Musik in Ihren Ohren. Was immer Ihre unerfüllten Träume sind: hier werden sie wahr. Und das schon ab 30,00 €. Wenn das kein unmoralisches Angebot ist.
(Liebe Träumerinnen und Träumer: Wenn wir von Stuntmen, Königinnen und Millionären sprechen, so meinen wir natürlich auch Stuntladies, Könige und Millionärinnen. Der besseren Lesbarkeit halber haben wir jedoch auf die ständige Nennung beider Formen verzichtet. Dennoch sind wir selbstverständlich überzeugte Verfechter der Gleichberechtigung von Frau und Mann! Nur damit das klar ist.)
www.sh-lebenstraum.de

Ich schwöre es: Noch nie in meinem ganzen Leben war ich so aufgeregt. Weder bei der Geburt meiner Kinder noch beim Erlernen des Umgangs mit einem Mähdrescher. Und ich war auch nicht so aufgeregt wie jetzt, als ich in der Kühlkammer bei Jason lag oder nachdem ich mit dem Sarg vom Autodach gestürzt bin.

Hier und jetzt geht es darum, dass ich gleich meinem eingemauerten Ehemann gegenüberstehen oder -knien werde. Was soll ich sagen? »Hallo Heiner, wie geht es dir?«, wäre wohl nicht so angebracht. Oder? Vielleicht ist er ja auch aufgrund des Sturzes ohnmächtig geworden. Ob er Hunger hat? Vielleicht hätte ich ihm ein belegtes Brot und ein Spiegelei … nein!

Ich muss endlich erwachsen werden! Und ich werde mir mein neu erworbenes Selbstbewusstsein unter gar keinen Umständen wieder wegnehmen lassen! Zu meinem neuen Selbstbewusstsein gehört auch die Tatsache, dass ich jemandem, der mich nicht gut behandelt, kein Abendessen bringe.

Elise hat mir nicht gesagt, in welchem der Kellerräume sich Heiner befindet, aber ich nehme mal an, dass er sich den hintersten Raum für den Bau des Gefängnisses ausgesucht hat.

Diesmal schleiche ich die Treppe nicht hinunter, sondern gehe mit schnellen, sicheren Schritten und guter Haltung. Und wenn ich schon hier unten bin, kann ich ja auch gleich mal nach den Kartoffeln schauen. Es wäre doch schade, wenn man sie entsorgen müsste. Es ist nämlich ganz schön mühsam, Kartoffeln in einen Keller zu schleppen, und dreimal darf man raten, wer sie nach unten getragen hat.

Mit den Kartoffeln ist alles in Ordnung.

Nun denn.

Vorsichtig öffne ich die Holztür, die in den letzten Raum führt, und mache auch hier Licht an. Und dann gehe ich auf Zehenspitzen zu dem gemauerten Gefängnis, das Heiner eigentlich für mich gebaut hat. Oh, er hat sich tatsächlich Mühe gegeben. Und er hat platzsparend gearbeitet. Ich schätze, das Ding ist zwei mal zwei Meter groß.

Ich knie mich vorsichtig vor der Öffnung nieder – und schaue direkt in Heiners Gesicht. Seine stechenden Augen beobachten mich heimtückisch, und er grinst hämisch. Noch nicht mal in dieser für ihn doch sehr unangenehmen Situation kann er wenigstens so tun, als sei er ein reuiger Sünder.

»Lass mich hier raus!«, blökt mein Mann mich an.

Die paar Tage ohne mich haben ihn altern lassen – oder aber es ist mir vorher einfach nicht aufgefallen, dass die Zeit an ihm auch nicht spurlos vorbeigegangen ist.

»Warum sollte ich dich rauslassen?«, frage ich Heiner, und der lacht böse auf.

»Weil du das tust, was ich dir sage«, meint er giftig.

»Das tue ich seit geraumer Zeit schon nicht mehr«, weise ich ihn zurecht. »Oder hast du jetzt vielleicht vor, den Ochsenziemer zu holen? Ich wüsste allerdings nicht, wie du das hinkriegen willst.«

»Verdient hättest du's«, kommt es von Heiner. »Du blöde alte Spinatwachtel.«

Solche Sprüche beleidigen mich schon lange nicht mehr. »Alles zu seiner Zeit. So schlimm ist es hier doch gar nicht.« Ich lächle ihn an.

»Ach, dann lass mich doch in Ruhe«, belehrt Heiner mich wütend. »Lasst mich doch alle in Ruhe.«

»Oh, natürlich«, nicke ich freundlich. »So wie die letzten achtzig Jahre. Lehn du dich nur zurück und entspanne dich.«

»Hat es dir denn an irgendwas gefehlt? Du hattest doch alles. Ein Dach überm Kopf, zu essen und zu trinken, was willst du denn überhaupt?«

»Unter anderem hätte ich mich darüber gefreut, mal ein wenig Anerkennung zu bekommen. Vielleicht wäre auch Zuwendung nicht schlecht gewesen.«

»Anerkennung, Zuwendung«, äfft Heiner mich nach. »Für was denn?«

Obwohl er dumm ist wie Stroh, muss ich eine Feststellung machen: Das hier und heute ist das erste Gespräch, das ich mit meinem Mann wirklich führe. Also mit Gespräch meine ich jetzt, dass wir abwechselnd etwas sagen; quasi eine Unterhaltung führen. Merkwürdig.

Während Heiner in seinem Verlies weiter vor sich hinkeift, habe ich plötzlich ein neues Gefühl für ihn. Es ist weder Hass noch

Wut, noch Rachsucht. Nein. Es ist Mitleid. Dieses arme Geschöpf kann einem doch wirklich und wahrhaftig leidtun. Wenn man es genau nimmt, hat er noch weniger vom Leben gehabt als ich – ich hatte wenigstens die letzten Tage jede Menge Aufregung und auch Spaß. Aber er? Er ist so eingeengt in seinen verschrobenen Vorstellungen, dass außer Boshaftigkeit und Verbitterung – und Gewalt – für nichts anderes mehr Platz ist.

Im Grunde genommen ist Heiner eine armselige Kreatur. Dieses Mitleidsgefühl, das ich nun habe, macht mich in einer Form, die ich nicht näher beschreiben kann, stark. Ich fühle mich überlegen.

Und das ist herrlich!

Ich stehe auf, lasse ihn in seinem Ställchen alleine und gehe wieder nach oben. Mit geraden Schultern und aufrechter Haltung.

»Und?« Die anderen sind aufgeregt und schauen mich erwartungsvoll an. Es kommt und stellt mir ein Glas Wasser hin, das ich dankbar annehme. Es ist offenbar doch ein guter Mensch. Ich setze mich. »Wir werden ihn da unten rausholen«, sage ich zu Jason.

»Aber warum denn? Da unten ist er doch gut aufgehoben. Man kann ihn doch dort halten«, schlägt Nikolaus vor. »Da schadet er keinem.«

»Nein. Das wäre nicht richtig. Ich werde ihm einen Vorschlag machen.«

»Ja, aber welchen denn? Wieso denn einen Vorschlag?« Schatzi ist das alles gar nicht recht.

»Ich werde ihn laufen lassen …«, beginne ich und werde vom Protestgebrüll der Anwesenden zum Schweigen gebracht.

»Das wirst du nicht tun!«, regt sich Jason auf.

Nur das Wesen hält zu mir. »Lasst Juliane doch mal ausreden. Es geht doch um ihren Mann und um ihr Leben. Behandelt sie doch nicht alle so, als könne sie keine Entscheidungen treffen.«

Ich nicke … dem Fräulein … freundlich zu. »Wartet doch mal«, wehre ich ab. »Es wird ein Geschäft werden. Heiner überschreibt mir den gesamten Besitz. Sonst kommt er nicht da unten raus. Es liegt an ihm. Wenn er die nötigen Unterschriften geleistet hat, lasse ich ihn gehen.«

»Aber wenn er zurückkommt?«, fragt Nikolaus.

»Er wird weiterhin ein Geständnis unterzeichnen«, fahre ich fort und finde alles plötzlich ganz einfach, »in dem er zugibt, mich über Jahrzehnte seelisch und körperlich misshandelt zu haben. (Das hört sich gut an, finde ich.) Sollte mir durch ihn etwas passieren, so werde ich genügend Zeugenaussagen, die von euch nämlich, bei einem Notar deponieren. Soll heißen, dass er dann mit einer Menge Ärger rechnen kann. Und was mein zukünftiges Leben betrifft ...«, ich mache eine kleine Pause, um meine Worte wirken zu lassen.

»Nun rede schon weiter!«, brüllen die anderen.

»Ich werde mir meinen Lebenstraum erfüllen!«

»Seit wann hast du denn einen Lebenstraum?« Jason ist interessiert. »Und warum höre ich heute zum ersten Mal davon?«

Ich schaue Jason freundlich an. »Ich habe ihn ja auch erst seit eben gerade«, informiere ich den jungen Mann, der so nett war, mich in ein Kühlfach zu legen.

»Darf man erfahren, wie dieser Lebenstraum aussieht?«

»Ist es etwas Verbotenes?«, fragen die Red Bulls interessiert.

»O nein. Es ist etwas Herrliches.« Ich strahle. »Ich werde nicht nach Hamburg ziehen und auch nirgendwo sonst hin. Ich werde hier auf meinem Hof in Groß Vollstedt bleiben ...«

»Das ist doch kein Lebenstraum«, meint Jason kopfschüttelnd. »Das ist doch lediglich eine Information.«

»Wenn du einfach mal damit beginnen könntest, mich ausreden zu lassen, hätte ich schon längst weitergesprochen.« Irgendwer muss den Jungen ja mal erziehen.

»Entschuldige bitte.« Jason lernt.

»Gut. So. Und ich werde nicht alleine hierbleiben. Ich habe nämlich vor, hier so eine Art Alterswohnsitz für Landfrauen ab 80 einzurichten; und zwar für solche, die mindestens vier Kinder großgezogen haben und vierzehn Stunden am Tag geschuftet. Frauen, die immer schwer gearbeitet haben in ihrem Leben und denen niemals gedankt wurde.«

»Dann kann ich ja gar nich wohl bei dir bleiben, Juliane«, Inken steht kurz vor einer Panikattacke.

»Du bist natürlich eine Ausnahme«, sage ich schnell. »Wobei – du kannst doch eigentlich im Ort bleiben und mit deinem Salon weitermachen.«

Inken stampft mit dem Fuß auf. »Will ich aber nich mehr in'n Laden stehen«, jammert sie. »Kriech ich ja Krampfadern oder so was wohl irgendwann. Nein, ich will auch in'n Ruhestand gehen. Hier bei dir. Kann ich doch den Leuten hier die Haare machen. Bring ich mein' Kram eben wohl mit.«

»Eine brillante Idee«, ich nicke ihr zu. »Service ist wichtig. Und oh«, ich drehe mich einmal um mich selbst, weil ich so froh bin, diese wunderbare Idee gehabt zu haben. »Das wird so herrlich! Ich werde den ganzen Tag lang kochen und backen, und wir werden verschiedene Gruppen bilden, um unsere Tagesfreizeit sinnvoll zu nutzen. Aber es soll nicht *ansatzweise* nach Arbeit aussehen. Nein, wir werden eine Kreuzstichgruppe bilden und diverse Sudoku-Gruppen. Je nach Schwierigkeitsgrad. Und Kabelfernsehen will ich auch haben. Dann wird eine TV-Gruppe gebildet.« Ich komme in Fahrt. »Und eine Alkoholgruppe, und eine …«

»Ist ja gut«, sagt Jason.

»Was wird denn aus uns?«, fragen die Red Bulls. »Wo sollen wir denn hin? Wir haben doch keine Hände mehr!«

»Ich möchte auch gar nicht mehr als Polizist arbeiten«, sagt der eine dann noch. »Die letzten Tage haben mir gezeigt, dass es auch noch andere Dinge gibt, die das Leben lebenswert machen.«

»Wenn ich mich einmal einmischen dürfte«, mischt sich Nikolaus ein. »Von was möchtest du denn das alles bezahlen? Spielst du etwa mit dem Gedanken, eine Hypothek auf den Hof aufzunehmen? Davon würde ich dringend abraten.«

»Wieso denn?«, sage ich. »Ich habe doch dann die Unterschriften von Heiner, da kann mir doch nichts passieren. Ich miete ihm eine Wohnung an – natürlich auf meinen Namen; und dann kriegt er im Monat einen bestimmten Betrag zugeteilt. Und das Geld aus dem Sparstrumpf werde ich ja auch haben; ich werde ihn natürlich fragen, wo er das versteckt hat. Ach so, und dann haben wir ja den Totenschein, den Jason ausgestellt hat. Ulrich wird herausfinden, ob Heiner sich den Betrag schon hat auszahlen lassen – wir haben ja damals nur Falschgeld bekommen. Wenn nicht, wird Ulrich schon eine Möglichkeit finden, nicht wahr, Ulrich? Dann ist doch alles gut, und ich habe genügend Geld und werde schauen, ob ich Anzeigen schalte. Für die Frauen, die hier wohnen wollen. Es ist sogar ein Treppenlift vorhanden.« Ich deute auf das scheußliche Teil, das in einer Ecke vor sich hinstaubt. »Den habe ich zum Geburtstag geschenkt bekommen.« Ich werde immer sicherer. »Genau so machen wir's. Was aus euch wird«, ich werfe einen Blick in Richtung der Red Bulls, »sehen wir auch noch. Da wird uns schon was einfallen, oder? Jetzt haben wir so viel miteinander durchgestanden, da wird uns das doch nicht aus der Fassung bringen.« Beschwingt beende ich meinen Monolog. Gestern war gestern. Und heute brechen neue Zeiten an.

Man wagt es auch nicht, mir zu widersprechen. Alle nicken nur stumm vor sich hin.

»Wenn du meinst«, sagt Jason irgendwann. »Ich dachte eigentlich, dass du in Hamburg bleiben wolltest.«

»Nein, Juliane, bleibst du hier wohl«, bittet Inken.

»Das dachte ich eigentlich auch.« Nikolaus wirkt richtig enttäuscht. »Ich wollte dich fragen, meine Liebe, ob du nicht zu mir in mein Hause kommen möchtest. Ein wenig Zweisamkeit wäre doch nicht schlecht.«

Verschmitzt schaue ich Nikolaus an. »Was hältst du denn davon, wenn du deinen ersten Wohnsitz nach hier draußen verlegst und wir uns wie echte Adelige auch noch ein Stadthaus leisten?«, frage ich lockend und setze mich hin.

Dieser Vorschlag scheint dem Baron zu gefallen. Er denkt jedenfalls darüber nach.

»Um die Versicherungsgeschichte kümmere ich mich«, sagt Ulrich entschlossen. »Du wirst an das Geld kommen, so wahr ich Ulrich Glockengießer heiße. Und wir müssen ja auch noch die entsprechenden Schreiben verfassen – für deinen Mann. Damit er alles unterschreiben kann.« Seine Stimme klingt belegt.

»Ulrich?«, frage ich fürsorglich. »Was ist los?«

»Ach nichts«, meint Ulrich und wischt sich eine Träne aus den Augenwinkeln. »Es ist bloß so, dass ich … na ja, dass ich … ich werde euch alle schrecklich vermissen, wenn das hier vorbei ist. Wisst ihr, ich habe schon lange keine Lust mehr auf die Arbeit in der Versicherung. Immer diese trockene Luft. Und die Gummibäume in den Fluren. Und die blöden Witze, die man sich über Versicherungsmitarbeiter erzählt. Die gehen einem an die Nieren. Ich … ich habe mir schon lange überlegt, in den Vorruhestand zu gehen; immerhin bin ich bereits siebenundfünfzig. Und leisten könnte ich es mir. So ein Leben in frischer Luft und einer Menge Natur, das könnte mir wohl gefallen. Ich habe in jungen Jahren auch oft davon geträumt, Landwirt zu werden. Falls ihr versteht, was ich meine.« Er stockt und wartet ab.

»Soll das heißen, dass du hier einziehen willst?«, bringt Benny die Sache auf den Punkt.

Ulrich nickt langsam. »Wenn das ginge, dann … wäre das *toll*.«

»Warum soll das nicht gehen?«, fragt Benny. »Platz genug ist ja. Und zur Not baut man noch an. Ich habe mit demselben Gedanken gespielt. Ich könnte hier Bio-Gemüse ziehen und in der Show damit Werbung machen – und natürlich auch das Bio-Gemüse in der Sendung verarbeiten.«

»Wir helfen auch beim Ernten!«, schreien die Red Bulls freudig.

Benny ist in seinem Element. »Der Sender hat übrigens auch angerufen«, erzählt er uns. »Auf meinem Handy. Juliane, unsere

Kochshow hatte exorbitant gute Einschaltquoten. Es waren die besten, die wir jemals hatten. Die Produktion meint, das wäre einfach unglaublich. Es haben sieben Millionen Menschen zugeschaut. Unfassbar.« Er dreht sich zu mir um. »Ich kann mir nicht zu lange freinehmen«, sagt er. »Mal kann ich vertreten werden, aber wir beide müssen bald wieder vor die Kamera.«

»Ach, Benny, ich weiß nicht«, sage ich. »Vielleicht sollte man es bei dem einen Mal belassen. Ich glaube, das Fernsehmachen ist doch nichts für mich. Diese Scheinwerfer sind so heiß, und dann diese Schminke.«

Benny schaut unglücklich, doch dann zuckt er mit den Schultern. »Vielleicht hast du recht. Man kann niemanden zu seinem Glück zwingen«, erklärt er. »Hier ist ja auch jede Menge los. Und meistens ist es ja auch besser, dann aufzuhören, wenn es am schönsten ist.«

»Eben«, nicke ich. »Mir ist es lieber, wenn ich ein einziges Mal eine gute Quote hatte, als wenn die Leute mich mit der Zeit nicht mehr ertragen können. Lassen wir es doch einfach dabei. Die ganzen Geldsachen sind ja auch bald geklärt.«

Der Jungkoch seufzt einmal kurz, nickt dann aber zustimmend.

»O Jason!«, ruft ... Fräulein Kirsch. »Eigentlich ist das eine Super-Idee! In der Stadt kann man doch immer wohnen! Aber ich wollte schon immer mal in einer WG leben. Du könntest pendeln! Oder dich selbständig machen! Und ich arbeite nur noch Teilzeit, bis ich schwanger werde. Das wird dem Kind guttun, ohne schädliche Abgase aufzuwachsen.«

»Pendeln?«, Jason überlegt. »Nun ja. Ich müsste nach Zugverbindungen schauen«, meint er langsam. »Oder ich nehme den Wagen.«

Sie klatscht freudig in die Hände. »Das wird schön! O Opa, dann sind wir alle zusammen!«

Elise scheint ebenfalls angetan zu sein. »Endlich mal vernünftige Leute auf'm Hof«, sagt sie mit weiser Klugheit.

»Werde ich überhaupt auch mal gefragt?« Das kann ja wohl alles nicht wahr sein. Warum wird denn einfach über meinen Kopf hinweg bestimmt, und warum werden Pläne geschmiedet, die meinen Hof betreffen?

»Was sagst du dazu, Juliane?«, fragen alle im Chor.

»Was ich sage«, sage ich. »Nun. Ich werde euch was sagen!« Ich stehe auf und stemme die Hände in die Hüften. »Ich finde die Idee einfach großartig!«

»Da ist er drin?«, Jason flüstert und sieht mich fragend an. »Ich höre nichts.«

»Er ist da drin, ich habe ja vorhin noch mit ihm geredet.«

»Lasst mich alle in Ruhe. Verschwindet!«, krakeelt Heiner in seinem Gefängnis herum.

Die Red Bulls sind fasziniert. »Hier ist es ja noch schöner als in Jasons Keller«, sagt Red Bull Nummer zwei. »Es riecht auch modriger.«

Ulrich fuchtelt mit Schriftstücken herum, die er auf meiner alten Adler-Schreibmaschine getippt hat. Er hat Schwielen an den Fingern. »Wir sollten ihm nun unseren Vorschlag unterbreiten«, wispert er mir zu.

»Geht weg!«, kommt es erneut von meinem lieben, fürsorglichen Ehemann. »Bringt mir später was zu essen runter, und gut is. Ich hab keine Lust, wen zu sehen.«

»Ob man hier unten Fernsehempfang hat?«, überlegen die Red Bulls und sind immer mehr angetan von der neuen Situation, die sich ihnen bietet. »Hier hat man ja wirklich seine Ruhe. Die Hektik und der Stress des Alltags bleiben draußen. Wundervoll.« Der eine bückt sich und leuchtet mit einer mit nach unten genommenen Taschenlampe in das Zelleninnere. »Fabelhaft«, sagt er neidvoll. Dann stockt er und richtet sich auf. Er gibt seinem Bruder die Taschenlampe. »Guck du mal, und dann sag mir, ob das, was ich denke, wahr ist.«

Wir verstehen gar nichts.

Red Bull Nummer zwei tut, was ihm gesagt wurde. Dann sagt er: »Hallo.«

Heiner grummelt irgendetwas, und dann kommt: »Könnt ihr mich nicht einfach hier unten liegen lassen. Hier hab ich meine Ruhe und keiner will was von mir.«

»Das kennen wir«, sagt der Red Bull. »Wir würden auch gern hierbleiben.«

»Dann haben wir ja was gemeinsam«, schnaubt Heiner. »Die sollen mir nen Fernseher bringen und nen Radio und drei Mal am Tach was zu essen. Mehr brauch ich nich.«

»O Gott«, sagt der Red Bull, der steht. Er bückt sich zu seinem Bruder hinunter, und gemeinsam starren sie Heiner durch das Loch an.

Nach Minuten erst stehen sie auf.

»Er ist es«, sagte Nummer eins mit belegter Stimme, kramt in seiner Tasche herum und befördert ein Portemonnaie zutage, aus dem er ein Foto zieht und es mit der Taschenlampe beleuchtet, sodass wir alle die Person auf dem Foto erkennen können.

»Ich hätte gleich darauf kommen müssen«, sagt sein Bruder. »Er teilt die gleichen Vorlieben *wie wir*. Er liebt *Keller* und *Essen*.«

»Was geht hier vor sich?« Interessiert komme ich näher und sehe mir das Foto an.

Dann wird mir schlecht.

Auf dem Foto ist niemand anderes zu sehen als Heiner. Heiner mit Zwillingsbabys auf dem Arm.

»Hä?«, macht Jason. »Hä?«

Mein Alter macht sich bemerkbar. Damit meine ich jetzt nicht Heiner. Nein. Ein Schwindelschub erfasst mich und sorgt dafür, dass ich mich an Nikolaus festhalten muss. Die Gedanken wirbeln durch meinen Kopf wie ein Schneesturm.

»Er ist unser Vater«, sagen die Red Bulls synchron.

Zwei Stunden später sitze ich immer noch auf dem Sofa im Wohnzimmer, habe die Beine hochgelegt und bin dabei, mich sinnlos zu betrinken. Mein selbstgebrauter Kräuterschnaps ist immer noch der beste. Die anderen trinken aus Solidarität mit. Alle. Bis auf die Red Bulls. Die hocken bei ihrem Vater im Keller und warten auf die nächste Mahlzeit. Schatzi war so nett, ihnen unseren Fernseher hinunterzutragen. Hier oben möchte sowieso niemand Nachrichten sehen. Hier passieren auch so genügend Katastrophen.

»Er hat sie mir vierzig Jahre lang verschwiegen«, presse ich hervor und gieße Schnaps nach. »Vierzig Jahre lang.«

»Sei doch froh«, sagt Jason lapidar. »Möglicherweise hättest du sonst noch zwei Kinder mehr aufziehen können. Was das gekostet hätte.«

»Ich hab doch gewusst, dass ich die beiden von irgendwoher kenne«, überlege ich weiter und ignoriere Jasons Aussage. »Ich wäre bloß im Traum nicht auf die Idee gekommen, dass Heiner ihr Vater ist.«

»Ist er ein Ehebrecher ist er wohl«, ist alles, was Inken zu sagen hat, und keiner widerspricht ihr.

»Vor vierzig Jahren. Da war Heiner neunundfünfzig. Mit achtundfünfzig hat er es noch fertiggebracht, Zwillinge zu zeugen«, rege ich mich auf. »Weißt du noch, Inken, das war zu der Zeit, wo er ständig mit den Zuchtbullen unterwegs war, um sie prämieren zu lassen. Und ich hab zu Hause gehockt und den Hof bestellt.« Noch ein Schnaps. »Und er hat in der Gegend herumgebalzt und selbst auf Zuchtbulle gemacht. Und jetzt das.«

Schatzi sagt: »Ich musste kürzlich auch auf Zuchtbulle machen. Und? Hat es mir geschadet?«

»Gönn den Jungen doch wohl, dass sie jetzt ihr'n Vater haben«, meint Inken. »Hat's die Mutter ihnen doch verschwiegen. Wenigstens Fotos wohl hat sie von ihn gemacht, wenigstens das.«

Die Red Bulls haben uns erzählt, dass Heiner ihre Mutter, die übrigens rothaarig war und auch keine Wimpern hatte, was sie ihren Söhnen vererbte, auf einer Viehauktion irgendwo in Schleswig-Holstein kennengelernt hatte. Jahrelang war sie sein Verhältnis. Und dann hatte er sich irgendwann nicht mehr gemeldet.

Mistkerl. Ich sag es doch, ich sag es doch. Ich hoffe, er hat wenigstens seine Unterhaltszahlungen geleistet. Auch wenn das Geld mir immer gefehlt hat. Aber Gerechtigkeit muss sein. Denn was können die kleinen rothaarigen Würmer für die Situation?

»Mach dich nicht verrückt«, Benny ist ganz locker. »Du kannst es doch jetzt nicht mehr ändern. Außerdem ist doch jetzt auch alles gut. Er hat sich mit allem einverstanden erklärt. Hauptsache, er kann da unten im Keller bleiben, hat er vorhin vor uns allen gesagt, alles andere ist ihm schnurzpiepegal. Den Totenschein stellt Jason neu aus, keiner wird nach einer Leiche fragen, für die Dorfbewohner werden wir eine Beerdigung fingieren, darin habt ihr ja Übung. Das Geld aus dem Sparstrumpf hast du jetzt auch gefunden ...« Stimmt, das Geld hatte Heiner sinnigerweise im Kamin versteckt, aber er hat es uns verraten. »... und sogar das Geld von der Versicherungsgesellschaft.« Auch das stimmt. Heiner hatte mich, wie er uns erzählt hat, für tot erklären lassen, irgendein Mensch bei der Versicherung hat es ihm geglaubt, und so gab es eine erneute Auszahlung. »Sei doch froh, dass er sich dazu bereit erklärt hat, dass du *ihn* jetzt für tot erklären lassen kannst. Er will im Keller bleiben, wird versorgt und hat seine Ruhe. Wenn er Lust hat, kann er ja nachts mal raus.« Entspannt lehnt er sich zurück. »Fassen wir doch mal zusammen: Die Probleme sind keine mehr.«

»O Benny, das hast du aber schön gesagt! Richtig dramatisch!« Die junge Frau Kirsch freut sich. »Es kann doch gar nichts passieren. Hör endlich auf, dir Sorgen zu machen. Das wird schon alles prima laufen.«

»Was ist, wenn meine Kinder es herauskriegen?«, hake ich nach.

»Gib ihnen hin und wieder einen Batzen Geld, und sie werden den Mund halten. Kinder sind so.«

Da hat er recht. Ich lehne mich auch entspannt zurück. Wann habe ich mich eigentlich das letzte Mal entspannt zurückgelehnt?

»Mutti!«, kommt es von der Tür, und erschrocken drehen sich

alle um. Edgar, mein Jüngster, mein Nesthäkchen, steht da und weint fast vor Wiedersehensfreude. »Da bist du ja, Mutti, endlich, Mutti. Ich war die ganze Zeit oben in meinem Zimmer und hab mich nicht getraut, runterzukommen, weil ich dachte, dass Vati dann wieder ausrastet. Aber jetzt bist du ja wieder da. Ach, ist das schön!«

Schönes Auge bellt auf.

Nikolaus rückt sein Monokel gerade.

Jason muss sich gerührt die Nase schnäuzen.

Ulrich schluckt einen Kloß hinunter.

Benny geht zum Fenster und sagt: »Ich glaube, das ist hier *wirklich* fruchtbares Land. Das wird alles *richtig* gut!«

Edgar kommt näher, und seine Augen leuchten vor Freude.

»O Juliane«, sagt jemand. »Ich bin so froh, dass ich dich kennengelernt habe. So wie du möchte ich werden. Du bist eine wirklich klasse Frau.«

Ich drehe mich lächelnd zu ihr um. »Danke … Hannah«, sage ich leise.

Dann rücke ich meine Brille zurecht.

Wir werden jetzt eine Anzeige für mein Alterswohnheim formulieren.

Alle zusammen.

Die ganze Familie.

Epilog

Benny wird es nie lernen, mit einem Pflug umzugehen. Lächelnd beobachte ich den Koch, der sich zwar alle Mühe gibt, das Ding aber nicht vorwärtsbewegen kann, obwohl ein kräftiger Bulle es zieht. Bestimmt hundert Mal habe ich es ihm erklärt, aber er hat nur mit halbem Ohr zugehört, weil er wieder an tausend Sachen gleichzeitig gedacht hat. Sein Biogemüse inspiriert ihn *wirklich* sehr, auch nach all den Jahren noch, und das freut mich. Schatzi läuft neben ihm her und maßregelt ihn. Die beiden streiten und versöhnen sich immer wieder. Sie sind wie Brüder.

Edgar sieht ihnen immer dabei zu, geht aber dann auch öfter mal wieder weg, um im Haus nach dem Rechten zu sehen. Seit Jahren versucht er, den Heißwasserboiler zu reparieren. Es ist eine Lebensaufgabe. Und so etwas braucht ein Mensch ja.

Die Red Bulls sind heute kurz zum Duschen nach oben gekommen. Die beiden Schlingel! Sie haben sogar kochen gelernt, und das ist auch gut so. Täglich probieren sie neue Gerichte aus und speisen zusammen mit ihrem Vater im Keller. Heiner haben wir dort eine mobile Dusche eingebaut und das Chemieklo aus Jasons Keller hingestellt; er weigert sich strikt, überhaupt aus der Dunkelheit aufzutauchen. »Lasst mich alle in Ruh«, ist sein Standardsatz. Auch nach all den Jahren noch. Jedenfalls passen die Red Bulls auf, dass er keine Dummheiten macht. Die fingierte Beerdigung ging auch gut über die Bühne. Beinahe hatte ich den Eindruck, die Groß Vollstedter waren froh, dass Heiner nicht mehr unter uns weilt. Ich habe mich nicht lumpen lassen und einen Marmorgrabstein gekauft.

Ulrich ist richtig aufgelebt, seitdem er so viel an der frischen Luft ist. Er fährt mit meinem alten Fahrrad herum, hilft beim Ernten und kümmert sich um das Mähen der Gräser. Die Arbeit bei der Versicherung vermisst er nicht. Und er melkt sehr gut Kühe und kann auch einen Schweinestall ausmisten. Abgenommen hat er auch.

Wir haben angebaut und Räumlichkeiten für zehn Damen geschaffen. Auf unsere Annonce haben sich immens viele Frauen gemeldet, und es war ganz schön schwierig, die richtige Auswahl zu treffen. Aber gemeinsam haben wir es geschafft. Einige der Damen sind zwischenzeitlich verstorben und haben mir vor ihrem Ableben immer und immer wieder versichert, wie gut es ihnen bei uns gefällt und wie wohl sie sich fühlen. Sie werden immer wieder durch neue Damen ersetzt. In einem der Anbauten haben wir Inken einen kleinen Frisiersalon angemeldet, und sie ist *wirklich* darin aufgegangen, den Damen die Kopfhaut zu verbrühen und ihnen eidotterfarbene Strähnchen zu machen. Ach, ach.

Nikolaus hat zum Glück eine Blutgefäßverengung bekommen und war irgendwann auf Tabletten angewiesen, an die ich ihn stets erinnert habe. Die Jahre mit Nikolaus waren die schönsten in meinem ganzen Leben! Wir sind einfach füreinander gemacht!

Meinen Kindern habe ich übrigens die Geschichte so erzählt, wie Benny sie vorgeschlagen hat. Und weil Geld ja nicht stinkt, haben sie alle ihren Batzen genommen und sich aus dem Staub gemacht. Einmal im Jahr kommen sie vorbei und werden neu versorgt. Was dort sonst passiert, interessiert sie nicht. Aber den Hof kriegen sie nicht. Den habe ich Jason vermacht. Das mit den Pflichtteilen ist auch geregelt. Alles ist geregelt.

Gemütlich stütze ich die Arme auf mein wirklich weiches Kissen und beobachte weiter.

»Kommst du, Juliane? Du sollst doch nicht so lange draußen sein«, höre ich Nikolaus rufen.

Dann sagt Inken: »Immer musst du raus und gucken, was die andern machen wohl, Juliane, komm jetzt, uns is langweilich is uns wohl. Elise fracht auch schon nach dir.«

»Gleich«, sage ich.

Nur einen Moment noch.

Da sind Jason und Hannah. Kurz vor meinem 100. Geburtstag hat Hannah ein Kind bekommen, und Jason ist wirklich ein stolzer Vater. Dass der Kleine Julian genannt wurde, hat mich sehr, sehr glücklich gemacht. Mittlerweile ist er drei Jahre alt, und gerade ruft er »Oma, Oma« und sucht mich. Weil ich immer Verstecken mit ihm gespielt habe.

Jetzt geht das nicht mehr.

Jason sieht glücklich aus. Er hat den Arm um Hannah gelegt, doch kurze Zeit später macht sie sich los und läuft Julian hinterher, der versucht, Schönes Auge einzuholen, der sich in der Nähe des kleinen Flüsschens befindet, das direkt an Groß Vollstedt vorbeifließt.

Jason geht alleine weiter.

Ich spiele das alte Spiel, konzentriere mich ganz stark.

Jason bleibt stehen, schaut sich um und blickt einige Sekunden später in den Himmel.

Dann nickt er kurz und lächelt mir zu.

Und ich lächle von ganz, ganz weit oben zurück.

Danke an ...

... die Rechtsmedizin des Universitätsklinikums Hamburg-Eppendorf und das UKE überhaupt, in persona: Dr. Elisabeth Türk, Dr. Judith Schroer, Dr. Anke Klein, Kai Liebsch, Dr. Matthias Goyen und Professor Dr. med. Klaus Püschel. Es war sehr, sehr lehrreich bei Ihnen bzw. euch. Falls ich in diesem Buch übertrieben oder irgendwelche Fehler gemacht haben sollte, so geht das allein auf meine Kappe.

... Dr. med. Matthias Inacker. Wie immer stand er mit Rat und Tat zur Seite, auch kurzfristig gegen Mitternacht.

... meine Lektorin Susanne Halbleib. Sie ist jetzt immer viel an der frischen Luft, das zählt ja auch.

... meinen Agenten Schorsch Simader, dem ich jederzeit ein Kalbsbries zubereiten würde.

... Philipp. Du bist in vielerlei Hinsicht einzigartig.

... Miri Milram Leicht & Locker.

... Gabriella (für dich habe ich extra den Goliathfrosch eingebaut!), Claudia, Barbara und Katja.

... Wiebke, Marko, Mö'el, die die Vorlage für Mörtel war, selbstverständlich nur vom Namen her, Ollfo, Frauke und Bernd.

... meine liebe Anja für die tolle Homepage.

... alle Frauen, die – hoffentlich nicht erst im Alter von 97 – merken, dass es auch ohne Mann ganz gut gehen kann und dass es ein tolles Gefühl ist, selbst für sich zu sorgen.

... Juliane Knop. Ich hätte dich *wirklich* gern gekannt!

Steffi von Wolff
Fremd küssen
Roman
Band 15832

»›Carolin hatte Sex‹, brüllt mein lieber Kollege ins Mikro, ›und der Typ hat so laut gestöhnt, dass die Pfandflaschen von der Spüle gefallen sind!‹ Im Studio klingelt das Telefon. Yvonne aus Ettrichshausen wünscht sich für ihren verstorbenen Wellensittich das Lied ›Time to say good-bye‹. Und übrigens, was ich gern noch mal wissen wollte: Fragt mich jemand, ob ich ihn heiraten möchte, wenn ich verspreche, nein zu sagen? Hallo? Hallo …?«

Teilkörperbräunung am Barzahlertag oder warum bei einer Frau eigentlich nur die inneren Werte zählen. Lesen Sie dieses Buch nicht im Bett. Sie werden vor Lachen rausfallen.

Fischer Taschenbuch Verlag

Steffi von Wolff
ReeperWahn
Roman
Band 16588

Große Comedy von der Autorin des Bestsellers
›Fremd küssen‹

Selbst Gefängnis wäre besser als ein Job beim *Kiez-Report*, dem Hamburger Sex-Schmuddelblättchen. Da sind sich die fünf Mädels der Redaktion einig: Gerlinde, Peggy, Heidi, Liesel und Brigitte müssen sich vom cholerischen Chefredakteur Herbert terrorisieren lassen, der am liebsten Kohlrabi-tragende Models auf Stoppelfeldern fotografiert. Auch privat gibt's mit den Männern nur Stress.

Da kommt ihnen eine mörderische Idee: Herbert soll stellvertretend für die ganze Männerwelt sterben. Aber wie? Heinrich, der kurzsichtige Redaktionsalligator, scheint nicht geeignet für die Aufgabe. Ist der hausstauballergische Auftragskiller Oscar der Richtige? Schon bald haben die Mädels mehr als eine Leiche im Keller ...

»Wahnsinn!«
Susanne Fröhlich

Fischer Taschenbuch Verlag

Steffi von Wolff
Die Knebel von Mavelon
Roman

Band 16701

Die junge Lilian beschäftigt sich heimlich mit Heilkräutern. Durch Zufall erfindet sie die Pille. Die Kirche findet das gar nicht gut: Lilian soll brennen! In weiteren Rollen: Bertram, ein Henker, der kein Blut sehen kann; Laurentius, ein manisch-depressiver Hofnarr; Egbert, ein unfähiger Schmied sowie Luzifer von Tronje, Anna Boleyn und viele andere hysterische Gestalten.

Vorsicht, Mittelalter-Comedy: Bestsellerautorin Steffi von Wolff zeigt Geschichte, wie wir sie garantiert noch nicht gesehen haben ...

Fischer Taschenbuch Verlag